호랑이는 왜 바다로 갔나

호랑이는 왜 바다로 갔나

윤대녕 장편소설

문학동네

차례

호랑이는 왜 바다로 갔나

1

바다를 이해하기 위해서는 많은 시간과 그에 따른 노동이 필요하다. 바다는 끊임없이 변화를 되풀이하기 때문이다. 거기엔 순환의 법칙이 존재하지만, 그것만으로는 설명할 수 없는 불가해한 일들이 또 숨겨져 있다. 바다에 대해 알려줄 수 없느냐고 어부들에게 물으면 그들은 대개 무표정한 얼굴로 고개를 가로젓는다. 얘기하고 싶지 않은 걸까? 아니면 질문이 잘못된 것일까. 글쎄, 모를 일이다.

이해한다는 것은 우선 본다는 것이리라. 하지만 그때마다 벌거벗고 바다 속으로 뛰어들 수는 없는 노릇이다. 잠수복과 산소통과 물안경 따위가 있으면 되겠지. 그러나 이런저런 장치를 동원해 무언가를 이해하는 데는 한계가 뒤따르게 마련이다. 가령 연인과 사랑을 나누기 위해 운동복에 선글라스를 착용하고 침대에 들어간다고 상상해보라. 그것이 곧 장애가 됨을 누구나 알 수 있다.

바다 속을 보기 위해 그가 처음 저지른 잘못은 잠수함을 탄 것이었다. 고래처럼 흰 물기둥을 내뿜으며 잠수함이 바다 밑으로 잠겨 들어갈 때, 그는 얼마간 흥분했던 게 사실이었다. 하지만 그게 잘못된 선택이었음을 그는 깨달았다. 잠수함 내부는 항아리 내부처럼 답답했고 지정된 코스를 따라 단조롭게 움직일 따름이었다.

그렇다고 바다가 아름답지 않다는 얘기는 아니었다. 특수하게 압축 코팅된 유리 구멍을 통해 그는 형형색색의 산호와 온갖 종류의 물고기 떼를 구경할 수 있었다. 그러나 단지 구경에 불과할 따름이었다. 마치 거실 소파에 비스듬히 누워 해상도가 뛰어난 HD 화면을 보고 있는 기분 정도였다.

바다 속으로 들어가기 위해서는 무엇보다도 수면(水面)이 장애가 되었다. 항상 그게 문제였다. 수면은 습자지처럼 매우 얇은 막으로 형성돼 있었으나 그곳을 통과해 들어가는 일은 생각만큼 쉽지 않았다. 그것은 때로 견고하고 뜨거운 은판처럼 보였다. 그는 우선 대나무 장대에 줄을 연결하고 봉돌을 달아 수면 아래로 떨어뜨려보았다. 납이 달린 줄은 심연을 향해 수직으로 곧장 빨려내려갔다. 누군가 바닥에서 줄을 잡아당기고 있는 느낌이 들었다. 이윽고 줄이 다 풀려나갔으나 장대 끝에서는 여전히 납의 무게가 느껴졌다. 그렇다면 아직 바닥에 닿지 않은 모양이군. 그는 보다 긴 줄을 사용해 같은 짓을 되풀이했다. 얼마쯤 시간이 지난 후에 줄은 탄성을 잃고 수면 위에 뱀처럼 흐물거리며 늘어졌다. 집에 돌아와 줄자로 재보니 8.5미터를 기록하고 있었다. 꽤나 깊군.

그런데 다음날 같은 장소에서 수심을 재보았더니 10.5미터가 나왔고, 몇 발자국 떨어진 곳은 무려 15미터나 됐다. 어찌된 영문일까. 마땅히 물어볼 사람이 없어 그는 가까운 낚시점을 찾아갔다. 낚시점 안에는 현지인으로 보이는 사내들이 모여 앉아 대낮부터 소주를 마시고 있었다. 테이블 위에 놓인 흰 접시에는 생선회가 꽃잎처럼 가지런히 놓여 있었고 가스레인지 위에서는 매운탕이 끓고 있었다. 주인인 듯한 오십대 초반의 건장한 사내가 무슨 일로 왔냐고 그에게 물었다. 그러자 사내들의 시선이 일제히 그에게 쏠렸다. 왼쪽 뺨에 깊은 칼자국이 나 있는 사내가 그의 손에 들려 있는 대나무를 흘겨보며 흐흐거렸다. 그는 더듬더듬 찾아온 이유를 설명했다. 다 듣기도 전에 칼자국의 사내가 말을 가로막았다.

"그쯤에 바위가 몇 개 박혀 있나보오."

"바위라고요?"

그는 한심한 질문을 사내에게 던졌다.

“그렇다면 산도 있겠네요.”

사내들이 술을 흘리며 동시에 웃음을 터뜨렸다. 칼자국의 사내가 혀를 차며 말했다.

“왜 아니겠소. 바다 속에도 산과 계곡이 있고 또 수많은 길들이 있소이다. 우리가 살고 있는 세상처럼 말이오. 단지 거기에 물고기가 살고 있을 뿐이지.”

칼자국의 사내가 자리에서 일어나더니 그가 들고 있는 장대를 유심히 살펴보았다.

“혹시 정신 나간 사람 아니오? 이런 채비로 무슨 고기를 잡겠단 거요.”

사내들은 돌아앉아 다시 술을 마시기 시작했다. 그는 아직 고기를 잡겠다는 생각은 하지 않고 있었다. 그럴 엄두조차 내지 못하고 있었다. 그가 딱해 보였던지 칼자국의 사내가 제 낚싯대를 들고 와 낚싯바늘에 줄을 묶는 법부터 가르쳐주었다. 더불어 미끼 꿰는 법, 수심 재는 법, 물고기들이 몰려다니는 길을 알아내는 법, 기타 조류와 물때와 계절과 바람의 역학 관계에 대해서 차근차근 알려주었다. 그러나 그런 얘기를 들었다고 해서 금방 다 알아들었다는 뜻은 아니었다. 그것은 오직 경험을 통해서만 아주 조금씩 체득되는 것들이었다. 하지만 그날 칼자국의 사내가 해준 말이 훗날 그에게 큰 도움이 되었다.

며칠 뒤 그는 낚싯대를 장만해 바다로 나갔다. 자맥질하는 가슴을 진정시키고 그는 바늘에 새우 미끼를 꿰어 수면 아래로 내렸다. 잠시 후 줄이 수면에서 일직선을 이루며 찌가 조류를 따라 오른쪽으로 천천히 움직이기 시작했다. 그로부터 한 시간이 지날 즈음, 실로 놀라운 광경이 벌어졌다. 타원형의 빨간 오동나무 찌가 바다 속으로 쑤욱 빨려들어가고 나서 곧바로 줄이 팽팽해졌다. 그는 힘차게 챔질을 한 다음 릴을 돌려 줄을 감아들였다. 이윽고 수면 가까이로 바늘털이를 하며 올라오는 검은빛의 물고기가 보였다. 숨이 막힐 듯한 흥분에 휩싸여 그는 낚싯대가 부러질 것을 각오하고 물고기를 갯바위로 들어올렸다.

그는 물고기를 산 채로 물통에 담아 곧장 낚시점으로 달려갔다. 마침 칼자국의 사내가 그곳에 와 있었다. 그는 기가 막힌 표정으로 누런 이를 드러내고 웃었다. 물고기를 줄자로 재보니 무려 35센티미터나 됐다. 코발트빛 눈에 미역 색깔의 몸통을 가진 물고기였다.

"이 물고기 이름이 뭐죠?"

그는 칼자국의 사내에게 물었다.

"벵에돔이라 하오."

처음 들어보는 이름이었다.

"여기선 흔히 귀리라고 부르지."

"그건 왜죠?"

"벵에돔은 일본 구로시오 난류를 따라 제주도와 우리나라 남해로 올라오는 대표적인 어종이오. 몸 색깔이 검다는 뜻으로, 일본에선 구레 혹은 구로다이라고 하지. 여긴 일본과 가까운 곳이니 아마 그 영향을 받지 않았겠소?"

"그렇다면 이건 몇 살이나 됐을까요?"

"그 정도 크기면 여덟 살쯤 될 것이오. 사람으로 치면 한창 팔팔할 때지. 겨울철에 가파도나 마라도에 가면 사 자나 오 자 급의 벵에돔이 흔히 잡히지. 그쯤 되면 영물이라고 해야겠지. 물고기가 아니라 마치 짐승처럼 보인다 그 말이오."

사내의 말을 듣고 있는 동안 그는 주책없이 재채기가 터져나왔다. 아마 떨고 있었을 것이다. 그는 사내에게 깍듯이 인사를 하고 나서 말했다.

"저를 데리고 다니면서 고기 잡는 법을 좀더 가르쳐주면 안 될까요? 운전 잘하는 부하가 한 명쯤 있으면 아무래도 편하겠죠. 게다가 라면도 잘 끓이고요."

"낚시가 무슨 칼 들고 다니며 남의 집을 터는 일인 줄 아쇼?"

칼자국의 사내가 코웃음을 치며 말했다.

"관두시오. 그러다 패가망신하기 십상이니까. 그저 취미 삼아 반찬거리나 장만하러 다니는 정도가 딱 적당하오."

사내는 재떨이에 담뱃불을 끄고 나서, 문밖에 세워둔 오토바이를 타고 바다 쪽으로 먼지를 날리며 사라졌다.

그는 벵에돔을 집으로 들고 와 욕조 안에 풀어놓았다. 벵에돔은 그새 힘이 빠졌는지 느리게 물속을 유영하다 구석에 가서 가만히 멈췄다. 그는 욕조 모서리에 걸터앉아 방금 헤어지고 돌아온 연인의 사진을 보듯 오래오래 물고기를 내려다보고 있었다.

이튿날 아침에 화장실에 가봤더니 물고기는 뱃가죽을 드러낸 채 죽어 있었다. 이미 내장이 상했는지 악취까지 풍겼다. 그는 죽은 물고기를 그날치 신문지에 싸서 가파도와 마라도가 내려다보이는 송악산 꼭대기로 올라가 소나무 아래 묻어주었다.

수면을 바라보고 있노라면, 그 얇은 막을 경계로 어느덧 바다 속에 서 있는 느낌이 들 때가 있었다. 이를테면 수면을 통해 바깥세상을 내다보고 있는 느낌 말이다. 돌아보면 세상에 태어나기 전엔 누구나 열 달이라는 긴 시간을 짜디짠 물속에 있었다. 낚싯줄 같은 질긴 탯줄을 배꼽에 연결하고, 그 따뜻한 물속에서 숨을 쉬고, 발길질을 하고, 꿈을 꾸고, 때로는 슬픔에 젖어 울기도 하며 세상으로 나갈 채비를 하고 있었다.

얼마 전에 그는 고등학교 동창인 산부인과 의사와 전화통화를 하다 양수와 바닷물의 성분이 유사하다는 사실을 우연히 알게 되었다.

2

그가 세상에 태어나 바다에 사는 물고기를 처음 잡은 것은, 2004년 3월 5일 금요일이었다. 오후 5시 45분을 전후해서였다. 음력으로는 2월 15일이었고 보름 중 조수 간만의 차가 가장 큰 사리 물때였다. 간조시각이 오후 4시 42분이었으므로 초들물이 막 진행되는 시점이었다.

그날 밤 영빈은 서울에 있는 해연에게 전화를 걸어 첫 조황 소식을 알려주었다. 해연은 호들갑을 떨며 당장 디지털 카메라로 찍어 이메일로 보내달라고 했다. 영빈은 신문지 위에 퍼덕거리는 물고기를 올려놓고 사진을 찍어 서울로 보냈다. 메일을 받고 해연이 즉시 전화를 걸어와 대단해요, 라고 감탄조로 말했다. 밤늦게 잠자리에 들어 영빈은 밤새 방 안 가득 물고기들이 떠다니는 꿈을 꾸었다. 그후 매일 밤 같은 꿈을 꾸게 되었다. 그러다 보니 밤마다 자신이 물고기로 변하는 착각에 사로잡히곤 했다.

2월 23일, 영빈은 서울을 떠나 목포에서 하루 묵은 뒤 다음날 배를 타고 제주로 떠나왔다. 제주로 오는 배 안에서 영빈은 생각했다. 언젠가 커다란 물고기를 잡게 되면 산 채로 비행기에 실어 해연에게 보내리라고. 그녀가 밤에 껴안고 잘 수 있을 정도로 아주 큰 물고기 말이다. 하지만 그녀에게 그런 얘기는 하지 않았다. 웃을 게 뻔하니까. 그것은 전문 낚시꾼한테도 평생 한 번 찾아올까 말까 한 행운이었다. 하지만 영빈은 언젠가 그런 날이 오리라는 것을 굳게 믿고 있었다. 믿음을 버리지 않으면 종종 기적이 일어나기도 하는 것이다.

서울을 떠나올 때 영빈이 챙겨온 것은 낡은 여행용 가방과 노트북컴퓨터뿐이었다. 그리고 주행거리를 12만 킬로미터나 돌파한 흰색 아반떼 승용차. 장기간 집을 비우는 것이 마음에 걸렸지만 해연에게 열쇠를 맡겨놓으면 가끔 찾아와 살펴줄 터였다. 그 정도는 해줄 수 있는 관계다. 열쇠를 맡기러 영빈은 월요일 오전 9시에 앞동에 사는 해연의 집으로 찾아갔다.

해연은 가끔 함께 밥을 해먹거나 술을 마시는 이웃이다. 어쩌면 이웃 이상이라고 할 수도 있다. 지난 1년 동안 수시로 서로의 집을 오가며 지냈으니 말이다. 간혹 신혼부부나 동거 남녀로 착각하는 사람들—아파트단지에 있는 슈퍼마켓 직원, 식당 종업원, 꽃집 주인—이 있는데 그렇지는 않다. 하지만 언젠가는 그렇게 될지도 모른다고 영빈은 생각하고 있었다.

잠이 덜 깬 표정으로 해연이 현관문을 열어주었다.

"웬일이에요? 아침부터."

이사를 가게 됐다고, 영빈은 무뚝뚝한 표정으로 말했다. 해연은 홈쇼핑 배달원을 보듯 그를 위아래로 훑어보았다. 헐렁한 트레이닝복 차림에 아직 씻지도 않은 얼굴이었다. 그녀는 영빈의 말을 믿지 않는 눈치였다. 밖으로 나와 아래를 살피는 시늉을 하며 그녀가 중얼거렸다. 목소리에 약간 짜증이 배어 있었다.

"이삿짐 트럭은 이미 떠난 모양이네요."

"짐은 압축해서 방금 승용차 트렁크에 실어놨어."

고양이처럼 눈을 비비고 나서 해연은 영빈에게 일단 안으로 들어오라고 했다. 아침 바람이 제법 쌀쌀했다. 이사하기에는 조금 추운 날이었다. 곧 눈이라도 내릴 것처럼 하늘이 우중충한 회색으로 뒤덮여 있었다. 영빈이 소파에 앉아 있는 동안 해연은 욕실에서 샤워를 하고 나와 주방에서 커피를 끓이고 달걀을 삶았다.

달걀이 냄비 속에서 달그락거리는 소리를 들으며 영빈은 초조한 심정으로 손목시계를 들여다보았다. 빈속에 마시는 에스프레소 커피는 향기롭고 매우 썼다. 해연이 과도를 집어들고 사과 껍질을 벗기며 물었다.

"이번엔 또 어디로 출장을 가는데요?"

출장이라고 그녀는 말했다. 영빈은 전에도 며칠씩 집을 비우며 그녀에게 우편물과 공과금 고지서를 부탁한 적이 있었다. 영빈은 주머니를 뒤져 테이블에 열쇠를 올려놓았다.

"제주도에 내려가 6개월이나 1년쯤 머물다 돌아올 생각이야. 번거롭겠지만 가끔 건너가서 집을 살펴줬으면 해. 아파트라서 뭐 별일은 없겠지만, 집을 오래 비워놓으면 밤마다 도깨비들이 모여들어 화투를 치는지 이상야릇한 먼지 냄새가 나거든. 주말마다 환기를 시켜주면 그런 일은 없을 거야."

해연의 얼굴이 방금 닦아놓은 은수저처럼 차갑게 굳었다. 껍질을 벗기다 만 사과를 접시에 내려놓으며 해연이 베란다 밖을 돌아보았다. 그사이 가랑비가 뿌리고 있었다.

"그러니까 제주도에 간단 말이죠? 6개월이나 1년쯤."

영빈은 담배를 피워물었다. 테이블에 놓여 있는 열쇠 꾸러미가 철사에 마른 멸치를 꿰어놓은 것처럼 이물스럽게 보였다.

"거기서도 밤에 도깨비들하고 화투나 칠 텐데, 뭐하러 가는 거죠? 나도 소문을 들어 알고 있어요. 제주도에 온갖 도깨비들이 득시글거린다는 거."

지난 2월 6일 영빈은 취재차 제주도에 다녀왔다. 그리고 그곳에 머무는 동안 예기치 못했던 결정을 하게 됐다. 서울로 올라오기 전에 영빈은 애월과 인접한 제주시 서쪽 외곽에 임대아파트를 얻어놓았다. 행정구역상으로는 제주시에 속해 있지만 분위기는 애월에 가까운 곳이었다.

"그 얘기를 왜 오늘 아침에야 하는 거죠?"

"그 점에 대해서는 사과하지. 미리 얘기하고 싶지 않았어."

머리가 지끈거리는지 그녀는 관자놀이를 꾹꾹 눌러댔다. 해연은 불안정한 동작으로 소파에서 일어나 가스레인지의 불을 끄고 수돗물에 달걀을 씻어 접시에 담아 왔다. 마지막으로 그녀와 함께 아침을 먹을 수 있어서 영빈은 다행이라고 생각했다. 식빵 한 조각과 사과 한 알, 달걀 하나, 그리고 에스프레소 커피 한 잔.

"무슨 일로 가는지 물어봐도 되겠어요?"

호랑이를 잡으러 간다고 영빈은 사실대로 말했다. 호랑이를 잡으러 가는 것이다. 가만히 눈을 치켜뜨고 해연이 영빈의 눈을 마주 보았다.

"방금 호랑이라고 했어요?"

영빈은 고개를 주억거리며 달걀을 집어들었다. 그리고 껍질을 벗긴 다음 달걀을 소금에 찍어 먹을 때까지 해연은 빈 화병처럼 앉아 있었다. 아니, 잠깐 소리내 웃었던 것 같다.

"알아듣기 쉽게 얘기해봐요."

영빈은 비가 내리고 있는 밖을 내다보았다. 목포까지 내려갈 일이 벌써부터 걱정이었다.

"실은 얼마 전부터 컴퓨터에서 이상한 소리가 나고 있어."

영빈은 가전제품 사용설명서를 읽는 듯한 말투로 입을 열었다.

"파워버튼을 누르면 제대로 부팅이 되지 않고 자동차 배기음 같은 소리가 들려. 서비스센터에 전화를 걸어 물어봤더니 응급처치 방법을 알려주더군. 가까운 대리점이나 할인매장에서 에프킬라처럼 생긴 먼지제거기를 구입한 다음 하드케이스를 열고 — 나사가 굉장히 많더군 — 구석구석에 분사해 먼지부터 제거하라더군. 대개 먼지가 원인이라는 거야."

따분한 표정으로 듣고 있던 해연이 되받았다.

"물론 그렇게 했겠죠. 그런 경우에 직면하면 지독할 정도로 단순하게 변하는 사람이니까."

영빈은 감정을 제거하고 보다 단순하게 말했다.

"케이스를 열어보니 하드 내부는 그리 복잡하지 않더군. 오히려 텅 비어 있는 느낌이더군. 나는 그게 사람의 장기처럼 매우 복잡한 형태와 구조로 돼 있다고 생각했거든. 물론 서비스센터의 직원이 시킨 대로 했지. 그리고 분해할 때의 역순으로 조립을 해서 코드를 꽂고 다시 파워버튼을 눌러봤어. 그런데 청소를 해줘서 그런지 소리가 더 뚜렷하게 들려나오더군."

영빈은 다시 나사를 풀고 내부를 자세히 들여다보았다. 그랬더니 이번엔 그 안에 호랑이가 한 마리 웅크리고 앉아 있었다. 가끔 나타나는 현상이었으므로 영빈은 크게 놀라지는 않았다. 이번엔 컴퓨터 안에서 발견된 것뿐이었다. 영빈이 무심코 안녕? 하며 손으로 머리를 쓰다듬으려 하자, 호랑이는 잔뜩 몸을 사리며 어흥! 하고 울부짖었다. 밖으로 내보내려 하자 호랑이는 앞발을 휘두르며 저항했다. 그 통에 영빈의 손등에 깊은 상처가 나고 말았다. 구석에 몸을 말아붙인 채 호랑이는 꼼짝도 하지 않았다. 영빈은 하는 수 없이 케이스의 뚜껑을 닫고 다시 나사를 꼼꼼히 조였다.

취중에 화장실을 잘못 들어갔다가 낯선 남자와 맞닥뜨린 것처럼 해연은 뜨악한 표정으로 영빈을 쳐다보았다. 이어 고개를 비틀고 가볍게 웃었다. 아무래도 괜한 말을 했지 싶었다. 그동안 해연에게 호랑이 얘기를 한 적이 없었던 것이다.

"얘기를 듣다보니 상태가 꽤나 심각하군요."

해연은 얼마 전에 끊었던 담배를 피워물었다. 그동안 그녀는 심각하게 체중이 불었다. 음식을 조절하고 있는 눈치지만 별로 효과가 없었다. 베란다 창을 적시는 빗방울이 안으로 스미듯 투명해 보였다. 시간이 그렇게 막연히 흘러가고 있었다. 영빈이 떠나는 이유에 대해서는 그녀도 얼마쯤 짐작하고 있을 터였다. 다만 설득해주길 원하고 있는 것이리라.

"좋아요, 호랑이가 시스템 에러의 주범이란 건 알겠는데, 왜 그게 하필 호랑이죠?"

해연은 배꼽 위로 말려올라간 트레이닝복을 아래로 끌어내리며 자세를 가다듬었다.

"누구나 마음속에 짐승을 한 마리씩 키우고 있지. 당신 경우엔 그게 황색 딱따구리 정도가 되겠지."

그녀는 어이없는 표정으로 영빈을 바라보았다.

"평소엔 잠든 척 얌전히 있다가 못마땅한 일이 생기면 돌연 거칠게 반응하지. 참고, 참고, 또 참다가 말이야. 그때부터 주인을 괴롭히는 거야. 왜, 당신도 알잖아."

불현듯 헤아릴 수 없는 적막감이 거실을 가득 메웠다. 담배연기가 허공에 그림자처럼 떠 있었다.

"영빈씨한테는 고독이 늘 그렇게 사나운 짐승의 모습을 하고 나타나나요?"

"고독? 그래, 그것도 고독의 일종이겠지. 하지만 내가 알고 있는 고독은 흐린 거울이 걸려 있는 어두운 카페 한구석에 앉아 밤늦도록 혼자 위스키를 마시며 애꿎은 담배를 죽이고 있는 중년 신사의 모습 같은 거야. 호랑이하고는 좀 다르지."

"아무튼 그걸 잡아서 어쩔 건데요?"

"즉시 처치해야지. 내가 키운 짐승이니 내 손으로 처치할 수밖에."

"컴퓨터 안에서 봤다는 건 뭐죠?"

"그건 새끼 호랑이에 불과해. 방치해두면 번식을 하게 마련이지. 겨우 고양이만하더군."

얼마간 체념한 표정으로 해연은 소파 등받이에 몸을 기댔다.

"호랑이를 처음 본 게 언제죠?"

영빈은 손목시계를 들여다보고 나서 커피잔을 집어들었다. 시간이 별로 없었다. 목포로 내려가는 길에 수원에 들러 아버지를 만나야 하는 것이다. 아까 초인종을 누를 때만 해도 이렇게까지 얘기가 길어질 줄은 몰랐다.

"서울올림픽이 열리던 해니까 꽤 오래전의 일이야. 기업체에 근무할 땐데 시찰단 자격으로 영광 원자력발전소에 가볼 기회가 있었어. 발전소가 세워지자 환경오염과 그에 따른 피해를 주장하는 지역 주민, 사회단체들의 여론이 들끓었지. 그러자 발전소 측에서 시찰 프로그램을 만들어 기업체나 학교에 공문을 내려보냈어. 정부기관의 협조를 얻어서 말이야."

"원자력발전의 환경 안정성에 대한 홍보의 일환으로요?"

"그런 셈이지. 당시엔 누구든 원자력발전이 어느 정도 문제가 있을 거라고 생각했어. 매일 대량의 바닷물을 끌어들여 원자로를 식힌 다음 수로를 통해 다시 바다로 내보냈으니까. 영광 근처의 법성포와 칠산어장은 옛날부터 조기잡이로 유명한 곳이야. 봄철에는 쭈꾸미와 백합조개가 많이 나오는 곳이기도 하지. 그런데 바다의 수온이 급격히 올라가자 조기뿐만 아니라 다른 물고기들도 더이상 잡히지 않았지. 말 그대로 씨가 마른 거야. 발전소에서는 환경오염과는 무관한 일이라고 주장했어. 인근 해역의 수온이 올라간 건 인정했지만 오염과는 상관없다는 얘기였지. 그걸 증명해 보이기 위해 발전소 내에 양식장을 만들어 광어나 우럭을 키운 다음 시찰단이 오면 직원들이 직접 시식하는 광경을 보여주기까지 했어. 발전소 측의 주장대로 바다는 오염되지 않았을 수도 있어. 단지 수온이 올라간 것뿐이지. 하지만 그 때문에 물고기가 모두 사라졌지. 가령 서울의 기온이 평균 섭씨 20도에서 갑자기 50도로 올라갔다고 상상해봐. 피난을 가지 않고 버틸 수 있겠어? 시찰을 마치고 나와 인근 바다를 돌아보니 폐허나 다름없더군. 어민들에게 보상금을 지급했지만 단지 그뿐이었어. 그들은 삶의 터전을 잃고 대개 마을을 떠났지."

"그게 호랑이하고 관계가 있는 얘기예요?"

영빈은 해연의 말을 무시한 채 말을 이었다.

"발전소를 방문한 시간은 두 시간 정도였어. 점심으로 백합죽을 먹은 뒤 강당에 모여 홍보용 비디오를 관람한 다음 곧 시찰에 들어갔지. 공항 검색대처럼 생긴 여러 개의 관문을 통과한 다음 우주복처럼 생긴 흰 유니폼으로 갈아입고 발전소 내부로 들어갔어. 그리고 원자력발전 방법에 대한 직원의 설명을 들으며 곳곳의 시설을 둘러봤지. 그러다 직사각형의 커다란 웅덩이에 이르게 됐어. 그것은 투명에 가까운 푸른빛의 액체로 가득 찬 탱크였는데, 어떤 성분이 포함돼 있는지 몰라도 퍼렇게 이글이글 끓고 있는 것처럼 보였어. 그처럼 고요하게 타오르는 액체를 본 것은 처음이었어. 눈이 충혈될 정도로 아프더군. 슬쩍 손만 갖다대도 온몸이 타버릴 듯한 엄청난 밀도가 느껴졌어. 탱크 안을 내려다보고 있는 것만으로도 숨이 멎고 피가 마르는 느낌을 받았으니까. 직원에게 물으니 그 탱크는 핵 연료봉을 폐기하는 장소라고 하더군. 아닌 게 아니라 곳곳에 연료봉 다발들이 보이더군. 그 안에는 농축 우라늄 찌꺼기가 들어 있을 테고."

해연은 마른침을 삼켰다.

"거기, 탱크 안에 커다란 호랑이 한 마리가 웅크리고 앉아 있었어. 아무도 못 본 것 같지만 나는 분명히 봤지. 탱크 한가운데 호랑이가 앉아 있더란 말이지. 단단한 사슬에 묶여 그 안에 감금돼 있었던 거야. 나와 눈이 마주치자 호랑이는 몸부림을 치며 울부짖더군. 하지만 손쓸 도리가 없었어."

해연은 두 손으로 어깨를 쓸어내리며 재채기를 했다.

"그후 호랑이가 가끔 내 앞에 나타나곤 해. 예기치 못한 장소에서 아무 때나 슬그머니 나타났다 사라지곤 하지. 말하자면 그게 나를 갉아대는 놈의 정체야."

"그렇다면 호랑이를 잡으러 바다로 가겠다는 말이군요."

그렇다고 영빈은 말했다.

"바다도 하나의 거대한 푸른 탱크지."

"영빈씨 마음이 그렇다는 거겠죠. 탱크 안의 액체처럼 마음이 메말라 있다는 뜻이니까요. 결국 자신을 해치기 위해 떠나는 거예요."

"그렇다면 살기 위해 죽이는 거겠지."

꼼꼼한 확인 절차가 필요하지만 해연은 상황판단이 빠른 여자다. 의미를 알 수 없는 미소를 짓고 나서 해연이 입을 열었다.

"그럼 물고기도 잡게 되겠군요. 거긴 물고기 천국이니까."

"아마 그렇게 되지 않을까? 그동안 나는 당신을 통해 너무 많은 물고기들의 유혹을 받았으니까. 게다가 나는 몹시 굶주려 있는 상태야."

"호랑이가 그렇다는 거겠죠."

"이제야 공감대가 형성되는군."

골똘히 영빈의 이마를 바라보며 해연이 독백조로 중얼거렸다.

"하지만 바다는 위험한 거예요."

영빈은 그녀의 어깨 너머로 벽에 걸려 있는 물고기 도감을 바라보았다. 액자로 제작된 컬러 도감으로 온갖 물고기들이 그 안에 가득 떠다니고 있었다. 펜으로 세밀하게 그린 물고기들은 사진과 거의 다름이 없었고, 그 아래 학명과 분포 지역 따위가 영문으로 자잘하게 표기돼 있었다. 외국에서 제작된 것으로 광화문 교보문고 매장에 가봐도 구할 수 없는 것이었다. 해연의 집에 올 때마다 영빈은 야릇한 기분에 사로잡힌 채 물고기 도감을 바라보곤 했다.

영빈은 그녀와 횟집 수족관으로 물고기를 자주 구경하러 다녔다. 가끔 가락동 농수산물 시장에 들러 생선을 사와 함께 요리를 해먹기도 했다. 그녀는 바닷가에 산 적이 있다고 했다. 그러나 그게 언제였는지, 또 어디였는지는 말해주지 않았다. 해연은 서울에서 태어난 여자였고 적어도 지난 몇 년 동안은 줄곧 서울에서 살아오고 있었다.

해연은 그동안 영빈이 몰랐던 사실을 그날 아침에야 털어놓았다.

"94년 가을의 일예요. 어떤 낚시꾼이 추자도에서 밤낚시를 하다 너울에 휩쓸려 죽은 사고가 발생했죠. 추자도 남쪽 절명여라는 조그만 갯바위에서. 풍랑주의보가 내려 철수를 해야 했지만 그 낚시꾼은 조금 전에 놓친 괴물 고기를 낚겠다고 한사코 고집을 부렸죠. 다음날 새벽 다시 입질을 받긴 했지만 고기와의 힘겨운 씨름 끝에 그만 파도에 휩쓸려 바다로 끌려들어갔죠. 다음날 아침에야 그 낚시꾼은 추자군도 북쪽에 있는 추포도라는 섬에서 현지 어부에 의해서 사체로 발견됐어요. 몸에 낚싯줄이 친친 감겨 있는 상태로 말예요."

"괴물 고기라니?"

"돗돔이라는 전설 속의 물고기가 있어요. 사람만한 커다란 물고기인데 제주도를 포함한 남해안 지역에서 10년에 한 번쯤 잡힌다고 해요. 그 물고기의 사진을 본 적이 있어요. 정말 호랑이만하더군요."

영빈은 다시 물고기 도감을 바라보았다. 거기엔 없는 물고기였다.

"몸통에 갈색의 얼룩무늬가 있는데 크기는 달라도 생김새는 다금바리와 비슷하죠. 심해에서 살다가 산란기나 태풍이 지나갈 때 이따금씩 갯바위 쪽으로 접근한다고 들었어요."

해연은 이마에 내려온 머리칼을 손으로 쓸어올리고 나서 담배를 끄고 사과를 이빨로 깨물었다. 사과에 피가 묻어났다.

"그 낚시꾼이 누구지?"

망설이지 않고 해연이 대꾸해왔다.

"우리 아버지예요."

잠깐 눈을 들어 영빈을 마주 보고 나서 해연은 얼굴을 돌렸다. 갑자기 그녀가 낯설어 보였다.

"조심하지 않으면 누구나 다치게 돼 있어요. 많은 낚시꾼들이 해마다 바다에서 목숨을 잃어요. 게다가 영빈씨는 바다에 대해서는 어항만큼도 모르고 있어요. 그런데 바다에서 호랑이를 잡겠다고요?"

영빈은 그녀와 함께 지냈던 지난 1년을 돌아보았다. 그녀가 아버지 얘기를 꺼낸 건 오늘이 처음이었다. 그래봐야 사망 관련 소식이지만. 여자들은 이별에 직면하게 되면 종종 엉뚱한 카드를 꺼내들곤 한다. 당신은 나에 대해 아직 아무것도 모르고 있어, 라는 식이다.

"목포로 내려가 내일 아침 배를 타고 제주도로 간다고 했어요?"

해연은 몸을 일으켜 베란다로 나가 바깥 날씨를 살피고 돌아왔다. 그리고 또 생각지도 못했던 카드를 꺼내들었다.

"작년부터 통영-성산포 간 여객선이 출항한다고 들었어요."

인터넷을 검색해 영빈도 이미 알고 있는 사실이었다. 하지만 성산포로 입항하게 되면 애월까지 두 시간 정도 차를 몰고 가야 한다. 목포에서 배를 타고 제주항에 내리면 불과 20분 거리다.

"통영으로 가겠다면 거기까지 동행해주죠. 꼭 그래야만 한다는 뜻은 아니지만."

작년 여름에도 해연은 통영에 다녀왔다. 히데코와 함께. 그곳에 무슨 연고가 있는 걸까.

"수원에 들러 아버지를 만나고 가야 해."

"아, 그렇죠."

해연은 얼핏 당황한 기색이었다.

"그럼 조금만 기다려봐요."

그녀는 헤어드라이어로 머리를 말리고 방에서 옷을 갈아입고 나왔다.

"실은 오늘 광화문에서 점심 약속이 있어요. 같이 나가요."

엘리베이터를 타고 지하주차장으로 내려가는 동안 해연이 말했다.

"자고 있는 사람을 깨워 뒤통수를 치다니, 비겁해요."

영빈은 거울에 비친 제 모습만 우두커니 바라보고 있었다. 경찰서에서 방금 조사를 받고 나온 것처럼 피곤해 보였다.

"광화문까지 태워다줄래요? 그 정도는 해줄 수 있겠죠."

그럴 만한 여유가 없었으나 영빈은 그러겠다고 대꾸했다.

"빌어먹을! 광화문에 누가 있게요. 무거운 갑옷에 칼자루를 들고 날마다 소음공해에 시달리는 이순신이라는 사내뿐이지."

엘리베이터가 지하층에 멈추자 해연은 재빨리 15층 버튼을 눌렀다. 문이 닫히면서 엘리베이터는 수직으로 상승하기 시작했다. 그리고 단 한 번도 멈추지 않고 15층까지 매끄럽게 올라갔다. 그동안 두 사람은 어정쩡한 자세로 메마른 키스를 하고 있었다. CCTV가 오랜만에 할 일이 생겼다. 아무도 없을 줄 알았는데, 문이 열리자 치와와를 품에 안은 여자아이가 엘리베이터 안에 고여 있는 심상찮은 열기를 감지한 듯 야릇하게 눈을 흘기며 안으로 들어섰다. 다시 엘리베이터가 지하로 내려가는 동안 여자아이는 발작적으로 껌을 씹어대고 있었다. 귀가 따가울 지경이었다.

엘리베이터가 지하에 내려와 멈추자 해연이 구석에 몸을 기댄 채 말했다.

"그럼 가요. 난 또 이상하게 배가 고프네요. 올라가서 다시 뭔가를 입에 집어넣어야 할까봐요. 이러니 도대체 몸매 관리가 되겠어요?"

영빈이 주차장으로 나오기 무섭게 저절로 엘리베이터의 문이 닫혔다.

영빈이 차를 몰고 아파트단지를 빠져나갈 무렵 주머니에서 슈베르트의 〈송어〉가 흘러나왔다. 휴대폰에서 울리는 소리였다.

"돌아오긴 하나요? 나으리. 운전중이라는 건 알지만 지금 대답해야 할걸요. 알다시피 난 인내심이 부족한 여자거든요. 혼자서는 5분도 벤치에 앉아 있지 못하는 여자죠. 젠장할, 아침부터 전화에 대고 이런 얘기나 늘어놓고 있다니."

별로 심각하게 들리지는 않았다. 기계음이란 게 그렇지.

"기다릴 거 없어."

영빈은 간단히 대꾸했다.

"뭐라고요?"

"시간이 알아서 해결하게 그냥 놔두라고. 괜히 끼어들지 말고."

다음날 목포항을 출발한 '시월드 고속 페리호'가 추자군도를 지날 때 영빈은 서울로 전화를 걸어보았으나 연결이 되지 않았다. 통화권을 벗어나 있었던 것이다. 그때서야 영빈은 자신이 바다 한가운데 들어와 있음을 실감했다. 해연과 통화가 된 것은 배가 제주항에 입항하고 나서였다. 그녀는 어쩐지 밝은 음성으로 전화를 받았다. 종일 전화를 기다리고 있었노라고 짐짓 너스레까지 떨었다.

"어젯밤 내가 불러준 〈목포의 눈물〉은 잘 들으셨나요?"

"그게 그대 목소리였나?"

아침까지 목포엔 비가 내리고 있었으나 제주도는 더할 나위 없이 날씨가 맑았다. 서울은 아직도 비가 내리고 있다고 그녀가 말했다.

"이왕 이렇게 됐으니, 한 가지 부탁이 있어요. 시간이 나면 현지 어부나 낚시꾼들한테 물어 생선 요리법을 알아봐줘요. 일반 요리책에 나와 있는 것 말고 그 사람들만 알고 있는 비법 말예요. 내년에 요리책을 낼 예정이거든요."

"다 생각이 있었군."

해연이 입버릇처럼 하는 얘기가 있었다. 요리책보다 자신을 더 황홀하게 하는 책은 이 세상에 없다고.

"아버지는 생선에 대한 온갖 요리법을 알고 있었지만, 나한테조차 가르쳐주지 않았어요. 굉장한 비밀이라도 되는 것처럼 말예요. 알고 보니 아버지한테는 그게 전 재산이었던 거예요."

영빈은 제주항에서 차를 몰아 오후 2시쯤 임대아파트에 도착했다. 관리사무소에서 열쇠를 건네받은 영빈은 곧바로 동사무소에 들러 전입신고를 하고 자동차 관리사업소에 찾아가 승용차의 번호판을 바꿨다. 짐만 줄인다면 이사는 그다지 번거로운 일도 아니다.

그날 밤 영빈은 공항에서 가까운 도두항 방파제에 나가 낚시하는 사람들을 지켜보다 자정 무렵에 집으로 돌아왔다. 방파제에는 매서운 북서풍이 불고 있었다. 낚시꾼들은 바람을 피해 방파제 아래에서 고기를 잡고 있었다. 하지만 종일 비행기 소음에 시달리는 그런 곳에서는 아무리 바다 속을 뒤져도 호랑이는 나타나지 않을 것 같았다.

3

효행병원은 수원 동쪽 외곽에 있는 병원으로 노인성질환 환자들을 전문적으로 치료하는 시설이다. 입구에는 커다란 상수리나무가 한 그루 서 있고 뒤편으로는 아름드리 소나무숲이 우거져 있다. 붉은 벽돌로 지어진 3층 건물로 병실이 서른 개쯤 되고 건물 한가운데는 대나무 정원이 있다. 환자들을 관리하기 수월하게 원형 구조로 지어놓은 것이다. 관리 상태도 좋은 편이고 언덕바지에 남향으로 위치해 있어 햇빛도 잘 받는다. 병원에 올 때마다 영빈은 이곳에 아버지를 모시길 잘했다고 생각한다. 병원 아래쪽으로는 골프연습장과 갈빗집이 내려다보인다.

어머니가 돌아가시고 나서 며칠 뒤에 아버지는 소파에 앉은 채 뇌졸중으로 쓰러졌다. 그리고 신촌 세브란스에서 보름을 지낸 뒤 이곳 효행병원으로 옮겨왔다.

어머니는 만성신부전증으로 오랜 세월 입원과 퇴원을 되풀이했다. 사망하기 불과 한 달 전에는 갑상선을 떼어내는 수술을 받았고 날마다 진통제로 연명하다시피 했다. 그녀의 육체는 온갖 병이 지배하는 식민지나 다를 바 없었다. 직접적인 사인은 췌장암이었는데 갑상선 수술을 받을 때까지 의사는 눈치조차 채지 못했다. 또한 죽음의 문턱을 넘어서는 순간까지도 어머니는 자신이 무슨 병으로 세상과 작별을 고하는지 모르고 있었다. 의사들도 때로 사인을 모르기는 마찬가지다.

분당에 있는 남서울공원묘지에 어머니를 묻고 돌아온 날 밤, 아버지는 평소 습관대로 소주를 한 병 마시고 잠자리에 들었다. 여느 날과 다른 점이 있었다면 저녁을 먹지 않았다는 것뿐이었다. 그리고 다음날 아침 일찍 인쇄소로 출근했다. 영빈은 그때 아버지의 집에 와서 머물고 있었다. 며칠만이라도 함께 있어줄 생각이었다. 어머니의 죽음은 오랜 투병 끝에 찾아온 것이었으므로 아버지는 크게 충격을 받은 것 같지는 않았다.

사흘쯤 지나서 아버지에게 심상찮은 기미가 엿보였다. 저녁을 먹고 나서 밤새 소파에 우두커니 앉아 있는 것이었다. 아침이 올 때까지 어둠 속에 혼자 짐승처럼 웅크리고 있었다. 불면증이 시작된 모양이라고 영빈은 대수롭지 않게 생각했다. 그런 날이 며칠 계속됐다. 아침이 되면 아버지는 인쇄소로 출근했다가 저녁 8시에 돌아와 식사를 마치고 다시 거실 소파로 올라가 뜬눈으로 밤을 새웠다. 마치 낡은 가죽소파 외에는 자신을 받아줄 데가 없는 사람처럼.

어머니가 떠나고 정확히 일주일째 되던 날 아침, 아버지는 소파에서 영영 일어나지 않았다. 7시쯤 거실 바닥에 전날 밤에 먹은 음식을 토해냈고 이어 10분쯤 지나 동공이 하얗게 뒤집히더니 옆으로 힘없이 쓰러졌다. 영빈은 119 응급환자이송단에 전화를 걸어 아버지를 병원으로 옮겼다. 검사를 마치고 나온 의사는 뇌출혈로 인한 뇌졸중 증세라고 영빈에게 말했다. 평소에 고혈압 증세가 있었던데다 갑작스런 쇼크로 인해 뇌동맥의 실핏줄들이 내압을 이겨내지 못하고 터졌다는 얘기였다. 혼수상태에서 아버지는 만 이틀 동안 깨어나지 못했다.

이틀 후 깨어났을 때 아버지는 하반신 마비에다 치매 현상까지 보였다. 연로한 상태라 회복이 힘들 거라고 의사는 무덤덤한 표정으로 말했다. 턱에 침을 흘리며 잠들어 있는 아버지의 얼굴을 내려다보며 영빈은 그제야 깨달았다. 어머니가 세상을 떠나고 나서 아버지에겐 더이상 의지할 사람이 없었다는 것을.

묘한 죄책감과 야릇한 배신감 속에서 영빈은 아버지를 위해 할 수 있는 일을 알아보았다. 우선 아버지 명의로 돼 있는 불광동 아파트를 정리해 은행에 예치한 다음, 보다 쾌적하게 지낼 수 있는 입원시설을 알아보았다. 일반 종합병원은 입원료를 감당할 수 없었고 무엇보다도 가족처럼 돌봐줄 간병인이 필요했다. 영빈은 몇 군데 사회복지시설과 양로원 등을 알아본 뒤 평소 알고 지내던 신경정신과 전문의를 찾아가 조언을 구했다. 그가 추천해준 곳이 바로 효행병원이었다. 다음날 찾아가보니 병원과 양로원을 겸한 조용하고 아담한 시설이었다. 원무과에 위탁금을 지불한 뒤 월말에 정기적으로 입원비와 치료비를 온라인으로 보내주면 나머지는 병원 측에서 알아서 일괄 처리했다.

아버지의 삶은 끊임없는 노동과 파산의 연속이었다. 평생을 살아오면서 과연 기쁨을 느낀 순간이 있었을까? 영빈이 아버지를 볼 때마다 의구심을 품게 되는 대목이었다. 시골 과수원집 둘째 아들로 태어난 그는 고향에서 고등학교를 마친 뒤 상경해 모 사립대학의 경제학과를 졸업했다. 중간에 강원도 인제에서 포병으로 군복무를 했다. 대학을 졸업하고 나서 그는 당시 시장을 독점하고 있던 제지회사에 취직했으나 무슨 엉뚱한 영감에 사로잡혔는지 1년 만에 그만두고 청과물 도매업에 뛰어들었다. 그해 아버지는 정혼자였던 고향의 전분공장 딸과 결혼을 했다. 그녀는 여고를 졸업한 뒤 집안일을 도우며 오로지 결혼 날짜만을 손꼽아 기다리며 살아온 과년한 시골 처녀였다. 결혼은 그녀에게 오히려 해방을 뜻하는 것이었고 삶의 유일한 탈출구였다. 그러나 남편의 끊임없는 부침과 때 이른 맏아들의 죽음과 같은 병마로 인해 평생 고통스러운 삶을 살아내야 했다. 자신을 건사할 힘이 없으면 결국 가족에게도 외면의 대상이 된다는 것을 영빈은 어머니를 지켜보면서 일찌감치 깨달았다.

청과물 도매업은 그런대로 수지가 맞았다. 아버지는 경매 시장에 사람을 심어두고 가격 경쟁을 유도하며 순발력 있게 공급을 조절했다. 그러나 욕심이 지나쳤던 게 탈이었다. 은행돈을 빌려 집하장을 짓고 청과물뿐만 아니라 각종 농산물을 끌어모아 독과점 형태로 사업을 키워나갔다. 그 과정에서 동업자 두 명이 집하장에 입주한 상인들의 권리금을 갖고 사라졌고 엎친

데 덮친 격으로 물량 조절에 실패해 곧 빚더미에 올라앉았다. 유산으로 물려받을 시골 과수원을 미리 팔아 빚을 청산하고 나서 아버지는 친구가 경영하는 식품회사에 과장으로 취직했다. 말이 좋아 식품회사지 도시락 제조업체에 불과했다. 이곳저곳을 마구잡이로 찾아다니며 영업을 하는 일이었다. 그래봐야 직원들 봉급조차 지불하기 힘들었다. 얼마 지나지 않아 회사는 문을 닫았다.

그다음에 아버지가 일자리를 마련한 곳은 문구회사의 자재부였다. 주업무는 세무서 직원을 상대로 술을 마셔주고 봉투를 찔러주는 일이었다. 술을 마시지 않고 들어오는 날이 단 하루도 없었다. 그렇게 5년 동안 술을 마신 뒤 그는 만성 위장병에 전립선염과 지방간이라는 병을 얻었다. 부장으로 진급했으나 부도 위기에 몰린 회사에서 은행과의 관계를 조절하기 위해 감원 정책을 썼고 어디서나 늘 그렇듯이 만만한 사람부터 압력을 넣어 사표를 받아냈다. 영빈의 아버지는 퇴직금만 겨우 받아내고 회사를 그만두었다. 어머니가 처음 쓰러진 것도 그때였다. 마지막으로 아버지가 선택한 직장은 지업사를 겸한 인쇄소였다. 그곳을 무덤 삼아 아버지는 소파에서 쓰러지기 직전까지 허울만 좋은 상무라는 직책으로 버텼다. 그의 몸에서는 항상 잉크 냄새가 났고 머리에서는 지분(紙粉)이 하얗게 흘러내렸다.

영빈은 일단 원무과에 들러 당분간 지방에 내려가 있을 예정이니 매달 산출되는 입원비와 치료비를 온라인으로 보내겠다는 지불신청서에 사인을 했다. 그 밑에 새 연락처를 적어놓았다. 그 동안 영빈은 월말마다 직접 병원에 들러 입원비를 계산한 터였다. 원무과에서 나와 영빈은 담당 간호사와 복도에서 만나 10분 정도 면담을 하며 그녀가 자판기에서 뽑아준 커피를 마셨다.

"제주도, 저는 아직까지 한 번도 못 가봤어요."

간호사가 갑자기 눈시울을 붉히며 영빈에게 말했다. 단지 제주도라는 말에 감정이 북받친 걸까? 모쪼록 아버지를 잘 돌봐달라고 당부한 뒤 영빈은 간호사에게 상품권이 든 봉투를 건네주었다.

아버지는 2층에 마련된 휴게실에서 휠체어에 앉아 텔레비전을 보고 있었다. 아니, 텔레비전이 아버지를 지켜보고 있었다. 휴게실 벽에는 유아원생 수준의 솜씨로 보이는 크레파스 그림들이 붙어 있는데 사실은 치매 노인들의 작품이었다. 그림 그리기는 치매 치료를 위해 병원에서 실시하는 프로그램 중 하나였다. 간혹 뜨개질을 하는 노인도 볼 수 있는데 상태가 아주 좋은 경우라고 할 수 있었다.

입원해 있는 동안 아버지는 걷잡을 수 없는 속도로 늙어갔다. 입원한 지 불과 한 달 만에 백발의 은자로 변했고 정신이 온전하지 않은 상태에서도 거울만 보면 투덜거렸다. 최근엔 틀니를 만들어 끼웠다. 하지만 피부만큼은 놀라울 정도로 부드럽고 깨끗했다. 자연 미백 효과가 지나쳐 가끔 섬뜩해 보일 정도였다.

휴게실에 설치된 스피커에서 점심시간을 알려왔으므로 영빈은 휠체어를 밀고 입원실로 들어갔다. 맞은편 침대에는 양쪽 콧구멍에 고무 튜브를 낀 노인이 두 눈을 부릅뜬 채 영빈을 쳐다보고 있었다. 영빈이 숟가락으로 떠준 음식을 아버지는 꾸역꾸역 받아 삼켰다. 식욕이 대단해서 공기밥과 미역국을 다 비우고 과일과 요구르트까지 먹어치웠다. 식사를 마친 후 영빈은 다시 아버지를 휠체어에 올려놓고 밖으로 나갔다. 산책 시간이었으나 밖엔 비가 내리고 있었고 추웠다. 로비에 설치된 의자에 앉아 영빈은 유리문을 통해 밖을 내다보았다. 상수리나무엔 어느덧 초록이 배어 올라오고 있었다. 햇빛을 잘 받기 때문일 터였다. 영빈은 작년 가을 해연과 함께 아버지를 면회 온 일을 생각하고 있었다. 그런 일도 있었던 것이다.

영빈은 허리를 굽혀 아버지의 귀에 대고 말했다.

"당분간 서울을 떠나 있을 거예요. 출장 명령을 받았거든요. 끼니때마다 오늘처럼 꼬박꼬박 다 챙겨 드시고 틀니는 꼭 닦아 끼우세요. 그리고 간호사가 그러는데 요즘 밤에 깨어나 자주 우신다고요? 왜 그러는 거죠? 다른 사람들이 잠을 못 자잖아요. 모쪼록 마음을 잘 다스리셔야 해요. 이제 찾아올 사람도 없는데 어쩌려고 그래요."

아버지는 유리창 밖 상수리나무에 시선을 고정시키고 있었다. 담요를 덮고 있었지만 아버지는 손을 떨고 있었다.

영빈이 어렸을 때부터 아버지가 가끔 독백조로 읊조리던 말이 있었다.

'호랑이도 가뭄이 들면 산을 떠나 바다로 간다.'

감당할 수 없는 상황에 직면할 때마다 괜한 허세를 부리듯 내뱉던 말이었다. 무슨 뜻이었을까? 지금까지도 영빈은 그 의미를 제대로 이해하지 못하고 있었다. 다만 자신이 지금 그러한 처지에 직면해 있다는 생각에 빠져 있었다.

"어머니 산소엔 지난주 일요일에 다녀왔어요. 작년 봄에 종로 5가에서 산수유 두 그루를 사다 산소 옆에 심었는데 뿌리가 제대로 잡힌 것 같더군요. 올가을엔 아마 열매가 열릴 거예요. 그걸 석조(石棗), 돌대추라고 한다는데 끓여 먹으면 기침에 효과가 있대요. 어머니가 기관지가 나빠 고생을 많이 하셨잖아요."

그만 작별을 해야겠기에 영빈은 무릎을 접고 아버지의 눈을 들여다보았다. 백지처럼 아무 표정이 없었다. 어두워지기 전에 목포까지 내려가야 했으므로 영빈은 아버지를 데리고 입원실로 들어갔다. 그새 2시가 넘어 있었다. 작년에 개통한 서해안고속도로를 타면 시간이 단축될 것이다. 침대에 눕히자 아버지는 쿨럭거리며 기침을 하더니 눈을 감아버렸다.

"간호사를 통해 종종 연락할게요. 건강 잘 챙기시고요."

영빈이 입원실을 나서려는 참에 뒤에서 이런 말이 들려왔다.

"너도 부디 몸조심해라."

영빈은 화들짝 놀라 뒤를 돌아보았다. 잘못 들은 걸까? 아버지는 여전히 잠든 모습으로 눈을 감고 있었다. 역시 잘못 들은 모양이었다. 차를 몰고 병원을 빠져나오며 영빈은 이런 생각에 사로잡혀 있었다. 먼 훗날 나도 이런 외진 곳에서 쓸쓸히 여생을 보내게 되겠지. 그리고 어느 날 아무도 모르게 죽겠지. 그러니 그곳이 병원이든 양로원이든 무슨 상관이란 말인가.

오후 7시에 영빈은 목포에 도착해 여관부터 잡았다. 목포에도 비가 내리고 있었다. 집을 떠나는 날엔 왜 늘 날씨가 궂은 걸까. 그것도 팔자소관일까. 여로의 향수에 젖은 채 영빈은 수산물 시장부터 들러보았다. 항구 도시답게 길가엔 횟집들이 즐비하게 늘어서 있었다. 횟집 수족관에서 영빈은 바다에서 갓 잡아온 감성돔을 보았다. 은회색의 화려하고 우아한 자태를 풍기는 물고기였다. 그렇게 많은 감성돔을 본 건 그날이 처음이었다. 해연에게 들은 말로는 일명 '바다의 왕자'로 불리는 물고기였다.

제주에 내려와 영빈이 두번째 잡은 물고기가 바로 감성돔이었다. 애월읍에 위치한 귀덕 방파제였다. 거북이 형상의 주춧돌 위에 등대를 세워놓은 곳이었다. 운이 좋았다고 말할 수밖에 없었다. 감성돔을 잡고 나서 영빈은 곧장 차를 몰고 집으로 돌아왔다. 그리고 살아 있는 상태로 디지털 카메라로 촬영해 해연에게 이메일로 전송했다.

한 시간 후에 해연에게서 전화가 걸려왔다.

“사진상으로는 감성돔이 분명해요. 그런데 이걸 직접 잡았단 말이죠?”

의혹에 가득 찬 목소리로 그녀가 물어왔다. 어쩌면 흥분하고 있었는지도 모른다.

“왜, 도둑질이라도 했을까봐?”

“억세게 운이 좋군요. 고작 두번째 출조에서 감성돔을 잡다니.”

사실대로 말하면 두번째 출조에서 잡은 것은 아니었다. 두번째로 잡은 고기라는 말이 정확했다. 크기는 32센티미터 정도였다.

“낚시꾼이라면 누구나 잡고 싶어하는 1급 대상어종이 바로 감성돔이에요. 남쪽에 사는 사람들은 제사상에 올려놓죠. 그런데 그 귀한 물고기를 어떻게 할 작정이죠?”

“저녁 반찬으로 그릴에 넣어 통째로 구워 먹을 생각인데.”

가볍게 한숨을 쉬고 나서 그녀가 말했다.

“기다려요, 당장 회 뜨는 법을 알려줄 테니. 살아 있는 감성돔을 구워 먹긴 아깝잖아요.”

“부엌칼로 회를 뜰 수 있을까?”

해연은 과도를 숫돌에 갈아 쓰라고 했다.

“하지만 숫돌도 없는걸.”

해연은 혀를 찼다.

“아무튼 회 뜨는 법을 이메일로 보내줄 테니까 일단 시도해보세요. 그리고 내일 당장 재래시장에 가서 회칼하고 숫돌부터 사와요. 칼 가는 법도 함께 써서 보내줄 테니까요. 감성돔은 일단 피를 빼서 냉장고 야채칸에 보관하세요. 죽은 다음에 피를 빼면 살에 피가 배어 회에서 비린내가 나니까요. 짐승이든 물고기든 피에서 비린내가 나는 거예요."

해연이 알려준 대로 영빈은 과도를 이용해 아가미 깊숙이 칼끝을 집어넣었다. 그러자 감성돔이 도마에서 펄쩍 튀어오르며 싱크대 밑으로 떨어졌다. 이윽고 사방으로 피가 튀었다. 영빈은 날뛰는 감성돔을 집어 도마에 다시 올려놓고 이번엔 반대편 아가미에 힘껏 칼을 찔러넣었다. 회를 꼭 먹겠다는 것도 아닌데 이래야만 하는 걸까.

회를 뜨는 일은 꽤나 지난해서 익숙해지려면 상당한 시간이 필요할 듯했다. 과도를 써서 그런지 포를 뜨는 일부터 여간 힘들지 않았고 회도 물론 고르게 썰리지 않았다. 마치 부엌칼로 돼지고기를 썰어놓은 것처럼 보였다. 영빈은 소주를 곁들여 회를 먹고 머리와 뼈는 매운탕을 끓여 저녁으로 먹었다.

다음날 영빈은 차를 몰고 동문시장에 나가 회칼과 숫돌을 사왔다. 또한 해연이 조황 기록을 남기라고 해서 문방구에서 가계부를 사와 그날치 조황과 관련된 사항을 자세히 적어놓았다. 나중에 다 쓸 데가 있단다.

장소: 애월읍 귀덕1리 방파제. 일명 거북등대 방파제. 2004년 3월 10일 목요일. 물때 11물. 초속 8~12미터의 북서풍. 파고 1.5~2미터. 만조 수심 약 8미터. 간조시각을 한 시간쯤 남겨둔 오후 6시 18분에 입질을 받음. 찌가 바다 속으로 스멀스멀 빨려 들어간 뒤 잠시 기다렸다가 잡아당기며 부드럽게 챔질. 주위에 있던 사람들이 몰려와 구경하고 돌아가다.

나흘 뒤 영빈은 같은 장소에서 다시 감성돔을 잡아냈다. 36센티미터에 이르는 준수한 씨알이었다. 흥분한 나머지 강제로 들어올리다 낚싯대를 부러뜨렸다. 옆에 있던 사람이 낚싯줄을 잡고 대신 고기를 끌어내주었다.

그러고 나서 3월이 다 갈 때까지 영빈은 더이상 감성돔을 잡지 못했다. 낚시점에 들러 물어보니 감성돔은 봄에 산란을 위해 추자도와 남해로 올라갔다가 12월 중순께야 다시 내려온다는 말이었다. 3월에 두 마리를 잡은 것도 일부 회유가 늦어졌거나 붙박이로 몇 마리 남아 있는 놈들 중에 단지 운이 좋아 걸려들었을 뿐이라고 했다. 그렇군, 잡은 게 아니라 걸려든 것이로군.

4

영빈이 해연을 만난 것은 2003년 2월의 일이었다. 무려 9년 만이었고 정확히 8년 4개월 만의 해후였다. 권태에 빠진 신이 또 장난을 치기 시작한 걸까. 영빈이 살고 있는 아파트단지로 어느 날 그녀가 이사를 온 것이다. 그것도 바로 앞동으로.

아버지를 효행병원에 입원시키고 나서 두 달 후에 영빈은 오랫동안 세 들어 살던 도곡동의 연립주택에서 나와 마포에 있는 아파트로 전세를 얻어 이사를 했다. 잡지사 일을 그만둔 직후이기도 했다. 주상복합형 고급 아파트인 타워팰리스가 들어서면서 주변 전셋값까지 덩달아 치솟아 도무지 버틸 재간이 없었던 것이다. 그 참에 분위기를 바꿔보고 싶은 마음도 있었다. 한곳에 너무 오래 살다보면 정이 들지는 몰라도 변화는 기대하기 힘든 법이다.

이사를 하고 나서 영빈은 오랫동안 염두에 두고 있던 장편소설을 시작했다. 생활비는 프리랜서 자격으로 틈틈이 잡지사 일을 해주며 조달했다. 그러나 직장을 다닐 때와는 여러모로 형편이 좋지 않았다. 부정기적으로 생기는 푼돈으로는 생활을 유기적으로 운영해나갈 수 없었다. 소설이 중간쯤 진행됐을 때 결국 통장 잔고가 바닥을 드러냈다. 주기적으로 반복돼온 현상이었으므로 크게 낙담하지는 않았으나 영빈은 또 일자리를 알아봐야 할 처지에 놓여 있었다. 그렇게 되면 사실상 소설은 포기하게 되는 셈이었다. 쓰다 만 소설을 나중에 꺼내서 다시 이어 쓰는 경우란 지극히 드물다. 금이 간 항아리처럼 헛간에 처박혀 그 공허한 입으로 먼지나 받아 마시게 되겠지.

해연과 마주친 것은 그날 오후 4시경이었다. 아파트단지에서 약 1킬로미터 떨어져 있는 동사무소에서였다. 영빈은 이력서에 첨부할 주민등록등본을 발급받기 위해 와 있었고 해연은 전입신고를 하러 온 참이었다. 2월 20일 목요일이었다. 날씨는 종일 회색으로 가라앉아 있었고 바람까지 불어 꽤나 음산한 날이었다. 영빈이 먼저 해연을 알아보았지만 대뜸 알은체는 할 수 없었다. 해연이 자신을 기억하리라는 확신이 없었기 때문이었다. 혹은 알면서도 외면하고 있었을까? 9년 전 처음 만났을 당시, 두 사람은 한국인이라면 누구도 다시는 떠올리고 싶지 않은 참사 현장에 함께 있었던 것이다. 어느 쪽이든 반갑게 악수를 청할 상황은 아니었다.

두 사람은 엇비슷하게 동사무소에서 나와 아파트를 향해 걸어갔다. 그녀는 색 바랜 청바지에 회색 스웨터를 입고 있었고 몸을 잔뜩 웅크린 채 걷고 있었다. 어느덧 그녀는 나이가 들어 보였다. 세월의 그림자가 얼굴에 쓸쓸히 드리워 있었다.

사흘 전이었다. 이른 아침부터 밖에서 사다리가 오르내리는 소리가 들려 내다보니 앞동 베란다로 이삿짐이 올라가고 있었다. 이삿짐 트럭 옆에는 역시 낡은 청바지에 스웨터를 입은 여자가 팔짱을 낀 채 이삿짐이 올라가는 것을 지켜보고 있었다. 그러다 뒷동에서 내려다보는 영빈과 눈이 마주치자 그녀는 고개를 돌린 채 관리사무소 쪽으로 사라졌다. 그때 영빈이 그녀의 얼굴을 알아본 건 아니었다. 동사무소에서 마주치고 나서야 영빈은 그녀가 사흘 전 앞동으로 이사 온 여자라는 걸 알았고, 이윽고 9년 전의 일을 기억해냈던 것이다.

그녀는 신발 뒤축을 꺾어 신은 채 한쪽 다리를 저는 듯한 불안한 걸음걸이로 앞서 걸어가고 있었다. 나중에 알고 보니 새로 산 신발을 신고 나와 뒤꿈치에 물집에 잡혀 있었기 때문이었다. 또한 이사하던 날 책상 모서리에 왼쪽 무릎을 찧어 걷기가 다소 불편한 상태였다. 방향이 같았으므로 영빈은 몇 미터 간격을 두고 그녀의 뒤를 따라갔다. 그러다 왠지 미행하는 느낌이 들어 영빈은 그녀 옆을 빠르게 지나쳐 갔다. 그때 그녀가 까칠한 표정으로 영빈을 돌아보았다. 영빈은 무심코 그녀에게 고개를 끄덕여 보였다. 그녀는 반사적으로 옆으로 물러났다.

“902동에 사시죠? 며칠 전 베란다에서 밖을 내다보다 우연히 이사 오는 걸 목격했습니다.”

그녀는 대꾸를 하지 않았다. 고개를 반쯤 떨군 채 불안하게 보폭을 유지하며 다시 앞을 향해 걷기 시작했다. 그렇게 두 사람은 아파트단지를 향해 나란히 걸어갔다.

침묵이 불편했던지 그녀가 조그맣게 입을 열었다.

"그쪽은 몇 동에 살죠?"

"6개월 전에 903동으로 이사 왔습니다."

그녀가 바늘에 실을 꿰는 눈빛으로 영빈을 돌아보았다.

"그렇다면 전입신고를 하러 온 게 아니었군요."

"주민등록등본을 떼러 동사무소에 갔었습니다. 알다시피 가끔 필요할 때가 있으니까요."

"바람직한 일로 필요한 경우는 별로 없죠."

그녀의 목소리엔 아무 감정이 실려 있지 않았다.

"그래도 다시 만나게 되니 반갑군요."

영빈은 슬쩍 그렇게 말해보았다. 실타래가 풀려나가는 소리로 그녀가 웃었다.

"불과 5분 전에 동사무소에서 만났던 여자한테 그런 말을 하는 걸 보니, 참 어지간히 할 일도 없으신가봐요."

"오죽하면 등본이나 떼러 동사무소에 가겠습니까."

"그러니까요."

그녀는 좀처럼 빈틈을 보이지 않았다.

"2월 말인데 여전히 겨울 날씨군요. 어디 가서 가볍게 맥주나 한잔할까요?"

가볍게, 라고 희미하게 되받고 나서 그녀는 입을 다물었다. 버즘나무 가로수에 어느덧 물이 올라오고 있었다. 땅속에서 먼저 봄이 오는 모양이었다. 그녀는 무엇을 찾는 사람처럼 길 건너편을 바라보고 있었다. 슈퍼마켓과 병원과 가구점과 꽃집과 과일가게 들이 영화의 가건물 세트처럼 현실감을 잃고 일렬로 집결해 있었다.

지나가는 말투로 그녀가 입을 열었다.

"차나 한잔 마셔요. 내일 당장 치과에 가야 하는데 병원이 어디에 있는지 알려줄 사람이 필요하니까요."

"약국이 어디에 있는지도 알아야겠군요."

"차는 제가 사죠."

사이를 두었다가 영빈이 말했다.

"나는 맥주를 마시겠습니다. 커피는 상대적으로 비싸다는 생각이 들어서요."

흥, 하고 그녀가 코웃음을 쳤다. 얼마간 긴장이 풀린 모습이었다.

"한 병이면 되나요?"

"그다음부터는 제가 사죠."

고양이처럼 어깨를 웅크리며 그녀가 비아냥거렸다.

"말투가 별로 마음에 들지 않네요."

영빈은 횡단보도 앞에서 신호등을 무시한 채 곧장 길을 건너갔다. 멈칫거리다 그녀가 다급히 뒤를 따라 길을 건너왔다. 영빈은 가구점 지하에 있는 '히데코'란 카페로 내려갔다. 그녀는 꽃집을 기웃거리다 5분 후에야 내려왔다. 스탠드에 자리를 잡고 앉아 영빈은 맥주를 주문했다. 이어 그녀가 옆에 와 앉더니, 영빈을 돌아보며 차갑게 말했다.

"동행이 있는데 왜 제멋대로 길을 건너는 거죠?"

영빈은 주머니에서 담배를 꺼내물었다.

"따라오나 보려고요."

"꽤나 기분 나쁜 말이로군요."

"일부러 그런 것은 아닙니다. 실은 아까부터 감정이 좀 혼란한 상태거든요. 아마 그래서 신호등을 보지 못했던 모양입니다. 사과하죠."

그녀는 눈동자가 없는 것처럼 텅 빈 얼굴로 영빈을 바라보았다. 커피가 나오자 그녀는 하얀 각설탕을 두 개 집어넣고 스푼으로 저어 조금씩 천천히 마셨다. 영빈은 다시금 9년 전의 기억을 떠올리고 있었다. 그녀는 정말 그때 일을 잊은 걸까.

이봐요, 하고 그녀가 영빈의 팔을 가볍게 두드렸다.

"사람을 데려와놓고 왜 그러고 있어요."

영빈은 거품이 가라앉은 맥주잔을 집어들었다.

"치과병원부터 알려드리죠. 여기서 나가 동사무소 반대편으로 200미터쯤 가면 3층 건물에 치과가 있습니다. 약국은 1층에 있고요."

"미장원은요?"

"그건 아까 들어오다 본 꽃집 옆에 있을 텐데요."

"은행은요?"

"거긴 꽤 멉니다. 나중에 약도를 그려드리죠. 함께 가도 상관없고요."

옆에서 줄곧 영빈의 얼굴을 지켜보고 있던 그녀가 문득 부드럽게 말했다.

"하지만 상대는 쳐다보고 말씀하셔야죠."

"그런 상대라면 처음부터 테이블에 자리를 잡고 앉았겠죠."

그럼 테이블로 옮겨요, 라고 그녀가 군더더기 없이 말했다. 자리를 옮기고 나서 그녀는 위스키를 한 잔 주문했다. 영빈이 마주 앉자 그녀가 몸을 약간 앞으로 숙이며 물어왔다.

"아까부터 무슨 생각을 그렇게 하는 거죠? 고민거리가 있으면 집으로 들고 가세요. 지금부터는 저 혼자 마실 테니까요."

"이미 저녁때라 그렇게는 안 될 것 같습니다. 다섯 병은 마셔야 배가 부르거든요"

"그럴 만큼 여유가 있어 보이지 않는데요."

"술값은 그다지 아까워하지 않습니다."

"무슨 일을 하는지 물어봐도 되겠어요?"

"직장을 구하고 있는 중입니다. 창고에 소금이 떨어져가는 것도 모른 채 한동안 신나게 놀았거든요."

"소금?"

"그게 내 주식(主食)이거든요. 남들은 대개 쌀이라는 걸 먹고 사는 것 같지만."

흔들리지 않고 그녀가 다시 물어왔다.

"소금이 바닥날 때까지 뭐하고 놀았죠?"

"밤낮없이 집에서 혼자 음주가무에 빠져 있었죠."

"그런 진부한 행위 말고요."

별로 밝히고 싶지 않았으나 그쯤에서 영빈은 사실대로 말했다.

"지난 몇 달 동안 집에서 칩거중이었습니다. 한동안 잡지사에 다니다 내 글을 써볼까 싶어 사표를 냈죠. 그러다 엊그제 생활전선으로 복귀하라는 신호를 접수했죠."

"누가 신호를 보내던가요."

"뱃속의 아귀가요."

그녀는 테이블에 놓여 있던 영빈의 담뱃갑에서 담배를 꺼내 불을 붙였다. 성냥 불빛 속에 그녀의 얼굴이 달갈처럼 환하게 떠올랐다 금세 어둡게 가라앉았다. 얼음 큐빅이 들어 있는 잔에 위스키를 따르고 나서 그녀는 담배를 쥔 손으로 잔을 집어들었다.

"소설가라는 말씀이네요."

그녀가 꿈꾸듯 공허하게 말했다.

"그런 셈이죠."

"소설을 읽어본 지가 꽤 됐어요. 사는 데 꼭 필요한 것은 아니니까요. 하지만 그게 어려운 일이라는 얘기는 들었어요. 소설가를 만났으니 다시 관심을 갖고 읽어봐야겠군요."

"그렇게까지 애쓸 필요는 없을 것 같은데요. 그런 말을 들으면 실속 없이 동정만 받는 느낌이 들거든요."

그녀는 들은 척도 않고 나른한 표정을 짓고 말했다.

"그래도 본인이 좋아서 하는 일이겠죠?"

"지금 나한테 광산 노동자로 사는 게 좋냐고 물어보는 겁니까? 물론 그보다는 조금 낫겠죠. 천장이 무너져 내릴 위험은 없으니까요."

"그게 그럼 도시락을 싸들고 갱도로 내려가 석탄을 캐는 일과 같은 건가요?"

"왜 아니겠습니까."

그녀는 백치처럼 입술을 벌리고 웃었다. 그동안 사람이 변한 것일까?

그녀는 아동용 책에 일러스트나 삽화를 그려주는 일을 하고 있었다. 전에는 출판사에 근무했으나 프리랜서로 일하는 것과 그다지 수입의 차이가 없어 지금은 집에서 혼자 일하고 있었다. 회사생활을 하며 그녀는 인간관계에서 오는 부담을 감당하기 힘들었다고 고백조로 말했다.

"말하자면 동화를 읽느라고 소설은 읽을 시간이 없었다는 뜻이군요. 그런 얘긴 생전 처음 들어봅니다."

"동화와 소설은 많이 다르니까요."

언뜻 보기에 그녀에게 특별한 점이 있어 보이지는 않았다. 하지만 영빈이 가만히 지켜보고 있노라니 나른하기 짝이 없는 공동(空洞) 같은 게 들여다보였다. 그 안에서 불안이 꿈틀거리고 있었다.

그녀는 정말이지 9년 전의 일을 기억하지 못하는 걸까? 영빈으로서는 이해하기 힘든 일이었다. 그 부분만 따로 떼어내 검은 봉투에 집어넣은 다음 분리수거함에 갖다버린 걸까. 사람에 따라서는 어떤 기억 자체가 완전히 사라질 수도 있는 걸까. 하지만 벽에 박혀 있는 못을 빼내더라도 그 자리엔 구멍이 남게 마련이다.

참지를 못하고 영빈은 기어이 그녀에게 이런 말을 늘어놓고 있었다.

"내 기억이 맞다면 우리는 오래전에 어디선가 한 번 만났던 것 같은데요."

순간 그녀의 어깨가 움찔했다고 영빈은 생각했다. 그녀의 손가락에서 담뱃재가 테이블로 힘없이 떨어져 내렸다. 가슴에 통증을 느낀 것처럼 그녀는 이마를 찡그린 채 눈을 감았다. 그리고 몇 초 후에 힘겹게 눈을 뜨더니 아까처럼 상체를 내밀며 영빈에게 물어왔다. 어쩌면 대답을 피하고 싶어 일부러 그런 말을 하고 있었는지 모른다.

"저쪽 스탠드 끝에 앉아 있다 방금 밖으로 나간 여자 봤어요?"

영빈은 무르춤한 표정으로 밖으로 통하는 계단을 돌아보았다. 계단을 올라가는 희미한 발소리가 들려왔다.

"그 여자가 혹시 히데코란 사람이 아닐까요?"

'히데코'는 지금 두 사람이 앉아 있는 술집 이름이었다. 영빈은 거기에 대해 특별히 의문을 품어본 적이 없었다. 그녀의 말을 듣고 나서야 비로소 히데코가 사람 이름이라는 느낌이 들었다.

"왜, 아는 사람인가요?"

영빈의 눈을 멍하니 마주 보며 그녀는 고개를 가로저었다. 바깥 출입문을 열어두고 나갔는지 실내의 공기가 차가워지고 있었다.

"그런데 왜 그렇게 물은 거죠?"

"카페 이름이 좀 독특하다고 생각했거든요."

"내 말은 왜 그 여자가 히데코일 거라고 생각했냐는 겁니다."

"누가 보더라도 일본인처럼 생기지 않았나요? 게다가 이 집 분위기도 어쩐지 이상하고."

영빈은 스탠드 왼쪽 끝에 누가 앉아 있었는지 보지 못했다. 이 집 분위기라는 것도 그다지 특별하다고 느낀 적은 없었다. 기모노를 입은 여자의 사진이 카운터 옆에 하나 걸려 있는 정도였다. 집에서 가깝기 때문에 가끔 내려와 술을 마시고 올라갈 뿐이었다. 조용한 분위기에 음악도 그런대로 괜찮은 편이었다.

'히데코'의 주인은 사십대 초반의 남자로 손님들과는 좀처럼 어울리지 않는 사람이었다. 늘 양복 차림에다 깔끔하게 머리를 빗고 면도를 하고 나타났다. 어떤 면에서는 호감이 가는 스타일이었으나 인상이 차갑고 우울해 보였다. 항상 자리를 지키는 것도 아니어서 며칠 만에 한 번씩 나타났다가 두어 시간 머문 뒤 카페 앞에 세워둔 자신의 승용차를 타고 슬그머니 사라졌다. 실제로 카페를 운영하는 건 자칭 영화배우가 되려다 실패한, 킴 베이싱어를 닮은 그의 여동생이었다. 그리고 젊은 바텐더가 한 명 더 있었다.

"히데코라면 역시 일본 사람이겠죠?"

영빈은 시큰둥하게 대꾸했다.

"근처에 '오하시'란 노바다야키점이 있는데 그것도 알고 보니 사람 이름이더군요. 체인점이더란 말이죠. 뿐만 아니라 요즘엔 주민등록증 사진을 확대해 간판에 박아놓은 음식점들도 수두룩하더군요. 하나의 경향이란 뜻이죠."

해연은 다시 여자가 앉아 있던 어둑한 스탠드를 바라보았다. 습한 기운이 바닥에서 스멀스멀 올라오고 있었다. 비가 오나봐요, 라고 중얼거리며 그녀가 또 엉뚱한 말을 늘어놓았다.

"비가 와서 그런지 기분이 한결 나아지고 있어요."

그녀의 표정이 물을 만난 고기처럼 환하게 밝아졌다. 이마에 등불을 매단 것처럼 보였다. 쿡, 재채기를 하고 나서 그녀는 경련을 일으키듯 몸을 꿈틀거렸다. 영빈은 놀란 눈빛으로 그녀를 주의 깊게 관찰하고 있었다.

숨을 깊게 몰아쉬고 난 뒤 그녀가 속삭여왔다.

"근처에 수족관이 있나요?"

"수족관이라면 커다란 어항을 말하는 건가요?"

약을 먹은 것처럼 그녀는 눈살을 찌푸렸다.

"여의도 63빌딩 지하나 강남 코엑스에 가면 물론 수족관이 있죠. 시월드와 아쿠아리움 말입니다."

한시바삐 물속으로 돌아가려는 물고기처럼 그녀가 숨찬 소리로 되받았다.

"가까운 곳에 횟집이 있는지 물어보는 거예요."

"그럼 그렇다고 진작에 말씀하실 것이지."

그날 두 사람은 '히데코'에서 나와 근처에 있는 일식집을 찾아갔다. '히데코'에서 약 5분 거리에 일식집들이 모여 있는 거리가 있었다. 또 저마다 문밖에 수족관을 갖추고 있었다. 두 사람이 일식집 앞에 도착한 것은 밤 9시쯤이었다. 거기서 두 사람은 한 시간 정도 머물렀고 다시 '히데코'로 돌아와 맥주를 두 병씩 마시고 각자 집으로 돌아갔다.

그날 두 사람은 우산을 쓰고 일식집 수족관을 차례로 시찰했다.

"저건 참돔이라는 물고기죠. 어류 도감엔 도미라고 나와 있고요."

"그런데 분홍색 잠옷을 입고 있군요."

그녀가 밤의 정령처럼 소리 없이 웃었다. 분홍색 몸통에 사파이어빛의 콩알만한 점들이 사방에 찍혀 있었다. 마스카라를 칠한 듯 눈가에도 코발트빛 무늬가 선명했다.

"바다의 여왕이라는 별명을 가지고 있죠. 어린 참돔은 상사리 혹은 배들레기라고 하고요. 이름이 참 애틋하죠?"

영빈은 야릇한 기분에 사로잡혀 그녀를 돌아보았다. 지난 9년 동안 그녀는 어디서 무엇을 하다 나타난 것일까? 허망하기 짝이 없는 의혹에 시달리며 영빈은 수족관을 들여다보며 그녀에게 물었다.

"저기, 바닥에 배를 대고 엎드려 있는 것들은 뭐죠?"

"넙치예요. 흔히 광어라고 부르는데 모랫바닥에서 살죠. 수압 때문에 다들 몸이 납작해진 거예요. 도다리, 가자미, 간재미가 그 사촌들이고요. 흑산도에서 주로 잡히는 홍어도 그 계보에 속하죠."

"부모님이 횟집을 하나보죠?"

우산 속에서 그녀가 얼굴을 감추고 쿡쿡거리고 웃었다.

"하지만 난 조금밖에 모르고 있어요. 바다엔 정말 많은 종류의 물고기들이 살고 있으니까요."

그녀는 약간 취해 있는 것 같았다.

"나는 말이죠, 몸이 아플 때도 수족관으로 먼저 달려가요. 두

통, 감기몸살, 가벼운 우울증 정도는 금방 나으니까요."

이상한 사람이었다.

그로부터 약 보름 후에 영빈은 그녀의 집에서 저녁을 먹게 되었다. 저녁참에 아파트단지 지하에 있는 슈퍼마켓에서 그녀와 마주쳤다. 외출했다 돌아오는지 그녀는 쥐색 바바리코트에 파란 돌고래 무늬가 있는 붉은 스카프를 매고 있었다. 머리칼은 바람에 흩어져 있었고 약간 피곤해 보였다. 영빈이 계산대 앞에 서 있을 때 그녀가 뒤에서 다가와 말을 건넸다.

"저녁 같이 먹을까요? 같이 먹어요."

그때까지만 해도 영빈은 그녀의 집에 가게 될 줄을 몰랐다. 일요일 저녁이었으므로 가까운 식당에서 밥이나 함께 먹자는 얘기로 알아들었다. 지난번에 '히데코'에서 영빈이 술값을 냈던 것이다. 그녀는 계산대의 여직원에게 한쪽 눈을 찡긋해 보이더니 자신이 들고 있던 쇼핑 봉투를 영빈의 손에 쥐여주었다.

엘리베이터 안에서 그녀는 구석에 등을 기댄 채 눈을 감고 있었다.

그녀의 집은 고물상과 벼룩시장을 합쳐놓은 난장판, 그야말로 잡동사니의 천국이었다. 이 많은 쓰레기들을 어디서 다 구해다놨는지 영빈으로서는 알 수 없었다. 이런 집에 살면서 사람이 멀쩡하다는 게 이상할 정도였다. 영빈이 살고 있는 아파트와 똑같은 22평형 구조였으나 적어도 50평은 돼야 들여놓을 수 있는 잡다한 물건들이 두 개의 방과 거실과 베란다에 무질서하게 쌓여 있었다. 그 비좁은 거실에 소파와 티테이블이 나름대로의 공간을 점유하고 있다는 게 신기할 뿐이었다. 텔레비전은 컴퓨터와 함께 책상 위에 놓여 있었고 미니 컴포넌트는 기이하게도 냉장고 위에 놓여 있었다. 스피커는 어디에 처박혔는지 보이지 않았다. 그런데다 소파 옆에는 어항까지 있었다. 저마다 몸 색깔이 다른 비단잉어 다섯 마리가 그 안에서 노닐고 있었다.

정신을 수습하고 살펴보니 텔레비전과 선풍기와 진공청소기가 각각 두 대씩이었고 냉장고도 베란다에 있는 것까지 합해 역시 두 대였으며 거실 벽에는 에어컨까지 설치돼 있었다. 물론 큰 방에는 침대와 장롱과 화장대도 구비돼 있었다. 베란다로 나가는 문 옆에는 반으로 접어 쓸 수 있는 접이식 검은 책상이 놓여 있었고 그녀는 날마다 거기에 앉아서 일이라는 걸 하고 있었다. 책상도 난잡하기는 마찬가지였다. 사탕 봉지와 필통과 사전과 다이어리와 물감과 제도용으로 쓰이는 트레팔지와 잉크병과 심지어는 빅토리녹스 만능칼과 손톱깎이와 향수병 따위 들이 아무렇게나 나뒹굴고 있었다. 집 안에 자동차가 없는 것이 허전해 보일 지경이었다.

영빈이 도둑처럼 여기저기를 기웃거리는 동안 그녀는 놀라울 만큼 신속하고 유연한 동작으로 음식을 만들어 남들이 흔히 식탁이라고 부르는 네모난 테이블 위에 늘어놓았다. 식탁에는 이미 전자레인지와 보온밥통이 자리를 차지하고 있어 반찬 그릇을 서로 겹쳐 놓지 않으면 안 되었다. 어쨌든 달걀찜과 김치찌개와 고등어구이와 미역국이 불과 30분 만에 완성되었다. 그녀는 음식을 만들고 차리는 동안만큼은 마치 영화의 주인공처럼 보였다. 아니, 그렇게 주장하고 있는 것처럼 보였다. 그토록 유연한 자신감에 차 있는 순간이 그녀에게 존재한다는 사실이 영빈의 눈에는 오히려 낯설어 보였다.

음식 맛 또한 나무랄 데가 없었다. 그녀는 밥을 다 먹을 때까지 단 한 번도 고개를 들지 않았고 물론 말도 하지 않았다. 그게 그녀가 정해놓은 식탁 예법인 모양이었다.

영빈은 수저를 내려놓고 나서 그녀를 넌지시 바라보며 말했다.

"오랜만에 밥다운 밥을 먹어봤습니다. 생일상을 받은 기분이군요."

그녀는 수저를 식탁에 가지런히 내려놓고 천천히 고개를 들었다. 마치 방금 잠에서 깨어난 듯한 얼굴이었다.

"벌써 3월이에요. 일요일이기도 하고요. 오늘 밖에 나갔다 집으로 돌아오면서 알았어요."

"일요일 저녁만큼은 함께 식사할 사람이 절실히 필요하죠."

그녀가 무감각한 소리로 되받았다.

"그럼 일요일 저녁마다 함께 식사해요. 음식을 만드는 시간과 절차는 어차피 똑같으니까요."

약간 거북한 느낌이 들어 영빈은 짐짓 사위를 둘러보며 물었다.

“담배 피워도 되나요?”

“피우세요. 딱 하나만.”

그녀가 앉은 자리에서 어디론가 손을 뻗어 재떨이를 식탁 위에 내려놓았다.

“그런데 이상한 수집 취미가 있나봐요. 이 많은 물건들을 도대체 어디서 구해온 거죠?”

“이상하다뇨?”

그녀가 손을 턱에 괴며 물었다.

“아무리 봐도 한 사람 몫의 짐이 아닌 것 같아서요. 이거 다 쓸 수 있는 겁니까?”

“다 쓸 수 있고 주워오거나 훔쳐온 물건은 하나도 없어요. 그런데 왜 그런 질문을 하는 거죠?”

“선풍기나 냉장고뿐만 아니라 모든 게 두 대씩이잖아요. 두 사람이 산다고 해도 사실 두 대씩 필요한 것은 아니죠.”

그녀가 진지한 표정을 짓고 말했다.

“가끔 새로 사고 싶은 물건은 있어도 쓰던 물건을 버릴 생각은 못 해봤어요. 특별히 버릴 이유가 없었으니까요.”

“그럼 이 물건들을 다 직접 샀다는 얘깁니까?”

“내 손으로 직접 돈을 주고 산 게 틀림없어요.”

“집이 답답하다고 느낀 적은 없습니까?”

"아뇨. 오히려 편안하고 위안이 될 때가 많죠."

질문을 할 때마다 그녀는 망설이지 않고 분명한 어조로 대꾸했다. 그녀는 식탁에서 일어나 어항으로 다가가더니 잉어들에게 먹이를 주었다. 그리고 베란다로 나가 담배를 피우며 어둠이 내린 거리를 내다보았다. 영빈은 식탁을 치운 다음 고무장갑을 끼고 주방에서 설거지를 했다. 일요일 저녁마다 밥을 얻어먹으려면 이 정도는 해야 할 터였다.

기척 없이 그녀가 영빈의 등 뒤에 와 있었다.

"가족이 없습니까?"

고무장갑을 낀 채 영빈이 뒤를 돌아보지 않고 물었다. 정전이 된 듯 불현듯 주위가 고요했다. 이윽고 그녀가 입안에 모래가 가득 들어찬 소리로 대꾸했다.

"없는 것 같아요. 그쪽은 있나요?"

"병원에 한 사람 남아 있습니다. 나머진 모두 죽었죠."

"……"

"그쪽도 그런 겁니까?"

"한 사람이 남아 있긴 하지만 지금은 가족이 아니에요. 오래전에 헤어졌죠."

"그래서 가슴이 아플 때가 있습니까?"

무척이나 건조한 소리로 그녀가 말했다.

"아뇨. 그쪽은 어떤데요?"

"가끔 아플 때도 있습니다. 그는 환자니까요."

"착한 편이군요."

"냉정한 편이죠. 아픔을 느낀다고 해서 그 사람을 자주 찾아가거나 돌봐주는 건 아니니까요."

"그건 아무나 할 수 있는 일이 아니에요. 그렇게 하고 싶어도 못 할 때가 있고요."

그녀는 영빈에게 바투 다가왔다 낮게 숨을 몰아쉬며 뒤로 물러났다. 그리고 냉장고에서 과일을 꺼내 소파 앞에 놓여 있는 티테이블로 들고 갔다. 영빈은 설거지를 마치고 자신이 사온 맥주를 들고 소파로 다가갔다. 그녀가 리모컨을 집어들고 텔레비전을 켰다. 두 사람은 저녁 9시 뉴스를 보며 과일을 먹고 맥주를 마셨다. 실내는 어둡고 고요했다. 어항 속에서 푸르른 빛이 새어나와 소파 모서리에서 차갑게 어른거리고 있었다.

"가끔 죽음을 느낄 때가 있나요?"

그녀가 문득 그렇게 물어왔다. 영빈은 그녀에게서 여자의 봄냄새를 맡고 있었다. 서른 중반이지만 그녀는 아직 배춧잎처럼 풋풋하고 피부가 아름다웠다. 그런데 그녀는 왜 그런 질문을 던져온 걸까. 영빈은 그동안 감당하기 벅찬 죽음들을 많이 봐왔다. 어머니의 죽음뿐만이 아니었다. 형의 죽음이 또한 그러했고 참사현장을 직접 목격한 적도 있었다. 대답이 없자 그녀가 다시 조용히 물어왔다.

"언제 죽음을 느끼죠?"

그녀는 리모컨을 조절해 텔레비전의 볼륨을 낮췄다.

"봄에 죽음을 느낀다는 건 나이가 들어간다는 증거라고 합니다. 올봄은 나도 왠지 예감이 좋지 않군요. 어제 화분을 하나 사 왔는데 초록색 이파리를 보니 갑자기 코끝이 매워지더군요."

영빈은 그렇게 에둘러서 대꾸했다. 옆에서 그녀가 말을 이어받았다.

"난 여름에 자주 죽음을 느껴요. 어딜 가나 부패한 냄새가 따라다니죠. 동물원에 가도 그렇고 심지어는 해수욕장에 가도 마찬가지예요. 그래서 사람들은 여름에 섹스를 자주 하나봐요."

"사람들은 여름에 섹스를 자주 하는군요."

그녀가 의미 없이 또 쿡쿡거리고 웃었다.

"공기 속에서 야릇한 죽음의 냄새가 나니까요. 상가에 가서 성욕을 느끼는 것과 마찬가지겠죠."

"상가에 가서도 사람들은 성욕을 느끼는군요."

"몰랐나요?"

"술 마시며 화투 치느라 미처 느껴보지 못했습니다."

그녀는 언제 또 죽음을 느꼈었는지 말해달라고 아이처럼 졸라댔다.

"어느 날 다락방에 올라가 먼지에 뒤덮인 종이상자 안에서 오래된 흑백 사진을 꺼내볼 때, 그 사진 속에서 유년의 내 창백한 모습을 발견할 때…… 그 순간부터 실은 죽음이 시작됐으니까요."

"또?"

"무심코 사물의 뒷면을 들여다볼 때, 벽에 걸려 있는 철 지난 달력을 바라볼 때, 또 길에서 주운 남의 지갑에서 주민등록증을 꺼내볼 때."

"그건 왜죠?"

"주민등록번호가 마치 사체 수거번호처럼 보이니까요. 또 거기에 붙어 있는 사진은 영정용 사진과 조금도 다를 바 없죠."

"이제 그만할까요?"

종이처럼 메마른 목소리로 그녀가 중얼거렸다. 영빈도 신경이 곤두서 있기는 마찬가지였다. 봄밤에 남녀가 모여 앉아 이런 얘기를 주고받는 것은 아무래도 어울리지 않는 것이다. 그만하는 게 좋겠다고, 영빈은 약간 화난 투로 말했다. 뒤미처 그녀가 상체를 틀어 두 손으로 영빈의 얼굴을 감싸고는 입을 맞췄다. 몇 초간 숨을 죽이고 있다가 영빈은 슬그머니 그녀의 등을 끌어당겼다. 밖에서 누군가 싸우는 소리가 들려왔다. 놀이터에서 들려오는 소리 같았다. 이 밤에 왜 놀이터에서 어른들이 싸우고 있는 걸까. 그녀의 입술은 미적지근하고 달착지근하고 부드러웠다. 그러나 입안이 뜨거워지지는 않았다. 왠지 그래야만 할 것 같아서, 영빈은 그녀의 가슴으로 손을 옮겨갔다. 그러자 그녀가 영빈의 가슴팍을 밀어내며 허리 아래로 옷을 끌어내렸다.

"거기부터는 국경이에요."

영빈은 숨찬 소리로 말했다.

"지금 국경을 넘지 못하면 뒤쫓아온 수비대에 끌려가 날이 채 밝기도 전에 박달나무 기둥에 묶여 총살을 당하게 될 겁니다."

"조국을 등지고 목하 어디로 망명중인데요?"

"왜, 아실 텐데요. 오늘 밤은 당신이 내 조국이잖습니까."

그녀가 쿡쿡대며 이번에는 바짓단을 아래로 끌어당겼다.

"내 조국은 나 한 사람만으로 이미 만원이에요."

"그런데 왜 갈 데 없는 망명객을 유혹한 겁니까?"

"어떤 반응을 보일지 궁금해서요."

"임상실험용이었단 뜻입니까?"

"그건 아니죠. 그쪽은 오늘 저의 손님이에요."

아직 체온이 식지 않은 터라 영빈은 포기하지 않고 말했다.

"우린 졸업생이 단 두 명뿐인 초등학교의 동기동창인 셈인데, 당신은 아직도 그걸 기억하지 못하는 것 같군요."

그렇게까지 말하는데도 그녀는 전혀 동요가 없었다. 영빈은 그쯤에서 물러나기로 하고 미적지근하게 변한 맥주를 마시고 담배를 한 대 더 피운 다음 집으로 철수했다.

해연은 1971년 4월생이었고 서울 서대문 출생이었다. 그렇다고 그날 그녀가 얘기해주었다.

5

2004년 2월 6일 남제주군 대정읍 상모리와 안덕면 사계리 해안가 일대에서 아시아 최초로 사람 발자국 화석이 발견됐다. 화석이 발견된 것은 작년 10월이었고 그후 문화재청 전문위원들이 내려가 조사를 마치고 6일 공식적으로 발표했다. 이에 따라 문화재청은 화석의 중요성을 감안하고 훼손 방지를 위해 5일자로 이 일대 4만 9,912평의 땅을 천연기념물로 가지정하고 출입통제 및 긴급보존 조치를 취했다.

관련 문화재위원과 고생물 전문가 등이 참여한 두 차례의 현지조사 결과 이들 화석이 발견된 지층은 지질학적으로 생성 시기가 약 5만 년 전으로 추정되는 신생대 제4기(중기 구석기 시대)에 속하는 것으로 드러났다. 발견된 지층은 수중화산 분화활동에 의해 형성된 응회암 퇴적층이었다. 여기서는 사람 발자국을 비롯해 말, 코끼리, 사슴 등의 동물 발자국이 새, 물고기, 연체동물, 식물 등 다양한 종류의 화석과 함께 산출됐다. 가장 주목을 끄는 것은 100여 점이 발견된 사람 발자국 화석. 구석기 시대 사람 발자국 화석이 발견된 것은 세계에서 일곱번째이며 아시아에서는 최초가 된다. 사람 발자국은 이리저리 열을 지어 응회암에 박혀 있었고 아마도 세 사람 정도가 방향을 달리하여 걸어가며 남긴 흔적 같았다.(서울/연합뉴스)

영빈은 이 사실을 다음날 아침 텔레비전 뉴스를 통해 알게 되었다. 그리고 그날 정오 무렵 A항공 홍보실에서 걸려온 전화를 받았다. 전화를 걸어온 담당자는 몇 년 전에 영빈과 함께 일을 한 적이 있는 삼십대 중반의 젊은 남자였다. '한국의 고가(古家)'라는 시리즈로 전국에 남아 있는 전통 한옥을 찾아다니며 취재한 원고와 사진을 매달 한 번씩 1년간 기내용 홍보지에 실은 적이 있었다. 이번에도 역시 원고청탁이었다. 그게 아니라면 전화를 걸어올 리도 없었다. 지금껏 서로의 얼굴을 본 적이 없으므로.

담당자의 얘기를 듣다보니 뜻밖에도 아침 뉴스에서 본 사람 발자국 화석이 발견된 제주도 사계리 일대를 취재해달라는 것이었다. 왕복 항공권은 예약해줄 테고 숙박료와 취재비를 곧바로 온라인 통장으로 지불하는 조건이었다. 원고료도 괜찮은 편이었다. 다만 마감 시간이 촉박했다. 앞으로 사흘뿐이어서 즉시 출발하지 않으면 안 되었다. 기사는 3월호에 실을 예정이었고 20일에는 홍보지가 나와줘야 했다. 그때만 해도 영빈은 제주도에 가서 바람이나 쐬고 온다는 식으로 생각했다. 영빈은 우선 인터넷에 들어가 기사를 검색한 다음 필요한 자료를 프린트해 파일로 만들어놓고 짐을 꾸렸다.

오후 4시에 제주공항에 도착해 영빈은 렌터카를 빌려 서부관광도로를 따라 사계리 현장으로 달려갔다. 사계리와 인접한 산방산 아래에는 이미 유채꽃이 피어 있었다. 화석이 발견된 곳은 산방산과 송악산 중간의 해안도로 옆에 위치해 있었다. 그러나 이미 사람들이 접근할 수 없도록 팻말을 박고 붉은 테이프로 라인을 설치한 다음이었다. 그 앞에 통나무로 급조한 '사람 발자국 화석 관리사무소'가 세워져 있었다. 취재차 왔다고 영빈이 아무리 사정을 해도 관리인은 안으로 들여보내주지 않았다. 적당한 신분증이 필요한데 명함에 찍혀 있는 프리랜서라는 직함은 관리소 직원이 보기엔 아무래도 수상쩍은 신분이었다.

영빈은 송악산 꼭대기에 올라가 사계리 일대의 사진을 몇 장 찍은 다음 식당에서 저녁을 먹고 다시 현장으로 가보았다. 2월 초순이었으므로 날씨는 몹시 추웠고 바다엔 바람이 거세게 불고 있었다. 문화재청에서 파견한 관리소 직원은 퇴근한 뒤였다. 영빈은 미리 준비한 랜턴을 들고 접근금지 라인을 넘어 안으로 들어갔다. 그러나 화석은 보이지 않았다. 그날은 마침 사리 물때였고 들물이 진행중인 상태라 화석이 박혀 있는 응회암 지대는 바닷물에 잠겨 있었던 것이다.

다음날 영빈은 간조시각인 새벽 6시에 응회암 지대로 들어가 사람 발자국 화석을 눈으로 직접 확인했다. 다른 동식물 화석들과 함께 섞여 있었으므로 찾아내는 데 꽤 시간이 걸렸다. 그러나 족적은 뚜렷한 편이었다. 족적을 확인하는 순간 영빈은 기묘한 흥분에 사로잡혀 몸을 가볍게 떨었다.

영빈은 신발과 양말을 벗고 족적을 따라 그대로 걸어가보았다. 영빈은 키에 비해 발이 작은 편이었다. 그런데 잠시 후 신기한 일이 벌어졌다. 방금 벗어놓은 신발처럼 화석이 발에 딱 들어맞았다. 발바닥 중간에 무지개 모양으로 팬 아크(arch)까지 영빈의 발에 그야말로 꼭 들어맞았다. 순간 무어라 말할 수 없는 전율이 영빈의 온몸을 휘감았다. 영빈은 걷기를 멈추고 랜턴 불빛에 의지해 무릎 아래를 내려다보았다. 이상한 감동이 가슴으로 밀려들었다. 영빈은 눈을 감은 채 그대로 몇 분을 서 있었다. 마치 오래전에 잃어버린 자신의 발자국을 되찾은 듯한 기분이었다. 발바닥은 차가웠지만 몸은 점점 따뜻하게 변하고 있었다. 그 열기가 맥박을 따라 몸 구석구석 활기차게 퍼져나갔다. 마치 영원한 순간과 조우를 하고 있는 심정이었다. 더불어 영빈은 자신의 존재가 비롯된 최초의 지점으로 돌아와 있음을 느꼈다. 무언가 막 다시 시작되려고 하는 태동의 절대 지점으로 말이다.

영빈은 눈을 뜨고 사방을 둘러보았다. 밝아오는 햇살 속에서 눈앞에 형제섬이 선명하게 떠 있는 게 보였다. 그 너머로 가파도와 마라도가 파도에 휩쓸리듯 천천히 흔들리고 있었다. 눈이 하얗게 덮여 있는 한라산 정상이 차츰 구름 속에서 모습을 드러내고 있었다. 숨이 차오르는 가운데 영빈은 다시 눈을 감고 영원을 느껴보았다. 지금 서 있는 곳이 어디든 바로 이 지점에서 삶을 다시 시작해보고 싶다는 열망에 휩싸여. 그것은 마치 하늘의 계시처럼 영빈의 마음을 흔들어놓고 있었다.

이메일로 원고를 전송하고 나서 영빈은 이틀을 더 제주에 머물며 거처할 곳을 알아보았다. 사계리는 민박집 외에는 장기간 머물 집을 구할 수가 없었다. 서귀포로 가보았지만 그곳도 사정은 만만치 않았다. 영빈은 서울로 전화를 걸어 현지인과 친분이 있는 사람을 찾아 집을 알아봐달라고 부탁했다. 다음날 영빈이 머물고 있는 여관으로 제주에 살고 있는 시인으로부터 전화가 걸려왔다. 집을 구해놨으니 와서 보라는 얘기였다. 그렇게 가까스로 얻게 된 집이 제주시와 애월읍 경계에 있는 임대아파트였다. 해연과는 몇 달째 이도 저도 아닌 관계를 유지하고 있는 상태였다. 누구라도 먼저 자리를 비워 서로 시간을 갖는 게 절실히 필요한 시점이었다.

제주에 내려와서도 영빈은 자주 사계리 바닷가로 차를 몰고 가 응회암 지대를 서성거렸다. 송악산 아래 사계리 바닷가는 제주에서도 풍광이 아름답기로 소문난 곳이었다. 바야흐로 봄이었으므로 송악산 일대는 연일 관광객들로 북적거렸다. 텔레비전 드라마 〈대장금〉의 마지막 촬영지가 송악산 아래여서 주말이면 사람들로 몸살을 앓았다. 게다가 근처에 잠수함을 타는 곳이 있어 더더욱 관광객들이 들끓었다. 그러나 응회암 지대를 기웃거리는 사람은 보이지 않았다. 관리사무소 앞에 주차장이 있었으나 영빈의 낡은 승용차 외에는 다른 차가 들어와 있는 것을 보기 힘들었다.

영빈이 처음 낚시라는 걸 시작한 곳도 바로 사계리 앞바다였다. 새벽부터 날이 저물 때까지 낚싯대를 들고 갯바위에 서 있는 날도 드물지 않았다. 며칠 동안 단 한 마리의 물고기도 잡지 못할 때가 많았다. 갯바위에 서 있으면 이따금씩 해연에게서 휴대폰으로 전화가 걸려오곤 했다.

"우리가 서로에게 상처를 준 걸까요?"

"상처는 스스로 받는 거야."

"히데코도 그렇게 생각할까요?"

"본인만 알 수 있는 사실을 가지고 우리가 고민할 이유는 없어. 남이 나한테 저지른 잘못을 가지고 내가 괴로워할 필요가 없듯이."

"그래도 그게 아니잖아요."

"더이상은 나도 모르겠어. 유배중인 사람은 남을 돌아볼 여유가 없거든."

"냉정하군요."

"뜨겁지 못할 바에야 오히려 차가운 게 나아. 항상 그 중간이 문제가 되는 거야."

"히데코와 영빈씨와의 관계를 아직도 잘 모르겠어요."

"나는 언제나 당신 편이었어. 왜 그런지 모르지만 항상 그랬지."

상처를 받았다고 가정하면 세 사람 모두 거기에 해당될 터였다. 이제는 각자 알아서 상처를 치유할 시간이다. 해연은 만조의 바다처럼 침묵하고 있었다. 영빈은 여전히 낚싯대를 손에 들고 있었다. 조류를 따라 줄이 계속 풀려나갔다. 이제 100미터 이상 풀려나간 것 같다. 멀리멀리 풀려나간 줄 끝에서 언젠가 기다리던 소식이 전해올 것이다. 영원의 끝에서. 오랜 침묵 끝에서. 그때까지는 기다리고 또 기다리는 수밖에 없다.

봄 바다에 비가 내리고 있었다. 손이 굳어버린 지 오래였고 간헐적으로 몸이 떨려왔지만 영빈은 바다에 어둠이 내릴 때까지 갯바위에 그대로 서 있었다.

전화는 저절로 끊겨 있었다.

6

영빈이 히데코를 처음 만난 것은 4월의 어느 저녁 나절이었다. 오후 7시쯤 해연이 전화를 걸어와 함께 저녁을 먹자고 했다. 거의 한 달 만의 통화였다. 서로의 존재를 잊은 듯 시간이 감쪽같이 흘러갔던 것이다. 그날 영빈은 아버지의 상태가 악화돼 급히 수원에 다녀온 길이었다. 치매 환자에게 있어서 악화됐다는 말은 몸 상태를 말하는 게 아니라 흔히 정서적 불안정을 뜻하는 말이다. 조롱 속에 갇혀 있는 새가 주기적으로 우울증을 호소하는 것과 사정이 같을 것이다. 몸을 마음대로 움직일 수 없으면 몸이 곧 감옥이 된다.

해연은 영빈에게 아버지의 안부부터 물어왔다.

"수행중인 사람들이야 늘 똑같지 뭐. 침을 자주 흘려 오늘은 가슴에 손수건을 달아드리고 왔어. 시봉이 꽤나 힘들어하는 눈치더군."

시봉은 담당 간호사를 뜻하는 말이었다.

"이거 알아요? 병원에 다녀올 때마다 늘 그렇게 냉소적으로 얘기한다는 거."

"용건만 말하고 끊어."

"건너와서 저녁 먹어요."

"고마운 말이지만 생각 없어. 아버지만 만나고 오면 통 식욕이 없어. 술이라면 조금 마실 수도 있겠지. 술은 정말 좋은 거야. 성인이 된 이후로 이보다 더 매혹적이고 치명적인 친구는 만나본 적이 없어. 나머진 다들 메스껍고 유치하다고."

숨을 죽이고 있다가 그녀가 아이를 달래듯 부드럽게 중얼거렸다.

"그만 좀 투덜거리고 면도하고 옷 갈아입고 건너와요. 술이라는 것도 있으니까요."

"오늘 밤은 달에 올라가 혼자 마시고 내일 아침에 내려올 거야. 접대부도 아닌데 술 마시러 가면서 면도까지 하고 싶지 않아."

맥 빠진 소리로 해연이 되받았다.

"이미 식탁이 차려졌고 세 사람분의 수저가 놓여 있어요. 그러니 아무 말 말고 그만 건너와요."

"세 사람이라니?"

"손님이 와 계세요."

"낯모르는 사람과 합석하긴 더 싫은걸."

"먼 곳에서 온 어떤 아름다운 여자 분이에요."

꽤나 호기심을 자극하는 말이었으나 영빈은 점잖게 거절했다. 혼자 있고 싶었던 것이다. 더군다나 여자들이 모여 있는 자리엔 별로 가고 싶지 않았다. 결국 저네들끼리만 쑥덕거릴 게 뻔하다.

"그렇다면 벽에 걸려 있는 달력을 한번 봐주겠어요? 만약 쳐다볼 힘이 남아 있다면요."

은근한 목소리로 그녀가 속삭여왔다. 4월 17일 목요일이었다. 그러니 빨간 날도 아니었고 그 밑에 별다른 메모도 없었다.

"그날 나는 태어났어요. 조그만 계집애로."

"……그때 일을 아직도 기억하는군."

"그럼 이제 알아서 하실 테니 전화 끊어요."

수화기를 내려놓고 나서 영빈은 주섬주섬 옷을 챙겨 입었다.

그렇게 직접화법으로 얘기하는데 안 가볼 수가 없었다. 순서가 뒤바뀌었지만 욕실에 들어가 수염도 깎았다. 그러고 나서 장식장에 있던 밸런타인 17년산(얼마 전 싱가포르에 다녀온 Y라는 친구가 선물한 것이다)을 챙겨들고 영빈은 밖으로 나갔다. 그리고 아파트단지 앞에 있는 화장품 가게에서 안나 수이라는 향수를 사서 해연의 집으로 갔다. 꽃다발은 아마 손님이 가져왔을 것이다.

두 여자는 그때껏 음식을 먹지 않고 기다리고 있었다. 해연이 문을 열어주었고 어떤 여자가 어둑한 가죽소파에 앉아 있다 현관 쪽을 갸웃이 돌아보았다. 두 여자는 텔레비전을 끄고 곧바로 식탁으로 자리를 옮겼다.

그녀와 눈이 마주친 순간 영빈은 숨이 멎는 느낌을 받았다. 어딘가 모르게 낯익은 느낌을 받았던 것이다. 실제로 만난 적이 있기 때문에 느껴지는 그런 종류의 낯익음이 아니었다. 그것은 아주 먼 데서 희미하게 느껴져오는 타인의 낯익음이었다. 이를테면 오랫동안 내면에 갇혀 있다가 되살아난 누군가의 그림자 같은 것이었다. 다시 눈여겨보았지만 역시 처음 보는 여자였다. 그렇다면 어떤 사람과 닮은 여자일까? 애써 표정을 수습하고 나서 영빈은 식탁에 가 앉았다.

그녀는 하늘빛이 뒤섞인 군청색 바지 정장 차림에 안에는 얇은 분홍색 스웨터를 받쳐 입고 있었다. 희고 긴 목에는 은목걸이가 걸려 있었고 가운데 콩알만한 루비가 박혀 있었다. 숱이 많은 머리칼이 어깨쯤까지 부풀듯 내려와 있었다. 약간 가냘픈 듯했으나 얼굴선이 매우 섬세하고 눈은 한없이 어둡고 깊었다. 눈을 깜빡일 때마다 쌍꺼풀이 자연스럽게 드러났다. 마른 듯하면서도 윤곽이 선명한 몸매를 가진 여자였다. 예민하면서도 차분한 인상. 너무나 차분해서 오히려 냉정해 보이는 인상이었다. 좀처럼 다른 사람들과는 어울리지 못할 것 같은 낯선 적막감이 그녀를 완강하게 감싸고 있었다. 고요함은 대개 상처의 다른 표현이다. 그런 것일까?

그런데 이 여자는 왜 해연의 집에 와 있는 걸까. 영빈은 그녀와 처음 대면할 때부터 그런 의문에 사로잡혀 있었다. 마치 집을 잘못 찾아온 사람처럼 부자연스러워 보였던 것이다. 그런 느낌은 시간이 갈수록 더했다. 영빈은 어쩐지 마음이 편치 않았다. 식탁에 앉자 해연이 두 사람을 번갈아 소개시켰다.

"이쪽은 아까 말한 영빈씨고, 이쪽은 히데코씨예요."

히데코. 해연이 영빈에게 눈을 찡긋해 보였다. 영빈은 내심 놀라면서도 그제야 정황을 짐작했다. 도대체 어찌된 일일까. 하지만 면전에서 물어볼 수도 없는 상황이었다.

식탁 위에 차려진 음식은 중국 요리였다. 양장피, 팔보채, 깐풍기, 해삼탕 게다가 춘권까지. 모두 해연이 직접 만든 것이었다.

"요리 솜씨가 뛰어난 것은 목소리가 좋은 것만큼이나 타고난 축복에 속하는 일이죠."

영빈이 짐짓 그렇게 말했으나 두 여자는 별 반응이 없었다.

"어서 먹기나 해요. 벌써 다 식었잖아요."

별말도 없이 세 사람은 한동안 먹는 일에만 열중했다. 식탁엔 케이크도 꽃다발도 없었다. 히데코는 해연의 생일이란 걸 모르고 찾아온 모양이었다. 접시에 떠온 음식을 먹고 나서 영빈은 가져온 밸런타인 뚜껑을 열었다. 해연이 주방 어딘가에서 양주잔을 가져왔고 얼음 없이 각자 스트레이트로 한 잔씩 마셨다. 5분쯤 지나자 분위기가 이완되기 시작했다.

그때부터 두 여자는 이따금씩 다정하게 얘기를 주고받기 시작했다. 마치 영빈이 그 자리에 없는 것처럼. 영빈은 끼어들지 않았고 굳이 그러고 싶은 마음도 없었다. 어차피 이렇게 될 줄 알았던 것이다. 히데코의 한국어 발음은 매우 유창한 편이었다. 일본인들은 대개 받침을 제대로 발음하지 못하는데 — 택시는 다쿠시, 김치는 기무치, 맥도날드는 마그도나르도, 서울은 소우르 — 그녀는 충분히 알아들을 수 있는 수준이었다. 그녀는 또 커피라는 단어도 비교적 정확하게 발음했다. 일본인들은 '커피'라는 발음을 시도하다 실패해 결국 '고히'라고 바꿔 부르는 것이다.

"미리 알려주시는 게 좋을 뻔했습니다."

히데코가 말했다.

"생일이라는 것도 모른 채 방문하다니 제가 큰 실수를 저질렀어요."

가늘게 떨리는 음성이었다. 영빈은 용기를 내어 다시 히데코의 얼굴을 눈여겨보았다. 처음 마주쳤을 때 느꼈던 정체 모를 낯익음은 여운처럼 남아 있었으나, 문득 헤아릴 수 없는 거리감이 느껴졌다. 그녀는 잠깐 눈을 들어 영빈을 바라본 다음 마치 아무것도 보지 못한 것처럼 슬그머니 눈길을 피했다.

히데코. 1968년 일본 도쿄 출생으로 해연보다 세 살이 위였지만 그렇다고 나이가 더 들어 보이지는 않았다. 아직 미혼이었다. 그리고 할머니가 한국인인 한국계 여성이었다. 일제 강점기 때 할아버지가 한국에서 여학교 교사를 했다고 한다. 그때 히데코의 할머니를 만났다는 얘기였다. 그녀는 현재 일본대사관에서 파트타임제로 근무하고 있었다. 한국에서 발행하는 주요 일간지들의 외교, 정치면을 번역한 뒤 파일로 정리해 공보실에 올리는 일이었다. 말하자면 대사관에서 아르바이트를 하고 있는 셈이었다. 그 전에는 종로에 있는 일본문화원에서 근무한 경험도 가지고 있었다. 한국에 일본을 소개하는 『일본포럼』이라는 잡지의 편집 일을 도왔다고 했다.

일본에서 그녀는 영문학을 전공했고 대학을 졸업한 후에 어학연수차 런던에서 1년간 머물렀다. 귀국한 다음에는 오랫동안 여성지 기자로 일했고 일본인이라면 누구나 알 수 있는 유명한 출판사의 기획실에서 영문 출판을 담당한 경험도 있었다. 그녀가 한국에 오게 된 이유는 아직까지는 정확히 알 수 없었다. 표면적인 이유는 도쿄로 유학을 온 당숙을 통해 할머니 나라인 한국에 대한 직접적인 관심을 갖게 됐다는 얘기였고, 먼저 한국어를 배우고 싶어 3년 전 당숙을 따라 서울로 들어왔다. 그 당숙이라는 사람이 바로 카페 '히데코'의 주인이었다. 애초에는 건축을 공부하러 도쿄로 유학했으나 중도에 인테리어로 전공을 바꾼 다음 귀국해 역삼동에 사무실을 가지고 있었다. 여동생에게 맡겨놓은 카페는 단지 부업일 뿐이라고 했다.

아버지가 몹시 반대했지만 아흔이 가까운 할머니의 고집스런 집념으로 히데코는 결국 한국행을 허락받았다. 그녀의 아버지는 도쿄에 있는 모 사립대학의 생물학과 교수였다. 딸의 한국 체류를 반대하던 그녀의 아버지가 내세운 조건은 아주 의외의 것이었다. 서울에 있는 골동품점을 뒤져 시중에 공개되지 않은 조선시대 미술품의 소재와 목록을 파악하는 것이었다. 회화, 서예 작품, 도자기를 포함한 개인 소장품과 밀거래 품목을 조사하는 일이었는데 현실적으로는 접근하기가 까다로운 일이었다. 그녀는 한국에 들어와 인사동에 있는 오피스텔에 머물며 틈나는 대로 화랑과 골동품 가게를 드나들었으나 아무런 소득이 없었고 곧 그 일이 바람직하지 않다는 것을 깨달았다. 그녀는 한국에 들어온 첫해 연세대 한국어학당에서 한국어를 배운 뒤 취직을 하고 나서 그만두었다. 아버지와의 관계가 틀어진 직후였다. 직장을 다니면서 그녀는 빠른 속도로 한국어를 익혀 지금은 사투리를 쓰는 사람들하고도 어느 정도 의사소통이 가능한 정도가 되었다.

해연이 히데코를 만난 건 4월 13일 일요일 저녁이었다. 나흘 전이었다. 오후부터 황사가 몰려왔고 비가 내렸다. 해연은 그날 광화문 교보문고에 나갔다 집으로 돌아오는 길이었다. 황사로 더럽혀진 빨간 마티즈를 끌고 아파트단지 앞에 도착했을 때 해연은 횡단보도 앞에 우산을 들고 서 있는 여자—히데코라고 짐작되는—를 발견했다. 두 달 전에 영빈과 '히데코'에서 술을 마시던 날 스탠드에 혼자 앉아 있다 나간 바로 그 여자였다.

해연은 주차장에 차를 세워놓고 무슨 생각을 했는지 아파트단지를 빠져나가 곧바로 '히데코'로 내려갔다. 일요일 저녁이었으므로 카페엔 손님이 없었다. 킴 베이싱어도 그날은 미키 루크를 만나러 갔는지 보이지 않았다. 젊은 바텐더 혼자 밀랍 같은 표정으로 스탠드 안쪽에 기대어 서서 벽에 걸려 있는 텔레비전을 올려다보고 있었다. 스피커에서는 존 콜트레인이나 찰스 밍거스 따위의 재즈 음악이 흘러나오고 있었다. 해연이 들어서자 바텐더가 무의미하게 잠시 웃어 보였고 이어 메뉴판을 들고 다가왔다. 그녀는 위스키를 더블로 한 잔 주문했다. 밖의 기온이 내려가 있었으므로 약간 한기를 느끼고 있었던 것이다.

히데코는 오른쪽 스탠드 맨 끝자리에 앉아 담배를 피우며 진한 갈색빛이 감도는 칵테일을 마시고 있었다. 마르가리타와 색깔이 비슷하지만 좀더 독한 블랙 러시안이었다. 잔은 반쯤 비어 있었다. 시간이 갈수록 얼음이 녹아내리며 칵테일 색깔이 조금씩 투명하게 변했다. 해연은 위스키를 3분의 1쯤 마신 다음 잔을 내려놓고 히데코를 돌아보았다.

그때 카운터의 전화벨이 울렸고 바텐더가 전화를 받았다. 이어 바텐더가 텔레비전 볼륨을 줄이고 무선전화기를 히데코한테 들고 왔다. 히데코는 일본어로 전화를 받았다. 새가 지저귀는 것처럼 가냘픈 리듬이 실려 있는 목소리였다. 아마 약속이 있었던 모양이었다. 이윽고 전화를 끊고 나서 히데코는 바텐더에게 수화기를 돌려주며 한국어로 고맙다고 말했다. 그때 스탠드 왼쪽 끝에 앉아 있던 해연과 눈이 마주쳤고 히데코는 해연을 바라보며 잠깐 웃어 보였다. 특별히 의미가 담겨 있는 웃음은 아니었다. 잠시 후 히데코는 담뱃갑을 핸드백에 집어넣고 자리에서 일어났다. 스탠드 위에 남아 있는 것은 그녀가 마시다 남긴 칵테일 잔과 재떨이뿐이었다.

히데코가 등 뒤로 스쳐지나가는 사이 해연이 무심결에 중얼거렸다.

"혹시 당신이 히데코씬가요?"

미처 듣지 못했던 것일까? 히데코는 그대로 카운터로 다가가 계산을 마치고 메모지에 무언가를 써서 바텐더에게 맡겼다. 그러고 나서야 해연을 돌아보았다. 잠시 망설이는 눈치더니 그녀는 해연이 앉아 있는 곳으로 천천히 걸어왔다. 바닥에 유리 조각이 뿌려져 있는 것처럼 천천히 조심스럽게. 이윽고 히데코는 해연의 옆자리에 새처럼 조용히 내려와 앉았다.

바텐더가 멈칫거리며 다가와 주문을 받아야 할지를 히데코에게 물어왔다. 히데코는 아까처럼 또 무의미하게 웃어 보인 다음 블랙 러시안을 다시 주문했다.

그녀가 해연을 돌아보며 물었다.

"아까 저한테 무슨 말씀을 하신 듯한데, 잘못 들은 걸까요?"

놀라울 정도로 침착한 사람이었다. 잘못 들었다면 돌아오지도 않았을 것이다. 해연은 저도 모르게 얼굴을 붉히며 말했다.

"히데코씨가 맞는지 그저 확인하고 싶었어요. 전에도 여기서 본 적이 있거든요. 특별한 일은 아니고요."

"아, 그랬군요."

다소 과장스러운 제스처를 하며 히데코가 대꾸했다. 하지만 상대가 거북함을 느낄 정도는 아니었다.

"네, 술이 마시고 싶을 때 가끔 다녀가곤 해요."

히데코가 옆자리에 핸드백을 내려놓고 자세를 고쳐 앉으며 말했다. 해연이 담배를 피워물며 말했다.

"그러니까, 댁이 히데코씨가 맞나요?"

잔잔히 웃는 얼굴로 히데코가 해연의 눈을 깊숙이 들여다보았다.

"그건 여기 카페 이름이죠."

"일본인이 아니란 말인가요?"

"일본인 맞습니다. 어쩌면 제가 히데코인지도 모르고요."

"그렇다면 방금 인정했군요."

"그런 셈이죠."

히데코는 블랙 러시안을 조금 마시고 스탠드에 내려놓은 다음 두 손으로 잔을 감쌌다. 거의 투명에 가까운 하늘색 손톱이 불빛에 반짝거렸다. 히데코가 잔잔히 미소를 짓고 말했다.

"이번엔 제게 이름을 알려주실 차례군요. 그렇죠?"

해연은 자신의 이름을 알려주었고 그로써 두 사람 사이의 조율이 끝났다. 서먹한 기운이 가시고 나서 두 여자는 맥주로 바꿔 마시며 세 시간 동안 얘기를 나눴다. 해연은 아마 그날도 물고기 얘기를 했을 것이다. 밖에 비가 내리고 있었으니까. 비가 종일토록 내리고 있었다. 서로의 얼굴을 기웃거리며 얘기를 나누다 해연이 이런 말을 꺼냈다.

"히데코씨는 마치 인형 같아요."

말뜻을 정확히 몰라 히데코는 비스듬히 해연 쪽으로 몸을 기울였다. 두 사람은 약간 취한 상태였다.

"손발이 없는 일본 목각인형. 왜 그런 느낌이 드는 걸까요?"

옆에서 문득 숨소리가 멎었다. 히데코의 얼굴에 긴장감이 감돌았지만 해연은 미처 그걸 눈치채지 못하고 있었다. 잠시 후 히데코의 입에서 신음 같은 말이 흘러나왔다. 해연의 말이 히데코의 어떤 점을 자극하고 있었던 것이다. 말하자면 자극하지 말아야 할 것을 무심결에 자극했던 것이다.

"방금 인형이라고 하셨나요?"

해연은 맥주잔을 든 채 고개를 끄덕였다.

"그게 왜 그렇다는 거죠?"

차가운 목소리로 히데코가 물었다. 그녀의 눈빛은 어둡게 가라앉아 있었다. 나란히 앉아 있었으므로 해연은 그녀의 얼굴에 나타난 변화를 눈치채지 못했다.

"공허하게 텅 비어 있어요. 목소리는 커다란 빈 항아리에서 울려나오는 것 같고요."

히데코가 유령처럼 중얼거렸다.

"텅 빈 항아리."

"그 안에 거미 한 마리가 살고 있어요. 지금 그 거미가 히데코씨 대신 말을 하고요."

히데코는 여전히 빈 잔을 움켜쥐고 있었다.

"저는 지금 히데코씨가 아닌 다른 사람과 얘기를 나누고 있는 기분이거든요."

한 번 뱉어버리고 나면 다시는 주워담을 수 없는 종류의 말이 있다. 해연은 어쩌면 그런 말을 하고 있었는지 모른다.

"영혼의 시계가 멈춰 있는 것은 아닐까, 아까부터 그런 느낌이 들었어요."

"그렇군요."

흐느끼는 듯한 음성으로 히데코가 중얼거렸다. 그제야 해연은 심상찮은 느낌이 들어 옆을 돌아보았다. 그러나 이미 때가 늦었다. 어색한 침묵이 이어지고 나서 히데코가 먼저 입을 열었다.

"해연씨와 저는 비슷한 점이 있는 것 같습니다. 그래서 서로에게 끌렸던 모양이에요. 아까 이쪽으로 걸어올 때부터 실은 그런 느낌을 받았습니다."

해연은 주위의 공기가 달라져 있음을 느꼈다.

"하지만 약간 놀랐습니다."

"기분이 상하셨다면 사과드려요."

히데코가 미소를 띤 얼굴로 되받았다.

"앞으로 자주 만나 얘기 나눴으면 합니다. 저도 해연씨에 대해 좀더 알고 싶으니까요."

두 여자는 밤 10시가 지나 헤어졌다. 여전히 황사가 섞인 비가 내리고 있었다. 히데코가 택시를 불러 먼저 돌아갔고 해연은 스탠드에 30분쯤 더 앉아 있다 커피를 마시고 일어났다.

그로부터 사흘 뒤에 히데코가 먼저 해연에게 전화를 걸어왔다. 어제 오후였다. 해연은 오늘 저녁식사에 그녀를 초대했다.

히데코는 센다이 지방의 어느 장인이 만든 긴 단발머리 인형을 선물로 포장해 들고 왔다.

설거지를 마친 다음 세 사람은 비좁은 거실로 자리를 옮겨 남은 밸런타인을 마셨다. 이틀째 또 밤비가 내리고 있었다. 종일 황사 바람이 몰려간 터라 베란다 창에 누런 물이 얼룩져 흘러내리고 있었다. 아래층에서 고양이 우는 소리가 단속적으로 들려왔다.

히데코의 입에서 사기사와 메구무의 얘기가 흘러나온 것은 10시 전후였고 고양이 울음소리가 그친 순간이었다. 두 여자는 그때 여고 시절 얘기로 옮겨가 있었다. 그러다 히데코의 입에서 튀어나온 이름이 바로 사기사와 메구무였다. 영빈은 간혹 베란다 밖을 살피며 두 여자의 말에 귀를 기울이고 있었다.

"같은 반에 소설을 쓰던 아이가 있었습니다."

공기가 낮게 가라앉은 탓인지 히데코의 몸에서 향수 냄새가 풍겨왔다. 그녀의 목소리가 가볍게 떨리고 있었다.

"그 애도 저와 같은 한국계인데 재능이 아주 뛰어나서 2학년 때 일본에서 꽤 유명한 문예지의 신인상을 받고 등단했죠. 당시 최연소 수상자로 화제가 대단했습니다."

영빈은 소파 테이블에 온더록스 잔을 내려놓으며 슬그머니 히데코를 돌아보았다. 얼굴을 붉히며 히데코가 말을 이었다.

"그 애의 영향 탓이었을 거예요. 저 역시 남몰래 글을 쓰기 시작했죠."

해연이 히데코의 말을 가로막으며 물었다.

"그럼 작가가 되고 싶었단 말인가요?"

"하지만 그렇게 되지 않았습니다."

그 말을 하며 히데코는 다시 얼굴을 붉혔다. 해연이 넌지시 영빈을 바라보았다. 그때 영빈이 슬그머니 끼어들었다.

"그렇다면 혹시."

히데코가 고개를 갸웃하며 영빈을 돌아보았다.

"사기사와 메구무라는 작가 아닌가요? 그 같은 반 친구였다는 사람 말입니다."

낯선 사람의 손이 목덜미에 와 닿았을 때처럼 히데코의 입술이 하얗게 벌어졌다. 그 순간에도 눈은 헤아릴 수 없는 저편 어둠 속으로 깊게 가라앉아 있었다. 이어, 고개를 끄덕이고 나서 히데코가 말문을 열었다.

"한국에도 메구무의 이름을 아는 사람이 있다니, 놀랍군요."

"번역이 몇 권 돼 있습니다. 읽어본 적이 있습니다."

히데코가 들고 있는 온더록스 잔에서 얼음이 바삭, 하고 녹아내리는 소리가 들려왔다. 침묵이 가로놓인 틈을 타서 영빈이 덧붙였다.

"실은 사기사와씨를 만난 적도 있습니다. 오래전의 일이긴 하지만."

아, 하고 히데코의 눈이 크게 벌어졌다. 그리고 무언가 더 물어올 듯했으나 그녀는 거기서 입을 다물었다. 해연은 사기사와 메구무에 대해서 모르고 있었다. 같은 한국계 작가인 유미리나 이양지에 비해 사기사와 메구무는 한국 내에서 크게 알려지지 않은 작가였다. 관심을 갖지 않는 한 모르고 있는 게 당연했다.

본인의 말대로 히데코와 사기사와 메구무는 고등학교 동기동창이었다. 도쿄 교외의 주택가에 위치한 유키가야(雪谷) 공립학교로 남녀 공학이었다. 도쿄보다는 오히려 바다 쪽에 있는 가와사키와 가까운 곳이라고 했다. 1913년(대정 2년)에 세워졌으므로 역사가 꽤 오래된 학교였다.

사기사와 메구무는 1993년 1월 초부터 3월까지 한국에 들어와 서울에 머물면서 연세대 한국어학당에서 한국어를 배우고 도쿄로 돌아갔다. 그 무렵에 영빈은 그녀와 우연히 만날 기회가 있었던 것이다.

밸런타인이 바닥나자 영빈은 자리에서 일어날 준비를 했다. 이미 11시였다. 그때 영빈은 해연이 히데코에게 이렇게 얘기하는 소리를 엿듣고 있었다.

"우리 다음주에 꽃구경 갈까요? 남쪽에 지금 벚꽃이 한창이거든요."

우리란 히데코와 해연을 뜻하는 말이었다. 영빈은 히데코를 돌아보았다. 웬일인지 그때 히데코도 영빈을 바라보고 있었다.

시선을 돌리지 않은 채 히데코가 해연에게 말했다.

"벚꽃이 아직 피어 있나요?"

그렇다고 해연이 말했다.

"도쿄는 이미 다 졌다고 들었어요. 동북부 지방은 아직 피어 있을 테지만. 도쿄에 피는 벚꽃은 한순간에 와르르 폈다 또 어느 날 한순간에 와르르 지죠. 에도 시대 황실 정원사가 그렇게 개량했다고 합니다. 한국 벚꽃과는 좀 다르죠."

그 다음주 월요일부터 수요일까지 두 여자는 경주와 진해를 거쳐 통영에서 하루 묵은 뒤 서울로 돌아왔다. 그리고 두 여자가 꽃구경에서 돌아온 직후 영빈은 히데코에게서 걸려온 전화를 받았다.

7

물때 11물. 음력 2월 5일. 간조시각인 오후 7시 18분이 지나서 영빈은 해연에게서 걸려온 전화를 받았다. 3월 25일이었다. 영빈이 제주로 내려온 지 그새 한 달이 됐다. 종일 바다에 세찬 바람이 불어가고 있었다. 아파트 앞 나대지를 온통 노랗게 물들이고 있는 유채꽃이 종일 남동쪽으로 쓸려가고 있었다.

"요즘 조황은 좀 어떤가요?"

아무 느낌도 없는 무감한 목소리였다. 무의미한 시간 속에서 허둥거리다 영빈에게 전화를 한 모양이었다. 한 시간 전에 영빈은 바다에서 돌아온 터였다. 하지만 바다엔 고기가 없었다. 아니, 고기는 있을 테지만 좀처럼 잡혀주지 않았다. 옆에서 함께 낚시를 하던 사람에게 물으니 이때가 1년 중 수온이 가장 낮은 계절이라고 했다.

"봄인데 왜 수온이 가장 낮죠?"

"바다 속은 계절이 한 템포 늦거든요. 말하자면 지금이 겨울이라고 봐야죠."

물고기들의 먹이 활동이 뜸해지고 보다 수온이 높은 곳을 찾아다니는 시기라는 얘기였다. 게다가 올해는 윤달까지 끼어서 5월까지는 고기가 제대로 잡히지 않을 거라고 그는 말했다. 유난히 탐식성이 강한 전갱이 새끼들만 온종일 바다를 새까맣게 뒤덮고 있었다. 심지어는 학꽁치 한 마리조차 보이지 않았다.

올해도 어김없이 황사가 몰려오고 있다고 해연이 삭막한 어조로 말했다.

"그럼 남쪽에선 꽃이 피고 있겠군."

"꽃은 그쪽이 먼저겠죠."

"어디를 가나 그저 검은색과 노란색뿐이야. 현무암과 유채꽃 말이야."

"아름답잖아요."

"관광객들 눈엔 그렇게 보이겠지. 하지만 내 눈엔 모두 바리케이드나 가드레일처럼 보여. 빠져나갈 곳이 없는 것처럼 보인단 말이지. 고기라도 잡히면 그나마 덜 답답할 텐데, 종일 바다에 나가 있어봐도 잡히는 건 각재기들뿐이야."

"각재기?"

"전갱이 새끼 말이야. 여기선 다들 그렇게 부르더라고."

볼펜을 찾아들고 받아적는지 그녀는 한동안 말이 없었다.

"게다가 웬 바람은 그렇지 불어대는지 이틀이 멀다 하고 풍랑주의보가 떨어져. 몸을 가누고 걸어다니기조차 힘들단 말이야. 그러니 물고긴들 식욕이 나겠어?"

"영등철이 원래 그래요."

"영등철이라니."

"음력 2월 1일부터 15일까지를 말하는데, 연중 수온이 가장 낮은 시기를 말하는 거죠."

아까 낮에 낚시꾼이 한 얘기가 그 말인가? 영빈은 그런 생각을 하고 있었다.

"날짜상으로는 보름 정도지만 실제로는 양력 2월부터 3월까지 두 달을 영등철로 봐요. 어한기라고도 하죠. 하지만 대물을 낚을 확률이 가장 높은 계절이기도 해요. 주의보 때 종종 갯바위 가까이로 대물이 접근하거든요. 동틀 무렵이나 해 질 무렵이 좋고, 당연한 얘기지만 물이 차오를 때 고기들도 함께 몰려들죠."

볼펜으로 급히 받아적으며 영빈은 짐짓 말을 돌렸다.

“현지 어부들한테 물어 물고기 요리법을 몇 가지 정리해놨어. 현재 시중에 유통되고 있는 요리책에는 나와 있지 않을 거라고 믿어.”

예상 외로 그녀의 반응은 신통치 않았다.

“서두를 거 없어요. 아직 시간이 많이 남아 있는 것 같으니까요.”

영빈은 다시 화제를 돌렸다.

“한 가지 물어볼 게 있어.”

메마른 기침을 하고 나서 그녀가 뭔데요? 라고 반문했다. 감기 기운이 있는 듯했다.

“작은 물고기를 잡으면 살려주고 싶거든. 마땅히 살려줘야 하고.”

“그런데요?”

“입술에 낚싯바늘이 박혀 있을 때는 알다시피 별 문제가 없어. 간단히 바늘을 빼서 바다로 돌려보내면 되니까. 고기 입장에서는 약간 따끔한 정도겠지. 그런데 바늘을 아예 삼켜버리는 놈들이 있어. 그런데 바늘을 억지로 잡아빼면 목에서 피가 터져 결국 죽어버리지. 그럴 때마다 마음이 편치 않아. 이럴 땐 과연 어떻게 해야지?”

준비해둔 대답이라도 하듯 그녀는 곧장 해결책을 알려주었다.

"경험이 부족한 물고기 사냥꾼들이 흔히 고민하는 문제예요. 하지만 간단한 방법이 있어요. 바늘을 그대로 놔둔 채 가능한 한 줄을 짧게 끊어주세요. 그다음에 바다로 돌려보내면 돼요."

"그렇더라도 바늘은 여전히 목구멍에 박혀 있잖아."

"시간이 지나면 저절로 빠져나와요. 그들은 물속에서 호흡을 하니까요. 만약 빠지지 않더라도 염분에 의해 서서히 녹아요. 그때까지는 참는 수밖에 없는 거죠. 애당초 운이 없었던 거니까요."

"결국 사람하고 비슷하군."

"참아야 한다는 점에서는 비슷하죠."

해연은 물고기에 대해 얼마를 더 알고 있는 걸까? 비록 아버지가 낚시꾼이었다고 해도 의혹이 사라지는 건 아니었다. 하지만 영빈은 아직 해연에게 정면으로 물어보지는 않았다. 바늘이 빠져나오듯 언젠가 스스로 말하는 날이 오겠지.

"고기가 안 잡힌다고 너무 안달복달하지 말아요. 비행기를 타고 창가 쪽에 앉아 바다를 내려다본 적이 있을 거예요. 해안가나 갯바위는 바다의 아주 작은 일부에 불과해요. 그런데다 물고기들은 대개 깊은 곳을 선호하죠. 제주도는 또 전체적으로 수심이 낮아 물고기들의 경계심이 아주 높아요."

"그럼 배를 타고 섬으로 나가야겠군. 무인도에 있는 갯바위로 말이야."

주저하는 듯하다 해연이 말했다.

"얘기가 결국 거기까지 가는군요."

"배는 어디서 얻어타지?"

"……포구에 나가면 아침마다 낚시꾼을 실어나르는 유어선이 기다리고 있어요. 그걸 타고 갯바위로 나가면 조과가 어느 정도는 보장되겠죠."

그녀는 영빈이 서울을 떠나오기 전에 한 말을 되풀이했다.

"바다는 위험한 거예요. 조심하지 않으면 누구나 다치게 돼 있어요."

"수영장과는 물론 다르겠지."

"이제 그만 끊어야겠어요. 가스레인지에 올려놓은 된장찌개가 다 졸아붙겠어요."

전화를 끊기 전에 해연이 물어왔다.

"그런데 호랑이는 봤나요?"

갑자기 말문이 막혀 허둥거리다 영빈은 제풀에 냉큼 수화기를 내려놓았다.

8

……고인 물처럼 잔잔한 수면에 길게 놓여 있는 널빤지들. 물고기의 뱃가죽 비슷한 색깔로 출렁이던 운하의 잔물결. 처음 널

빤지 위에 내려섰을 때의 그 불안한 감촉.

두렵지 않았던 것은 결코 아니다. 하지만 자신을 구하기 위해서는 그 두려움을 억누르면서 어딘가로 가지 않으면 안 되었던 것이다.

다다를 곳이 어딘지도 모르고, 언제 가라앉을지도 모르는 물 위의 길. 아버지는 무언가에 쫓기고 있었을 것이다. 치밀어오르는 쓸쓸함일까. 그렇다면 나는, 지금의 나는 무엇에 쫓기고 있는 것일까.

— 사기사와 메구무, 「달리는 소년」에서

영빈이 사기사와 메구무를 만난 것은 1993년 2월의 일이었다. 그날 저녁 영빈은 신촌에서 약속이 있었고 이대 전철역에서 내려 약속 장소로 가던 중이었다. 신촌 기차역 앞에서였다. 날이 흐리고 어두워지는 가운데 진눈깨비가 날리고 있었다. 그때 그녀가 조그만 역 광장 한가운데를 왼쪽에서 오른쪽으로 비스듬히 가로질러갔다. 책에서 사진을 몇 번 보았을 뿐인데, 신기하게도 영빈은 그녀가 누구라는 걸 한눈에 알아보았다. 동시에 영빈은 혼란에 휩싸여 있었다. 혹시 잘못 본 게 아닐까. 어째서 그녀가 신촌 기차역 광장에 나타난 것일까.

사기사와 메구무가 광장을 벗어날 무렵 영빈은 그녀의 뒤를 따라갔다. 매화 무늬가 선명한 하늘색 블라우스에 검은 코트 차림이었다. 날이 추운데도 불구하고 코트 앞자락의 단추가 모두 풀려 있었다. 신발도 역시 검은색 단화를 신고 있었다. 머리칼은 단정하게 빗어 뒤로 묶었고 오른쪽 어깨에 카키색 천으로 만든 가방을 메고 있었다. 그녀가 '무진기행'이라는 술집 앞을 지나고 있을 때 영빈은 슬그머니 앞을 가로막으며 말을 건넸다. 짐작했던 것보다 그녀는 훨씬 더 당황했다. 낯선 남자가 갑자기 길을 가로막은 것이다. 걸음을 멈춘 채 그녀는 잠시 생각에 잠긴 표정을 짓고 있었다.

"사기사와 메구무씨죠? 저는 그렇다고 생각합니다만."

그녀는 쉽게 대답해오지 않았다. 침착하게 표정을 유지하고 영빈의 얼굴을 꼼꼼히 살폈다. 부담을 주지 않기 위해 영빈은 에둘러서 말했다.

"사기사와 메구무라는 소설가가 쓴 책을 읽은 적이 있습니다. 책에 나와 있는 사진도 봤고요. 하지만 제가 지금 사람을 잘못 봤을 수도 있다고 생각합니다."

그녀는 희미하게 미소를 지었다. 그러나 어쩐지 불안한 기색이었다. 아무래도 대꾸가 없어 물러나려는 참에 그녀가 입을 열었다.

"사진만 보고 어떻게 저를 알아봤죠? 더군다나 도쿄가 아닌 서울이라서 무척 놀랐습니다."

그녀의 한국어 발음은 형태가 불분명했다. 그러나 알아듣는

데는 크게 문제가 없었다. 다른 사람들이 지나갈 수 있도록 옆으로 비켜서며 영빈이 말했다.

“그저 인사나 하려고 했던 건데 놀라신 모양이군요. 그럼 저는 이제 가던 길로 가겠습니다. 시간이 허락하면 얘기를 좀 나누고 싶긴 하지만요. 다시는 이런 기회가 오지 않을 테니까요.”

잔잔한 표정 뒤에서 그녀가 다시금 미소를 지어 보였다. 그런 다음 꿰뚫어보듯 영빈의 얼굴을 짧고 깊게 응시했다. 다소 복잡한 심정으로 영빈은 그녀가 해올 말을 기다리고 있었다. 손목에 찬 시계를 확인하고 나서 그녀가 말했다.

“어쩌죠? 실은 약속이 있어 가던 길이었거든요.”

“안타깝지만 어쩔 수 없군요. 실은 저도 사정이 같습니다.”

그럼, 하고 고개를 숙여 보인 다음 그녀는 걸음을 옮겼다. 몇 걸음 걷다가 뒤를 돌아보고 그녀는 다시 영빈에게 고개를 숙여 보였다. 그런데 약속 장소로 가다보니 그녀와 길이 같았다. 아니나 다를까. 그로부터 불과 2분 뒤에 두 사람은 ‘민들레 영토’ 라는 찻집 앞에 다다라 있었다. 영빈은 그날 저녁 7시에 영화사에 근무하는 대학 후배와 그곳에서 만나기로 돼 있었다. 사기사와 메구무는 다음달에 자신의 책을 번역 출판할 출판사의 편집자와 민들레 영토에서 똑같이 7시에 약속이 돼 있었다.

찻집 입구에서 두 사람은 어색하게 마주 보고 웃었다. 그러고 나서 사기사와 메구무가 먼저 문을 열고 안으로 들어갔다. 영빈은 책장 옆자리에 가 앉았다. 7시 10분이 되었으나 후배는 오지 않았다. 사기사와 메구무는 창가에 앉아 있었는데, 대각선으로 비스듬히 마주 볼 수 있는 자리였다. 출판사 직원이란 사람도 약속 시간을 제대로 지키지 않고 있었다. 창밖을 내다보다 사가사와 메구무는 이따금씩 영빈이 앉아 있는 쪽을 바라보았다. 마치 이쪽 어디에 있는 다른 것을 바라보는 표정으로. 종업원이 다가오자 그녀는 커피를 주문했다.

영빈은 자리에서 일어나 그녀에게 다가갔다. 그녀는 이번에는 별로 놀라지 않았다.

"약속한 사람들이 아무도 오지 않는군요. 그럴 때가 있죠. 잠시 앉아도 되겠습니까?"

담담한 말투로 그녀가 대꾸해왔다.

"네, 앉으세요."

"그럼 어느 쪽이든 기다리는 사람이 오면 일어나기로 하고 일단 앉겠습니다."

영빈이 자리에 앉자마자 그녀가 물어왔다.

"선생님도 작가시죠? 아마 그럴 겁니다."

거의 확신에 가까운 말투였다.

"하지만 사기사와씨만큼 유명한 작가는 아닙니다. 아직까지 책을 한 권도 내지 않았으니까요."

그 말이 이상하게 들렸는지 그녀는 고개를 갸우뚱했다.

"마치 일부러 책을 내지 않은 것처럼 말씀하는군요. 그렇다면 그게 사실인가요?"

"그 정도면 그래도 괜찮은 편이죠. 실은 모래 속을 걷는 것처럼 막막하고 불안한 상태가 하루하루 계속되고 있습니다. 글이 써지지 않아서요."

그녀는 말없이 고개를 끄덕여 보였다. 아무튼 그런 식으로 대화가 시작됐고 어쩔 수 없이 그 비슷한 얘기를 계속하게 됐다. 영빈은 주로 묻는 쪽이었고 그녀는 진지한 태도로 대답했다. 벽시계는 어느덧 7시 20분을 가리키고 있었다. 아마도 조급함 때문이었을 텐데, 영빈은 다소 직설적인 질문들을 그녀에게 던졌다.

"사기사와씨의 작품을 보면 재일 한국인 얘기가 자주 나옵니다. 그것이 사기사와씨의 주요 관심사인가요?"

한참 생각한 뒤에 그녀는 말했다.

"제가 한국계라는 건 아시겠죠?"

"물론 알고 있습니다."

"그 조건을 벗어날 수는 없습니다. 그건 선택의 문제가 아닌 주어진 조건에 관한 문제니까요. 다른 표현으로는 상황이라고 할 수도 있겠죠. 일본 내에서도 제 작품을 그렇게 읽는 사람들이 대부분입니다. 제가 한국계이기 때문이죠. 하지만 한국계라는 입장에서 재일 한국인의 얘기를 다루는 것은 아닙니다. 그것은 단지 형식일 뿐이고 저는 오히려 내면의 불안을 호소하는 작품을 쓰고 싶었습니다. 사람은 누구나 불안한 법이니까요. 불안은 누구한테나 운명적으로 주어진 조건의 일부라고 봐요. 실은 한국계라는 사실보다 더 감당하기 힘든 조건이죠. 제 경우는 그렇습니다."

말하는 태도에서 묘한 무게감이 느껴졌다. 마치 양손에 돌을 들고 얘기하는 것 같았다.

"좀 딱딱한 질문이지만, 작가로서의 시점을 유지하는 문제는 어떻습니까? 이를테면 어떤 위치에서 세상을 바라보느냐는 거죠. 미리 밝히자면 저는 작가에게 시점이 가장 중요하다고 생각합니다. 시점이 분명하지 않으면 리얼리티가 발생하지 않는다고 보는 거죠."

역시 대답을 해오는 데 시간이 걸렸다. 커피를 한 모금 마시고 나서 그녀는 가방에서 담배를 꺼내 불을 붙였다. 필터에 갈색 루주가 묻어났다. 담배연기가 그녀의 얼굴을 흐려놓았다. 연기 속에서 그녀가 입을 열었다.

"경계인이라는 말이 있죠."

"줄타기 같은 거죠."

"거기서는 리얼리티가 배어나오지 않나요?"

그녀가 묻고 영빈이 대답했다.

"흔들리며 중심을 유지하는 게 줄타기라면 그게 리얼리티의 조건일 수도 있겠죠. 위험한 경계이기도 하고요. 저 역시 경계로 몰리는 듯한 느낌을 받을 때가 있습니다. 만약 그것이 능동적으로 선택한 시점이라면 당연히 리얼리티가 형성되겠죠. 얘기를 듣다보니 사기사와씨의 작품에 대한 이해가 좀더 분명해지는 것 같군요. 하지만 경계인으로 사는 건 쉬운 일이 아닙니다."

잠시 생각에 잠겨 있다가 그녀는 담배를 재떨이에 눌러 껐다.

"모래 속을 걷는 것처럼 막막하고 불안한 심정이라고 했나요? 그것이 곧 경계로 몰리는 느낌을 말하는 건가요?"

영빈은 신중하게 말했다.

"아마 그럴 겁니다. 아까도 말했지만 어느 사회든 경계인으로 살아간다는 것은 매우 힘든 일입니다. 작가뿐만 아니라 누구든 마찬가지죠. 한국 사회에서는 더더욱 그렇다고 말할 수 있습니다. 경계인의 입장에 서면 흔히 회색분자나 기회주의자로 몰리게 마련이니까요. 가령 좌와 우가 있습니다. 어느 면에서는 좌가 옳고 우는 옳지 않습니다. 반대로 또 어느 면에서는 우가 옳고 좌는 옳지 않습니다. 균형감각을 가진 사람이라면 좌우의 장점을 택해 문제 해결에 적용시키려고 하죠. 그런데 그게 생각만큼 간단하지가 않습니다. 그런 사람을 경계인이라 부르지 않고 양쪽에서 모두 기회주의자로 간주하니까요. 말하자면 양쪽에서 흔들어대는 거죠. 현재 한국의 지식인이라고 하는 사람들이 처해 있는 상황은 어쨌든 한쪽에 서 있어야 한다는 겁니다. 그걸 용기라고도 합니다. 문제는 어느 한쪽에 서게 되면 옳지 않은 경우라도 그쪽 입장에 서서 옳다고 주장해야 한다는 겁니다. 단순히 옹호하는 수준이 아니라 정당원처럼 앞에 나서 주장하길 요구하죠. 뿐만 아니라 어느 사회든 무수한 집단들이 있는데 집단마다 이기라는 게 존재하죠. 거기서도 똑같은 원리가 작용합니다. 결국 경계인으로 살아가는 건 불가능하다는 얘기죠."

"그럼 어느 한쪽을 택해야겠군요."

"아뇨, 그래도 작가는 경계인의 시점을 유지해야 한다고 생각합니다. 두 눈으로 세상을 봐야 하니까요. 박해를 받더라도요. 박해와 맞서는 힘이 저는 작가의 리얼리티라고 봅니다."

"한국에 들어와 생활하다보니 한국은 정말 갈등이 많은 사회더군요. 분단 문제를 제외하더라도요."

"실제로 분단 문제엔 별 관심들이 없습니다. 누가 기득권을 갖느냐가 주요 관심사니까요. 항상 그렇죠."

"냉담하게 들리는군요."

"저 역시 한국에서 재외동포로 살아가는 느낌이 들 때가 있습니다. 시점을 확보하기 힘드니까요. 비약하고 있는지 모르지만, 그런 의미에서 일본 내 한국계 작가라는 신분과 한국 내 한국 작가라는 신분이 그다지 다른 것 같지도 않습니다."

그녀는 그 말에는 동의하지 않았다.

"아니, 달라요. 다를 수밖에 없고요. 모국, 모국어가 있고 또한 모국에서 산다는 것은 작가에게 커다란 행운에 속하는 일이에요. 그것은 종종 집과 가족을 뜻하는 거예요."

"그렇다면 사기사와씨는 순수한 일본인으로 살아갑니까, 아니면 재일동포로 살아갑니까?"

전혀 망설이지 않고 그녀는 명료하게 대답했다.

"저는 엄연히 일본인이에요. 할머니가 한국인이라고 해서 한국인일 수는 없습니다. 어느 쪽이든 그렇게 인정하지도 않고요. 단지 한국계라는 닉네임이 붙는 거죠. 그것도 제가 원해서 그런 것도 아니고요."

"한국계로 불리는 걸 원치 않을 때도 있나요?"

깊게 숨을 몰아쉬고 나서 그녀가 대꾸했다.

"때때로 그렇죠."

"그렇다면 스스로 한국인이라는 감정을 느낄 때가 있긴 한가요?"

"때때로 그렇죠. 하지만 대체로 막연합니다. 제 몸속에 흐르는 피의 4분의 3은 일본이고 그 나머지만 한국이니까요. 하지만, 그 4분의 1도 제겐 중요합니다. 4분의 1의 피가 빠져나가면 누구나 목숨이 위태로우니까요."

그녀는 건조하게 웃어 보였다.

"또 가끔은 그 4분의 1에 기대어 숨 쉴 때도 있습니다. 낯설지만 거기서 안도감을 느낄 때가 있죠. 그러니 단순히 수치상의 문제는 아니겠죠."

"얘기를 듣다보니 약간 혼란스럽군요."

"타고난 조건을 극복하긴 아주 힘든 일이에요. 사회마다 기존의 힘들이 존재하거든요. 그건 여자로 태어나느냐 혹은 남자로 태어나느냐의 문제와 크게 다르지 않아요."

"결국 그런 건가요?"

"인정하고 싶지 않지만 결국 그렇죠. 귀화 외국인에 대해서 법적으로 똑같은 권리를 준다고 해서 그 사람이 충분한 삶의 자율권을 갖는 건 아니죠. 실제 현실에서 거부권을 행사하는 사람들이 많으니까요. 혼혈아 문제도 마찬가지고요."

그 대목에서 영빈은 질문을 그만두기로 했다. 그녀도 약간 지친 기색이었다. 하지만 대화를 마치고 나자 그녀는 오히려 편안한 모습으로 변해 있었다. 수영장에서 나와 거울을 보고 있는 사람처럼 표정이 깨끗했다. 자기를 보는 시점이 분명할 때의 차분한 표정이었다.

"제가 오늘 지나친 감이 없지 않았습니다. 대답하기 까다로운 질문도 많았고요. 하지만 마음에 담아두진 마십시오. 저는 제 얘기를 한 것뿐이니까요. 아마 알고 계셨을 겁니다."

"흥미 있는 대화였어요. 일일이 의미를 따질 필요는 없겠죠. 공감하는 일이 보다 중요하니까요."

영빈이 자리에서 일어나려 할 때 그녀가 말을 이었다.

"앞으로 좋은 작품 쓰시기 바랍니다. 나중에 꼭 한번 읽어보고 싶습니다. 아마 그럴 기회가 있을 거라고 생각합니다."

그녀는 진심으로 그렇게 말하고 있는 것 같았다. 그 말이 영빈의 마음속에서 성냥불처럼 타올랐다. 그 불은 곧 꺼져버렸지만 영빈은 그때 그녀가 한 말을 두고두고, 이따금씩 떠올리곤 했다. 그토록 평범한 말이 그토록 오래 마음에 남을 때가 있는 것이다.

"사기사와씨도 늘 건강하시고 행복하시기 바랍니다. 때로는 글 쓰는 일보다 사는 일이 더 행복하시길 바라고요."

그녀는 그 말에 무척 놀란 듯했다.

"그래요, 물론 그래야겠죠."

한국에 잘 머물다 무사히 일본으로 돌아가시라고 영빈은 그녀에게 마지막 인사말을 건네고 자리에서 일어났다. 그녀도 자리에서 몸을 일으키더니 영빈에게 깊숙이 허리를 굽혀 인사를 했다.

"사요나라."

영화사에 근무하는 후배는 이미 와 있었다. 사기사와씨와 얘기에 열중하느라 미처 보지 못했던 것이다. 이어 출판사 편집자가 허겁지겁 문을 열고 들어왔다. 7시 40분이었다.

사기사와 메구무는 3월에 책을 내고 나서 곧 일본으로 돌아갔다.

9

영빈이 히데코한테서 걸려온 전화를 받은 것은 4월 25일 금요일 오후였다. 뜻밖의 전화였다. 수화기를 든 상태에서 영빈은 반쯤 타들어가고 있는 담배를 재떨이에 눌러 끄고 베토벤이 흘러나오는 스피커의 볼륨을 줄이고 테이블에 놓여 있던 물을 마셨다. 그러느라 몇 초의 시간이 걸렸다.

"전화번호는 어떻게 아셨죠?"

누가 들어도 불필요한 질문이었다.

"하긴 그게 그렇게 중요한 것 같지는 않군요. 누가 알려줬는지 짐작이 가니까요."

사뭇 긴장된 목소리로 그녀가 가냘프게 대꾸해왔다.

"제가 전화를 잘못 걸었다는 뜻인가요?"

"번호는 맞습니다."

"언제나 그렇게 전화를 신문기자처럼 받는 모양입니다."

목소리를 낮추며 그녀가 짐짓 여유를 부렸다.

"그저 바쁜 척해보는 겁니다. 기자들처럼요."

수화기 저편에서 흥얼거리듯 낮게 웃는 소리가 들려왔다. 영빈은 문득 자신의 귀를 의심했다. 왜 웃고 있는 것일까?

"바쁘시더라도 만나주셨으면 합니다."

단도직입적으로 그녀가 말해왔다.

"용건이 분명하다면요."

"특별한 용건은 없습니다. 그저 만났으면 해요."

그녀는 차분하고 자신감이 넘치는 소리로 대꾸해왔다.

"그럴 만한 관계는 아니라고 생각하는데요."

"그럼 거래를 하죠. 히데코하고 영빈씨하고."

"전화로 하죠."

"거래는 만나서 하는 걸로 알고 있는데요."

영빈은 잠시 입을 다물고 베란다 밖을 내다보았다. 오늘은 웬 일인지 비가 내리지 않고 있었다. 지독하게 맑은 4월 말의 오후였다. 이런 때 사람들은 무슨 생각에 빠져 있는 것일까. 영빈이 침묵을 지키고 있는 사이 히데코가 속삭여왔다.

"오늘 저녁이 좋겠어요. 히데코는 이런 날을 좋아해요."

"내가 듣기엔 마치 꿀벌이 사슴을 유혹하는 소리처럼 들리는군요."

역시 흥얼거리듯 웃는 소리가 전화선을 타고 꿈속에서처럼 들려왔다. 영빈은 뒤통수에 침을 잘못 맞은 것처럼 머리가 지끈거렸다.

"그럼 저녁 7시에 명동 중앙우체국 앞에서 기다리고 있겠습니다. 늦으면 안 됩니다. 10분 이상 늦으면 먼저 가버리거든요."

뭐라 대꾸하기도 전에 히데코는 전화를 끊었다.

영빈은 6시에 집에서 나와 6시 50분에 명동 중앙우체국에 도착해 주위를 어슬렁거린 다음 7시 10분에 다시 우체국 앞으로 돌아왔다. 그사이 히데코가 우체국 계단에 서 있었다. 회색빛이 도는 감색 정장 차림이었다. 안에는 선홍색의 블라우스를 입고 있었고 육각형의 조그만 사파이어가 박힌 목걸이를 걸고 있었다. 늘 그런 스타일인 모양이었다. 바람이 불어 머리칼이 왼쪽 뺨을 자꾸 가리고 있었다.

낮에 통화할 때와는 달리 그녀는 깍듯한 자세로 인사를 했다.

"안 나오실 수도 있다고 생각했습니다. 제가 좀 무례했죠?"

"그 무례가 효과가 있었던 모양입니다. 한국 여자들도 항상 예의가 바른 건 아니지만 히데코씨처럼 교활하지는 않죠. 전화 통화를 할 때만 그런지 모르지만."

그녀는 얼굴을 붉히며 이마를 찡그렸다.

"터프한 스타일인가요?"

"나 말입니까? 아니, 오히려 섬세한 편이죠."

"그럼 섬세한 모습을 보여주세요. 그게 숙녀에 대한 예의라고 생각한다면요."

그녀는 반 발자국 앞선 걸음으로 명동 골목으로 들어갔다. 무슨 말을 하려고 불러낸 것일까. 야릇하게 신경이 곤두선 상태에서 영빈은 내내 그런 생각을 하고 있었다. 예정에 없던 일이란 흔히 바람직하지 못한 문제를 불러오게 마련이다. 히데코의 전화를 받고 나온 걸 영빈은 은근히 후회를 하고 있었지만 이미 때가 늦어 있었다. 어쩌면 지나치게 예민해져 있었는지도 모른다.

"낮에 통화를 하면서 상당히 까다로운 분이라는 걸 알았습니다."

말끝마다 '습니다'라는 그녀의 문어체 말투가 영빈은 귀에 거슬렸다. 어두워지는 희번한 명동 거리를 돌아보면서 영빈이 물었다.

"왜 명동에서 만나자고 했는지 물어봐도 될까요?"

당황한 표정으로 그녀가 옆을 돌아보았다.

"그것도 지금 문제가 되는 건가요?"

"그저 물어보는 겁니다. 명동에 나와본 지가 너무 오래돼서요."

잠시 망설이는 듯하다 그녀가 더듬거리며 대답했다.

"실은 도쿄가 그리울 때마다 명동에 오곤 합니다. 대개는 금요일에."

"그렇다면 금요일마다 도쿄가 그리운 모양이군요."

"거리에 사람들이 많아지는 날이니까요."

"금요일에 술 소비량이 많다는 얘긴 들어봤습니다."

"인사동은 신주쿠나 긴자와 분위기가 비슷하고 명동은 아무래도 시부야에 가깝습니다. 항상 젊은 사람들로 만원이죠."

"비슷한 얘기지만 시부야에 가봤더니 명동과 비슷하더군요."

"도쿄에 오신 적이 있군요."

"인사동과 닮은 신주쿠와 긴자에도 가본 적이 있습니다. 우리나라 사람들만 그런 줄 알았더니 일본 사람들도 술을 꽤나 많이 마시더군요."

갸웃거리듯 영빈의 얼굴을 살피고 나서 히데코가 말했다.

"영빈씨도 반일감정에 사로잡혀 있나요? 어쩐지 그렇게 들립니다."

굳이 하고 싶은 얘기는 아니었으나 영빈은 사실대로 말했다.

"문화에 대한 약간의 호기심을 빼고 나면 일본을 그다지 좋아하지는 않죠. 좋아할 이유가 없지 않습니까. 특히, 아직도 전혀 반성하는 기미를 보이지 않고 있는 위안부 문제. 정신 나간 자들이 아니면 어떻게 그런 만행을 저지르겠습니까. 그래도 독일인들은 반성하는 척이라도 하더군요."

"분개하시는군요."

"사람의 등에는 제 손이 가 닿지 않는 부분이 있습니다. 가려워도 긁을 수 없는 부위를 뜻하는 거죠. 그런데 하필 거기에 종기가 났다고 칩시다. 또 그게 없어지지 않고 오랜 세월 동안 뿌리 깊게 남아 있다고 가정하죠."

"그게 일본이란 뜻인가요?"

"일본 국기도 그와 모양이 비슷하죠."

"심정은 이해하지만 한국계인 제 앞에서 그렇게까지 말할 건 없다고 생각해요. 그렇다고 제가 죄책감을 느껴야 하나요?"

"사과하기를 바랍니까?"

고개를 가로저으며 히데코가 한숨을 내쉬었다.

"지금은 그래주면 좋겠어요."

"그럼 사과하죠. 준비한 발표문엔 없는 대목이었으니까."

두 사람은 이자카야라고 부르는 일본식 술집으로 들어갔다. 튀김 안주를 가운데 두고 청주를 각자의 잔에 조금씩 따라 마셨다. 4월 말의 명동 거리는 화사했다. 젊은이들의 모습이 유난히 애틋하고 아름다워 보이는 저녁이었다. 영빈으로서는 3년 만의 명동 외출이었다.

"서울 여성들은 도쿄 여성들에 비해 무척 활달하고 세련된 느낌이 듭니다."

"개성이 강한 편이죠."

"필요할 때는 언제든 자기주장을 하는 모습을 보면 부러울 때가 많아요. 결혼을 해도 남편 성을 따르지 않는 데서 오는 자유분방한 의식 때문이겠죠."

"모계사회의 후유증이죠."

"유머 감각이 유별나군요."

네온사인이 번쩍거리는 거리를 내다보고 나서 영빈은 화제를 바꿨다. 자꾸 그런 얘기를 하며 신경을 곤두세우고 싶지 않았다.

"여행은 즐거우셨나요?"

미처 듣지 못했는지 히데코는 고개를 숙인 채 청주가 반쯤 채

워진 사기잔을 내려다보고 있었다. 거기에 비친 제 모습이라도 들여다보고 있는 걸까. 가녀린 듯하지만 실은 빈틈이 없고 부드러운 느낌 속에 차가움을 숨기고 있는 사람이었다. 어쩌면 이렇게 견고해 보이는 사람일수록 내면이 불안정할지도 모른다. 그녀가 대답을 해오는 데는 시간이 걸렸다.

그녀가 고개를 들고 끊어진 필름을 이어붙이듯 말했다.

"조그만 도시지만 진해가 특히 인상에 남았습니다. 해군사관학교를 구경할 수 있었던 것도 특별한 경험이었고요."

영빈은 오래전 진해 군항제에 갔다가 안민 고개에서 내려다보았던 흐린 바다를 떠올리고 있었다. 참으로 벚꽃이 유난스런 도시였다. 이런 곳을 고향으로 둔 사람들은 겨울에 눈이 쌓인 걸 보면 어떤 기분이 들까. 뭐, 그런 엉뚱한 생각을 하기도 했다.

"통영은 어땠나요? 예술가들이 많이 태어난 유서 깊은 고장인데 나는 아직까지 가볼 기회가 없었습니다. 일제 강점기 때 일본인들이 많이 들어와 살았다는 얘기는 들었습니다만. 해안 지방이지만 흐린 날이 별로 없다더군요."

꿈을 꾸듯 몽롱한 표정으로 그녀는 역시 문어체로 대답했다.

"미륵도에 있는 '산양일주도로'라고 기억합니다. 거기서 내려다본 다도해의 풍경이 무척 인상에 남습니다. 그 수많은 섬들이 저녁 노을 속으로 하나씩 사라져가는 걸 보니 생이 무상해지더군요."

그녀는 마치 한국인처럼 말하고 있었다.

"여행 파트너는 어땠나요? 호흡이 잘 맞던가요? 여행에서 파트너는 항상 중요한 변수로 작용하죠."

불현듯 음울한 그림자가 그녀의 이마에 얼룩을 남기고 사라졌다. 저녁 노을 속으로 섬들이 하나씩 사라져가는 것처럼. 길게 입을 다물고 있다가 히데코가 혼잣말처럼 중얼거렸다.

"운전 솜씨가 아주 뛰어나더군요. 과속도 즐기고요. 서울로 돌아올 때는 계기판의 눈금이 시속 150킬로미터까지 올라가더군요."

"그런 사람이죠."

영빈은 아무 생각 없이 그렇게 되받았다.

"실은 너무 가까워진 느낌이 들어요."

"……거북하단 뜻인가요?"

히데코가 곧장 대꾸했다.

"그게 제 스타일은 아니니까요. 조절하기가 쉽지 않았습니다. 며칠 동안 계속 함께 있었으니까요. 해연씨는 내면의 에너지가 넘치고 흡인력이 대단한 사람이더군요."

"그런 사람일수록 이기적인 측면이 강하죠."

히데코는 그 대목에서 슬쩍 말을 비껴갔다.

"매력이 넘치는 사람이에요. 타인을 들여다보는 눈이 무척 예리하고요. 어떤 순간엔 두려움을 느낄 정도로."

창밖으로 천천히 고개를 돌리며 히데코가 중얼거렸다.

"해연씨하고 있으면 이상한 종속감을 느끼게 돼요. 무엇이든 다 고백하게 되고요."

"고백을 강요받은 적이 있나요?"

"고문을 받은 적은 없습니다."

히데코의 말이 다소 감정적으로 들려 영빈은 에둘러서 말했다.

"해연씨는 아마도 히데코씨를 좋아하나봅니다. 누굴 좋아하기 시작하면 정신을 못 차리는 사람이죠. 나는 그런 면이 나쁘다고는 생각하지 않습니다. 한국인들은 대개 다 그러니까요. 굳이 말하자면 소주와 청주의 차이겠죠. 고추장과 왜간장의 차이이기도 하고요."

"얘기의 초점이 다시 한일문제로 옮겨간 건가요?"

"비교문화적으로 그렇다는 얘기죠. 한국인은 속내를 서로 털어놔야 한다고 생각합니다."

"익숙하지 않아요."

"익숙해질 필요는 없겠죠. 잘 아시겠지만 히데코씨는 히데코씨 나름의 스타일을 유지하면 됩니다. 다소 감정적인 면이 없지 않지만 해연씨는 좋은 사람입니다. 음식 솜씨도 아주 훌륭하고요."

"제가 보기엔 무척 외로운 사람 같던데요."

"감정이 풍부해서 그렇게 보이는 겁니다."

음, 하고 신음을 뱉어내며 히데코는 의자 등받이에 몸을 기대며 야릇한 미소를 지어 보였다.

"해연씨를 좋아하는군요."

그 순간 석연찮은 느낌이 영빈의 턱 밑을 스치고 지나갔다.

"좋아하죠. 그 엉뚱한 수집 취미만 빼면."

히데코는 그 말을 알아듣지 못했다.

"혹시 물어봐도 되는지 모르겠지만, 두 분이 결혼할 생각인가요?"

"그런 생각은 해보지 않았습니다. 그 사람이 나를 어떻게 생각하는지도 아직 모르고요."

히데코가 웃으며 말했다.

"사랑하는군요."

"대답해야 합니까?"

"그렇진 않아요."

"나는 사랑을 멈춘 지 이미 오랩니다. 그리고 두 번 다시 그런 일은 저지르고 싶지도 않고요. 더이상 누군가를 미워하고 싶지 않으니까요."

"재밌는 말이군요."

"남들이 듣기엔 그럴 테죠."

"그래서 말투가 거친 거군요. 누군가를 아직도 미워하고 있어서."

"오답은 아니군요."

하얀 매니큐어가 칠해진 손가락으로 테이블 끝을 톡톡 치고 나서 히데코는 담배를 피워물었다. 밖엔 짙은 어둠이 내려와 있었다. 그럴수록 네온사인빛이 요란하게 변해가고 있었다. 봄밤의 냄새가 조그만 술집 안으로 몰려들어와 낄낄거리고 있었다.

"이쯤에서 나를 불러낸 용건을 말씀하시죠. 더이상 거래는 하지 않겠습니다. 혹시 내게 원하는 게 있습니까? 중재를 해드릴까요?"

흔들림 없는 고요한 얼굴로 히데코는 숨을 죽이고 있었다. 영빈은 곧 자신이 한 말을 후회했다. 한꺼번에 너무 많은 말을 한 것이다. 아마도 술기운 탓이리라. 히데코가 입을 열어 침착하게 대꾸했다.

"해연씨와의 관계를 말하는 거라면 이제 중재는 필요하지 않을 것 같습니다. 해연씨를 어느 정도 이해하게 됐으니까요. 용건은 없다고 이미 말씀드렸습니다. 거래는 이미 성립된 것 같고요. 원하는 게 있는지는 지금부터 생각해보겠습니다."

"고독한 자들은 말이 없지만 외로운 사람들은 대개 말이 많은 편이죠."

"저를 두고 하는 말이라면 네, 오늘 외로워요. 미처 몰랐는데 오늘 영빈씨를 만나고 나서부터 줄곧 외로움을 느끼고 있어요. 그 점을 자극하는 재능이 있나봅니다."

"만약 그렇더라도 오해는 하지 마십시오. 내가 왜 그런 정신 나간 짓을 하겠습니까."

공허하게 웃고 나서 그녀는 미끄러져 내리듯 의자 옆으로 몸을 기울였다. 아니, 힘을 잃고 기울어졌다. 조금 위태로워 보였다. 잠자듯 의식을 놓고 있는 걸까. 영빈이 손가락으로 테이블을 두드리자 그녀는 몸이 기운 상태에서 눈을 뜨고 영빈을 아득히 바라보았다. 그리고 다시 공허한 표정으로 웃었다.

여행중에 두 여자 사이에 어떤 일이 있었던 걸까. 누군가 또 들춰내지 말아야 할 것을 억지스럽게 들춰낸 걸까? 그래서 어느 한쪽이 상처를 입은 것일까. 알 수 없는 일이었다. 영빈은 마음이 왠지 어수선하고 복잡했다. 그렇듯 난감한 기분에 사로잡혀 있을 때 히데코가 입을 열었다. 그녀의 말은 영빈의 귀에 마치 독백처럼 들려왔다.

"아무래도 트라우마가 재발한 것 같습니다. 네, 그게 다시 시작됐어요."

트라우마?

"해연씨가 가자미 얘기를 하더군요."

"……"

"밝음과 어두움이 뚜렷이 공존하고 카멜레온처럼 여러가지 보호색을 띠고 있다고 하더군요. 해연씨 말에 따르면 가자미가 그렇다는 거예요. 어두운 해저에 서식하고 있고요."

"왜 그런 애기를 하던가요?"

퀭한 눈빛으로 히데코가 중얼거렸다.

"우리 모두 가자밋과에 속한다는 거죠. 해연씨와 저, 그리고 영빈씨까지."

히데코는 귀밑으로 내려온 머리칼을 손가락으로 돌돌 말고 있었다. 자폐증에 걸린 여자아이처럼. 그녀가 내뿜은 담배연기가 영빈의 얼굴로 자욱이 날아왔다. 몸을 비틀며 영빈은 짐짓 헛기침을 했다. 그녀가 야릇한 소리를 내며 웃었다.

시간이 많이 흐른 듯한데 아직 9시 30분이었다. 그녀는 담배를 끄고 일어나더니 화장실에 가는 듯하다가 카운터로 다가가 계산을 했다. 영빈은 자리에서 일어나 출입구 쪽으로 걸어갔다. 문을 나서려는 참에 그녀가 비틀, 하더니 영빈의 왼쪽 팔목을 잡았다. 반사적으로 영빈도 그녀의 오른팔을 잡았다. 쿡, 웃고 나서 그녀는 몸을 가누고 밖으로 빠져나갔다.

광교 쪽으로 걸어가며 히데코가 사기사와 메구무 애기를 꺼냈다. 영빈은 히데코의 얼굴을 돌아보았다. 놀랍게도 그녀는 전혀 취하지 않은 상태였다.

"2학년 때 같은 교실에서 공부했죠. 두 사람 다 할머니가 한국인이어서 가까웠다고 할 수 있습니다. 1987년이었던 걸로 기억하는데, 그해 메구무는 소설가로 등단했어요. 학교 안팎에서 정말 화제가 대단했죠."

거기까지는 해연의 집에서 들은 얘기였다.

“부담감이 작용했는지 메구무는 한동안 글을 쓰지 못했습니다. 대학입시 준비 때문이기도 했죠. 늘 조용하고 민감하고 또 아주 예민한 사람이었습니다. 우리가 졸업한 유키가야 공립학교는 도쿄 외곽에 위치한 평범한 학교였습니다. 도쿄 중심부에 사는 사람들은 그 학교가 어디에 있는지조차 모르는 사람들이 더 많죠. 몇 해 전에 코시엔 대회(전국고교야구선수권대회)에 출전하고부터 비로소 조금 알려진 편이죠. 도쿄에서 요코하마로 가려면 중간에 거쳐야만 하는 가와사키 부근의 주택가에 위치한 학교예요. 도쿄에서 이케가미선 전철을 타고 온다케역에 내려 걸어가면 8분쯤 걸립니다. 배차 간격이 뜸해 전철을 놓치는 경우가 많았어요. 이상하게 그때마다 메구무와 마주치곤 했죠. 다음 전철을 기다리며 메구무와 저는 역 근처의 아케이드에서 우동을 먹거나 인형 가게를 구경하곤 했습니다. 하지만 심각한 얘기를 나눈 기억은 별로 없습니다. 문학 얘기는 더더욱 하지 않았죠. 메구무는 제가 소설 습작을 하고 있다는 것도 모르고 있었으니까요. 또 한국계로서 겪어야 하는 갈등에 대해 얘기를 나눈 적도 없습니다. 저는 그때까지 한국에 대해서 크게 관심이 없었습니다. 메구무는 좀 달랐던 것 같습니다. 나중에 메구무가 쓴 소설들을 읽고 나서야 비로소 자신의 정체성 문제를 가지고 많이 고민했다는 걸 알았습니다. 작가가 됐기 때문에 의식적으로 그런 작품을 썼다고는 생각하지 않습니다. 저도 메구무의 작품을 읽고 나서야 한국계라는 사실을 인정하게 됐으니까요. 꼭 그럴 필요는 없겠지만 저절로 그런 변화가 찾아오더군요. 나이가 조금씩 들어가는 탓도 있었을 겁니다. 나이는 중요하니까요."

"대학에 가서도 자주 만났나요?"

"그렇지는 않았어요. 그저 몇 번 만났을 뿐이에요. 메구무는 아주 바빴으니까요. 제가 늘 전화를 걸어 시부야에서 가끔 만났습니다. 그나마 메구무가 대학을 중퇴한 다음에는 만나기가 더욱 힘들었죠. 일부러 전화를 끊어놓거나 집을 비우는 눈치였습니다. 유망한 신인으로 발돋움할 때였죠. 아무튼 1990년 이후에는 거의 만나지 못했습니다. 몇 년 후 한국에 들어갔다는 소식도 나중에 우연히 듣고 알게 됐죠."

"대학에 들어간 다음에 히데코씨도 계속 소설을 썼나요?"

"열심히 써서 신인상에 여러 번 응모했죠. 하지만 매번 낙선했습니다. 졸업 후 런던에 가서도 습관적으로 글을 쓰긴 했지만 남한테 보여줄 만한 것은 되지 못했습니다. 그후 나이가 들면서 서서히 열정도 빠져나가고 직장에 매달리다보니 결국 손을 놓게 되더군요. 그런데 최근에 와서 뭔가 새롭게 다시 쓰고 싶다는 욕망을 느끼곤 합니다. 짧은 기간이지만 그동안 서울에서 생활하며 자신을 돌아볼 기회가 생겼던 것 같습니다."

히데코는 조금 전 술집에 있을 때와는 전혀 다른 사람이 되어 말하고 있었다. 그녀는 두 개의 의식 사이를 수시로 넘나드는 사람처럼 보였다.

"그래서, 뭔가 쓰고 있나요?"

히데코는 낙담한 얼굴로 고개를 가로저었다.

"잘 안 되고 있습니다. 역시나 잘 안 되고 있어요."

절망적인 목소리였다. 그녀는 괴로워하고 있었다.

"나도 직장생활을 한 적이 있습니다. 수시로, 여러 번."

"처음 듣는 얘기예요."

"직장을 그만두고 나와 글쓰기를 다시 시작하려면 마치 우물 안에 갇힌 것처럼 절망적인 기분에 빠지곤 하죠. 어떻게 써야 하는지를 잊어버린 겁니다. 축구 선수들도 한 달 이상 공을 차지 않으면 감각을 잃어버린다고 합니다. 오른발 왼발의 구분이 잘 되지 않는다는 거죠. 작가들도 항상 뭔가를 쓰고 있지 않으면 감을 유지하기 어렵죠."

"본인의 주장대로 섬세하고 친절한 면도 있군요. 제게 그런 말을 하는 걸 보니."

"쓰고 싶으면 써야 한다는 뜻입니다."

"쓸 수 없어도 말인가요?"

"그건 그다지 쓰고 싶지 않아서 하는 말일 수도 있습니다."

"강경한 말이로군요."

"사기사와씨가 자신의 책에 이런 말을 한 적이 있습니다. 옳은지 옳지 않은지, 혹 틀리면 어쩌나 하는 것에 사로잡혀 주저하고 머뭇거려 입을 다물고만 있는 사이 시간은 가차없이 지나가 버리고 마는 것이다. 그런 식으로 우리는 이미 얼마나 많은 시간을 부질없이 흘려보냈던가, 라고 말입니다."

더이상 아무 말 없이 두 사람은 광교를 지나 인사동 방향으로 걷고 있었다. 지나가는 사람들이 간혹 두 사람을 흘끗거렸다. 왜 그런 걸까?

"누구나 트라우마에 감염돼 있게 마련입니다. 단지 정도 차이겠죠. 그 차이를 가지고 스스로 과장할 필요는 없겠죠."

종각 옆을 지나며 영빈이 입을 열었다. 갸웃이 옆을 돌아보며 히데코가 물었다.

"왜 그런 말을 하는 거죠?"

"해연씨가 혹 실수를 했더라도 오늘로 잊어버렸으면 합니다."

"저는 그렇다고 말한 적 없어요."

시치미를 떼고 히데코가 말했다.

"해연씨는 히데코씨에게 분명 호감을 가지고 있습니다. 단지 그뿐입니다."

히데코는 정색을 하고 다시 사기사와 메구무 얘기로 화제를 돌렸다. 히데코는 영빈이 사기사와 메구무와 만났던 얘기를 듣고 싶어했다. 영빈은 기억하는 대로 그날의 일을 히데코에게 들려주었다. 두 사람은 종로 2가를 지나 어느덧 인사동 입구로 들어서고 있었다.

"최근에 사기사와씨와 만난 건 언제죠?"

기억을 떠올리기 힘든지 히데코는 한참 후에야 입을 열었다.

"꽤 오래됐군요. 아마 4, 5년은 된 것 같아요. 신주쿠의 한 음식점에서 우연히 마주쳤는데, 막상 얘기를 나눌 기회는 없었습니다. 다른 사람들과 함께 식사를 하고 있었으니까요. 짧게 눈인사만 주고받고 헤어졌습니다. 그게 마지막이었던 것 같습니다."

"언제 도쿄로 돌아갈 예정이죠?"

"아직은 잘 모르겠습니다. 하지만 곧 돌아가야겠죠."

이윽고 두 사람은 오피스텔 앞까지 와 있었다. 히데코가 몸을 돌려 영빈에게 말했다.

"냉장고에 맥주가 있다면 함께 올라가시겠어요? 잠깐 있다 가셔도 상관없단 뜻입니다."

히데코의 눈빛엔 아무 뜻도 없어 보였다. 감정 없는 메마른 표정이었다. 영빈은 물끄러미 그녀의 눈을 바라보며 대답했다.

"그게 히데코씨가 원하는 바인가요?"

네, 하고 그녀는 짧게 대꾸했다.

"나중에 해연씨와 함께하는 게 좋을 것 같습니다. 오늘은 이미 충분히 마셨습니다."

히데코가 잔잔히 웃으면서 말했다. 아무 사심도 없는 얼굴이었다.

"가끔 외롭다고 말하거나 심지어는 유혹을 해도 사람들은 저를 거들떠보지 않아요. 물론 저한테는 외롭다는 말도 하지 않고요. 왜 그런지 물어봐도 될까요?"

잠시 생각하는 듯하다 영빈은 조심스럽게 말했다.

"아마 지나치게 완벽해 보여서 그럴 겁니다. 또 지나치게 고유하고요."

그녀는 삭막한 표정으로, 소리 없이 웃었다.

"그토록 치명적인 말을 그토록 다정하게 해줘서 고마워요."

이렇게 중얼거리고 나서 그녀는 영빈의 주위를 둥그렇게 한 바퀴 돌아 오피스텔 안으로 기웃기웃 사라졌다.

10

제주공항 뒤편에 있는 어영 갯바위에서 오후 낚시를 하다 영빈은 갑자기 발밑으로 몰려든 학꽁치 떼와 만났다. 그날도 몇 시간째 계속되는 전갱이 떼의 습격으로 낚시를 포기하려던 참이었다. 영빈은 원줄에 부력이 거의 없는 0찌를 달고 목줄에는 눈깔사탕만한 스티로폼을 매단 간단한 이단찌 채비로 바꿔 서둘러 수면에 던졌다. 미끼가 떨어지기가 무섭게 학꽁치 떼가 다투어 몰려들었다. 그로부터 30분 동안 영빈은 1분에 한 마리꼴로 서른 마리가 넘는 학꽁치를 낚아올렸다. 그것은 엷은 푸른빛을 띤 가냘픈 몸체에 긴 부리 끝이 주홍빛으로 물들어 있는 깜찍한 물고기였다. 부리는 마치 봉숭아물을 들인 어린 계집아이의 손톱을 연상시켰다.

집으로 돌아오는 길에 영빈은 가까운 사수 방파제에 들러 그물을 손질하고 있는 늙은 어부한테 학꽁치 먹는 법을 물어보았다.

학꽁치 먹는 법

— 우선 내장을 제거하고 머리와 꼬리를 과감히 잘라낸다. 그런 다음 양쪽으로 포를 떠서 안에 붙어 있는 검은 입자들을 제거한다. 그 속에 장염을 유발하는 미생물들이 서식하고 있기 때문이다. 민물로 씻으면 안 된다. 살이 물러지기 때문이다. 마지막으로 포에 붙어 있는 껍질을 손톱 끝으로 벗겨내고 사선으로 길쭉하게 썰어 접시에 담는다. 초장에 찍어 먹되, 마늘과 풋고추와 함께 마른 김에 싸서 먹으면 더욱 맛깔스럽다.

— 무침으로 먹는 방법도 있다. 깨끗하게 씻어 말린 용기에 상추와 깻잎과 묵은 김치를 잘게 썰어 초고추장과 함께 버무린 다음(이때 김치 국물을 좀 넣어주면 좋다) 미리 썰어놓은 회를 넣고 다시 살살 버무려 접시에 보기 좋게 올려놓는다. 그리고? 먹는다.

— 남은 학꽁치는 포를 뜬 다음 여름철엔 그늘에, 겨울철엔 햇빛에 꾸덕꾸덕 말려 신 김치와 함께 쪄 먹으면 밥반찬으로 좋다.

영빈은 집으로 돌아온 즉시 학꽁치 회를 장만해 소주와 곁들여 먹었다. 그게 결국 저녁밥이 됐다. 식탁을 치우고 나서 영빈은 오랜만에 책상에 앉아 그동안 메모해두었던 '물고기 요리법' 몇 가지를 정리해 해연에게 이메일로 보내주었다.

전갱이 새끼 먹는 법

— 고등어 치어와 함께 낚시꾼을 괴롭히는 탐식성이 강한 대표적인 어종이다. 이 때문에 낚시를 포기해야 하는 경우가 많다. 남해안 지방에서는 이를 '매가리'라 부르고 제주에서는 '각재기'라고 한다. 낚여 올라오면 흔히들 놓아주거나 버리지만 꼭 그래야만 하는 것은 아니다.

— 내장과 비늘을 제거하고 적당히 칼집을 낸 다음 굵은 소금(천일염)을 뿌려 구워 먹는다. 술안주로 적당하다.

— 김장을 담글 때 배추 사이사이에 한 마리씩 넣어주면 김치맛이 시원하고 구수하다. 내장을 제거하지 말고 통째로 넣어주는 게 옳은 방법이다.

— 국을 끓여 먹는 방법이 있다. 숙취 해소에 탁월한 효과를 발

휘한다. 가까운 식품점에서 늙은 호박과 어린 배추 한 포기와 매운 풋고추를 사온다. 호박은 4등분으로 나눠 파는 것을 구입하는 게 좋다. 넉넉한 크기의 냄비에 호박과 소금을 넣고 한소끔 끓인 다음, 내장과 비늘을 제거한 각재기 8~10마리와 잘게 썬 어린 배추를 집어넣고 다시 한소끔 끓인다. 오래 끓이면 살이 부서지므로 적당한 순간에 불을 내린다. 국그릇에 퍼 담고 나서 식초 한두 방울(식초가 없으면 같은 양의 소주 : 비린내를 제거한다), 미리 다져놓은 매운 풋고추를 넣어 먹는다. 추가로 빨간 고춧가루를 조금 넣어 시각적인 효과를 연출하면 더욱 좋다. 갈칫국과 조리법이 같다고 할 수 있다.

조기 회 먹는 법

— 조기 회는 주로 어부들이 즐겨 먹는다. 백조기는 일명 '보구치'라 하는데 횟감으로 자주 쓰인다. 조기는 비린내가 강한 생선이지만 활어 상태에서 회를 뜨면 비린내가 한결 덜하다.

— 포를 뜨는 방법은 학꽁치와 동일하다. 살이 약하므로 역시 민물에 닿으면 안 된다. 회로 썬 다음 묵은 배추김치에 싸서 먹는다. 이때 다시마, 풋고추, 마늘 등과 함께 싸서 먹으면 더욱 맛깔스럽다. 겨울철에 꽁치 새끼를 말려 술안주로 하는 '과메기'와 시식법이 비슷하다. 술은? 소주가 좋다.

— 참고로 회를 먹을 때 일반적으로 소주를 마시는 것은 생선이 차가운 성질을 가지고 있기 때문이다. 소주(燒酒)는 뜨거운 음식이다. 음식도 음양의 조화가 필수적이다. 소화가 잘되고 장기의 부담을 덜어주기 때문이다. 돼지고기(차다)+새우젓(뜨겁다), 맥주(차갑다)+닭튀김(뜨겁다)의 조합이 그러하다. 녹차(차갑다)도 따뜻하게 마시는 것이 몸에 좋다고 한다. 그렇다면 폭탄주는? 맥주는 차고 양주는 뜨거운 음식이므로 섞어 마시는 걸까? 모를 일이다.

숭어 먹는 법

— 돔 낚시를 주로 하는 사람들에게는 역시 환영받지 못하는 물고기다. '여름 숭어는 강아지(개)도 안 먹는다'는 말이 있다. 내장에서 스며나오는 냄새가 역하기 때문이다. 겨울 숭어는 설(雪)숭어라 하고 이는 개한테 주지 않고 사람이 먹는다. 한편 제주도에서는 잡히지 않는 '참숭어'라는 게 있는데, 눈 주변과 몸통에 노란 색깔이 나타나 있다. 겨울철에는 오히려 귀한 생선으로 친다.

— 회로 먹기 위해서는 포를 뜨고 껍질을 벗겨낸 다음 면수건이나 키친타월을 깔고 물기가 빠지도록 30분쯤 그 위에 올려놓는다. 워낙 물기가 많은 생선이므로 수분을 제거한 후에도 씹는

맛을 고려해 결 반대 방향으로 회를 써는 게 좋다.

— 냉동실에 넣어 살짝 얼렸다가 깍두기 모양으로 썰어 회덮밥으로 먹어도 좋다.

— 말려서 쪄 먹는 방법도 있다. 우선 칼로 등을 따서 양쪽으로 넓게 벌린 다음 소금을 뿌려 적당히 말린다. 냉장고에 보관했다가 고등어자반처럼 양념을 하고 쪄 먹으면 된다.

— 활어 상태에서 쪄 먹고자 할 때는 반드시 뱃가죽의 까만 껍질을 벗겨내야만 한다. 역시 등 따기를 해서 알맞게 토막을 낸 다음 듬성듬성 칼집을 내고 간장에다 고춧가루, 마늘 다진 것, 후춧가루를 약간 넣고 찐다. 입맛에 따라 다른 양념을 추가해도 좋다. 토막 낸 고기에 양념을 바르고 만두 찌는 그릇에 담아 불에 올려놓으면 골고루 잘 익는다.

부시리 먹는 법

— 주로 겨울철에 남해안과 제주도 인근에서 잡히는 물고기로 생김새는 방어와 흡사하다. 다만 부시리는 몸통에 가로로 노란 띠가 선명하며 방어보다 고급으로 취급한다.

— 회로 먹을 때는 역시 비늘과 내장을 제거하고 포를 뜬 다음 8~10센티미터 길이로 넓게 넓게 썬다. 1미터 이상 성장하는 큰 물고기이므로 일부만 회를 뜨고 남은 것은 깨끗하게 말린 면 보

자기에 싸서 랩으로 포장해 냉장실에 보관했다가 24시간 후까지 먹어도 된다. 뱃살(갈빗살이라고도 한다) 부분을 으뜸으로 친다. 초밥으로 먹어도 무난하다.

— 포를 떠서 얼린 다음 대팻밥처럼 깎아 마른 김에 싸서 양념간장에 먹어도 좋다. 양념간장은 물엿, 적당한 물, 다진 파와 마늘, 양파와 식초, 고춧가루를 섞으면 된다.

— 구워 먹기. 소금구이는 살이 뻣뻣해지므로 씹는 맛이 덜하다. 포에 칼집을 낸 다음 양념장을 끼얹어 호일에 세 겹 정도 싼 다음 장작불에 구워 먹으면 맛이 일품이다. 또한 몸통을 어슷어슷 썰어 무조림을 해먹으면 밥반찬으로도 매우 좋다.

— 살을 발라내고 남는 부속물은 매운탕이나 지리로 끓이는데 뼈만 깨끗이 발라 끓여야 국물이 더욱 진득거리고 고소하다. 머리는 소금을 뿌려 통째로 구워 먹는 것이 가장 좋다.

아, 오늘 숙제는 여기까지.

학꽁치는 늦가을에 모습을 나타내 이른 봄에 사라진다고 한다. 그런데 왜 아직까지 학꽁치들이 설쳐대냐고 묻자 상심한 얼굴로 어부가 말했다. 바다가 점점 제멋대로 변하고 있다는 것이었다. 작년에 태풍 매미가 휩쓸고 간 다음부터는 바다에 나와도 감을 잡을 수 없다고 했다. 한겨울에 열대성 어종이 올라오질 않나, 이른 봄에 고등어나 오징어가 그물에 걸려나오질 않나, 도무지 종잡을 수가 없다는 전언.

“그나마 뭐든 많이 잡혀 올라오면 좋을 텐데, 이거야 원, 배 기름값 대기도 힘들어요. 게다가 웬 낚시꾼들은 해마다 그렇게 늘어나는지. 어부들이 보기엔 그거 할 일 없는 사람들이나 하는 짓이에요. 먹고살기도 힘든데 한가하게 낚시나 하고 있다니.”

“그러게 말입니다. 하지만 나름대로 이유들이 있겠죠. 낚시 외에는 도무지 할 일이 없는 쓸쓸한 사람들도 꽤 많을 테니까요.”

어부는 그저 못 들은 척했다. 쓸쓸하다니. 그게 무슨 말인가.

11

4월 초에 일찌감치 폭풍이 몰려왔다. 폭풍주의보가 처음 발령된 것은 4월 3일이었다. 그리고 5일과 6일은 잠잠한가 싶더니 다시 7일 새벽을 기해 A급 폭풍주의보가 제주도 전 해상에 발령됐다. 아침에 눈을 뜨면 영빈은 제주기상청 홈페이지에 들어가 시간대별로 날씨를 점검하는 일이 습관이 돼 있었다. 그렇다고 우물 바닥의 고양이처럼 하루 종일 집에만 틀어박혀 있을 수도 없었다. 리듬이 박탈된 시간은 아무리 잡아당겨도 끝이 보이지 않는 투명한 줄처럼 사람을 지치게 만들었다.

바람을 무릅쓰고 가까운 낚시점에 나가보면 그런 날씨에도 조황 정보가 들어와 있었다. 집 근처의 가문동 방파제에 60센티미터가 넘는 쟃방어들이 떼로 몰려와 있다는 소식이 들려오는가 하면, 본섬 남쪽 갯바위에서는 흔히 여름 어종으로 알려진 대형 돌돔과 참돔이 주의보 속에서 낚여 올라온다는 얘기가 풍문처럼 떠돌았다. 물론 호랑이를 잡았다는 소식은 들려오지 않았다.

주의보가 해제되기도 전에 영빈은 그동안 수집해놓은 갯바위 지도를 들고 위험한 출조길에 나섰다. 주의보 상황에서는 유어선이나 보트 출항이 금지돼 있었으므로 영빈은 차에 장비를 싣고 서쪽과 남쪽의 갯바위를 돌았다. 영빈은 먼저 애월에서 차로 20분 거리에 있는 신창이라는 해안가 마을로 달려갔다. 첫 주의보가 발령된 4월 3일 아침 녘에 그곳 갯바위에서 감성돔이 마릿수로 올라왔다는 소문을 들은 터였다. 겨울철 감성돔 포인트로 유명한 곳이었다. 하지만 4월에 웬 감성돔이 떼로 몰려든단 말인가.

아직 날이 밝기 전이었고 비바람이 몰아치고 있었다. 랜턴을 켜들고 현장에 도착하자 현지인으로 보이는 낚시꾼 두 명이 우비를 입고 갯바위에 서 있었다. 바람 때문에 낚싯대를 들고 서 있기도 힘든 상황이었다. 영빈은 날카롭게 솟아 있는 갯바위 사이에 자리를 잡고 섰으나 곧 너울이 무섭게 덮쳐왔다. 초들물이 시작된 건 새벽 5시였고 만조시각은 10시 34분이었다. 6시. 서서히 물고기가 들어올 시간이었다. 그러나 8시가 넘도록 영빈이 들고 있는 낚싯대에는 입질 한 번 찾아오지 않았다.

오전 9시경 옆 갯바위에 서 있던 현지인의 낚싯대가 커다랗게 포물선을 그리며 물보라 속에서 휘어졌다. 너울이 덮쳐왔으나 그는 끄떡도 하지 않았다. 그의 모습이 포말에 흩어졌다 나타나기를 몇 번이나 반복했다. 얼마 후 바다 속에서 끌려나온 것은 50센티미터급의 혹돔이었다. 자주색 몸통에 앞머리가 어뢰처럼 툭 튀어나온 기이하게 생긴 물고기였다. 이어 옆자리에 있던 현지인의 낚싯대도 가볍게 휘어지더니 35센티미터급으로 보이는 감성돔이 낚여 올라왔다. 4월에도 감성돔이 있기는 있었던 것이다.

영빈은 수시로 미끼를 바꿔가며 캐스팅을 반복했으나 만조가 지날 때까지 제대로 된 입질은 받지 못했다. 손가락만한 용치놀래기와 어랭이 몇 마리가 전부였다. 초썰물이 진행되는 정오쯤에 겨우 손바닥만한 벵에돔 한 마리가 낚여 올라왔을 뿐이었다. 영빈은 일단 한림읍으로 철수해 식당에 들어가 점심을 먹고 거북 등대가 있는 귀덕으로 옮겨갔다. 그러나 거기도 사정은 나을 게 없었다. 맞바람에 심한 너울파도가 덮쳐와 몸을 가누고 서 있을 수가 없었다. 중썰물 상황이었으므로 현지 낚시인들조차 모두 철수한 다음이었다. 오후 5시경 다시 25센티미터급의 붙박이 벵에돔 한 마리를 잡고 나서 영빈은 몸을 떨면서 집으로 돌아왔다. 밤이 되자 폭풍은 더욱 거세게 불어갔다. 그런 날이 무려 13일까지 계속됐다.

이튿날 영빈이 찾아간 곳은 모슬포에서 10분 거리에 있는 영락리 갯바위였다. 이웃한 신도리와 함께 다양한 어종이 잡혀 올라오는 곳이었다. 해안가에 양식장이 많아 아침저녁 물갈이 시간 때마다 숭어가 떼로 몰려들고 수심이 깊은 곳이 산재해 있어 큰 물고기들이 자주 출몰하는 곳으로 알려진 남쪽 해안가였다. 첫 입질에 걸려나온 것은 팔뚝만한 크기의 숭어였다. 곧장 바다로 돌려보낸 뒤 영빈은 채비를 바꿔 보다 깊은 수심층을 탐색했다. 씨알 좋은 볼락과 독가시치가 연달아 입질을 했다. 작은 씨알의 벵에돔도 이따금 낚여 올라왔다. 그러나 낚시점에 떠돌고 있는 소문처럼 대형 참돔과 돌돔의 입질은 전혀 받지 못했다.

그렇게 바다에 정신이 팔려 있다 영빈은 마침내 밑밥과 미끼가 떨어졌음을 알고 철수할 준비를 했다. 순간 영빈은 커다란 실수를 저질렀음을 깨달았다. 만조시각을 계산하지 않고 간출여에 들어와 있었던 것이다. 곧 갯바위로 물이 차오를 터였다. 황망한 마음에 영빈은 사위를 둘러보았으나 도움을 청할 사람은 어디에도 보이지 않았다. 더이상 지체하면 간출여에서 빠져나갈 때를 놓칠 터였다.

낚싯가방을 어깨에 둘러멘 채 영빈은 해안가로 접근하기 위해 바다 속으로 들어갔다. 믿을 수 있는 건 구명조끼뿐이었다.

그리고 비상시에 튜브처럼 이용할 수 있는 부력재 낚싯가방. 하지만 그것도 10분 이상 효과가 있는 것은 아니었다. 영빈은 허리춤까지 올라온 바닷물을 헤치고 몇 걸음 앞으로 나아갔다. 그러나 순식간에 중심을 잃고 파도에 휩쓸리고 말았다. 어깨에서 낚싯가방이 벗겨져나와 난바다 쪽으로 떠내려갔다. 바닷물 속에 잠겼다 떠오르기를 반복하며 영빈은 밀려오는 파도의 힘을 이용해 필사적으로 갯바위 쪽으로 다가갔다. 그러나 다시금 거친 너울이 덮쳐와 영빈은 바다 속으로 맥없이 끌려들어가고 말았다. 필사적으로 몸부림을 쳤으나 몸은 좀처럼 수면 위로 떠오르지 않았다.

그때 영빈은 보았던가. 아니, 보았다. 바위틈에 웅크리고 앉아 있는 한 마리의 커다란 호랑이를. 틀림없는 호랑이였다. 영빈은 두 눈을 부릅뜬 채 호랑이를 노려보았다. 하지만 그 시간은 금세 지나가버리고 말았다. 파도가 밀려오면서 몸이 수면으로 떠오르는가 싶었는데, 그만 갯바위 모서리에 어깨를 찧고 말았다. 격심한 통증이 찾아왔으나 그 순간에도 영빈은 호랑이를 잡기 위해 물속에서 버둥거리고 있었다. 그러나 몸을 뜻대로 가눌 수 없는 상황이었다. 될 대로 되라지. 마침내 체념한 상태에서 영빈은 파도에 몸을 맡긴 채 짜디짠 물을 뱉어내며 얼마간을 기다렸다. 물이 들어오고 있는 중이니 정신을 차리고 숨만 놓지 않는다면 해안가로 밀려가겠지. 바닷물을 꾸역꾸역 들이마시며 영빈은 앙어장 배수로 쪽으로 사체처럼 떠밀려갔다. 그리고 어느 순간 몸을 가누다보니 발이 바닥에 닿는 느낌이 찾아왔다. 그러고 나서도 파도에 휩쓸리기를 여러 번 반복하며 영빈은 가까스로 해안가 갯바위로 기어 올라왔다.

바닷물에 젖은 몸이 미친 듯이 떨려왔다. 갯바위를 벗어나 영빈은 간신히 해안도로로 빠져나왔다. 자동차의 히터를 틀어놓고 영빈은 도둑맞은 개처럼 몸을 떨며 담배부터 피워물었다. 이래서 바다가 위험하다고 하는 걸까. 사경을 헤맨다는 말이 이를 두고 하는 말일까. 바닷물을 뒤집어쓴 꼴로 영빈은 차를 몰아 일단 모슬포 읍내로 향했다. 분식집에 들어가 어서 라면을 끓여달라고 애원하자, 식당 할머니가 혀를 차며 머리에 쓰고 있던 수건을 벗어 영빈의 얼굴에 집어 던졌다. 그게 다 바다를 조심하라는 뜻이었다. 그날 영빈은 어떻게 차를 몰고 캄캄한 한라산 중턱을 넘어 집까지 돌아왔는지 그조차 불가사의하게 느껴졌다.

다음날 아침 영빈은 텔레비전에서 제주 지방 뉴스를 보다, 어제저녁 도두 방파제와 가파도에서 각각 두 명의 낚시꾼들이 너울에 휩쓸려 실종됐다는 소식을 접했다. 그로부터 이틀 뒤에 도두항 방파제 테트라포드 아래서 실종됐던 낚시꾼 한 명의 사체가 떠올랐다.

폭풍은 밤낮없이 계속 불어갔다. 폭풍이 몰려가는 먼 바다에서는 밤새 호랑이 울음소리가 들려왔다. 밤마다 영빈은 잠을 이루지 못하고 뜬눈으로 앉아 있다가 새벽녘에 다시 차를 몰고 바다로 나갔다. 호랑이를 다시 볼 수 있을까 싶어서였다. 그러나 더이상 호랑이는 영빈의 눈앞에 나타나지 않았다.

폭풍이 몰려가는 중에도 아주 잠깐씩 하늘이 맑게 걷힐 때가 있었다. 믿을 수 없으리만치 고요하고 장엄한 빛을 띠고 바다가 숨을 멈추고 있는 순간이, 그렇듯 부지불식간에 눈앞에 펼쳐지곤 했다. 그럴 때면 바다 속의 호랑이도 잠시 울음을 멈추고 잠잠해지는 것이었다.

12

그날 제주도 남쪽 영락리에서 죽을 고비를 넘기고 나서 영빈은 『월간 바다낚시』라는 잡지에서 운영하는 인터넷 홈페이지에 들어가 '물때'에 관해 정리해놓은 자료를 찾아 읽었다.

> 물때는 해와 달의 인력에 의해서 생기는 바다의 움직임이다. 지구의 공전과 자전에 달의 공전까지 더해져서 만들어지는 대자연의 파노라마인 것이다. 바닷물은 끊임없이 움직인다. 하지만 그것을 분석해보면 한 달에 두 번씩 큰 흐름이 반복되고, 또 하루 두 차례씩 작은 흐름이 반복된다는 것을 알 수 있다. 물때는 이처

럼 하루에 두 차례씩 나타나는 작은 흐름과 보름에 한 번씩 나타나는 큰 흐름을 정리해 하나의 규칙으로 설명해놓은 것이라 할 수 있다.

바닷물은 태양과 달의 영향을 모두 받지만, 그중에서도 특히 달의 영향을 훨씬 크게 받는다. 따라서 물때는 음력을 기준으로 표기해야 그 규칙성을 제대로 이해할 수 있다. 물때는 달과 지구, 그리고 태양의 위치에 따라 바다가 받는 인력의 정도가 달라지면서 생기는 것이다. 태양과 지구와 달이 일직선상에 놓이는 때는 서로 당기는 힘이 강해 물이 많이 들고 빠지며, 반대로 태양과 지구와 달이 직각을 이루는 때는 힘이 분산돼 물이 적게 들고 적게 빠지게 되는 이치다.

만약 물때가 태양의 영향만을 받는다면 간조와 만조시각이 매일 거의 똑같을 것이다. 그러나 태양보다는 달의 영향을 훨씬 더 받으므로 물때는 달의 공전 주기에 따라서 변하게 된다. 달이 지구를 한 바퀴 도는 시간은 약 24시간 50분이다. 만조나 간조시간이 하루에 약 50분씩 늦어지는 이유는 이 때문이다.

물때에 따라 달라지는 것은 크게 조류의 세기와 간만의 차로 나눌 수 있다. 이 두 가지는 어부들의 조업이나 낚시에 절대적인 영향을 끼치는 요소다. 그러나 물때가 조류나 간만 차에 미치는 영향은 지역마다 큰 차이가 있다. 세계에서 조류가 두번째로 빠르다는 우리나라 서해의 경우, 사리 물때가 되면 조류가 개울물

같이 흐르고 온 바다가 흙탕물로 변해버려 낚시 자체가 불가능해지는 경우가 많다. 간만 차가 7~8미터까지 나는 곳이 있을 정도로 변화가 커서 섬 모양이 달라질 정도다. 하지만 동해에서는 아무리 사리 물때라도 간만 차가 불과 몇십 센티미터 혹은 몇 센티미터밖에 나지 않는다. 조류 또한 서해와는 비교할 수 없을 정도로 느리게 흐른다. 조류가 가장 빠르다는 사리 물때나 가장 느리다는 조금, 무시 물때를 보더라도 별다른 차이를 느끼지 못할 정도다. 같은 남해안이라도 물때가 미치는 영향은 지역에 따라 다르게 나타난다. 남해 서부 쪽으로 갈수록 물때에 따라 간만 차가 커지고 조류의 속도도 현저하게 달라진다.

예로부터 어민들은 달 모양을 보고 물때를 판단했다. 매달 보름달이 뜨는 보름과 달이 뜨지 않는 그믐 즈음에 조류가 빨라진다 해서 이 두 날을 '사리'라고 불렀다. 그리고 그 중간 음력 23일과 8일을 '조금'이라고 불렀다. 흔히 사리에 가장 조류가 빠르고 조금에 조류가 가장 느리다고 알려져 있다. 하지만 실제로 바다에서는 사릿날보다 하루나 이틀 후에 조류가 가장 빠르고 간만 차도 크다. 마찬가지로 조금보다 하루나 이틀 후에 조류가 가장 느리고 간만 차가 적다.

간조와 만조는 하루 두 번씩 반복되는 조류의 수직 운동을 말하는 것이다. 보통 여섯 시간 간격으로 하루 두 번 반복되며, 간조에서 만조로 향하는 시간 동안 들물이 진행되고 만조에서 간조로 가는 시간 동안 날물이 진행된다. 간조는 해면의 높이가 가장 낮아진 상태, 즉 바닷물이 가장 많이 빠진 상태를 말하며, 만조는 반대로 해면의 높이가 가장 높아진 상태를 말한다.

만조와 간조는 보통 하루 두 번씩 있다. 이중 한 번은 물이 많이 빠지고 들어오며 다른 한 번은 그보다 조금 빠지고 조금 들어온다. 즉, 같은 사릿날이라도 물이 많이 들어오는 만조가 있고 그보다 조금 들어오는 만조가 있는 것이다. 따라서 간출여를 공략하는 여치기 낚시와 같이 만조 때의 조고가 중요한 때는 만조시각과 더불어 물이 많이 들어오는 만조인지 조금 들어오는 만조인지도 물때표를 보고 확인해야만 한다. 물때표에는 간조와 만조시각 뒤에 그때의 조고를 센티미터 단위로 표시해놓고 있으므로 누구라도 쉽게 큰 물인지 작은 물인지 알 수 있다.

한편 초들물, 중들물, 초날물, 중날물이라는 말이 있다. 이는 어부나 꾼들 사이에서 들물이나 날물이 진행되는 정도를 나타내기 위해 편의상 부르는 말이다. 들물과 날물은 보통 여섯 시간씩 진행되므로 처음 두 시간 동안을 초들물이나 초날물이라 부르고, 그다음 두 시간을 중들물 또는 중날물이라 한다. 그다음 두 시간은 끝들물이나 끝날물로 부르기도 하지만 '만조 직전' 또는 '간조 직전'으로 부르는 경우도 있다.

또 어부들이 쓰는 말 중에 죽는 물때와 사는 물때라는 말이 있다. 이는 하루의 물때를 말하는 게 아니라, 조금에서 사리로 향하는 시기 또는 사리에서 조금으로 향하는 시기를 일컫는 말이다. 즉 사는 물때란 물이 서서히 빨라지는 시기를 말하는 것으로, 조금을 지나 사리로 향하는 시기를 말한다. 반대로 죽는 물때란 사리를 지나 조금으로 가는 시기를 말한다. 일반적으로 4~6물을 사는 물때, 10~13물을 죽는 물때라고 한다. 비슷한 표현으로 7~9물은 사리 물때, 1~3물은 조금 물때로 묶어서 부르는 경우가 많다.

사는 물때인 4~6물에는 조류가 날마다 빨라지면서 평소 조류 소통이 좋거나 수심이 얕은 곳에서는 뻘물이 일기도 한다. 하지만 물고기들의 활성도가 높아지므로 조황이 좋아지는 곳이 많다. 사리 물때라고 부르는 7~9물은 조류가 가장 빨리 흐르는 시기이다. 물이 맑은 편인 남해 동부권에서는 가장 낚시가 잘되는 시기로 꼽힌다. 하지만 남해 서부권에서는 조류가 너무 빨라 뻘물이 일어나는 경우가 많다. 따라서 남해 서부권에서는 남해 동부권과 달리 사리 물때에 낚시 여건이 나빠지는 편이다.

사리를 지나 죽는 물때인 10~13물로 접어들면서 남해 서부권에서는 물색이 서서히 맑아지면서 낚시하기도 쉬워진다. 그러나 조과는 사는 물때에 비해 떨어지는 경우가 많다. 남해 동부권 역시 사리 물때에 비해 조과가 떨어지기 시작한다. 조금 물때인 1~3물에는 조류가 매우 느리게 흐른다. 남해 서부권에서는 비교적 낚시 여건이 좋은 편이지만, 남해 동부권에서는 조황이 극도로 나빠진다. 이처럼 물때가 낚시에 미치는 영향이 뚜렷하게 구별되기 때문에, 전문 낚시꾼들은 그날의 물때에 따라 출조지를 달리하는 경우가 많다.

이러한 규칙적인 흐름의 반복에도 불구하고 바다는 계속 변한다. 우주 자체가 변하고 있기 때문일까? 영빈은 같은 물때와 시간대에 맞춰 같은 장소에서 낚시를 해보았지만 바다의 움직임이 늘 일정한 것은 아니라는 것을 알게 되었다. 항상 조금씩 변화가 있었다. 그렇다면 물고기를 잡는 일은 단지 행운에 맡겨야만 하는 걸까. 그러나 경험 많은 낚시꾼일수록 행운이라는 걸 믿는 사람은 거의 없었다. 또한 경험이 많을수록 다들 입들이 무거웠다. 그들은 한결같이 바다에 대해서 모른다고 했다. 그들이 알고 있는 사실은 단지 바다에 고기가 산다는 것뿐이었다. 그거야 누구나 알고 있는 사실이었다.

폭풍주의보가 해제되고 나서, 영빈은 사계리에서 10킬로미터쯤 떨어진 화순 방파제에서 유어선을 타고 나가 형제섬 홍합여에서 50센티미터급 쥐돔을 잡아냈다. 주둥이가 뾰족하고 지느러미 쪽에 두 개의 검은 점이 뚜렷이 박혀 있는 회색 빛깔의 물고기였다. 워낙 힘이 좋고 몸부림이 사나워 혼자서는 끌어내기 힘들었다. 옆에서 함께 낚시를 하던 사람이 대신 뜰채에 담아주었다.

나중에 들으니 그는 서울에서 내려온 마흔여덟 살의 신학대학 교수였다. 그날 영빈은 30센티미터급 이상의 긴꼬리 벵에돔을 노리고 출조했으나 뜻을 이루지 못했다. 몸통에 사선으로 아홉 개의 갈색 줄무늬가 있는 40센티미터급 아홉동가리라는 물고기를 끝으로 영빈은 그날 낚시를 접었다.

영빈은 신학대학 교수와 함께 법환포구로 배를 타고 나와 중국집에서 함께 저녁을 먹었다. 불자(佛子)들이야 물론 물고기를 잡으러 다니지 않겠지만 대학에서 신학을 가르치는 사람이 낚시를 한다는 게 영빈은 다소 생경하게 느껴졌다. 제주도까지 원정 출조를 다닐 정도면 조력이 붙은 사람이라고 봐야 했다. 그날 신학대학 교수는 단 한 마리지만, 42센티미터의 붙박이 벵에돔으로 손맛을 아주 제대로 보았다.

자장면을 먹고 나서 신학대학 교수가 말했다.

"동물은 말할 것도 없지만, 물고기를 볼 때도 나는 신의 존재를 느낍니다. 작은 물고기 한 마리를 잡을 때도 기적을 느낍니다. 신이 아니면 도대체 누가 이런 형상을 만들어냈겠습니까?"

"그야 그럴 테죠."

신학 교수답게 그는 아주 심각하고 진지한 사람이었다.

"갯바위에 서 있으면 누군가 나를 대신해 등 뒤에서 낚싯줄을 드리우고 있다는 착각에 사로잡힐 때가 많습니다. 나는 단지 그 줄을 대신 잡고 서 있을 뿐이죠."

심지어 그는 겸손하기까지 했다.

영빈이 말했다.

"어부들하고 얘기를 나누다보면, 물고기를 잡는 법은 물고기가 알려준다고 합니다. 그렇다면 낚시할 때 뒤에 서 있는 신의 역할은 뭘까요?"

신학대학 교수가 조용히 웃으며 말했다.

"그때는 그 어부가 신이 되겠죠."

그래, 그렇다고 하자.

명함을 주고받고 나서 영빈은 그와 악수를 나누고 헤어졌다. 바로 그 다음날, 영빈은 신학대학 교수로부터 전화를 받았다. 서울로 올라가기 전에 차귀도로 동행 출조를 하자는 얘기였다. 영빈은 그러자고 말했다. 못 할 게 뭐 있는가. 그러나 그날 두 사람은 단 한 마리의 물고기도 잡지 못했다. 그런 날이 종종 있는 것이다. 바다는 생리를 너무 자주 하는 것 같다.

하루 중 아주 잠깐만 갯바위 가까이로 몰려왔다 사라지는 물고기 떼. 물고기가 몰려나간 뒤에도 온종일 갯바위에 서 있는 사람들. 그런데 중요한 것은 물고기가 빠져나간 다음에야 비로소 주위의 것들이 눈에 들어오기 시작한다는 사실이다. 푸른 사막처럼 펼쳐진 하늘과 바다. 아직도 산꼭대기에 쌓여 있는 지난겨울의 눈. 하루하루 고단한 삶을 이어가는 해녀들. 바다에 떠 있는 낡은 고깃배들. 코발트빛 새벽과 오렌지빛 저녁의 무어라 말할 수 없이 고요하고 아름다운 풍경들. 비 내리는 아침 바다, 눈 내리는 저녁 바다.

그래서 다들 물고기가 사라진 뒤에도 갯바위에 홀로 묵묵히 서 있는 것이리라.

13

물때 4물. 음력 2월 28일. 양력 4월 17일. 오전 간조시각 새벽 3시 29분, 만조시각 9시 32분. 오후 간조시각 3시 58분, 만조시각 9시 52분. 더없이 맑은 토요일 아침.

영빈에게 단골 국숫집이 생겼다. 끼니마다 밥해 먹기가 번거로워 얼마 전부터 집 근처 식당에서 국수로 점심을 대신하고 있다. 제주도는 어딜 가든 국숫집이 있다. 적어도 편의점보다는 많다. 영빈의 단골 국숫집에서는 세 종류의 국수를 판다. 멸치국수, 고기국수, 비빔국수. 멸치국수는 육지 사람들이 흔히 잔치국수라고 하는 것이다. 고기국수는 삶은 돼지고기를 몇 점 썰어 넣어주는데 국물이 진득해 속이 아주 든든하다. 저녁을 걸러도 될 정도다.

단골이 됐는데도 주인 아주머니는 영빈을 별로 달가워하지 않는 눈치였다. 드나들 때마다 인사를 해도 쳐다보는 기색도 없고 뭘 물어봐도 시원하게 대답하는 법이 없었다. 처음엔 그저 육지에서 온 외지인이라서 그런가보다, 라고 영빈은 생각했다. 그 생각이 틀린 것은 아니었으나 알고 보니 피맺힌 사연이 있었다. 어느 날 영빈은 아주머니와 단둘이 있게 되어 한번 물어보았다. 제가 이 식당에 오는 게 싫습니까? 묵묵부답이었다. 그만 와도 상관없다는 뜻이었다. 그후에도 영빈은 국숫집에 갈 때마다 집요하게 물었다. 다음엔 오지 말까요? 그러든지 말든지.

한번은 현지인과 함께 그 집에 가서 국수를 먹게 되었다. 그는 제주 출신의 시인이었고 영빈이 지금 살고 있는 아파트를 알아봐준 사람이기도 했다. 영빈은 그 시인에게 대신 좀 물어봐달라고 부탁했다. 아주머니가 왜 저러시는지.

국숫집에서 나와 그가 영빈에게 알려주었다. 아주머니는 동쪽 성산포 사람으로 4·3사건 당시 부친이 일출봉 아래로 끌려가 총살당했다는 것이었다. 미군정하였던 1947년부터 한국전쟁이 끝난 뒤인 1954년까지, 제주도 전역에서 수많은 사람들이 이른바 빨갱이 토벌작전으로 무참히 학살돼 제삿날이 같은 집이 수두룩하다는 것이었다. 지금의 제주국제공항 자리도 학살터 중의 하나라고 했다. 그러니 아주머니로서는 외지인에 대한 감정이 좋을 리 없었다.

그날도 영빈은 성산 아주머니 식당에서 국수를 먹다 히데코의 전화를 받았다. 오전 11시경이었다. 그녀는 항상 뜻밖의 전화를 걸어오는 사람이었다. 통화한 지 그새 몇 개월은 됐을 터였다. 그간의 히데코에 대한 소식은 영빈도 전혀 모르고 있었다.

전화를 걸어온 곳이 서울인가 도쿄인가부터 영빈은 물었다. 그렇게밖에는 물을 수 없었던 것이다.

“그 어느 곳도 아니에요.”

돌 속에서 울려나오는 소리처럼 히데코의 목소리는 잔뜩 짓눌려 있었다. 그 짓눌림 속에 돌이 쪼개지기 직전의 긴장감이 서려 있었다.

“오늘 신문 봤어요?”

영빈은 젓가락을 내려놓고 식탁 위에 놓여 있는 토요일자 신문을 앞으로 끌어당겼다. 그리고 휴대폰을 귀에 댄 채 왼손으로 신문을 한 장씩 넘겼다. 여유를 주지 않고 히데코가 덧붙였다.

“메구무가 죽었어요. 그것도 벌써 며칠이나 지난 일이에요.”

입에 재갈을 문 소리로 영빈이 되물었다.

“누가 말이오?”

영빈은 휴대폰을 내려놓고 서둘러 신문을 넘겼다. 이윽고 문화면에 눈에 익은 흐릿한 얼굴 사진이 조그맣게 나타났다. 영빈은 유령처럼 중얼거렸다. 내가 지금 국수를 먹으며 악몽을 꾸고 있는 것은 아닐까?

"일본인, 남녀. 그런 속박이 싫어요. 그런 속박 안에서 안주하는 것도 싫고요."

이양지, 유미리씨와 함께 일본의 대표적인 한국계 여성작가로 꼽히는 사기사와 메구무(鷺澤萌, 35, 사진)씨가 지난 11일 도쿄의 자택에서 스스로 목숨을 끊은 것으로 밝혀졌다. 일본 경찰에 따르면 12일 오후 메구로 소재 사기사와씨의 아파트를 방문한 친구가 화장실 안에서 목을 매 숨져 있는 것을 발견, 신고했다. 경찰은 사기사와씨가 자살한 것으로 보고 수사중이다. 유서는 발견되지 않았다.

사기사와씨는 오는 6월 15일 도쿄의 한 공연장에서 자신의 원작을 스스로 각색, 감독한 무대극 〈웰컴, 홈!〉을 공연할 예정이었던 것으로 전해져 일본 문단은 그녀의 죽음을 충격으로 받아들이고 있다. 사기사와씨는 최근 자신의 인터넷 홈페이지에 게재해왔던 일기를 지난 9일 접었다. '최근 감기에 걸려 몸이 좋지 않다'고만 이유를 밝혔다.

할머니가 한국인인 사기사와씨는 1987년, 여고 2학년인 18세에 문학계 신인상(작품 「강변길」) 최연소 수상자로 화제를 뿌리며 등단했다. 『돌아오지 않는 사람들』(1989), 『달리는 소년』(1990), 『진짜 여름』(1992) 등을 잇따라 냈다. 부친의 삶을 형상화한 『달리는 소년』과 재일동포의 삶을 소재로 한 『진짜 여름』으로 일본 최고 권위의 신인 등용문인 아쿠타가와상 후보에 오르는 등 세

차례 수상자 물망에 올라 문단의 주목을 받았다. 사기사와씨는 흔히 한국계의 유미리씨와 비교되지만 '가족 담론'에 집요했던 유씨와는 달리 재일동포의 정체성 문제에 오랫동안 매달렸다.

대표적인 작품집은 『그대는 이 나라를 사랑하는가』이다. 여기에 수록된 「진짜 여름」은 재일동포인 주인공이 한국인이라는 사실이 일본인 애인에게 들통날까봐 조바심치는 줄거리를 담고 있으며 표제작인 「그대는 이 나라를 사랑하는가」는 한국을 찾은 재일동포 2세 여성의 심적 방황을 형상화했다.

영빈은 조용히 눈을 감았다. 그와 동시에 영빈의 눈앞에 오래전 신촌 기차역 앞을 지나가던 사기사와 메구무의 모습이 선명하게 떠올랐다. 당시 그녀는 스물다섯 살의 젊디젊은 나이였다.

유서를 남기지 않았으므로 정확한 자살 원인은 알 수 없었다. 왜 그랬을까. 운명적으로 예정돼 있던 죽음이었을까. 온갖 두서없는 질문들이 낙엽처럼 영빈의 머리를 스치고 지나갔다. 알 수 없는 일이었다. 어쩌면 영원히 알 수 없을 터였다. 식탁 위에 놓인 휴대폰에서 히데코의 목소리가 흘러나왔다.

"저도 오늘 아침에야 신문을 보고 알았어요."

그때까지만 해도 영빈은 그녀가 도쿄에서 전화를 걸어온 줄로 짐작하고 있었다. 아직까지 한국에 있으리라곤 생각지 못했던 것이다. 영빈은 휴대폰을 들어 귀에 갖다댔다.

"알려줘서 고맙소. 그런데 솔직히 받아들이기 힘들군요. 도대체 뭘 어째야 하는 거죠? 11일이라면 벌써 엿새 전 일이 아니오."

"네, 벌써 시간이 많이 지났어요."

"그런데 나한테 왜 이런 소식을 전하는 거죠?"

그녀는 얼핏 당황한 눈치였다.

"전할 만한 사람이 없었기 때문이에요."

사기사와 메구무의 죽음이 자신과 어떤 관계가 있는지 영빈은 잠시 생각해보았다. 관계가 있는 걸까? 아마도 별 상관이 없을 터였다. 그런데도 마치 가파른 난간에 서 있다 바닥으로 떨어져 내린 느낌이었다. 그래, 오래전에 그 사람을 만난 적이 있었지. 방금 동물원에서 탈출한 짐승처럼 쫓기는 모습들을 하고. 그리고 불안에 대해 얘기했지. 비록 짧은 시간이었지만 함께 흔들리는 줄 위를 걸으며 유리 조각이 깔린 마당을 내려다보고 있었지. 생각이 거기까지 미치자 영빈의 눈시울이 슬쩍 붉어졌다.

"내가 지금 어디에 있는지는 알고 전화한 겁니까?"

영빈은 다만 그렇게 물었다.

"알아요, 그리고 저도 지금 그곳에 있어요."

"그곳이라면, 여기 말이오?"

"네, 만날 수 있을까 해서 내려왔어요. 만나줄 거라고 생각해요."

그녀는 서울에서 아침 10시 비행기를 타고 방금 제주공항에 내린 참이었다. 일부러 찾아온 사람을 돌려보낼 수는 없었다. 영빈은 신문을 접어 식탁 모서리로 밀어놓은 뒤 자리에서 일어났다. 계산을 마치고 나오려는데 아주머니가 그날은 웬일인지 영빈의 손에 귤을 하나 쥐어주었다.

날씨는 비현실적일 만큼 맑았고 하늘엔 흰 구름 몇 점이 남해먼 바다 쪽으로 둥실둥실 떠가고 있었다. 아파트 지하주차장에 세워놓은 차를 빼내 공항으로 달려가는 사이 또 무슨 일이 생기려고 그러는지 해연에게서 전화가 걸려왔다.

"안녕, 고기잡이 아저씨. 나 방금 미장원에 다녀왔어요."

그날의 기상처럼 맑고 밝은 목소리였다. 마치 녹색 테이블 위에서 하얀 탁구공이 튀는 걸 보고 있는 듯했다. 하지만 영빈은 그녀와 탁구를 칠 만큼 마음의 여유가 없었다. 운전중이라고 영빈은 잠긴 소리로 말했다.

"그럼 나중에 전화 줄래요?"

"손님이 내려와 공항으로 가고 있는 중이야."

잠깐 사이를 두었다가 해연이 물어왔다.

"영빈씨한테도 그런 사람이 있어요? "

"나 빼고는 다 손님이지."

"실은 나도 오늘 내려가보려고 했는데."

사실인지 모르지만 그녀는 그렇게 말했다. 영빈은 운전이 다소 불안한 느낌이 들었다. 그나마 마음이 놓이는 것은 제주도에서는 운전중 통화에 대해 교통경찰이 매우 관대한 태도를 취한다는 사실이었다.

"다음에 내려와. 아무래도 그게 좋겠어."

"누가 내려오는데요?"

"나중에 얘기할 테니 지금은 그것도 묻지 말고."

"좋으실 대로."

그녀는 기분이 상했는지 은근히 비아냥거렸다.

"보고 싶다고 말하며 이만 전화 끊을게. 보고 싶어."

전화를 끊고 나서 영빈은 무심결에 신호를 무시한 채 공항 쪽으로 내달렸다.

히데코는 청사 1층에 있는 '만남의 장소'에 앉아 있었다. 봄날 내내 줄곧 그 자리에 앉아 있었던 듯한 사람의 모습으로. 코코아색 바지 정장 차림에 붉은색의 작은 숄더백만 갖춘 단출한 차림이었다. 붉은빛이 도는 자줏빛 가죽 구두. 안에는 레이스가 없는 흰 블라우스. 그리고 예전에 보았던 사파이어가 달린 은목걸이. 머리칼도 부푼 듯 어깨까지 내려온 그 스타일 그대로였다. 조금도 변하지 않은 것이다.

"그런 차림으로는 오늘 좀 덥겠는데요, 아가씨."

영빈은 그녀의 뒤로 다가가 그렇게 말문을 열었다. 긴장을 풀어주기 위해서였다. 그녀는 화들짝 놀라 뒤를 돌아보았다. 그러나 자리에서 일어나지는 않았다. 단지 초췌한 표정으로 애써 웃어 보였다.

영빈은 그녀의 옆에 가 앉았다.

"좋아 보이네요."

감정 없는 목소리로 그녀가 말했다.

"서울에 있을 때보다 한결 좋아 보여요."

"나야 알 수 없죠. 거울을 보면 늘 그 작자가 그 작자니까."

에스컬레이터를 타고 2층으로 올라가는 사람들을 지켜보며 히데코가 말했다.

"공항에 앉아 있으니까 그래도 마음이 가라앉아요."

"갇혀 있다는 느낌이 들지 않아서 그럴 겁니다. 나도 가끔 공항에 와서 커피를 마시고 집으로 돌아가곤 합니다. 사람 구경도 하고요."

"재밌는 말이네요."

"효과적인 처방일 때가 있습니다. 공항에 와서 사람들을 보고 있으면, 다 그런 거지 뭐, 라는 생각이 들곤 합니다."

"다 그런 거라뇨?"

"세상만사가 다 그렇다는 겁니다."

그녀는 입술을 벌리고 방심한 듯 웃었다. 하얗고 고른 치아가 드러나 보였다. 그제야 영빈은 조금 안심이 됐다. 토요일이었으므로 공항은 관광객들로 몹시 혼잡스러웠다. 영빈은 히데코를 차에 태우고 일단 공항을 빠져나갔다. 차창으로 쏟아져 들어온 햇빛 속에서 엷은 향수 냄새가 번졌다. 히데코는 가방에서 선글라스를 꺼내 썼다.

용두암 해안도로를 따라 달리다 영빈은 횟집과 카페가 밀집해 있는 어영 해안가에 차를 세웠다. 신혼부부로 보이는 여행객들이 봄바다를 가득 메우고 있었다. 그러한 풍경이 영빈의 눈에는 어쩐지 비현실적으로 보였다. 히데코가 점심 생각이 없다고 해서 두 사람은 커피를 마셨다.

제주에 와본 적이 있냐고 영빈이 묻자 히데코는 고개를 가로저었다.

"메구무가 아니었더라면 아마 영영 올 일이 없었겠죠."

선글라스를 낀 눈으로 히데코가 영빈을 바라보며 말했다. 영빈은 그 말에 대꾸하지 않았다. 영빈은 어디 가보고 싶은 데가 있냐고 히데코에게 물었다. 손목시계를 내려다보고 나서 그녀가 입을 열었다.

"저는 이 섬에 대해서는 아무것도 몰라요. 공항밖에는."

"공항은 지금 너무 복잡합니다. 한 시간 후에 서울로 올라갈 게 아니라면 커피를 마시고 나서 드라이브를 좀 하죠."

"그렇다면 어디 조용한 해수욕장이 좋겠어요. 봄이니까 해수욕장은 조용하겠죠."

카페에서 나와 영빈은 히데코와 함께 다시 차에 올라탔다. 그리고 도두항을 지나 일주도로에서 중문과 서귀포로 이어지는 서부관광도로로 들어섰다. 중문으로 가는 동안 여우비가 잠깐 내렸고 두 사람은 도로를 위험하게 가로질러가는 노루 새끼 한 마리를 목격했다. 노루를 보고 히데코는 무척 놀란 눈치였다. 한라산 윗세오름엔 오늘도 많은 노루들이 철쭉꽃들 사이를 서성이고 있을 터였다. 제주는 지금 철쭉의 계절이었다.

"벚꽃은 다 진 모양입니다."

전화를 거는 목소리로 히데코가 말했다.

"오래전에 다 졌죠."

"여기도 벚꽃이 많이 피나요?"

"3월에 제주대학교 진입로에 가면 많이 볼 수 있습니다."

서울은 지금 벚꽃이 한창일 터였다.

침묵 끝에 히데코가 입을 열었다.

"고등학교 교정에 피어 있던 벚꽃이 생각납니다. 미처 마음이 따라갈 수 없는 속도로 서둘러 피고 지던 그 꽃들이. 그런 봄날이면 곧잘 이런 환각에 빠지곤 했죠. 이 순간에도 누군가 죽어가고 있는 것은 아닐까. 주위의 햇빛이 너무나 눈부셔 눈이 멀어버리는 게 아닌가 걱정하곤 했습니다. 멀리 운동장에서 들려오는 아이들 웃음소리만 귀에 환청처럼 가득했어요. 그때마다 숨조차 제대로 쉴 수 없는 적막감이 밀려왔죠. 그래, 지금 누군가 죽어가고 있어. 그런 날이면 햇빛에 혼미하게 취한 상태로 학교를 빠져나가 나도 모르게 바다로 가곤 했죠. 바닷가에도 벚꽃은 눈부시게 지고 있었죠. 그때도 막다른 난간에 서 있는 것처럼 등 뒤에 다가와 있는 죽음을 느끼곤 했어요."

영빈은 잠자코 귀를 기울이고 있었다. 왜 또 사람이 죽는 얘기를 하는 걸까. 숨을 몰아쉬고 나서 히데코는 차창을 내리고 담배를 피워물었다. 서귀포와 중문으로 갈라지는 길에서 신호대기를 받고 있는 중에 영빈이 입을 열었다.

"누구나 죽어 없어지게 마련이죠. 그때가 나는 봄이었으면 합니다. 좀더 나중의 일이 되겠지만."

"왜 봄이어야 하죠?"

"봄에 왔으니 봄에 갔으면 합니다. 여름엔 냄새가 심할 테고 또 겨울엔 추울 테니까요. 자꾸 이런 얘기를 하고 싶지는 않습니다만."

히데코는 중문에 도착할 때까지 굳게 입을 다물고 있었다. 히데코는 그제야 배가 고프다며 뭘 좀 먹고 싶다고 했다. 영빈은 중문관광단지로 들어가 컨벤션센터 주차장에 차를 세웠다. 백남준의 비디오아트 작품인 〈바이올린, 첼로〉 앞에 잠시 서 있다가 두 사람은 그 옆에 있는 양식당으로 들어갔다. 히데코는 샌드위치와 오렌지 주스와 커피로 점심을 먹었다. 유리창을 통해 주상절리로 몰려가는 관광객들의 긴 행렬이 눈에 들어왔다. 히데코는 신기한 듯 그 행렬을 내다보고 있었다. 히데코가 식사를 하는 동안 영빈은 맥주를 한 잔 마시고 담배를 피웠다.

식당에서 나와 두 사람은 에스컬레이터를 타고 내려가 곧바로 주상절리로 이어지는 길로 들어섰다. 그리고 사람들 사이에 섞여 절벽 위를 따라 걸으며 주상절리가 형성돼 있는 바다를 내려다보았다. 나무계단 모서리에서 지체하고 있을 때 누군가 뒤에서 다가와 두 사람에게 사진을 찍으라고 했다. 사진사의 주문에 따라 영빈과 히데코는 모서리에 나란히 붙어 서서 폴라로이드 사진을 한 장 찍었다. 사진을 주의 깊게 내려다보고 나서 히데코는 어안이 벙벙한 표정으로 영빈을 바라보았다.

주차장으로 돌아와 두 사람은 중문 해수욕장으로 옮겨갔다. 짐작대로 해수욕장엔 사람이 많지 않았다. 여행객으로 보이는 젊은이 몇 명만이 옷을 입은 채로 바다에 들어가 물싸움을 하고 있었다. 모래사장으로 이어지는 입구에 파라솔이 몇 개 설치돼 있었고 해녀들이 해삼 멍게 따위를 팔고 있었다. 여기서 저녁 노을을 볼 수 있느냐고 영빈이 묻자 늙은 해녀는 무심한 표정으로 고개를 끄덕였다. 두 사람은 파라솔 의자에 앉아 돌문어와 해삼 멍게 따위를 썰어놓고 소주를 몇 잔 마셨다.

소주를 한 잔 마시고 나서 히데코가 아까 중문으로 오는 차 안에서 하던 말을 계속했다.

"가와사키에 있는 바닷가에서, 2학년 봄에 한 남자를 만났습니다. 도쿄에서 혼자 소풍 온 대학생이었죠. 저는 물론 고등학생이었고요. 왼쪽 다리를 약간 절었고 오른손의 손가락이 여섯 개인 사람이었습니다. 엄지 둘째 마디에 새끼손가락보다 좀더 작은 손가락 하나가 더 달려 있었죠. 그래서 늘 주머니에 손을 넣고 다니는 사람이었습니다. 키가 크고 눈이 무척 맑았습니다. 옆에서 말을 걸어와 돌아보니 그가 해를 가리고 서 있더군요. 손에는 아직 뚜껑을 따지 않은 캔맥주를 들고 있었습니다. 순간 저는 늪에 발을 디딘 느낌이었죠. 발을 뺄 수 있는 기회가 분명 있었지만 자신을 방치한 채 그대로 있었습니다. 그 사람과 저는 캔맥주 하나를 나눠 마셨습니다. 하나밖에 없었으니까요. 그때 무슨 얘길 나눴는지는 이상할 정도로 기억에 남아 있지 않습니다. 해가 저물자 우린 지하철을 타고 도쿄 시내로 돌아와 우동집에서 저녁을 먹고 헤어졌죠."

"그게 다는 아니겠죠."

영빈은 그저 그렇게 말했다.

"토요일마다 우린 바닷가에서 만났습니다. 역시 날이 어두워지면 지하철을 타고 시내로 들어와 저녁을 먹고 헤어졌죠. 몇 번 그렇게 만나다가 어느 토요일 오후에 우리는 시부야에 있는 그의 단골 술집에서 맥주를 마셨죠. 어쩐지 감당하기 힘든 날이었어요. 서글픈 느낌이 줄곧 마음을 괴롭히고 있었죠. 아마 그 사람이 굉장히 힘든 얼굴을 하고 있어서 그랬을 거예요. 힘들게 술을 마신 다음 우리는 밖으로 나와 그 사람의 집으로 갔죠. 어떻게, 왜, 거기까지 갔는지는 저도 모릅니다. 그저 그냥 그렇게 됐다고밖에는 말할 수 없는 분위기였죠. 약간 취해 있었기도 하고요. 부모님은 여행중이었고 밖엔 아직 햇빛이 남아 있었는데 집 안은 어두웠어요. 시간이 이상하게 불규칙적으로 흐르는 느낌이었어요. 거실의 불도 켜지 않은 채 우리는 어둑한 소파에 앉아 조금씩 계속 술을 마셨어요. 별말도 없이 말예요. 외등 불빛이 창문으로 희미하게 스며들어오고 있었고 그때 정원에서는 목련이 지고 있었죠. 결과적으로 술을 아주 많이 마신 상태였는데 취한 느낌은 없었어요. 단지 숨이 막혀 괴롭다는 느낌만 계속되고 있었죠. 술병이 모두 비자 그 사람이 무심코 내 옷을 벗기더군요. 두려움을 느꼈지만 저는 거부하지 않았습니다. 아마도 그 사람을 사랑하고 있었던 모양입니다. 섹스를 했던 것 같습니다. 어쩌면 아닌 것 같기도 하고요. 시간이 한참 지나고 나서 저는 소파에 엎드려 있는 자신을 발견했죠. 그때 그 사람이 서랍에서 칼을 꺼내오더니 내 등에 문신을 새기고 싶다고 말하더군요. 무서운 느낌이 들어 저는 대답하지 않았습니다. 하지만 그 정도는 괜찮을 거라는 생각을 했죠. 아프더군요. 참기 힘들 정도는 아니었고요. 지금도 기억하는 건 제 등에 떨어져 내리던 그 사람의 뜨거운 땀방울이었습니다. 어쩌면 눈물이었을까요? 모르겠습니다. 아픔이 사라지고 나서 저는 잠깐 잠들었던 것 같습니다. 꿈결에 그 사람의 목소리가 들려왔습니다. 이제 일어나 그만 집으로 돌아가. 너무 늦었어. 나도 피곤해서 그만 자야겠어. 그러고 나서 소파에 기대 눈을 감고 금방 잠들어버리더군요. 집까지 데려다달라고 얘기했지만 그 사람은 잠에서 깨어나지 않았어요. 저는 밖으로 나와 택시를 타고 집으로 돌아왔죠. 그날 밤 저는 화장실 거울을 통해 제 등에 새겨진 문신을 보았어요. 많이 놀랐습니다. 제 등에 그 사람의 이름이 새겨져 있더군요. 몹시 두려웠습니다. 그 사람이 그때 제게 무슨 짓을 했는지 그제야 알았거든요."

"……"

"10분 간격으로 계속 전화를 걸어보았지만 그 사람은 역시 전화를 받지 않더군요. 이미 자정이 넘었기 때문에 외출할 수도 없는 상태였죠. 다음날 오후에 어떤 여자가 학교로 저를 찾아왔어요. 대학생으로 보이는 조그만 여자애였어요. 그 여자의 입을 통해 저는 그 사람이 전날 밤 가와사키 근처에 있는 공원에서 죽은 채로 발견됐다는 말을 들었어요. 칼로 손목을 그은 채 잠을 자듯 앉아 있었다고 하더군요. 그 여자는 침착하게 그 사실을 전하고 제게 묻더군요. 그가 왜 죽었는지 알고 싶다고. 저는 아무 대답도 할 수 없었습니다. 그가 왜 그랬는지 몰랐으니까요. 시간상으로 따지면 제가 거울을 보고 있는 순간에 그는 손목을 그은 거예요. 제가 집을 나가고 나서 그 사람도 곧장 집을 나갔다는 얘기죠. 그런데 그 사람이 왜 그랬을까요?"

히데코가 물었으나 영빈은 대답할 수 있는 입장이 아니었다.

"제가 아는 한 그 사람은 오래전부터 죽고 싶었던 거예요. 별다른 이유 없이 말예요. 심각한 우울증 같은 게 있기도 했을 테지만, 그 이유 이상으로요. 나중에 알고 보니 그날 학교로 찾아왔던 여자는 그 사람의 여자친구더군요. 며칠 후 그 여자가 다시 저를 찾아와 똑같이 묻더군요. 왜 그 사람이 죽은 거냐고. 아직도 저는 그 이유를 정확히 모릅니다. 이해할 수 있는 거라곤 누구나 한 번은 그럴 수 있다는 거죠. 그게 처음이든 마지막이든 말예요. 딱 한 번은."

시간이 어떻게 흘러간 것일까. 그새 해가 서쪽으로 기울기 시작하며 두 사람이 앉아 있는 남쪽 바다까지 엷은 노을이 길게 뻗쳐오고 있었다. 물싸움을 하던 젊은이들은 온데간데없었다.

"제 등에는 아직도 그 사람의 문신이 남아 있습니다."

"……"

"대학교 2학년 때 같은 과 남학생을 사귀게 되었습니다. 부동산업을 하는 집안에서 외아들로 태어난 아마추어 골프 선수였죠. 여름방학 때 그 애의 차를 타고 아타미라는 곳으로 놀러 갔다가 비가 내려 모텔에 들어가게 됐죠. 섹스를 한 후에 그 애가 제 등에 새겨진 문신을 보고 묘한 표정으로 웃더군요. 그날 밤 도쿄로 돌아와 그 애와 헤어졌어요. 다른 남자애들도 마찬가지였어요. 섹스를 하고 나면 다들 말없이 등을 돌리고 사라지더군요."

노을은 얼추 발밑까지 다가와 있었다.

"이 모든 얘기를 소설로 쓴 적이 있습니다. 하지만 누구한테도 보여줄 수 없었죠. 저 자신이 읽어봐도 끔찍하더군요. 그래서 더이상 소설을 쓸 수 없었는지도 모릅니다."

"지금 소설 얘기를 하고 있는 겁니까?"

히데코가 쓸쓸한 표정으로 웃으며 고개를 가로저었다.

"아뇨, 제 얘기를 하고 있는 거예요."

영빈은 노을에 타고 있는 해수욕장으로 눈을 돌렸다.

"복잡한 얘기가 되겠지만, 저는 메구무를 질투하고 있었던 모양입니다. 메구무는 자신이 한국계라는 인식이 분명했고 소설가적 재능을 통해 남이 무너뜨릴 수 없는 자기 세계를 만들어갔죠. 어쩌면 메구무가 등단한 그 시점부터 저는 질투를 하고 있었는지도 몰라요. 그즈음에 저는 가와사키에서 그 사람을 만났던 거죠. 그날 마음속에서 뭔가 폭발하는 소리를 들었습니다. 자신을 무너뜨리고 싶은 유혹이 너무나 강렬해서 아니, 갑자기 다른 사람이 되고 싶어서 오히려 제가 그 사람을 유혹했는지도 몰라요. 저는 조숙한 편이었고 그 사람과 만나는 것도 아주 좋았습니다. 가방 안에 화장품과 거울을 넣고 다니는 여고생이 된 거죠. 그 사람이 자살하고 나서 저는 도무지 저 자신을 감당할 수 없었습니다. 그리고 그후로 또 계속 감당할 수 없는 일들이 따라다녔죠. 대학을 졸업할 때까지는 저는 도쿄를 감옥처럼 여겼습니다.

그래서 졸업과 함께 런던으로 갔고 1년 후에 도쿄로 돌아왔죠. 긴 시간은 아니었지만 런던에서도 힘든 시간을 보냈습니다. 그곳은 밤마다 유령들이 돌아다니는 도시더군요. 특히 겨울에는 견디기가 몹시 힘들었습니다. 일본으로 돌아올 때 제겐 영혼이란 게 남아 있지 않았습니다. 그래도 10년 가까이 아무 일도 없었던 것처럼 살았습니다. 몹시 바쁘게 살았고요. 그러다 한국에 오기 몇 달 전에 회사 동료들과 어느 지하 술집에 갔다가 화장실에서 우연히 어떤 여자와 마주치게 됐습니다. 나이가 많이 들어 보이는 어떤 여자가 청소를 하고 있더군요. 놀라운 일이지만 저는 그 여자가 누군지 금방 알아봤습니다. 서로 눈이 마주쳤을 때 그 여자도 저를 알아본 것 같았습니다. 그 여자가 다가와 이렇게 말하더군요."

"나는 토요일 밤마다 여기서 화장실 청소를 한답니다. 벌써 10년이 넘었군요. 실은 토요일 저녁마다 그 사람이 여기에 나타나거든요."

"……!"

"그 말을 듣고 나서야 저는 오래전에 그 술집에 온 적이 있다는 것을 기억해냈습니다. 그 사람이 죽던 날 오후에 말예요. 그 사람과 함께."

"그럼 청소부가 그 여자였단 말인가요?"

히데코는 맥없이 고개를 주억거렸다.

"그때 학교로 찾아온 그 조그만 여자. 그 남자의 여자친구."

"……"

"청소부가 아니라 그 술집 주인이었어요. 순간 얼굴에서 가면이 벗겨져 나가는 느낌을 받았습니다. 얼굴에서 피가 튀는 느낌이더군요. 도망치듯 술집을 빠져나오는데 그 여자가 카운터에 앉아 저를 지켜보더군요."

천천히 숨을 내뱉고 나서 그녀는 말을 이었다.

"처음부터 한국으로 올 생각은 아니었어요. 마침 도쿄로 유학을 와 있던 당숙이 함께 서울로 가자고 권하더군요. 당숙은 제 상황에 대해 어느 정도 눈치를 채고 있었거든요. 그래서 결국 한국으로 오게 됐죠."

노을빛에 그녀의 얼굴이 붉게 달아올라 있었다.

"어쨌든 메구무는 자살하지 말았어야 했어요. 그렇게 죽으면 안 되는 거였어요."

거기에 대해서 영빈은 아무 말도 할 수 없었다.

"왠지 껍데기만 남은 느낌이에요."

"……"

"그동안 메구무를 너무 가깝게 느꼈던 모양이에요. 동일시했는지도 모르고요."

그런 게 아닐 거라고 말하려다 영빈은 입을 다물었다.

"이제부터 또 어째야 좋을지 모르겠습니다."

어둠이 그물처럼 내리면서 해녀들이 자리를 걷고 있었다. 바다에서 노을빛이 사라지면서 서쪽 바다 끝에 붉은 해만 달처럼 걸려 있었다. 그러나 그 붉은 달도 건잡을 수 없는 속도로 곧 수평선 너머로 사라져버리고 말았다. 해가 진 뒤에 찾아오는 한때의 어스름한 밝음이 바다를 온통 뿌옇게 뒤덮고 있었다.

뒤미처 비가 뿌리기 시작했다.

서부관광도로를 타고 제주시로 넘어오는 차 안에서 히데코는 잠들어 있었다.

영빈의 집에서 차로 10분 거리에 있는 바닷가에 펜션을 잡아놓고 두 사람은 아래층 식당으로 내려갔다. 참돔 회를 떠놓고 두 사람은 어쩔 수 없이 또 술을 마셨다. 술이 들어갈수록 히데코의 얼굴은 희게 변해갔다.

"돌아가야 하는데 계속 이러고 있어요."

도쿄를 두고 하는 말일 터였다.

"내 생각에도 서둘러 도쿄로 돌아갔으면 합니다. 여긴 히데코 씨한테 외국이나 다름없는 곳입니다. 다른 외국보다 오히려 더 마음이 복잡할 수도 있습니다. 그리고 도쿄로 돌아가더라도 더 이상 그 불길한 술집엔 가지 마시고요. 사람에겐 저마다 그런 불길한 장소가 하나씩 있게 마련입니다. 그런 곳을 일부러 찾아갈 필요는 없겠죠."

"불길한 장소."

가면처럼 웃으며 히데코가 말했다.

“영빈씨한테는 메구무가 어떤 사람이었죠?”

“무슨 뜻으로 하는 말이죠?”

“그냥 묻고 있는 거예요.”

영빈은 들고 있던 술잔을 내려놓고 비가 내리고 있는 밤바다를 내다보았다. 다시금 영빈의 눈에 사기사와 메구무의 모습이 떠올랐다.

“히데코씨도 알다시피 세상엔 많은 사람들이 있습니다. 그런데 불가사의하게도 예기치 못한 시간과 장소에서 나와 비슷하다고 느끼는 사람과 마주치는 경우가 있습니다. 어쩌면 그래서 만나게 되는지도 모르고요.”

의미심장한 눈빛으로 히데코는 영빈을 바라보았다.

“설명하기는 힘들지만 누구한테나 그런 일이 한 번쯤은 일어나게 마련입니다.”

“그렇다면 상대방도 그렇게 느낄까요?”

“그럴 수도 있고 아닐 수도 있습니다. 하지만 얘기를 나누다보면 저 사람도 나한테 그런 감정을 느꼈구나, 하는 정도는 알 수 있죠. 사기사와씨는 내게 그런 사람이었습니다.”

당돌한 표정으로 히데코가 물어왔다.

“메구무와 비슷하다고 느낀 점이 뭐였죠?”

영빈은 담배를 피워물며 말했다.

"불안. 고인한테는 실례되는 말인지 모르겠지만, 아마도 불안함이었을 겁니다. 작가로서, 또 인간으로서 느껴야 하는 삶의 불안함. 말하자면 그러한 국면과 처지."

"그 전에 메구무의 책을 읽고 나서 느낀 건가요?"

"그렇기도 하고 실제로 마주쳤던 순간의 느낌도 크게 다르지 않았습니다."

생각을 정리하는지 히데코는 잠깐 눈을 감았다 떴다.

"짧은 만남이었지만 그로 인해 나는 사기사와씨에게 작가로서의 우정을 느꼈습니다. 그것은 비록 상대가 느낄 수 없는 감정이었겠지만, 나한테는 그게 중요하게 생각되는 순간들이 있었습니다. 그 불안함이 살아야겠냐는 의지로 변하는 순간에 이상하게도 사기사와씨의 모습이 떠오를 때가 있었다는 뜻입니다."

"하지만 결국 자살했죠."

"매스컴에서 뭐라 말하건 자살의 이유에 대해 아는 사람은 오직 사기사와씨 자신뿐일 겁니다. 이제는 서로 침묵하는 게 고인에 대한 도리라고 생각합니다. 나 역시 사기사와씨에 대해 더이상 말하고 싶지 않습니다."

머리칼을 뒤로 쓸어넘기며 히데코가 물어왔다.

"저한테도 우정을 느끼나요?"

그렇다고 영빈은 사실대로 말했다.

"히데코씨와는 언젠가 다시 만나게 되겠죠. 그때 또 나눌 애기가 있을 겁니다."

"어떻게 그걸 장담하죠?"

"경험을 믿고 하는 얘깁니다."

히데코는 지친 듯 눈을 감고 벽에 몸을 기댔다.

"아까도 얘기했지만 서둘러 도쿄로 돌아가는 게 좋을 것 같습니다. 냉정하게 얘기하면 히데코씨는 한국인이 아닙니다. 그 4분의 1의 피에 매달려 몸부림칠 이유도 없고요. 또 거기 숨어서도 안 되고요."

그녀는 눈을 감은 채 듣고 있었다. 영빈은 히데코를 펜션에 남겨두고 밤길을 걸어 집으로 돌아왔다. 가랑비가 내리고 있었으나 밤공기는 차고 향기로웠다.

영빈이 침대에 누우려 할 때 전화벨이 울렸다. 새벽 1시. 해연에게 걸려온 전화려니 생각하고 영빈은 수화기를 집어들었다. 히데코였다. 파도 소리 때문에 잠이 오지 않는다고 그녀는 잠꼬대처럼 중얼거렸다. 바다에서는 지금 한창 썰물이 진행되고 있을 터였다. 영빈은 먼 바다로 빠져나가고 있는 고기 떼를 떠올리고 있었다. 누구라도 자야 할 시간이었다.

목을 가다듬고 나서 히데코가 말했다.

"못 한 얘기가 있습니다."

"지금 해야만 하는 얘긴가요?"

히데코가 담배에 불을 붙이는 소리가 들려왔다. 그 뒤편으로 희미하게 파도 소리가 들려왔다. 창문을 열어둔 모양이었다.

"용서해주셨으면 해요. 저는 곧 떠나야 하니까요."

"히데코씨는 내게 그런 말을 할 이유가 없습니다."

"그런가요?"

"만약 그럴 만한 일이 있더라도 용서는 스스로 구하는 겁니다. 타인은 나를 용서해주지 않으니까요."

히데코는 길게 입을 다물고 있었다.

"제가 지금 영빈씨한테 용서를 구하는 것은, 해연씨한테 고의적으로 상처를 주었기 때문이에요."

"……"

"그 전에 저는 해연씨한테 제가 상처를 받았다고 생각했습니다. 해연씨가 저를 아프게 했거든요. 상대의 아픈 곳을 자극해서 자신의 상처를 덮으려 했거든요."

트라우마. 그때 영빈의 이마에 떠오른 말이었다.

"그래서 저도 해연씨에게 상처를 주기로 마음먹었죠."

"알고 있습니다. 물론 해연씨도 알고 있고요."

"……"

"해연씨가 잘못한 게 있다면 내가 대신 용서를 구하죠. 그러는 편이 차라리 나을 겁니다."

"빌고 있는 건가요?"

"그럴 수 있다면 그렇게라도 하죠."

또다시 공허하게 웃고 나서 그녀는 수화기를 조용히 내려놓았다. 영빈은 베란다로 나가 밖을 내다보았다. 그사이 비가 그쳐 있었다. 달이 떴고 멀리서 개 짖는 소리가 들려왔다.

아침 일찍 일어나 영빈은 히데코가 묵고 있는 펜션으로 갔다. 펜션 앞 방파제에서 영빈은 그녀의 창문을 올려다보며 전화를 걸었다. 잠시 후 커튼이 열리고 히데코의 얼굴이 창에 나타났다. 방금 욕실에서 나온 듯 머리칼이 미역처럼 젖어 있었다. 그리고 웬일인지 브래지어 차림이었다.

바닷가 식당에서 미역국으로 아침을 먹는 동안 히데코는 공항으로 전화를 걸었다. 오후 2시 비행기로 올라가리라 했다. 어쩌면 마지막 만남이 될 터였다. 그 만남의 장소가 제주도라는 사실이 영빈은 새삼스럽고 낯설었다.

식당에서 나와 두 사람은 공항에서 20분 거리에 있는 삼양 해수욕장으로 갔다. 여름이면 불임의 여자들이 찾아와 몸을 뜨겁게 달구고 가는, 검은 모래로 뒤덮인 해수욕장이었다. 신발을 벗어 들고 두 사람은 해안선을 따라 천천히 걸었다. 바닷물이 빠져나가기 시작하면서 모래톱이 끝나는 곳에서 드넓은 해초 지대가 드러났다.

"이 풀들이 뭐죠?"

그때까지 아무 말이 없던 히데코가 고개를 들고 영빈에게 물었다.

"미역입니다."

아, 미역…… 이라고 작게 받은소리를 내고 나서 히데코는 미역밭으로 걸어 들어갔다. 햇빛을 받아 검푸르게 빛나는 무성한 수초 사이를 그녀는 길을 잃고 산에서 내려온 노루처럼 불안하게 걷고 있었다. 영빈은 뒷전에서 히데코의 모습을 무연히 바라보고 있었다. 햇살이 눈부셔 하늘과 바다의 경계가 시야에서 흐트러졌다. 찰나 히데코의 모습이 눈에서 사라졌다고 영빈이 느낀 순간, 바다 저쪽에서 그녀의 외마디 소리가 들려왔다. 짧은 비명처럼 들려왔으나 그것이 위험을 뜻하는 소리는 아니었다.

"저게 뭐죠? 저기, 온통 하얗게 반짝이는 것들 말예요."

히데코의 모습은 한낮의 혼령처럼 반투명한 그림자로 어른거리고 있었다. 영빈은 미역을 밟고 그녀가 있는 곳으로 다가갔다. 무엇일까. 거대한 은빛의 무리가 찬란하게 수면 위로 떼 지어 몰려다니고 있었다. 커다란 빗자루로 햇빛을 이리저리 쓸어내는 것처럼 보였다.

멸치 떼였다. 수만의 멸치 떼가 히데코가 딛고 서 있는 미역밭 가까이로 하얗게 몰려들어와 있었다. 차마 눈을 뜨고 볼 수 없을 만큼 은빛 투명한 빛을 내뿜으며. 넘어질 듯 히데코의 모습이 영빈의 눈에서 흔들렸다. 영빈은 반사적으로 그녀의 팔을 붙들었다. 멸치 떼가 수면에 떠서 파도에 이리 휩쓸리고 저리 휩쓸리고 있었다.

햇살이 밀가루처럼 쏟아져 내리고 있는 바다에서 멸치 떼는 한동안 떠나지 않고 히데코의 주위에 머물러 있었다. 그녀는 눈을 감고 있었다. 눈가에 별이 반짝이고 있었다.

공항으로 돌아온 두 사람은 4층 식당에서 샌드위치로 점심을 대신하며 맥주를 한 병씩 마셨다. 반쯤 깨끗하게 오려 먹은 샌드위치를 접시에 내려놓고 나서 히데코는 커피를 주문했고 커피가 나오는 동안 남은 맥주를 마저 비웠다. 얼굴이 분홍빛으로 엷게 달아올라 있었다.

"아마도 저는 멸치 떼를 보러 온 모양이에요."

쿡, 기침을 하고 나서 그녀가 불안정한 발음으로 중얼거렸다. 그것은 영빈에게도 여전히 불가사의한 광경으로 남아 있었다. 5분 아니, 거의 10분 동안 히데코는 멸치 떼에 휩싸여 있었다. 삶에서 그것은 비록 짧은 순간이겠으나, 히데코는 구원을 경험한 얼굴이었다.

영빈은 히데코를 위해 마지막으로 사기사와 메구무 얘기를 꺼냈다.

"사기사와씨는 단지 운이 나빴던 걸 겁니다. 그에 비하면 히데코씨는 아주 운이 좋은 사람인 것 같군요. 누구한테나 바다에서 그런 축복이 쏟아져 내리는 것은 아닐 테니까요."

고개를 주억거리고 나서 히데코는 희미하게 웃어 보였다. 너무나 희미해서 오히려 서글퍼 보이는 웃음이었다. 카푸치노가

쟁반에 담겨 왔고 히데코는 반만 마신 채 잔을 내려놓았다. 히데코의 눈에 다시 별이 반짝였다가 사라져갔다.

에스컬레이터를 타고 3층으로 내려가는 동안 히데코가 영빈의 손을 잡아왔다. 그녀의 손은 뜨거웠다.

"시간 내줘서 고마워요."

검색대를 빠져나가기 전에 히데코가 몸을 돌려 영빈을 바라보았다.

"그래도 저는 용서한다는 말을 듣고 싶어요."

히데코의 눈을 깊게 응시하고 나서 영빈은 용서한다고 말했다. 그 말이 떨어지기가 무섭게 히데코가 다시 영빈의 손을 움켜쥐고 마치 흐느끼듯 말했다.

"그럼 가요. 아마 다시 보기 힘들 거예요."

손을 놓고 나서 히데코는 고개를 숙여 영빈에게 인사를 했다.

"사요나라."

이어 히데코는 두어 걸음 뒷걸음질을 치더니 몸을 돌려 검색대를 빠져나갔다.

공항에서 영빈은 해연에게 전화를 걸어, 방금 히데코가 다녀갔다고 말했다. 해연은 그저 말없이 듣고 있었다.

히데코가 다녀간 다음날 영빈은 가파도로 출조를 했다. 모슬포항에서 고무보트를 빌려 타고 간출여에 내려 어둠이 내릴 때까지 낚싯대를 드리우고 서 있었다. 첫 입질을 받아 올려보니 신발만한 복어가 올라왔다. 그리고 철수가 임박할 때까지 전혀 입질이 없다가 어둠이 내릴 무렵, 영빈은 낚싯대를 끌고 들어가는 엄청난 어신을 받았다. 마치 악어의 습격을 받은 것처럼 영빈은 당황했다. 뒤미처 낚싯대를 채 가누기도 전에 놈은 줄을 끊고 어두운 바다 속으로 순식간에 사라졌다. 무엇이었을까? 영빈은 몸을 부들부들 떨고 있었다. 이윽고 고무보트가 라이트를 켜고 다가왔다. 모슬포항으로 돌아오는 보트 안에서 영빈은 내내 어둠 속으로 달아난 고기만 생각하고 있었다.

그날 밤 영빈은 복어국을 끓여 먹고 잠자리에 들었다. 그리고 호랑이 꿈을 꾸고 있었다. 바위틈에 갇힌 호랑이가 밤새 바다 속에서 몸부림을 치며 울부짖고 있었다. 마치 독을 삼킨 것처럼.

다음날 오후 늦게야 영빈은 침대에서 눈을 떴다. 사위가 죽음처럼 휘황했다. 그제야 영빈은 자신이 복어의 독에 감염됐다가 깨어난 사실을 깨달았다.

14

히데코는 금요일마다 '히데코'에 나타났다. 늘 8시쯤 와서 대개 자정에 돌아갔다. 그 시간을 히데코는 해연과 함께 보냈다.

두 여자는 가까운 스파게티 전문점이나 중국식당에서 식사를 하거나 생맥주 타운에서 시간을 보냈고 가끔 심야영화를 관람하기도 했다. 혹은 해연의 집에서 비디오를 보며 맥주를 마시다 히데코는 다음날 아침 인사동으로 돌아가기도 했다. 뭐 그럴 수 있는 일이었다. 허울뿐인 남자들 간의 우정보다 여자들 관계가 보다 밀접하고 은밀한 경우가 많으니까. 가끔 영빈에게 전화를 걸어와 함께 저녁을 먹자는 얘기를 했으나 영빈은 가급적이면 두 여자 사이에 개입하지 않으려고 했다.

그즈음 영빈은 일자리를 얻는 데 실패하고 나서 쓰다 만 소설에 몰두하고 있었다. 해서는 안 되는 일이지만, 허락 없이 아버지의 통장에서 두어 달치 생활비를 꺼내 서랍에 넣어두고 약처럼 꺼내먹으며 소설을 붙잡고 늘어졌다. 이렇게까지 해야 하는가, 라는 자괴감에 시달렸으나 달리 방도가 없었다. 불안하기 짝이 없는 날들의 연속이었다. 그나마 책상에 앉아 있어야 궁핍에서 오는 불안을 잊을 수 있었다.

그러던 어느 날 기적이 일어났다. 몇 년 전에 영빈이 책을 낸 적이 있는 출판사에서 전화를 걸어와 다시 책을 내보면 어떻겠느냐고 의사를 타진해왔다. 거절할 명분도, 또한 거래할 여유도 없었던 터라 영빈은 그렇게 되기를 바란다고 점잖게 대꾸했다. 어쩌면 너무 점잖게 말했는지도 모른다.

이틀 후 영빈은 출판사 사장과 만나 계약서를 쓰고 계약금조로 5백만 원의 선인세를 받았다. 계약금은 물론 출판사 쪽에서 정한 금액이었다. 계약을 마치고 나와 영빈은 출판사 사장을 따라 갈빗집으로 갔다. 그리고 오랜만에 한우갈비라는 걸 얻어먹었고 소주를 두어 병 마신 뒤 약간 취한 상태에서 출판사 대표를 따라 단란주점으로 자리를 옮겼다. 오랜 가뭄 끝에 단비가 내린 날이었으나 광대처럼 피곤한 하루였다. 출판 계약을 하는데 왜 노래까지 불러야 하느냔 말이다. 물론 사장은 노래를 부르지 않았다. 내친김에 영빈은 도우미 아가씨와 춤까지 추었다. 이로써 사자성어 하나가 완성되었다. 음주가무. 그래, 뭘 한 가지 하더라도 끝을 보아야 한단 말이다.

그날 자정께 영빈이 택시에 실려 집으로 돌아오는데, 주머니 속에서 휴대폰이 부르르 진저리를 쳤다. 낮에 진동으로 바꿔놓은 모양이었다.

"어디예요?"

다짜고짜 해연이 물어왔다.

"어디긴, 상기 총알 탄 사나이가 되어 미친 듯이 귀가중이지. 실은 이렇게까지 빨리 귀가하지 않아도 되는데 말이야. 이러다 택시가 별로 날아가겠어. 기억나지? 〈ET〉란 영화에서 자전거가 하늘로 붕 날아가는 장면."

그렇게까지 얘기하는데도 운전사는 조금도 속도를 늦추지 않았다. 가녀린 목숨이 위태로웠다.

"그럼 곧 도착하겠네요? 심신이 불안정한 모양인데 맥주나 한 잔 드시고 귀가하시죠."

"마침 적절한 멘트로군. 그런데 나 지금 취했어. 지하에서 고래고래 소리를 질러대다 방금 빠져나와서 목도 쉬어 있고. 또 노래시키는 거 아니지?"

"말투가 왜 그래요? 어디서 실컷 두들겨 맞고 오는 길예요?"

"나라는 작자한테 화가 나서 그래. 그냥 화가 나."

뜸을 들이고 나서 해연이 속삭여왔다.

"와서 얘기해요. 그러다 택시가 정말 별로 날아가겠다."

"그래, 맥주로 목이나 씻고 자자. 어디야?"

"어디겠어요. 히데코지."

영빈은 앉은 자리에서 몸을 추스르고 나서 다시 물었다.

"오늘이 금요일인가?"

"이제 토요일로 접어들었습니다. 띠이—"

영빈이 전화를 끊고 나니 택시가 아파트단지 앞에 도착해 있었다. 유턴해서 세워달라고 하자 운전사는 유턴을 해주는 대신 거스름돈을 주지 않았다. 거래를 하지 않기로 결심한 날이므로 영빈은 말없이 택시에서 내려 '히데코'로 비틀거리며 내려갔다.

두 여자는 코로나라는 맥주를 하나씩 붙잡고 스탠드에 자매처럼 다정하게 앉아 있었다. 취중에 영빈은 무심코 히데코 옆에 가 앉았다. 그로써 세 사람이 나란히 바텐더를 보고 앉아 있는 형태가 됐다. 취중이긴 했으나 영빈이 히데코 옆에 앉은 것은 나름대로 이유가 있었다. 해연의 옆에도 빈자리가 하나 남아 있었으나, 영빈이 거기에 앉게 되면 옆자리의 다른 손님들과 뒤섞일 소지가 있었기 때문이었다. 잠시 서먹한 기류가 흘렀으나 그렇다고 분위기가 반전된 것은 아니었다.

"오늘 바쁘신 모양이에요."

히데코 옆에서 해연이 스탠드 위로 고개를 내밀며 물었다.

"과음 과식에 게다가 음주가무까지, 나름대로 바쁜 하루였지."

"노래까지?"

"그것도 무려 여섯 곡씩이나. 용량을 초과한 거지. 화면에 자막이 나오지 않았더라면 불가능한 수치야. 취중에 어떻게 그 많은 노래의 가사를 다 기억하겠어."

그제야 말귀를 알아듣고 히데코가 옆에서 웃었다.

"노래 부르기를 좋아하시나봅니다."

"아뇨, 오늘은 그저 사업상 불러야만 했습니다. 일본 작가들도 그럴 때가 있는지 모르겠지만."

히데코는 잔잔히 굳은 표정으로 맥주잔을 들어 입으로 가져갔다.

"힘든 모양이에요."

해연이 다시 비죽이 고개를 내밀고 말했다.

"괜찮아. 다 그런 거야. 단지 쌀가마니를 지고 오느라 조금 피곤한 것뿐이야. 그런 거라구. 지금은 그래도 그대들과 함께 있어서 괜찮아. 이제부터 조심할게."

"음."

옆에서 히데코가 짧게 신음 소리를 냈다. 그리고 스탠드 아래로 슬그머니 영빈의 손을 잡아왔다. 영빈은 숨을 멈췄다. 영빈이 옆을 돌아보려 하자, 히데코는 가만히 스탠드 위로 손을 올려놓았다. 그리고 그녀가 말했다.

"요즘 소설 쓰시느라 바쁘시다고 들었어요. 잘되나요?"

"그런대로요. 어떤 부분은 썩 마음에 들기도 하고요. 나만 그렇게 생각하는지 모르겠지만."

"아마 잘될 거예요. 잘되리라 믿어요."

해연은 못 들은 척 맥주를 마시고 있었다. 병이 비자 그녀는 바텐더에게 맥주를 더 달라고 했다. 그러고 나서 해연은 화장실에 다녀오려는지 스탠드 의자에서 내려왔다. 해연이 화장실 쪽으로 사라지는 것을 무심한 표정으로 보고 있다가 히데코가 슬쩍 영빈에게 몸을 기울여오며 속삭였다.

"많이 힘드시죠?"

"괜찮습니다."

"아뇨, 많이 힘들어 보여요. 도와줄 수 없어서 안타까워요."

"아무래도 내가 주정을 한 모양입니다. 신경 쓰지 마십시오."

"저번 날 많이 고마웠어요. 명동에서 만난 날 말예요."

"히데코씨한테 그런 말을 들을 이유가 없습니다."

"그렇지 않아요."

이렇게 말하며 그녀가 다시 스탠드 아래로 영빈의 손을 잡아왔다.

"언젠가 신세를 갚고 싶어요."

"그런 말 하지 마십시오. 누가 누구한테 신세를 졌다는 겁니까?"

영빈은 회전의자를 돌려 그녀의 얼굴을 바라보았다. 동시에 그녀도 몸을 비틀어 영빈의 눈을 마주 보았다. 그리고 미처 피할 사이도 없이 영빈의 이마에 입술을 갖다댔다. 그리고 곧 입술로 옮겨갔다. 아득한 심정으로 영빈은 몸을 가누며 바텐더의 눈치를 살폈다. 다행히 바텐더는 이쪽을 보고 있지 않았다. 히데코는 아무 일도 없었다는 듯 바텐더를 불러 블랙 러시안을 두 잔 주문했다. 그때 해연이 돌아왔다.

해연은 두 사람 사이에 고여 있는 열기를 감지한 듯 이마를 찌푸리고 있었다. 바텐더가 블랙 러시안 두 잔을 가져와 한 잔은 히데코 앞에 나머지 한 잔은 영빈의 앞에 내려놓았다. 히데코가 옆에서 듣고 있는데도 불구하고 해연이 직설적으로 영빈에게 물어왔다.

"히데코씨한테 감정 있어요?"

영빈은 반사적으로 히데코의 얼굴부터 돌아보았다. 그녀는 태연한 표정으로 침착하게 칵테일 잔을 들어 입으로 가져갔다. 아무 말도 듣지 못한 표정이었다. 영빈은 굳게 입을 다문 채 선반에 놓여 있는 양주병만 깨져라 노려보고 있었다. 어색한 침묵이 스탠드 위에 안개처럼 떠돌았다. 영빈이 담배를 피우고 있는 사이 히데코는 칵테일 잔을 비우고 나서 핸드백을 챙겨 들고 미끄러지듯 의자에서 내려왔다. 그리고 나침반을 보듯 주의 깊게 손목시계를 내려다본 뒤 해연을 향해 말했다.

"오늘은 이만 돌아가겠습니다. 아무래도 제가 두 분 사이를 방해하고 있는 것 같습니다."

해연은 돌아보지도 대꾸하지도 않았다. 영빈을 향해 고개를 까딱해 보이너니 히데코는 카운터로 다가가 자신이 마신 술값을 지불하고 지상으로 통하는 계단으로 사라졌다. 남은 두 사람은 입을 굳게 다문 채 남은 술을 비웠다. 5분 후에 해연이 먼저 일어나 밖으로 나갔다. 영빈은 좀더 그 자리에 앉아 있다가 새벽 2시쯤 집으로 돌아왔다. 잠들기 전에 영빈은 해연에게 전화를 걸어보았으나 그녀는 받지 않았다.

7월 중순에 두 여자는 강원도로 두번째 여행을 다녀왔다. 참으로 불가사의한 관계였다. 이번에는 히데코가 제의한 여행이었다. 여행을 다녀오기 위해 히데코는 여름휴가를 한 달이나 앞당겨 썼다. 그리하여 두 여자는 일주일 동안이나 마티즈를 몰고 강릉과 속초와 고성 화진포까지 올라갔다가 7월 26일 토요일 밤에야 서울로 돌아왔다.

밤 9시쯤 초인종이 울려 나가보니 두 여자가 현관문 앞에 서 있었다. 그날 영빈은 오후에 북한산을 등반하고 내려와 인사동에서 Y라는 동갑내기 소설가와 만나 개고기를 먹고 두 시간 전에 귀가한 참이었다. 그날이 중복이었던 것이다.

각자 커다란 가방을 어깨에 둘러멘 채 두 여자는 이마에 땀을 흘리며 유쾌한 표정을 짓고 있었다.

"혹시 잘못 찾아오신 거 아닙니까? 여긴 일반 숙박업소가 아니라 굶주린 호랑이가 살고 있는 컴컴한 동굴이거든요."

누구에게라도 할 것 없이 영빈은 그렇게 말하며 두 여자를 번갈아 쳐다보았다. 조금 당황했던 것이다. 그런데다 그날은 개고기를 먹은 참에 밤새워 컴퓨터 키보드를 두들겨댈 작정이었던 것이다.

"그런데 곰은 어디 있죠?"

해연이 안을 기웃거리는 시늉을 하며 너스레를 떨었다. 단군신화.

"속초에서 오징어 한 축 사왔는데, 호랑이가 그것도 먹나요?"

"굳이 마다하진 않겠지. 술안줏거리니까."

"그럼 들어가도 되겠네요. 아니면 문전박대해서 쫓아 보낼 건가요? 수박도 사왔는데."

히데코는 옆에서 그저 웃고 있었다. 수박은 어디 있는지 보이지 않았다. 복도식 아파트에서 더이상 두 여자를 문 앞에 세워둘 수가 없어 영빈은 일단 거실로 들어오라고 했다. 중복에 일을 한다는 건 역시 힘든 모양이었다. 두 여자는 강릉에서 이른 저녁을 먹고 이제 막 서울에 도착한 터였다. 그런데 왜 집에 가지 않고 여기로 온 것일까?

수박은 해연의 가방 안에 들어 있었고 히데코가 들고 있는 슈퍼마켓 봉투 안에서는 캔맥주가 쏟아져 나왔다. 그래, 오늘도 또 마시는 날인가보다. 영빈은 그렇게 중얼거리며 그네들이 가져온 오징어를 굽고 마요네즈와 고추장을 종지에 짜서 거실용 테이블에 늘어놓았다. 수박은 해연이 부엌칼로 반을 갈라 하나는 냉장고 야채칸에 집어넣고 나머지 반은 열두 조각으로 쪼개 접시에 담아 왔다.

돌아보니 '히데코'에서 세 사람이 만나고 나서 거의 한 달 만이었다. 그동안 영빈은 해연과 슈퍼마켓에서 몇 번 마주친 적이 있었다. 그때마다 해연은 번번이 영빈을 외면했다. 뭐 어쩌겠는가. 그렇다고 집으로 찾아가 변명 아닌 변명을 늘어놓을 수도 없었다. 그러기에 영빈은 너무 정신이 없었고 시간이 지나면 자연스럽게 관계가 회복되리라 생각하고 있었다. 히데코는 그날 이후 처음이었다.

두 사람은 제 집처럼 편안한 자세로 거실에 앉아 여행 후일담을 나누고 있었다. 강릉 참소리박물관에 갔던 일이며, 양양 낙산의 홍련암에서 부처님한테 삼배를 올렸던 얘기며, 속초에서 먹었던 오징어 물회며, 동명항 방파제에서 본 숭어잡이며, 화진포의 이승만 별장을 구경한 얘기까지 마치 바둑 복기라도 하듯 낱낱이 늘어놓았다. 그것도 영빈에게 하는 얘기가 아니었다. 두 사람이 그저 흥에 겨워 떠드는 소리였다.

그러다 어느 순간 영빈은 두 여자가 주고받는 대화 속에서 심상찮은 기류를 감지했다. 어쩐지 자연스럽지 못하다는 느낌을 받고 있었던 것이다. 심지어는 시간이 갈수록 두 여자가 왠지 다투고 있는 듯한 느낌을 주었다. 겉으로 보기엔 다분다분 얘기하고 있는 듯했으나 두 여자 모두 어감이 고르지 못했다. 사소한 대목에서 의견이 어긋나기 시작했고 어느 쪽도 상대의 말을 인정하거나 양보하려 들지 않았다. 중재 차원에서 영빈은 오디오의 파워 버튼을 누르고 시디를 골라 플레이어에 집어넣었다. 차분한 음악이 좋을 것 같아 에릭 사티의 피아노곡을 틀었다. 영빈이 수면용으로 가끔 듣는 음악이었다. 그런데 음악이 지나치게 차분했던 것일까. 두 여자는 음악을 듣는 기색이라곤 전혀 보이지 않았다. 그렇다고 볼륨을 높일 수도 없었다. 영빈은 백인 재즈계의 여왕으로 불리는 헬렌 메릴의 음반으로 시디를 교환했다. 그때 해연이 영빈을 돌아보며 자못 짜증 섞인 소리로 말했다.

“그렇게 분위기 파악이 안 돼요? 음악 좀 꺼요.”

성마른 자가 항상 불리한 위치에 서게 마련이다. 저변에 흐르던 기류를 해연이 가시화하는 발언을 함으로써 분위기가 경직됐다. 그렇다고 금방 거친 말이 오간 건 아니었다. 영빈은 음악을 껐고 히데코는 자리에서 일어나 싱크대에서 손을 씻고 왔다. 이어 해연은 담배를 피워물었고 그사이 히데코는 손수건에 손을 문지르며 제자리로 돌아왔다. 그녀는 보일 듯 말 듯 야릇한 미소를 짓고 있었다. 해연도 무의미하게 미소를 지어 보였다. 두 여자는 몹시 피곤해 보였다. 그날따라 히데코의 태도는 석연치 않았다. 항상 뒤로 물러나던 그녀가 오늘은 한 발자국도 물러서려 하지 않았다. 과연 그럴 만한 이유가 있었던 걸까.

수박은 벌건 물을 흘리며 접시 위에서 말라가고 있었고 캔맥주는 각자 하나씩밖에 비우지 않았으므로 나머지는 미적지근하게 변해가고 있었다. 영빈은 남은 맥주를 냉장고에 집어넣고 싱크대에 쌓여 있던 그릇을 닦기 시작했다. 오늘은 그만 헤어져야 할 시간이라는 시그널로 두 여자가 받아들여주길 원하며.

문득 두 사람 사이의 대화가 끊겼다. 영빈은 그릇을 닦다 말고 슬그머니 뒤를 돌아보았다. 힘겨운 표정으로 히데코가 자리에서 일어나더니 멈칫거리며 화장실로 들어갔다. 안에서 코크 누르는 소리가 들려왔다. 그때 해연이 영빈의 얼굴을 바라보았다. 얼굴엔 여로의 피곤함이 가득 배어 있었다. 그만 돌아가는 게 어떠냐는 의미로 영빈은 고개를 끄덕거려 보였다. 그녀는 영빈의 눈길을 무시한 채 베란다로 나가 제라늄 화분 옆에 있는 알루미늄 의자에 앉아 다시 담배를 피워물었다. 영빈은 설거지를 마치고 이번엔 스펀지에 세제를 묻혀 싱크대를 닦기 시작했다. 두 여자가 돌아갈 때까지 계속 닦을 생각이었다. 영빈도 신경이 곤두서 있기는 마찬가지였다. 두 여자로 인해 하루치 일을 망쳤고 그렇다고 제대로 술을 마신 것도 아니었다. 적당히 취해 일찍 잠자리에 드는 게 그나마 내일을 위한 투자였다. 타인으로 인해 감정이 흐트러지면 그날은 일을 하기 힘들었다. 두 여자가 돌아가면 냉장고에서 맥주나 꺼내 먹고 일찍 잠자리에 들리라. 영빈은 싱크대를 닦으며 그런 생각을 하고 있었다.

환청처럼 베란다에서 희미하게 기침 소리가 들려왔다. 그와 동시에 영빈의 눈에서 형광등 불빛이 사라졌다. 이어 캄캄한 어둠이 거실에 가득 차올랐다. 예고 없는 정전이었다. 아니, 예고가 있었는지 모르지만 영빈은 그러한 사실을 전혀 모르고 있었다. 관리소에서 내보내는 안내방송을 듣지 못했던 것이다. 베란다 쪽을 보니 맞은편 아파트의 창들도 모두 불빛이 꺼져 있었다. 영빈은 초를 찾기 위해 싱크대에 붙어 있는 서랍부터 뒤져보았다. 서랍 네 개를 샅샅이 뒤져봐도 초는 손에 잡히지 않았다. 신발장 서랍에 비상 전등을 넣어둔 기억이 있었으나 그조차도 어디 갔는지 보이지 않았다. 이윽고 건너편 아파트의 창문들이 띄

엄띄엄 흐릿하게 밝아지는 게 보였다. 영빈은 서재로 옮겨가 잡다한 물건들을 넣어두는 네모난 플라스틱 통을 뒤져보았다. 그러나 초라고 생각되는 것은 손에 잡히지 않았다.

그때 거실에서 외마디 비명 소리가 들려왔다. 아마도 해연의 목소리였을 것이다. 희미한 단말마의 소리였으나 그것은 분명 놀람에 겨운 소리였다. 잠시 숨을 죽이고 있다가 영빈이 거실로 나가려는 참에, 누군가 다급히 현관문을 열고 밖으로 빠져나가는 소리가 들려왔다.

영빈은 서재 문 옆에 있는 식탁으로 더듬더듬 걸어가 어둠이 눈에 익을 때까지 그 자리에 서 있었다. 에어컨이 꺼진 상태였으나 거실엔 여전히 흐릿한 냉기가 떠돌고 있었다. 영빈은 현관을 돌아보았다. 문은 닫혀 있는 상태였다. 누가 밖으로 나간 것일까. 걷잡을 수 없이 밀도를 더해가는 적막함 속에서 영빈은 어둑한 베란다로 고개를 돌렸다. 베란다로 통하는 거실 문은 열려 있는 듯했고 해연의 기척은 느껴지지 않았다. 왜 이토록 사위가 고요하단 말인가.

"히데코는 여기 있어요."

영빈은 꿈속에서 듣는 소리라고 생각했다. 어떤 움직임도 감지되지 않은 상태에서 그 소리만이 공허하게 거실에 울렸다. 뒤미처 똑같은 공기의 울림이 영빈의 귓전에 와닿았다.

"히데코는 여기 있어요."

영빈은 뜻하지 않았던 상황이 지금 자신의 집에서 벌어지고 있음을 깨달았다.

"여기 있다고요."

무덤 속에서 들려나오는 것처럼 메마른 소리였다. 그것은 히데코의 목소리인 것 같았으나 반드시 그렇다고 단정할 수도 없었다. 그것은 고통스럽게 잠들어가는 어떤 여자의 흐느낌처럼 들려왔던 것이다.

영빈은 소리가 들려오는 곳으로 주춤주춤 다가갔다. 그녀는 소파에 등을 보인 채 엎드려 있었다. 알몸이었다. 영빈은 맥없이 다리가 후들거렸다. 그녀는 두 팔을 팔걸이 아래로 힘없이 떨어뜨린 채 옆으로 얼굴을 돌리고 누워 있었다. 눈을 뜨고 있었지만 영빈을 보고 있는 것 같지는 않았다. 얼굴은 푸른빛으로 창백하게 변해 있었고 찬물에 빠졌다 나온 짐승처럼 어깨를 떨고 있었다. 옷은 어디에 벗어둔 걸까. 은빛 목걸이만이 그녀의 목에서 기묘한 빛으로 반짝거리고 있었다.

"히데코는 지금 추워요."

영빈은 악마의 속삭임을 듣고 있었다. 아니, 여전히 꿈을 꾸고 있는 거라고 생각했다. 어디선가 외로운 악마가 나타나 변전소를 폭파시킨 뒤 집으로 침입해 치명적인 유혹의 말을 건네오고 있었다. 팔걸이 아래로 내려뜨렸던 손을 들어 히데코는 자신의 가슴으로 가져갔다. 그리고 다른 한 손을 다리 사이로 집어넣었다.

"안이 추워요. 온몸이 얼어붙겠어요."

그렇게 말하며 그녀는 흐느끼는 듯한 웃음을 발작적으로 터뜨렸다. 이어 그녀의 몸이 꿈틀대기 시작했다. 영빈은 온몸에 식은땀을 흘리고 있었다.

"등이 차가워요."

영빈의 손이 저절로 그녀의 몸으로 움직였다. 마치 진열장 안의 보석을 훔쳐낼 때처럼 영빈의 손은 떨리고 있었다. 그녀의 등은 정말이지 얼음처럼 차가웠다. 마치 죽은 사람의 몸처럼 차가웠다. 영빈의 손이 가 닿자 그녀는 몸을 뒤틀며 얼굴을 돌렸다. 그녀의 내부에 누군가 다른 사람이 들어와 있는 것 같았다. 인형처럼 눈을 깜박이고 나서 그녀는 뜻 모를 미소를 지어 보였다. 이어 그녀는 영빈의 손을 잡아 자신의 가슴으로 가져갔다. 헤아릴 수 없는 어둠이 그녀의 동공 가득히 고여 있었다. 그 무한한 어둠의 침묵 속에서 잠깐 별이 반짝였다 사라졌다.

그녀가 영빈의 목을 끌어안고 속삭였다.

"히데코는 당신을 좋아하고 있어요."

영빈은 두려움에 떠는 소리로 말했다.

"나는 당신이 누군지 모르고 있소. 지금 내가 안고 있는 사람은 히데코란 여자가 아니오."

그녀는 영빈의 목을 끌어안은 채 쿡쿡거리고 웃었다.

"당신은 지금 꿈을 꾸고 있는 거예요. 그렇죠?"

영빈은 곧 그녀의 입술을 느꼈다. 그녀의 몸은 뱀처럼 꿈틀거리고 있었다. 영빈은 자신이 지금 미쳐가고 있는 중이라고 생각했다. 그녀의 이마와 손과 발에 천천히 키스를 한 다음 영빈은 좁은 구멍에서 기어나오듯 몸을 비틀고 일어나 앉았다.

"이제 옷을 입으셔야겠소. 공기가 점점 더 차가워지고 있단 말이오."

싫어요, 하고 히데코가 눈물에 젖은 눈으로 영빈의 눈을 물끄러미 올려다보았다. 그리고 두 손으로 얼굴을 가리더니 어린 여자아이처럼 흑흑, 흐느꼈다. 그녀도 미쳐가는 중인 모양이었다.

"아직 늦지 않았소. 불이 들어오기 전에 옷을 입고 이 집에서 조용히 나가는 거요."

그녀는 고개를 설레설레 흔들었다.

"불은 들어오지 않아요. 제가 매직을 걸었거든요."

영빈은 벽시계를 올려다보았으나 시곗바늘이 제대로 보이지 않았다. 그녀가 상체를 일으키더니 영빈의 어깨를 끌어안고 귀를 물어뜯으며 속삭였다.

"히데코를 좋아하고 있죠? 좋아한다는 걸 알아요."

아니라고, 영빈은 차갑게 말했다. 그렇게밖에 말할 수 없는 상황이었다. 그 말에 얼핏 충격을 받았는지 그녀의 몸이 싸늘하게 굳었다.

"그렇지 않아요. 영빈씨는 히데코를 좋아하고 있어요."

"그 사람은 지금 여기에 없소. 두 사람은 지금 서로 다른 꿈을 꾸고 있는 거요."

그녀가 침착하게 되받았다.

"그렇다면 이대로 쫓아낼 건가요?"

"옷 입을 시간은 주리다."

"당신은 단지 겁을 먹은 것뿐예요."

"그런지도 모르지."

독백하듯 영빈이 중얼거렸다.

"히데코는 다시 시작할 수 있어요. 아직 시간이 많아요."

영빈의 뜨거운 머릿속으로 분주한 생각들이 오갔다. 그녀는 고양이처럼 애원하고 있었다.

"저 오늘 죽을지도 몰라요."

그 말을 듣는 찰나 영빈의 마음이 돌연 차가워졌다. 자신이 지금 무슨 일을 저지르려 한다는 걸 깨달은 것이다. 영빈은 소파 옆에 떨어져 있는 옷을 주워 그녀의 몸을 덮어주었다. 그리고 목소리를 낮춰 말했다.

"누구나 미치고 싶을 때가 있지만 그렇다고 그때마다 미쳐서는 안 됩니다. 내가 정말 미치기 전에 이 고요한 세계에서 나가주십시오."

경멸하는 투로 그녀가 짧게 대꾸했다.

"바보, 병신."

"그렇다는 걸 오늘에야 알았소."

"옷을 입기 전에 키스는 해줄 수 있을 텐데요."

영빈은 그녀의 얼굴을 두 손으로 감싸안고 입술을 맞췄다. 그때 그녀가 영빈의 입술을 아프게 깨물었다. 또 당한 것이다. 입술에서 피가 흘러내렸다.

정전이 계속되는 가운데 히데코는 소파 옆에 떨어져 있던 자신의 옷을 주워들고 침실로 들어갔다. 10분 후에 그녀는 옷을 차려입고 나왔다. 그리고 영빈의 앞으로 다가와 다소곳이 무릎을 꿇고 앉았다. 왜 또 이러는 걸까. 옆으로 몸을 비켜 앉으며 영빈은 티테이블에 놓여 있던 담배를 집어 불을 붙였다. 성냥 불빛 속에서 고개를 숙이고 있는 히데코의 모습이 잠시 나타났다 사라졌다. 전기는 언제 들어오는 걸까.

"히데코씨는 오늘 밤 누굴 좋아해서 이런 게 아닙니다."

가냘프게 떨리는 소리로 히데코가 대꾸해왔다.

"아뇨, 좋아하고 있습니다. 아주 많이는 아니겠지만."

그녀가 솔직하게 말했으므로 영빈은 마음이 조금 놓였다. 동시에 그녀가 측은하게 보였다.

"왜 그랬냐고 묻지 않겠습니다. 누구나 미치고 싶을 때가 있으니까요."

"미치지 않았습니다. 몸도 마음도 아주 말짱해요. 실은 조금도 흥분하지 않았고요."

"알고 있었습니다. 여자들은 상대를 아주 많이 좋아해야 흥분한다고 들었습니다."

그녀는 의미 없이 잠깐 소리내 웃었다.

"정전은 어떻게 된 겁니까?"

"아까 엘리베이터를 타고 올라오다 거울 옆에 붙어 있는 공고문을 봤습니다."

히데코는 망설이지 않고 대답했다.

"역시 그랬군요."

"저는 영리한 편이에요."

"그럴 테죠."

"해연씨한테 얘기할까요?"

당돌한 눈빛으로 영빈을 바라보며 히데코가 말했다. 여전히 무릎을 꿇은 자세였다. 그 말에 영빈은 대꾸하지 않았다. 확실히 꿈을 잘못 꾼 것이다.

거실에 불이 들어왔다. 벽시계를 보니 그새 1시였다. 갑자기 쏟아져 내리는 불빛이 두려운지 그녀는 앉은 자리에서 몸을 비틀었다. 이어 그만 가야겠다고 혼잣말로 중얼거리며 히데코는 비틀, 하며 몸을 일으켰다.

가방이 무거워 보였으므로 영빈은 엘리베이터를 타고 아파트 정문까지 그녀를 바래다주었다. 엘리베이터 안에서 그녀가 말했다.

"해연씨한테는 말하지 않겠습니다."

"더이상 교활하게 굴지 않아도 됩니다. 그녀도 이미 알고 있을 테니까요."

"그럼 어쩔 수 없고요."

"……"

"제가 사과해야 하나요?"

"이미 팔이 잘린 사무라이한테 사과를 해서 뭐하려고요."

정문 앞에 콜택시가 와 있었다. 영빈은 트렁크에다 그녀의 가방을 실어주었다. 택시는 뺑소니를 치듯 곧 새벽 어둠 속으로 사라졌다.

영빈은 엘리베이터 안에 붙어 있는 정전 공고문을 떼어 주머니에 구겨넣었다. 변압기 공사에 따른 정전 시간은 전날 밤 11시부터 새벽 1시까지였다. 집에 들어와보니 식탁 옆에 샘소나이트 여행 가방 하나가 더 놓여 있었다. 해연은 아마 찾으러 오지 않을 것이다. 영빈은 가방을 들고 다시 엘리베이터를 타고 내려가 앞동 해연의 아파트 문 앞에 갖다놓았다. 엘리베이터를 타는 새벽이었다. 이제부터는 냉전시대가 올 것이다. 그리고 꽤 오래갈 것이다. 세상은 설명도 변명도 할 수 없는 일들로 가득 차 있다.

7월 말까지 영빈은 해연의 얼굴을 보지 못했다. 그러다 8월 4일 오후에 영빈은 놀이터 그네에 앉아 담배를 피우다 지하 슈퍼마켓에서 쇼핑봉투를 들고 나오는 해연의 모습을 목격했다. 종일 무더위가 기승을 부리더니 저녁참에야 비가 조금 뿌렸다. 그녀는 화장품 회사의 로고가 선명하게 찍혀 있는 파란색 우산을 쓰고 있었다. 집으로 돌아와 영빈은 해연에게 전화를 걸었다.

"왜 전화했어요?"

상냥한 목소리를 기대한 건 아니었으나 그녀는 버럭 소리부터 질렀다. 하지만 지치고 맥이 빠져 있는 목소리였다.

"달력을 봤더니 오늘이 칠월칠석이라네. 소몰이 청년과 베 짜는 처녀가 손을 놓고 쉬는 날이지."

"그래서?"

"오늘 밤 까치 다리에서 만났으면 해서. 노동절이잖아."

"만나서 뭐하게?"

"저녁도 먹고 술도 마시고 뭐 그런 거 아니겠어? 오랜만에 노래방도 가고."

"나하고 지금 음주가무를 하자는 말인가요?"

"춤추잔 얘기는 안 했는데."

"하긴 그건 도우미랑 하는 짓이겠지."

"왜 그래, 남의 마누라처럼."

"망할 놈의 인간."

"보고 싶다고 꼭 직설적으로 말해야 하겠어?"

"그러든지 말든지."

웬일인지 그녀는 성질이 한껏 누그러져 있었다.

"8시에 그 중국집에서 만나. 벽에 모란 그림 걸려 있는 그 집 있잖아."

"뻔뻔하긴."

해연은 집에서 입는 옷차림 그대로 중국집으로 슬리퍼를 끌고 나타났다. 두 사람은 양장피에 이과두주를 한 병 나눠 마시고 후식은 자장면으로 했다. 그리고 늘 하던 코스대로 생맥주 타운으로 자리를 옮겨 맥주를 마셨다. 그사이 해연의 청바지 뒷주머니에 있던 휴대폰이 울렸고 전화를 받은 그녀는 물끄러미 영빈의 눈을 바라보았다. 해연은 상대방에게 현재 위치를 알려주고는 폴더를 닫았다.

"히데코예요. 마침 잘됐네. 안 그래도 청문회를 열려고 했는데."

그렇게 말하긴 했지만 목소리엔 역시 별 힘이 없었다.

"두 여자가 아직도 만나나?"

어안이 벙벙한 표정으로 영빈이 그렇게 말하자 해연이 눈을 흘겼다.

"왜 만나면 안 되는 이유라도 있어요?"

"아니, 좀 신기해서."

"아직도 일주일에 한 번씩 꼬박꼬박 만나고 있어요."

"왜 그런 거지?"

"왠지 몰라요? 자존심 때문이에요. 여자들에게 자존심이 얼마나 복잡한 형태를 띠고 있는지 남자들이 알 리 없죠."

30분 후에 히데코가 나타났다. 여느 때와 조금도 달라 보이지 않았다. 그녀는 가볍게 손을 흔들며 나타나 해연의 옆자리에 와 앉았고 영빈을 보고 고개를 까닥해 보였다. 살짝 웃기까지 했다. 전혀 변함이 없었다. 물론 어색한 분위기도 아니었다. 그녀는 해연에게 줄 게 있다며 핸드백에서 터키석으로 만든 팔찌를 꺼내 해연의 손목에 직접 채워주었다. 히데코를 대하는 해연의 태도 역시 마찬가지였다. 전과 동일하게 단짝처럼 보였다.

아무 탈도 사건도 없었던 것처럼 세 사람은 맥주를 좀더 마시고 '히데코'로 자리를 옮겼다. 거기서도 세 사람은 별다른 마찰 없이 한 시간쯤 대화를 나눈 다음, 히데코가 택시를 불러 먼저 갔고 두 사람은 남아서 그동안 밀린 얘기를 나눴다.

"요즘 왜 소설 안 써요? 어쩌려고."

"그걸 어떻게 알았지?"

"영빈씨는 밤에 일하는 사람인데, 요즘 저녁마다 여기에 내려와 술 마시고 올라가잖아요."

"바텐더가 스파이 노릇을 하고 있었군."

"틀렸어요. 킴 베이싱어예요."

"영화나 제대로 찍을 것이지."

"글을 쓰지 않으려면 아닌 말로 취직이라도 해야잖아요."

그날따라 해연이 왜 마누라처럼 구는지 영빈은 이해할 수 없었다. 그것도 그 복잡한 자존심 때문인가?

"실은 다음주 월요일부터 출근하기로 했어. 모 식품회사에서 자회사로 출판사를 하나 차렸는데 교양지를 창간하려나봐. 뭐, 『샘터』나 『좋은 생각』 비슷한 거겠지. 창간호가 나올 때까지 틀을 잡아달라는 부탁을 받았어. 말하자면 집을 짓는 일과 비슷한 거지. 가구는 나중에 직원들이 들여놓을 테고. 촉탁으로 몇 개월 거기서 수고하기로 했어. 말하자면 임시 채용 형식의 비정규직 노동자 같은 거지."

"식품회사에서 무슨 출판을 한답시고."

못마땅한 듯 해연이 빈정거렸다.

"이거 몰라? 기업체에서 문화 쪽에 돈을 좀 집어넣으면 세금 감면 혜택을 받는다는 거. 이른바 정부의 문화정책이라는 거지. 물론 법이라는 게 그 혜택을 보장해주고. 기업 홍보도 되고 결국 남는 장사야. 그저 따분해서 책이나 만들자고 하는 일이 아니라고."

"그럼 소설은 포기하고요?"

"실은 다 썼어. 열흘쯤 된 모양이군. 다 쓰고 나서 읽어봤더니 재활용이 불가능한 쓰레기더군. 그럼 어째야겠어. 도공이 가마 앞에서 망치로 도자기를 깨듯 미련 없이 포기해야지."

어처구니없는 표정으로 해연이 고개를 가로저었다.

"어떻게 그런 말을 눈 하나 깜짝하지 않고 술술 내뱉어요?"

"그럼 베옷으로 갈아입고 곡이라도 할까?"

"완전히 기대 이하예요."

"고마운 말이군. 누가 내게 기대를 하며 이렇게 코너로 몰아붙이겠어."

"완전히 포기할 거예요?"

"하다 하다 안 되면 다시 짐 싸들고 입산이라도 해야겠지."

"오랜만에 들렀다고 술 좋아하는 스님들이 꽤나 반가워하겠네."

"그만 마시고 올라가도록 하자. 자꾸 이런 얘기를 하고 있으니까 서글퍼진다."

'히데코'에서 나와 아파트단지로 들어섰을 때 영빈은 슬그머니 해연의 손을 더듬어 잡았다.

"힘들게 해서 미안하군."

해연은 걸음을 멈추고 잠시 그대로 서 있었다.

"방금 미안하다고 말했어."

"하지만 아직까지 난 그날 밤 두 사람 사이에 무슨 일이 있었는지 몰라요. 혼자 멍청이가 된 기분이라고요."

"무슨 일이 있었겠어."

해연이 서둘러 영빈의 말을 가로막았다.

"그러니까 아무 말도 하지 말아요. 하나도 듣고 싶지 않으니까."

다음날 해연은 혼자 남쪽으로 차를 몰고 여행을 떠났다. 8월의 그 북새통에. 그리고 열흘 후에 수척한 모습으로 돌아왔다. 해연이 여행을 떠나 있는 동안 히데코에게서 전화가 걸려왔으나 영빈은 그녀와 만나지 않았다.

남쪽에서 돌아온 밤에 해연은 영빈과 히데코를 불러내 예의 모란 그림이 걸려 있는 중국식당에서 양장피와 이과두주로 저녁을 먹고 생맥주 타운에서 맥주를 마시고 자정 무렵에 헤어졌다.

그날 밤 가방을 끌고 아파트로 들어오는 길에 해연이 영빈의 손을 잡고 물었다.

"트라우마가 무슨 뜻이죠?"

"……"

트라우마는 심각한 정신적 외상을 뜻하는 말이다.

15

어머니가 세상을 뜨고 나서 영빈은 자신에게 남겨진 삶의 유일한 증거가 아버지라는 사실을 깨달았다. 하지만 그러한 깨달음이 찾아왔을 때 아버지는 스스로 마음의 문을 닫아버린 뒤였다. 어려서부터 영빈은 아버지를 바라볼 때마다 헤아릴 수 없는 간극을 느끼곤 했다. 그것은 언제 버려질지 모른다는 두려움과 맞닿아 있었다. 그 불안에서 벗어나기 위해 영빈은 서둘러 나이를 먹어야 한다고 생각했다. 일상적인 무관심이야 그렇다 치고 아버지는 억지로 떠맡은 짐처럼 난처하고 곤혹스러운 태도로 영빈을 대했다.

밤늦게 직장에서 돌아오면 아버지는 식탁에서 혼자 저녁을 먹고 반주로 소주를 한 병씩 비웠다. 어머니가 병으로 누워 있는 날이 많았으므로 설거지도 직접 했다. 그러고 나서 잠자리에 들 때까지 거실의 불을 꺼놓은 채 곤충처럼 텔레비전만 지켜보았다. 그는 〈주말의 명화〉와 〈일요 권투〉의 고정 시청자였다. 간혹 『삼국지』와 『대망』 따위의 소설들을 뒤적거리기도 했으나 다른 책은 전혀 읽지 않는 눈치였다. 아버지에 대한 갈증은 영빈이 사춘기를 지나 고등학교를 졸업할 무렵부터 조금씩 희미해지더니 대학에 입학한 뒤에는 신기할 정도로 완전히 사라지고 말았다. 더이상 자신에게 필요한 존재가 아니라고 생각했는지도 모른다. 또 약간의 억하심정도 작용했을 것이다.

그로부터 오랜 세월이 흐른 최근에야 영빈은 아버지를 다시 아버지로 느끼기 시작했다. 어느 날 마루에 걸려 있는 흐린 거울을 통해 자신의 고독한 모습을 발견했을 때처럼. 공교롭게도 아버지가 아들을 제대로 알아볼 수 없는 지경이 돼서 말이다. 불공평한 일이었으나 거부할 수 있는 일도 아니었다. 불과 얼마 전까지만 해도 영빈은 아버지의 얼굴을 이토록 가까이에서 골똘히 마주 본 적이 없었다. 뒤늦은 감은 있지만 영빈은 이제 아버지와 담담히 대화를 나눌 수 있는 상태가 되었다고 생각했다. 아버지의 얼굴은 텅 빈 운동장 같았으나 영빈은 아버지의 손을 붙잡고 때로 묻거나 혹은 대답하기도 했다. 이 연극적인 행위를 반복함으로써 영빈은 아버지의 얼굴 자체가 인생의 자습 교과서 역할을 해주고 있음을 깨달았다. 한사코 부인하려 해도 아버지는 결국 나의 자화상 같은 존재이다. 그리하여 어쩌다 자문자답을 하는 경우라도 마음이 든든한 것이었다. 아버지가 말했다.

"감당하기 힘든 일이 생기더라도 일단 제자리를 지키거라. 하다 하다 안 되면 그때 가서 다른 방법을 찾아보는 한이 있더라도 말이다. 선불리 AS센터에 전화를 거는 짓은 안 하는 게 좋아. 외과수술을 받을 게 아니라면 말이다. 최후의 방법은 최후에 가서나 쓰는 거야."

영빈에게는 두 살 터울의 형이 하나 있었다. 그는 대학교 3학년 때 자신이 다니던 법정대 건물 옥상에서 투신자살했다. 1981년의 일이었고 가을학기가 끝나가는 12월 초의 어느 목요일 오후였다. 또한 이른 첫눈이 내린 날이었고 어머니가 신부전증으로 구로병원에 재입원한 날이기도 했다. 그 시각 아버지는 은행에 근무하는 친구를 찾아가 돈을 빌리고 있었고 영빈은 대낮부터 컴컴한 지하 술집에 앉아 운동권 동료들과 함께 김치에 막걸리를 마시고 있었다.

광주민중항쟁이 일어난 이듬해였으므로 시국은 여전히 어수선했다. 대학가 또한 연일 신군부 독재와 공안통치를 규탄하는 집회, 시위가 거의 하루도 빼놓지 않고 계속되고 있었다. 데모가 없는 날도 곳곳에 쌓여 있는 최루탄 가스 때문에 마스크를 쓰지 않으면 학교에 갈 수 없을 지경이었다. 그해 영빈도 대학에 입학했고 곧 시위대에 가담했다. 강의실에 들어가봐야 고작 대여섯 명 정도가 서로 얼굴을 외면한 채 앉아 있었고 교수의 얼굴에서도 가르치는 자로서의 정당한 위엄이나 온후함 따위는 찾아보기 힘들었다. 내남없이 얼굴엔 모두 이런 말이 씌어 있었다. '네 눈을 보면 부끄러워진다'. 동료는 물론이고 사제 간조차 묘하게 서로를 감시하는 분위기인데다 술을 먹고 강의실로 들어오는 학생이 있어도 아무 말도 하지 못했다. 일선 경찰서 형사나 국가 기관원들이 점퍼 차림으로 태연하게 학교 안을 어슬렁거렸다. 그들과 구내식당에서 테이블에 마주 앉아 밥을 먹는 것도 그다지 어려운 일이 아니었다.

1980년 9월부터 시작된 신군부의 이른바 녹화사업이라는 게 있었다. 경찰에서 운동권 학생들을 검거해 곧바로 특수지원자로 분류해 강제 입영시키는 작업이었다. 그중 일부는 보안사로 끌고가 가혹행위를 통해 프락치가 될 것을 강요했다. 수시로 휴가를 내보내 학내 운동권 세력의 동향을 파악하고 귀대해 상부에 보고하도록 강요했다. 거부하면 고문과 협박을 일삼았고 그 과정에서 정신분열을 일으키거나 심지어는 내무반에서 목을 매 자살한 사람도 있었다. 대학도 학생 편이 아니었다. 학생처라는 곳은 정보기관에서 나온 사람들의 자리까지 배치해 사찰 업무를 지원했고 총학에 프락치를 심어 회의록 사본까지 입수해 학생처장의 결재를 받아 기관에 보고하는 역할을 했다.

형의 자살은 프락치로 몰린 자신의 결백을 주장하기 위한 최후의 선택이었다. 광주민중항쟁이 한창이던 80년에도 형은 한 번도 강의를 빼먹은 적이 없는 드문 이력의 소유자였다. 형이 다니고 있는 대학에 입학해서 영빈이 동아리 선배들로부터 가장 먼저 듣게 된 얘기도 다름 아닌 형에 관한 것이었다. 형이 늘 과 수석을 도맡아 하고 있다는 사실도 그들의 입에 오르내리기 쉬운 대목이었을 것이다. 형은 장학금을 받지 못하면 곧바로 휴학계를 내고 군대에 가야 할 처지였다. 게다가 동생까지 대학에 들어와 여러모로 초조한 상황이었다.

형은 시대의식과는 무관한 인물이었다. 소심하고 나약한데다 오로지 교과서에만 매달려 사는 공부벌레였고 일찌감치 사춘기 때부터 장자로서의 책임 때문에 괴로워했다. 머리가 그다지 좋은 편도 아니어서 송충이처럼 오직 시간을 갉아대는 노력만으로 남들보다 항상 조금 나을 수 있었다. 고3 때는 제대로 누워서 잠을 자지도 않았고 성적이 조금이라도 떨어지면 곧 원형탈모 증세를 보였다. 대입 고사를 칠 무렵 그의 머리는 분필가루가 내려앉은 것처럼 하얗게 새치로 덮여 있었다. 그리고 대학에 입학한 뒤에야 다시 검은 머리칼이 나기 시작했다. 말하자면 그런 유형의 인물이었다.

아무튼 형은 장학금을 받지 않으면 공부를 계속할 수 없다고 생각했다. 그의 바람은 대학을 졸업하기 전에 사법고시에 합격해 법무관으로 군복무를 마친 뒤 판검사로 임용되는 것이었다. 그런 형에게 영빈은 아무 도움이 되지 않았다. 영빈이 무슨 짓을 하고 다녀도 형은 간섭하지 않았다. 형과도 별 대화가 없었던 것이다. 한번은 어머니 병실에서 형과 정면으로 마주쳐 근처 식당에서 저녁을 함께 먹은 적이 있었다. 그때 영빈은 형에게 이렇게 물은 기억이 난다. 비난하는 건 아니지만 형은 도대체 무슨 생각으로 살아? 당황한 표정으로 형이 얼굴을 붉히며 말했다. 나는 견인주의자로 살아갈 거야. 마르쿠스 아우렐리우스처럼 말이야. 그는 고등학교 교과서에 실린 아우렐리우스의 『명상록』을 읽고 일찌감치 자신의 인생을 결정했다고 말했다. 사후의 명성에 집착하지 말 것이며 그날 그날을 최후처럼 살지어다. 명상록에 씌어 있는 말은 대충 이런 내용이었을 것이다. 그렇더라도 시대와 함께 살지 않는다면 그건 유령의 삶과 다를 바 없어. 아우렐리우스는 황제 이전에 군인이었어. 대표적인 현실참여주의자였단 말이지. 그렇군, 하고 형은 씁쓸하게 웃으며 말꼬리를 흐렸다. 각자 인생을 살아내는 방법이 다른 거 아니겠어? 남한테 피해를 주지만 않는다면 비난을 받거나 또 평가받을 이유가 없는 거야. 그게 아니야, 형. 가령 마을에 홍수가 나거나 폭설이 내리게 되면 함께 나와서 거들어야 하는 거야. 복구가 되길 기다리며 가만히 지켜보는 건 곧 다른 사람에게 피해를 주는 일이야. 형은 더 이상 대꾸하지 않았다. 그날 이후 영빈은 형과 속내를 터놓고 얘기할 기회가 없었다.

어느 날 영빈은 학교 구내식당에서 점심을 먹다 같은 과 선배로부터 형에 대한 달갑지 않은 소문을 들었다. 그가 학생처 소속의 프락치라는 얘기였다. 이미 오래된 일이라고 했다. 그 대가로 군복무를 면제받고 졸업 때까지 장학금을 받기로 했다는 것이었다. 영빈은 곧장 법학과 사무실로 찾아가 조교를 붙잡고 확인해 보았다. 형은 물론 다음 학기 장학금 수혜자 명단에 포함돼 있었다. 그런데 웬일인지 성적 장학금이 아니었다. 지난 학기 성적이 좋지 않아 본인이 신청한 근로 장학금을 받기로 돼 있다고 조교는 무덤덤하게 대꾸했다.

소문이 나돌면서 운동권에 속하지 않는 학생들조차 형을 슬슬 외면하기 시작했다. 그는 내부고발자인 동시에 배신자였고 또한 부도덕한 기피주의자였다. 본인도 그런 소문을 못 들었을

리 없었다. 가을학기가 시작되고 나서 형은 가끔 수업을 빼먹고 혼자 산에 다녀오거나 술을 마시고 들어오기도 했다. 일요일에도 방문을 닫아걸고 종일 밖으로 나오지 않았다. 새벽이면 가끔 형이 흐느껴 우는 소리가 문밖으로 들려나왔지만 영빈은 상관하지 않았다.

형이 죽던 날 아침을 영빈은 아직도 뚜렷이 기억하고 있다. 새벽에 일어나 동네 목욕탕에 다녀온 형은 대문 앞에 떨어져 있던 신문을 주워 마루에 앉아 꼼꼼히 읽고 나서 직접 아침밥을 챙겨 먹었다. 밥을 먹으며 형은 다시 신문을 거꾸로 천천히 넘겨 보았다. 12월 10일 목요일, 별다른 뉴스거리가 없는 평범한 날이었다. 전두환 대통령이 새마을 지도자대회 참석차 대구에 가서 '정신개혁 잘돼야 잘살 수 있다'는 식의 역시 군인 출신다운 발언을 했고, 얼마 전 집단 홍역 사태로 병원에 입원했던 대전 피얼스 영아원생 두 명이 추가로 숨졌고, 중국은 첫 여객기를 생산해 상해—북경 간 시험 비행을 했고, 베네수엘라 여객기를 납치했던 게릴라들이 쿠바에서 투항했다는 기사 정도가 그나마 눈에 띄는 것이었다. 또 하나, 프랑스 비둘기가 속초에서 생포됐다는 괴이쩍은 기사가 사회면에 조그맣게 실려 있었다. 프랑스 새가 왜 페루에 가서 죽지 않고 속초에 와서 생포된 거지? 그 기사를 읽으며 영빈은 이런 엉뚱한 생각을 했던 기억이 난다. 아마도 로맹 가리의 『새들은 페루에 가서 죽다』라는 소설 제목을 떠올리고 있었을 것이다.

밥상을 치우고 나서 형은 화장실에 들어가 양치를 하고 나왔고 입학식 때 아버지가 사준 양복을 옷장에서 꺼내 입었다. 아버지는 이미 출근한 뒤였다. 그때까지도 영빈은 별다른 눈치를 채지 못했다. 형은 학교에 가기 전 병원에 들러 어머니에게 속히 완쾌하시라는 말을 남겼다고 한다. 어쩐지 느낌이 이상했지만 어머니는 그저 웃어 보였다. 병실을 나서던 형이 어머니를 돌아보며 말했다. 사랑해요, 엄마. 병원에서 나와 그는 학교로 가는 버스를 탔고 시간상으로 계산하면 버스에서 내려 교문을 통과한 다음 곧바로 법정대 옥상으로 올라가 아래로 뛰어내렸다. 그가 가방 속에 남긴 유서는 짧고 비감했다.

'비록 결백했으나 수치심에 나는 졌다. 짧았으나 하루하루 뜨겁게 숨을 다했다. 저들을 원망하지 않는다. 남은 자들이 내 삶을 대신해줄 것이다.'

형이 남긴 유서를 통해 영빈은 그가 프락치와는 상관이 없었다는 사실을 알게 되었다. 아버지가 그날 학생처로 달려가 직접 확인까지 했다. 벽제에서 형을 화장해 한강에 뿌리고 온 날, 아버지는 부엌에 들어가 밤새 흐느꼈다. 그날부터 아버지는 뇌졸중으로 쓰러지던 날까지 하루도 빼놓지 않고 술을 마시기 시작했다. 이듬해 영빈은 군대에 갔다. 그때껏 형의 죽음으로 영빈도 혼란스러워하고 있었다. 1월 4일 춘천 102보충대로 입대해 6주간의 신병훈련을 마치고 화천으로 자대 배치를 받고 나서 두 달쯤 지났을 때 아버지가 불쑥 면회를 왔다.

오랜만에 불고기 안주에 소주를 마시며 영빈은 저절로 눈시울이 붉어졌다. 불고기와 소주 때문이 아니었다. 아버지와 마주 앉게 되자, 그동안 형에 대한 자책감 때문에 자신이 얼마나 괴로워했는지를 깨닫고 있었던 것이다. 그때껏 아버지는 아무 말이 없었다. 영빈의 잔에 간간이 소주를 따라주며 담배만 거푸 피워댔다. 영빈이 어머니 소식을 묻자 아버지가 아들의 눈을 마주 보며 대꾸했다. 뭐, 그날이 그날이지. 하시는 일은 잘되시고요? 기특한 표정으로 아버지가 말했다. 구르는 돌에 이끼가 끼겠냐. 그것도 그저 그렇다. 군복을 입더니 별걸 다 묻는구나. 오랜만의 부자 간 대면이라 어색했지만 그래도 저녁을 먹을 때까지는 분위기가 그런대로 괜찮은 편이었다.

식당에서 나와 부자는 화천 읍내 창녀들이 득실거리는 사방거리의 허름한 여관방에서 새우깡 봉지를 뜯어놓고 맥주를 마셨다. 따스한 봄날 저녁이었다. 쥐구멍만한 창문 속으로 그새 목련이 지고 있는 게 보였다. 아버지는 몇 달 전까지 다니던 문구회사가 부도를 맞는 바람에 보름 전에 충무로에 있는 지업사를 겸한 인쇄소로 직장을 옮겼다고 말했다. 사장과 동업을 하는 형식이었으나 자금 압박으로 역시 부도 위험이 큰 업체였다. 그래서 제지회사에서 근무한 경력이 있는 아버지를 끌어들인 것이었다.

영빈이 걱정 섞인 말을 하자 아버지는 넌지시 아들을 바라보았다. 염려 마라. 곧 다 잘될 것이다. 그러고는 영빈의 어깨를 툭툭 두드렸다. 그런데 그때부터 조금씩 얘기가 엇나가기 시작했다. 술기운 탓도 있었을 것이다.

타는 한숨을 몰아쉬며 아버지가 말했다.

"형이 살아 있다면 이제 졸업반일 텐데."

"……"

"이 아비는 믿고 있었다. 올해는 형이 꼭 사시에 패스할 거라고 말이다. 너는 모르고 있었겠지만 작년에 1차는 통과해놨었단다."

"……"

"내 아들놈이긴 하지만 아무리 생각해도 아까워. 그렇게 열심히 사는 놈은 여태껏 내 보질 못했다."

계속 잠자코 있었으면 됐을 텐데 영빈은 기어이 아버지의 심기를 건드리고 말았다. 그 순간 왜 자신의 입에서 그런 말이 튀어나왔는지 영빈도 알 수 없었다.

"시대가 이렇게 혼란스러운데 혼자 고시에 패스해 빠져나가면 그것도 일종의 직무유기이자 도피행위예요. 한국에서 태어난 남자라면 싫든 좋든 누구나 군복무를 마쳐야 하는 것처럼 이 땅에 살기 위해서는 함께 나눠 져야 할 짐이 있는 거잖아요. 그걸 거부하면 동시대의 다른 사람들에게 평생 빚을 지고 살게 되는 거예요."

핏발 선 눈으로 아버지가 슬그머니 아들을 노려보았다.

"그렇다고 학생들이 허구한 날 술이나 마시고 데모나 하고 다니면 장차 나라가 어떻게 되겠느냐. 정치는 정치 하는 사람들한테 맡겨두면 되는 거야."

"군인들이 지금 정치를 그르치고 있다는 게 문제잖아요, 아버지."

박정희주의자였던 아버지가 비감한 어조로 말했다.

"너희는 모른다. 이 아비 세대가 어떻게 살아왔는가를. 5·16혁명이 일어나지 않았으면 이 나라는 지금도 미국이 갖다주는 잉여식량으로 연명하고 있을 거다. 박 대통령에 의해 비로소 자주독립 국가가 된 거야. 독재를 했다지만 그 양반이 아니었다면 이 정도의 비약적인 발전을 가져왔겠냐? 그게 아무것도 아니라고 말해서는 안 된다. 식민지 시대와 동란을 겪어보지 않은 너희 세대는 모른다. 전두환은 몰라도 박 대통령에 대해선 그렇게 함부로 말하면 안 돼. 그는 애국자였어."

"민주주의와 인권이 없는 나라에서 통치자의 애국심이라는 게 도대체 무슨 의미가 있는 거죠?"

"배고프면 민주주의도 안 되는 거야. 그 양반은 조국의 미래를 내다본 사람이야."

"그런데 나라가 왜 이 모양이 된 거죠? 독재체제에 의한 압축

경제성장이란 곧 예고 없는 공황을 가져오게 마련이에요."

쯧쯧, 혀를 차며 아버지가 아들을 바라보았다.

"아직도 정신을 못 차렸구나. 형이 그렇게 억울하게 죽었는데도 말이다."

"그건 누구 탓도 아니에요. 민주화투쟁을 하다 죽었더라면 누가 봐도 떳떳하고 장렬한 죽음이 됐을 거예요. 형은 어느 쪽에서 보더라도 바람직하지 못한 선택을 한 거예요."

아버지는 이미 노할 만큼 노해 있었다.

"그래, 그래서 남을 함부로 모함해 죽이는 게 너희들이 말하는 정의라는 거냐? 내 생각과 다르다고 해서 어떤 사람을 집단적으로 궁지로 몰아넣어 삶을 포기하게 만드는 것이 너희들이 말하는 민주화투쟁이라는 거냐? 이 아비의 유일한 희망은 네 형이었어. 그것만은 똑똑히 알아두거라."

"그렇다면 저도 형을 그렇게 만든 사람 중 하나예요."

"……"

"저 역시 형이 프락치가 아닌가 의심했다는 거죠."

순간 살의에 가득 찬 눈으로 아버지가 아들을 노려보았다. 이어 방바닥에 있던 술병이 넘어지고 안주 접시가 엎어지는 사태가 발생했다. 뒤미처 영빈은 아버지의 무겁고 뜨거운 주먹을 얼굴에 확확하게 느꼈다. 그뿐일 거라 생각했는데, 아버지는 거기서 멈추지 않았다. 사력을 다해 마치 죽일 듯이 영빈을 짓밟고 두들겨 패기 시작했다. 옆방에 들어 있던 군인과 창녀와 자식을 면회 온 부모들이 마루로 나와 방을 기웃거렸다. 영빈은 반항하지 않고 그대로 아버지의 분노를 받아냈다. 초저녁부터 마셨던 술이 깨고 마침내 온몸의 힘이 빠지자 아버지는 옷걸이에 걸려 있던 점퍼를 잡아채더니 여관방을 빠져나갔다. 그리고 불과 1분 만에 다시 방으로 뛰어들어와 외쳤다.

"내 아들을 죽인 놈들은 다 철천지원수야! 그리고 너, 불한당 같은 자식! 이 아비가 죽을 때까지는 눈앞에 얼씬도 하지 말거라."

아버지가 떠난 뒤에야 영빈은 어렴풋이 깨달았다. 아버지가 자신과 화해하기 위해 찾아왔다는 것을. 그런 아버지에게 영빈은 비수를 던졌던 것이다. 어느 한쪽에서 칼을 꺼내면 상대도 어쩔 수 없이 칼을 집어들게 마련이다. 그리고 필연적으로 둘 중 하나는 쓰러지게 돼 있다.

제대한 후에 찾아갔지만 아버지는 영빈을 돌아보지 않았다. 어머니가 보는 앞에서 무릎을 꿇고 용서를 빌었지만 아버지는 눈길 한 번 주지 않았다. 하는 수 없이 영빈은 짐을 꾸려 집을 나왔다. 아버지 몰래 어머니가 장롱 속에 감춰두었던 해묵은 돈을 영빈의 손에 쥐여주었다. 사글셋방을 겨우 얻을 수 있는 정도의 돈이었다. 영빈은 학교 근처에 자취방을 얻고 졸업할 때까지 온갖 아르바이트에 방학 때는 심지어 공사판을 전전하며 학비를 벌었다. 카페에서 아르바이트를 하며 시장바구니를 들고 온 아주머니들에게 술을 따르는 경험도 있었다. 그러나 아버지를 원망한 적은 없었다. 대학을 졸업하고 취직을 한 다음 영빈은 회사에서 대출금을 받아 도곡동의 연립주택에 세를 들었다. 그리고 회사를 그만두고 나서도 몇 년을 더 그 집에서 살았다. 세월이 흐르면서 아버지와의 관계가 호전되는 듯도 했으나 실제적으로 그걸 해소할 만한 기회는 좀처럼 찾아오지 않았다. 적어도 어머니가 죽을 때까지 아버지는 영빈에게 끝내 그럴 만한 기회를 주지 않았다.

그러므로 영빈이 아버지와 대화를 시작한 것은 얼마 되지 않은 일이었다. 아버지를 효행병원에 입원시킬 때만 해도 사실상 자포자기한 상태였고 더이상 의사소통이 불가능하다고 믿었다. 어느 날 영빈은 후배의 결혼식에 참석하기 위해 안양에 다녀오다 문득 효행병원에 들렀다. 그날 영빈은 비로소 형의 죽음과 관련해 아버지 앞에 무릎을 꿇고 용서를 구했다. 동시대 사람들에 대한 얘기까지는 할 필요가 없었다. 그저 아들로서 아버지에게 용서를 구하고 싶었던 것뿐이었다. 자신이 아니면 그 어느 누구도 아버지에게 용서를 구할 사람이 없다고 생각했던 것이다. 용서를 구할 일이 있으면 나중에라도 반드시 그렇게 해야만 한다. 이제는 불구가 된 고독에 대해, 우선 가까운 사람부터 찾아가 용서를 구해야 한다는 것이다. 그래야만 비로소 스스로를 용서할 수 있는 것이다.

영빈은 해연과 함께 작년 가을 아버지를 찾아간 적이 있었다. 아직도 영빈은 그 날짜를 기억하고 있었다. 10월 31일이었다. 그날은 아버지의 음력 생일이었고 해연이 동행하길 원해 영빈은 별생각 없이 그러자고 했다. 빵집에서 조그만 케이크를 사고 꽃다발까지 준비했다. 또 담당 간호사에게 줄 손지갑까지 마련했다. 그날 아버지의 상태는 일시적으로 호전돼 있었다. 바이오리듬이 간혹 정상적으로 유지되는 날이 있다고 간호사는 말했다. 병실에서 약식으로 생일 파티를 하고 케이크를 나눠 돌린 뒤 영빈은 아버지를 휠체어에 태우고 밖으로 나갔다. 가을 하늘은 높고 공활하고 온통 눈이 부시게 푸르렀다. 어느 순간 영빈은 아버지의 눈길이 자꾸 해연에게 향하고 있음을 눈치챘다. 해연도 물론 그렇다는 걸 알고 있었다. 아버지의 눈길이 부담스러웠던지 해연은 음료수를 사오겠다며 슬그머니 매점으로 사라졌다.

아버지가 눈으로 물었다.

"누구냐?"

"이웃집 여자예요. 말하자면 여자친구인 셈이죠."

"?!"

"사실이에요. 그러니까 괜한 생각 마세요."

아버지는 적이 실망한 기색이었다. 아버지를 즐겁게 해주고 싶어 영빈은 괜히 너스레를 떨었다.

"저 처자 요리 솜씨가 아주 그만이에요. 가끔 얻어먹는데 특히 뚝배기에 끓인 달걀찜이 환상적이에요. 달걀찜은 언제 먹어도 사람 마음을 부드럽게 해주잖아요. 백 원짜리 달걀 세 개로 말예요. 아무리 해봐도 저는 안 되더라고요. 우유와 설탕을 적당히 배합하라는데 제대로 부풀지를 않아요. 부풀었다가도 금방 내려앉고요."

아버지가 웃었다고 영빈은 생각했다.

"부모님 얘기는 통 하질 않아 모르겠어요. 요즘 집 나와 혼자 사는 여자들이 태반이잖아요. 시대가 변한 거죠. 결혼을 해도 시부모는 절대 모시려고 하지 않고요. 그런데다 요즘은 애도 안 낳으려고 해요. OECD 국가 중에서 우리나라가 출산율이 가장 낮잖아요."

"……"

"키우기 힘들어서 그렇죠. 요즘은 애가 곧 왕이니까요. 애 학원비 벌려고 엄마들이 할인매장 카운터에서 시간당 4천 원씩 받고 하루 종일 서서 일한다니까요. 남편이 방송국 기잔데도 말예요."

해연이 사이다와 오렌지 주스를 사들고 돌아왔다. 해가 서쪽으로 기울며 한 차례 시원한 바람이 불어가더니 다시금 상수리 열매가 투두둑 떨어져 내렸다. 해연은 그것을 주워 모아 아버지 손에 가득 쥐여주었다. 입원실로 돌아가기 전에 해연이 아버지 옆에 서서 노래를 불러주었다. 어린이 합창단처럼 두 손을 가슴에 모으고. 슈베르트의 연가곡집 《겨울 나그네》에 나오는 〈보리수〉를.

노래가 끝날 때까지 아버지는 눈을 감고 있었다.

16

물때 2물. 음력 3월 11일. 4월 29일 목요일. 우도 주간명월 포인트. 오후 들물이 시작되는 2시경 40센티미터급 독가시치 한 마리. 이어 방생급의 벵에돔 입질이 쏟아지더니 4시 중들물 상황에서 돌연 아열대성 어종인 만새기가 낚여 올라옴. 만조 가까운 6시에 수심 7미터 지점에서 다시 38센티미터급의 긴꼬리 벵에돔 입질. 갑자기 비가 내려 유어선을 불러 철수. 긴꼬리 벵에돔만 제외하고 모두 방생.

한 가닥의 가느다란 줄에 바늘을 묶고 찌를 달아 수면에 던지면 잠시 후 바다의 움직임을 느낄 수 있다. 조류가 흐르는 방향과 그것이 겹치는 지점, 물때의 변화에 따라 유동하는 수심. 물빛과 수온이 그날의 조과에 미치는 영향. 풍속과 풍향. 마침내 고기가 발밑에 들어와 있다는 느낌! 이어 입질을 받았을 때 낚싯대를 타고 손으로 전해오는 물고기의 종류와 씨알.

그런데 모든 조건이 적당한 상황에서도 단 한 마리의 물고기조차 잡지 못할 때가 있다. 왜 그럴까? 왜 그러냐고 물어봐도 명쾌하게 얘기해주는 어부나 낚시꾼은 아무도 없다. 아예 물고기가 없거나 또한 있어도 물어주지 않는다고 짐작할 따름이다. 어쩌다 많은 물고기를 잡게 되더라도 그것이 자신의 경험과 감각 때문이라고 말하는 사람은 매우 드물다. 낚시꾼들이 지치지 않고 낚시를 계속할 수 있는 것도 바로 이런 이유 때문이 아닐까.

집으로 돌아오는 길에 영빈은 성산읍 삼달리에 있는 '김영갑 갤러리 두모악'을 찾았다. 제주에 내려온 후 우연히 한 번 들렀다 수인사를 나눈 뒤부터 서로 아는 사이로 지내오고 있는 사진작가였다. 고향이 서로 충청도라는 것도 가깝게 느끼는 계기가 됐다. 제주도에서는 웬일인지 충청도 사람을 만나기가 쉽지 않은 것이다. 20년 전에 그는 카메라 한 대만 달랑 들고 무작정 제주로 내려와 혼자 한라산 기슭에 머물며 지금껏 제주에 관한 사진만 찍고 살아왔다. 그 놀라운 침묵의 표현, 침묵 속에 도사리고 있는 광기와 정념, 고요함과 황홀, 한 장의 사진을 찍기 위해 사계절을 한곳에 버티고 서 있는 시간을 향한 끈질긴 집념, 맑음과 통곡, 전봇대가 늘어서 있는 석양 무렵의 중산간도로, 생의 무상을 전하는 짙푸른 하늘과 흰구름. 돌 그리고 바람, 그리고 다시 돌 그리고 바람.

그를 처음 대면한 순간 영빈은 두려움부터 느꼈다. 절대 고독

속에서 스며나오는 서늘한 광기를 보았던 것이다. 불에 타고 있는 나무의 이미지. 바로 그러한 모습이었던 것이다. 그처럼 철저하게 고독에 처해 있는 사람을 영빈은 지금껏 본 적이 없었다.

5년 전 그에게 신체적 재앙이 찾아왔다. 이른바 근위축성 측삭경화증으로 치료약이 없는 퇴행성 질환인 루게릭병이었다. 그로부터 사진 작업을 중단한 채 그는 중산간에 있는 폐교를 임대해 오랜 노역 끝에 갤러리를 세웠다. 그리고 그동안 찍은 사진들을 전시하며 매 순간을 힘겹게 살아내고 있었다. 갤러리에는 무임금으로 봉사하는 직원만 한 명 있을 뿐, 찾아오는 사람도 별로 없고, 찾아가봐도 막상 주인은 보기가 힘들다. 갤러리 근처에 있는 집에서 종일 누워 지내기 때문이다. 전에 만났을 때 다시 들르게 되면 꼭 전화를 달라고 해서 직원에게 부탁했더니 10여 분 후에 김영갑씨가 모습을 나타냈다. 만나도 대화는 불과 30분 정도밖에 나눌 수 없었다. 새벽 비바람과 찬 서리, 겨울 바다와 눈이 그를 그렇게 만들었다고 영빈은 생각했다. 갤러리 입구 왼쪽에 만들어놓은 조그만 사무실에서 영빈은 그와 대면했다. 직원이 커피와 녹차를 놓고 나갔다. 오늘도 대화를 나눌 수 있는 시간은 30분뿐이었다.

"이번엔 꽤 한참 만이군요."

일부러 찾아오기에는 영빈이 사는 곳과 이곳은 꽤나 떨어져 있었다. 시간상으로는 불과 한 시간 반 거리지만 제주도에서는 그것이 서울과 부산을 오가는 것만큼이나 심리적 거리가 먼 것이다. 서울에서 사람들이 찾아와 길을 부탁하거나 혼자 근처를 지날 일이 있으면 들르는 게 고작이었다. 커피를 마시며 영빈이 물었다.

"요즘은 어찌 지내십니까?"

"종일 누워 지내니 다를 게 없죠. 다시 사진을 찍고 싶지만 요원할 뿐입니다."

목소리에 힘이 없었다. 상태가 조금씩 더 나빠지고 있는 듯했다.

"힘이 돌아오면 구름을 좀더 찍어보고 싶습니다. 지금까지 내가 해온 작업의 끝이 자꾸 그쪽으로 향하고 있습니다. 구름이 다 말해줍니다. 삶이라는 걸 말입니다."

그 말을 듣고 생각이 나서 영빈이 말했다.

"한 10여 년 전에 충청도 공주에 있는 갑사라는 절로 올라가다 산길에서 웬 스님을 만난 적이 있습니다. 그때 제가 물었죠. 스님, 지금 어디로 가십니까?"

김영갑씨가 고개를 외틀고 물었다.

"뭐랍디까? 그 중이."

"이쪽은 쳐다보지도 않은 채 손가락으로 하늘을 가리키더군요. 하늘을 올려다보니 구름이 둥둥 떠가고 있고요. 그러고 나서 중은 아무 말도 없이 내처 산길을 내려가더군요. 운수납자란 애기겠죠."

그는 말없이 그저 웃기만 했다.

"김 선생님은 구름 찍다 그 잘난 땡중처럼 되지 마십시오. 사람은 서로 말을 하고 살아야지요."

"보아하니 오늘도 고기 잡고 오는 모양인데, 많이 잡았나요?"

"한 마리뿐입니다. 못 잡을 때가 더 많지요. 그나저나 저는 이렇게 숱한 살생을 해서 나중에 그 업을 다 어찌 갚을지 걱정입니다."

그가 영빈의 눈을 깊숙이 들여다보았다. 그 눈빛이 너무 또렷하고 맑아 영빈은 슬그머니 눈길을 피했다.

"나처럼 살생을 많이 한 사람이 또 있을라구요. 사진 한 장 찍자고 정말이지 무수한 들꽃과 풀벌레들을 짓밟아 죽였으니까요. 이루 헤아릴 수가 없죠."

"……"

"살생을 해야 득도합디다. 그렇게 무구한 목숨들을 밟아 죽이고 나니 비로소 생명이 아름답다는 걸 깨닫게 되더이다. 그 업 때문에 내가 이렇게 됐는지는 모르겠지만 말입니다. 물고기 몇 마리 죽이는 게 뭐 그리 대숩니까. 사람 마음에 상처를 주는 게 진짜 살생이지요."

"……"

"이참에 어디 물고기를 잡는 이유나 한번 들어봅시다. 팔아서

돈 벌려고 하는 건 아닐 테고."

"굶주림 때문이겠지요. 아귀 같은 굶주림 말입니다."

눈을 감았다 뜨고 나서 그가 말했다.

"그 나이에 벌써 그런 허기를 느낍니까?"

무슨 말인지 몰라 영빈은 잠자코 있었다.

"아마 살고 싶음 때문이겠죠. 자신을 죽여서라도 다시 살고 싶은 겁니다. 아닌가요?"

"글쎄요."

"그것도 무당의 푸닥거리 같은 거란 얘깁니다."

등받이에 몸을 기대며 아까처럼 또 그가 영빈의 눈을 깊이 들여다보았다.

"그동안 자신과 남을 많이 해치며 살았군요. 물고기한테 목숨을 동냥하며 살 정도로 말입니다."

"실은 제 마음속에 굶주린 짐승이 한 마리 삽니다. 그놈 때문에 이러고 다닙니다."

"그럼 그놈부터 잡아야겠군요."

영빈은 처마 밑에서 비를 피하고 있는 중처럼 중얼거렸다.

"그런데 어디 숨었는지 도무지 보이질 않네요."

김영갑씨가 손가락으로 자신의 가슴을 가리키며 말했다.

"여기 아니오?"

"그야 그렇긴 합니다만."

"자기 목숨부터 살펴야 합니다. 그래야 남도 구하게 되죠. 당장 나를 보더라도 얼마나 목숨이 소중한 것인지 알겠지요."

"압니다. 그래서 가끔 배우러 들르는 거죠."

"혼자 지내다보면 나도 흔들릴 때가 많습니다. 지나는 길이 있으면 다시 꼭 들르세요."

그러리라 말하고 영빈은 그만 자리에서 일어났다.

"길이 머니까 살펴 가세요. 그새 날이 어두워지고 있군요."

30분 만에 밖에 어둠이 내려와 있었다. 오는 길에 비가 멎고 하늘이 개었다. 영빈은 하늘의 별들을 보았다. 모래처럼 많은 별들을. 별들이 길바닥으로 쏟아져 내려 차가 자주 기우뚱거렸다. 밤이 온통 검은빛으로 푸르렀다.

우도에서 돌아온 밤에 영빈은 해연에게 전화를 걸었다. 히데코가 다녀간 뒤로 그녀에게서 통 연락이 없었던 것이다. 그동안 바빴노라고, 그녀는 메마른 목소리로 심드렁하게 대꾸했다. 어지간히 할 말이 없었던지 그녀는 다시 유채꽃 얘기를 꺼냈다.

"아직도 피어 있나요?"

유채꽃은 4월 중순까지 피어 있다가 지고 있는 중이었다. 얼마 전까지는 그야말로 어딜 가나 검은 현무암과 노란 유채꽃만 눈에 보였다. 말없이 듣고 있다 해연은 최근의 조황 소식을 물어왔다. 통화를 할 때마다 습관적으로 되풀이하는 질문이었다. 오늘 우도에 다녀왔고 긴꼬리 벵에돔 한 마리뿐이라고 영빈은 대답했다. 그러자 해연의 목소리가 금세 달라졌다. 그녀는 물고기 얘기만 나오면 들뜬 소녀처럼 변한다.

"벵에돔 38센티미터, 더군다나 긴꼬리라니 대단하네요."

"긴꼬리와 붙박이 벵에돔의 차이가 뭐지?"

이미 알고 있었으나 영빈은 해연에게 다시 물어보았다.

"우선 긴꼬리 벵에돔은 아가미에 까만 테가 있어요. 또 조류를 타고 다니는 회유성 어종이라 붙박이 벵에돔보다 몸체가 날렵하고 힘이 좋죠. 그 때문에 꼬리도 길어진 거고요. 붙박이 벵에돔에 비해 좀더 섹시하다고나 할까요."

그런 걸 다 어떻게 알게 된 걸까? 영빈은 한동안 일반 붙박이 벵에돔과 긴꼬리 벵에돔을 구별하는 데 애를 먹었다. 그렇다, 긴꼬리 벵에돔은 섹시한 물고기다. 그 코발트빛 눈동자를 보면 차마 칼을 들이대기가 쉽지 않다. 아가미에서 피를 뺄 때 손으로 눈을 가리는 사람도 있다. 뭐 그렇게까지야, 라고 생각할지 모르지만 눈이 정말 지독하게 아름다운 것이다.

"벌써부터 여름 어종인 독가시치가 극성을 부리고 있어. 등가시에 한 번 찔려봤는데 정말 눈물이 나올 정도로 팔이 얼얼하더군."

망설이지 않고 해연이 해결책을 알려주었다.

"좀 잔인한 방법이긴 하지만 눈알을 빼서 찔린 부위에 짓이겨 발라주면 금방 나아요."

"그것도 아버지가 알려준 건가?"

갑자기 통화가 두절된 듯 수화기에서는 아무 소리도 들려오지 않았다. 그러나 영빈은 바다 건너에서 들려오는 해연의 숨결을 느끼고 있었다. 이제 얘기할 때가 되지 않았느냐고 영빈은 속삭이듯 말했다.

"맞아요, 아버지가 가르쳐줬어요."

체념한 듯 그녀가 말했다.

"계속해봐."

전화국 114 통화 안내원처럼 그녀가 대꾸했다.

"무얼 알려드릴까요?"

"뭐든 좀더 사세히 들었으면 좋겠어."

"통화가 길어질 텐데요."

"통화요금은 내가 지불할 거야."

"무엇부터 얘기할까요?"

"우선 물고기를 잡아본 경험이 있는지 묻고 싶군. 곧 낚시를 말하는 거지."

"있어요."

그녀는 더이상 주저하지 않고 말했다.

"영빈씨보다는 조력이 좀더 오래됐다고 말할 수 있죠."

영빈은 소리를 죽여 웃었다.

"그렇다면 긴꼬리 벵에돔도 잡아봤겠군."

"47센티미터가 기록이에요. 마라도 쌍통찬여라는 갯바위에서 잡았죠."

47센티미터? 마라도 쌍통찬여? 영빈도 언젠가 들어본 적이 있는 포인트였다.

"여고를 졸업하던 해 겨울이었죠."

여고 때라고 그녀는 말했다.

"다른 기록도 얘기해주면 안 될까? 흥미진진하군."

"들으면 놀랄 텐데요."

"이미 놀라고 있으니 상관없어."

큼, 기침을 하고 나서 그녀가 말했다.

"감성돔은 54센티미터. 1988년 겨울 추자도의 푸랭이에서. 1호 대에 1·75호 목줄을 써서 어렵게 올렸죠. 옆에서 아버지가 도와주지 않았더라면 아마 터뜨렸을 거예요."

역시 아버지와 함께였다. 그녀는 89센티미터의 참돔 기록도 갖고 있었다. 여수권에 있는 거문도 다랭이끝 포인트에서였다. 같은 해 여름에는 62센티미터의 돌돔을 잡은 적도 있었다. 통영권에 있는 욕지도의 양판구미말이라는 포인트에서. 제주도 성산포에서 선상 낚시로 1미터가 넘는 부시리를 잡은 기록도 가지고 있었다. 91년 겨울이었다.

이듬해 그녀는 대학에 입학하기 위해 서울로 올라왔다. 통영에서 여고를 나왔다고 그녀는 말했다. 대학에 들어가서도 방학 때면 통영에 내려가 아버지를 따라다니며 가까운 거제권으로 낚시를 다녔으나, 1994년 가을에 아버지가 추자도에서 죽은 후로는 그럴 기회가 없었다. 여자 혼자 갯바위 낚시를 다니는 것은 사실상 힘든 일이었다. 더이상 그럴 마음도 없었다.

다 듣고 나서 영빈은 그동안 참았던 말을 꺼냈다.

"이 기회에 당신에 대해 좀더 많은 걸 알고 싶어. 그동안 부담을 주는 것 같아 묻지 않았지. 하지만 이제 얘기할 때가 되지 않았나?"

"왜 그래야 하는 거죠?"

"당신을 더 잘 이해하고 싶어서 그래."

"언젠가 그럴 때가 올 거예요."

"그러다 아예 때를 놓치는 사람들이 많습니다, 늙은 아가씨. 더 늦기 전에 당신이 어떤 사람이고 또 누구인지 알았으면 해. 진심이야."

"……"

"기다리긴 하겠지만 이젠 더 늦지 않았으면 해. 10년 전이나 지금이나 나는 당신에 대해 아는 게 별로 없어."

이렇게까지 말하는데도 그녀는 대꾸가 없었다. 그리고 곧 수화기를 내려놓았다.

해연과 다시 통화가 된 것은 그날 자정 무렵이었다. 그녀가 전화를 걸어왔고 통화는 세 시간 동안이나 길게 이어졌다.

17

해연의 아버지는 목포 사람으로 고등학교를 졸업한 뒤 서울로 올라와 대학을 졸업했다. 선친이 어업조합장을 지냈으므로 비교적 유복한 집안에서 태어난 차남이었다. 부친은 생전에 그 지역 로터리클럽 회장과 유달 산악회 회장을 역임했고 만년엔 정치에 뜻을 두어 야당 공천을 받아 국회의원 선거에 두 번 출마했으나 모두 낙선했다. 또한 선거유세 비용으로 재산의 대부분을 탕진했는데 자식들 교육과 노후를 걱정할 만한 정도는 아니었다. 그로부터 선친은 임종 때까지 친구들과 자주 산에나 오르며 미식(美食) 취미에 빠져 지냈다. 소문난 음식이 있으면 그날로 택시를 대절해 다녀왔다. 그렇긴 해도 전라도를 벗어나는 일은 없었다고 한다.

해연의 아버지는 군복무를 마치고 대학을 졸업한 뒤 곧바로 전기공사에 취직했다. 해연의 말에 따르면 일과 가족밖에 모르는, 슬하에 딸까지 두고 있었으나 여전히 맑은 청년 같은 사람이었다고 한다. 금요일 저녁마다 직장 동료들과 어울려 삼겹살에 소주를 마시고 자정께 귀가하는 것이 그의 유일한 주간 행사였다. 또 여름 휴가철이 되면 가족을 데리고 목포 본가에 내려가 머물며 비금도로 하루쯤 낚시를 다녀오는 것이 연중 가장 큰 여가 활동이었다. 금요일을 제외하면 회사에서 퇴근하는 즉시 집으로 돌아왔고 주말과 일요일은 반드시 가족과 함께 지냈다. 첫 아이를 출산한 직후 아내가 초기 자궁암 수술을 받아 딸 하나밖에 두지 못했으나 가족은 그에게 신앙과도 같았다. 다감한 성격이어서 집에서도 늘 음악을 들었고 가족을 데리고 자주 영화도 보러 갔다. 그리고 일요일 저녁은 자신이 직접 만든 음식을 식탁에 차려놓고 가족이 둘러앉아 먹는 것을 큰 기쁨으로 여겼다. 평범한 가장의 모습이었으나 아내와 딸에게는 더없이 좋은 남편이자 아버지였다. 그는 평범하다는 것이 인생에서 얼마나 얻기 힘든 것인가를 잘 알고 있는 사람이었다.

남편과 네 살 터울의 아내는 서울 사람으로 모 여대를 나와 외국계 은행에서 몇 년 근무했고 남편과는 중매로 만나 결혼했다. 맺힌 것이 없는 밝고 상냥한 사람이었다. 결혼 후 아이가 생기자 그녀는 직장을 그만두고 집에 들어앉았다. 그때 뱃속에 있던 아이가 해연이다. 초등학교를 졸업할 때까지 해연은 그 어떤 사소한 불행도 겪지 않았다. 아버지는 어느덧 차장으로 진급해 있었고 어머니는 변함없이 사려 깊은 태도로 가족을 돌보았다. 남편을 출근시키고 딸을 학교에 보내고 나면 그녀는 수영장에 가서 몸매를 관리하고 백화점 식당에서 점심을 먹은 후 지하 슈퍼마켓에서 시장을 봐 집으로 돌아왔다. 가끔 여고 동창이나 대학 동창들을 만나 저녁을 먹고 들어오는 경우가 있었으나 계절이 바뀔 때마다 한 번 정도에 불과했다.

중학교에 입학하고 나서 얼마 지나지 않아 해연은 지극히 우연찮은 어느 순간에 어머니에게 찾아온 변화를 감지했다. 무심코 자신을 바라보는 어머니의 시선에서 해연은 그것을 느꼈다. 얼핏 보면 그저 막연한 눈빛에 불과했으나 해연은 그 뒤에 숨어 있는 나른한 권태감과 차가운 분노의 감정을 발견했다. 그 순간 해연은 온몸에 소름이 돋았다. 그때 해연은 거실 소파에 앉아 텔레비전을 보고 있었고 어머니는 고무장갑을 낀 채 피곤한 자세로 싱크대에 기대 서 있었다. 이어 어머니가 고무장갑을 낀 손으로 싱크대 서랍에서 담배를 꺼내 문 다음 에이프런에 달린 주머니에서 라이터를 꺼내 불을 붙였다. 곧 무슨 일이라도 일어날 듯한 분위기였다. 해연은 숨을 죽인 채 텔레비전 화면에 시선을 고정시키고 있었다.

"지겨워 죽을 것 같아. 나도 지겹고 텔레비전도 지겹고 너도 다 지겨워."

빈 방에 혼자 앉아 중얼거리듯 어머니가 그렇게 말했다.

"싱크대엔 왜 날마다 그릇들이 쌓이는 거지? 제발 그릇 없는 집에서 살고 싶어."

밖에 어둠이 내리면서 거실이 어둑하게 변하고 있었으나 해연은 불을 켤 생각을 못 하고 꼼짝없이 앉아 있었다. 어머니는 싱크대에 담배꽁초를 던져 넣고 고무장갑을 벗더니 재빨리 안방으로 들어갔다. 그리고 집에서 입었던 옷차림 그대로 핸드백만

들고 나와 밖으로 나갔다. 그로부터 한 시간 뒤에 아버지가 퇴근해서 돌아왔고 부녀는 말없이 자장면을 배달시켜 먹었다. 어머니가 돌아온 것은 자정 무렵이었다. 해연은 자신의 방에 불을 끄고 누워 거실 식탁에서 부모가 조용히 말다툼하는 소리를 엿듣고 있었다. 이상한 것은 어머니가 일방적으로 아버지를 몰아붙이고 있다는 것이었다. 마침내 어머니가 흐느껴 우는 소리를 듣고 나서 해연은 불안하게 잠이 들었다.

며칠 후 해연의 아버지는 아내를 설득해 신경정신과 전문의를 찾아갔다. 의사가 어머니에게 내린 진단은 만성우울증이었다. 그후 해연의 어머니는 정기적으로 병원에 들러 상담을 받고 약물치료를 받았다. 병원에 가는 일 말고도 어머니의 외출은 갈수록 잦아졌다. 아버지는 지극한 인내심을 가지고 어머니를 지켜보았다. 어머니의 기나긴 우울증은 2년 만에야 가까스로 치료됐다. 원기를 회복한 다음 해연의 어머니는 원래 자신이 있었던 자리로 조용히 돌아왔다. 마지막으로 병원에 다녀온 날 어머니가 한 일은 집 안을 대청소하고 화병에 꽃을 꽂고 딸이 좋아하는 갈비찜을 만든 일이었다.

그로부터 몇 달이 지난 어느 날, 해연의 아버지는 강남의 한 커피숍에서 우연찮게 아내를 목격하게 되었다. 아내는 혼자였고 테이블 소파에 앉아 잡지를 넘기며 한가롭게 커피를 마시고 있었다. 해연의 아버지는 불현듯 의혹에 사로잡혔다. 우선 집과는 상당히 떨어진 장소인데다 아침에 출근할 때 아내에게서 외출할 거라는 얘기를 듣지 못했던 것이다. 아내가 누군가를 기다리는 눈치였으므로 그는 커피숍 안으로 들어갈 수 없었다. 금요일 오후 1시경이었다. 그날 그는 부장을 대신하여 국토개발원 소속 직원과 근처 호텔에서 점심을 먹기로 약속이 돼 있었다. 호텔과 커피숍은 불과 50미터 거리를 사이에 두고 떨어져 있었다.

왜 그랬는지 모른다. 그는 횡단보도를 건넌 다음 가로수 밑에 서서 커피숍에 앉아 있는 아내를 지켜보았다. 그것이 자신의 인생에서 가장 커다란 실수를 범한 날이었다고 훗날 그는 딸에게 고백했다. 그냥 지나쳤더라면 아무 일도 일어나지 않았을 거라며 후회했다고 한다. 설혹 아내가 바람직하지 못한 일을 저질렀더라도 시간이 웬만큼 지나면 결국 제자리로 돌아왔을 거라는 얘기였다.

무더운 7월의 이른 오후였고 그는 손수건으로 연신 이마와 목덜미의 땀을 닦아내며 형사처럼 잠복해 있었다. 이윽고 한 남자가 아내의 옆으로 다가와 앉는 것을 그는 지켜보았다. 깔끔하게 양복을 차려입은 삼십대 초반의 사내였다. 그때 아내의 모습은 남자의 등에 가려 보이지 않았다. 남자는 오렌지 주스를 마신 다음 아내의 손을 잡고 밖으로 나왔다. 그리고 커피숍 앞에 세워둔 회색 아우디 승용차 조수석에 아내를 태우고 몸을 돌려 운전석에 올라탔다. 해연의 아버지는 황급히 횡단보도를 건너 택시를 잡아탔다.

운전기사를 재촉해가며 그가 힘겹게 따라간 곳은 양수리에 있는 어느 모텔이었다. 사내와 함께 아내가 모텔로 들어가는 것을 확인한 후, 그는 곧바로 택시를 돌려 서울로 돌아오려고 했다. 그러나 웬일인지 의지대로 되지 않았다. 그는 모텔 맞은편 구멍가게 의자에 앉아 아내가 나올 때까지 애꿎은 담배를 죽이며 콜라를 일곱 병이나 마셨다. 날씨는 지독히 무더웠고 마지막 세 병의 콜라는 미지근했다. 발밑에서 하나씩 늘어나는 콜라병의 수를 헤아리며 그는 기다리고 또 기다렸다. 세 시간 후에야 그들은 밖으로 나왔다. 그리고 곧바로 주차장에 세워져 있던 승용차에 올라타 서울 쪽으로 향했다. 왜 하필이면 거리도 멀고 교통도 복잡한 양수리일까? 워커힐 정도면 가깝기도 하고 사람들 눈에 띄지도 않을 텐데. 이런 엉뚱한 의문에 사로잡혀 있을 만큼 그는 단순한 상태로 변해 있었다.

그는 방금 아내가 나온 모텔로 들어가 샤워를 하고 저녁도 굶은 채 자정이 될 때까지 혼자 침대에 누워 두 눈을 부릅뜬 채 천장만 바라보고 있었다. 정확히 자정이 되자 그는 집으로 전화를 걸었다. 금요일이었으므로 아내는 그가 직장 동료들과 술을 마시고 있는 줄 알고 있었다. 그가 말했다. 오늘은 꽤 늦을 것 같아. 아내가 잠에 취한 목소리로 대꾸했다. 그렇다고 너무 많이 마시진 말고요. 알았죠? 평소와 다름없는 말투여서 그는 일단 안심했다. 한 번이라면 용서할 수 있다, 라고 그는 마음을 다잡았다. 그는 택시를 대절해 집 앞까지 간 다음 포장마차에서 급히 소주를 두 병 마시고 새벽 2시에 열쇠로 문을 따고 집으로 들어갔다. 아내와 딸은 자고 있었고 식탁 위에는 숙취 해소용 꿀물이 담긴 사발이 놓여 있었다. 그는 그것을 벌컥벌컥 들이켜며 오늘의 일은 잊어버리자고 결심했다. 화장실에 들어가 양치를 하고 나와 그는 잠시 딸이 자고 있는 방을 들여다본 다음 안방으로 들어가 아내를 깨우지 않기 위해 조용히 침대 속으로 들어갔다. 아내는 나직이 코를 골며 잠들어 있었다. 이튿날 아침 그는 여느 날과 마찬가지로 7시에 일어나 아내가 차려준 밥을 먹고 회사로 출근했다.

매주 금요일 오후 1시에 그들은 '만다린'이라는 커피숍에서 만났다. 그러나 합숙 장소는 매번 바뀌었고 그때마다 그는 허겁지겁 그들의 뒤를 쫓아다녀야만 했다. 무섭게 땀을 흘리며 그는 매번 낯선 숙박업소 건너편에서 담배를 죽이고 콜라병을 비우며 기다렸다. 그는 이미 콜라에 중독된 상태였다. 하루에 늘 다섯 병의 콜라를 마시지 않으면 안 되었다. 금요일에 그는 더이상 직장 동료들과 술을 마시지 않았다. 그 대신 여자가 있는 지하 술집을 혼자 돌아다니며 헛된 분풀이를 했다.

금요일만 제외하면 그는 평상시처럼 8시에 귀가했다. 아내는 늘 식탁을 차려놓고 상냥하게 그를 맞았고 잠자리에 들면, XX

전자의 주식을 좀더 사둬야겠다느니 딸애가 사춘기에 접어들어서 그런지 학교에서 돌아오면 늘 제 방에만 틀어박혀 있다느니 심지어는 요즘 부부관계가 뜸한 게 아니냐는 식의 말들을 아무렇지도 않게 늘어놓았다.

9월로 접어든 어느 토요일 밤에 그는 무심한 어조로 아내를 향해 말했다. 그때 세 식구는 저녁식사를 마친 뒤 소파에 앉아 텔레비전 뉴스를 시청하고 있었다.

"그새 가을이군."

아내도 딸도 그 말에 아무 반응을 보이지 않았다.

"그러니 이제 그만들 하지."

그제야 아내가 슬그머니 남편을 돌아보았다.

"당신 방금 뭐라고 했어요?"

"이제 그만둘 때가 됐다고 했어."

그의 시선은 여전히 텔레비전에 고정돼 있었다. 그때 텔레비전에서는 여의도 국회의사당에서 여야 의원들이 서로 멱살을 잡고 난동을 부리는 장면을 생생히 보여주고 있었다. 남편의 말이 무슨 뜻인지 미처 알아듣지 못한 채 아내는 눈살을 찌푸리며 중얼거렸다.

"그러게 말예요. 왜들 허구한 날 저러는지 모르겠어요. 2년 후면 서울올림픽이 열리는데 해마다 노사분규에 당파 싸움에 외국에서 보면 얼마나 한심하겠어요."

목소리를 조금 높여 그가 말했다.

"그래, 그만큼 했으면 이제 자제할 줄도 알아야지. 무슨 일을 저지를 때는 상대방도 염두에 둬야 하는 거야."

이때 해연은 아버지와 어머니 사이에 심각한 얘기가 오가고 있음을 눈치챘다. 그런데 막상 어머니는 그러한 사실을 미처 깨닫지 못하고 있었다.

"저러다 지치면 그만두겠죠, 뭐. 우리야 별로 상관할 것도 없잖아요?"

그가 신음을 뱉어내며 나직이 웅얼거렸다.

"그게 아닌데."

아내는 더이상 대꾸하지 않았다. 해연은 소파에서 일어나 까맣게 타들어가고 있는 아버지의 얼굴을 훔쳐본 다음 발소리를 죽여 제 방으로 들어갔다. 그때 해연은 머지않아 집안에 변화가 찾아오리라는 것을 예감했다.

그해 겨울방학이 가까워질 무렵 아버지가 갑자기 학교로 찾아왔다. 마지막 수업이 끝나 책가방을 챙기고 있을 때였다. 드르륵 교실 문이 열리더니 불쑥 아버지의 얼굴이 나타났다. 추운 날씨임에도 불구하고 아버지는 땀을 흘리고 있었고 술에 취한 듯 얼굴이 불콰하게 달아올라 있었다. 다른 아이들이 지켜보는 가운데 아버지는 딸의 손목을 거머쥐고 교실 밖으로 나왔다. 무슨 일예요? 해연은 아버지의 얼굴을 올려다보며 물었다. 얘기는 나중에 하고 어디 가서 저녁부터 먹자. 내심 당황했으나 그녀는 순순히 아버지를 따라갔다. 교문 밖에 세워둔 아버지의 에스페로 승용차에 올라탈 때 해연은 무심코 뒤를 돌아보았다. 운동장에 애국가가 울려퍼지며 학교 옥상에서 태극기가 내려지고 있었다. 아버지는 해연을 차에 태우고 명동 롯데호텔로 간 다음 엘리베이터를 타고 양식당으로 올라갔다. 예감이 불길했지만 해연은 침착하게 오늘이 무슨 날인가부터 생각해보고 있었다. 혹시나 했지만 어머니의 모습은 보이지 않았다. 테이블에 마주 앉아 부녀는 스테이크를 먹었다. 식사가 끝날 때까지 아버지는 아무 말도 하지 않았다. 사이사이 하우스 와인을 마셔가며 아버지는 접시를 깨끗하게 비웠다.

이윽고 딸이 포크를 내려놓기를 기다렸다가 아버지가 입을 열었다. 종업원이 다가와 접시를 치우고 후식으로 커피와 오렌지 주스를 내왔다.

"놀라지 말고 듣거라. 저녁을 다 먹었으니 이제 이 아비와 함께 가야겠다."

해연은 물끄러미 아버지의 눈을 마주 보았다.

"주스 마시거라."

"어딜 가는데요?"

당돌한 눈빛으로 해연이 물었다. 주스는 마시지 않았다.

"오늘 밤 통영으로 갈 거다. 이 아비가 오랫동안 생각했는데 거기가 너한테 좋을 것 같더구나. 너도 알겠지만 통영은 청마 선생과 박경리 선생이 태어난 곳이지. 또 윤이상이라는 음악가의 고향이기도 하고."

그는 고향인 목포로 내려가고 싶지 않아 딸에게 그렇게 말하고 있었다.

"전학 신청은 아비가 이미 해뒀다. 방학이 끝나면 너는 내년부터 통영여고 학생이 될 거다."

해연은 흔들리지 않고 아버지에게 말했다.

"제가 싫다면요?"

당황한 기색으로 아버지는 딸을 넌지시 바라보았다.

"그게 무슨 말이냐."

"왜 그래야 되는지 저도 알아야 하는 거 아닌가요?"

딸의 눈을 피해 아버지는 명동의 밤거리를 내려다보았다.

"엄마 때문인가요?"

아버지의 손끝이 떨리고 있었다. 그는 딸의 질문에는 정면으로 대꾸하지 않았다.

"네가 싫다면 어쩔 수 없겠지. 하지만 이 아비는 네가 함께 가줬으면 좋겠구나. 아마 그 편이 나을 거다."

"엄마한테 문제가 생겼나요?"

놀란 눈으로 아버지가 해연을 바라보더니 곧 담뱃불을 끄고 의자를 앞으로 끌어당겼다. 그는 종업원을 불러 맥주를 한 병 더 주문하고 다시 담배에 불을 붙였다. 당시 해연은 통영으로 가고 싶지 않았다고 한다. 어머니 곁을 떠나는 게 두려웠던 것이다.

그래서 해연은 아버지에게 이렇게 말했다.

"엄마를 용서해주면 안 될까요?"

핏발 선 눈으로 아버지가 딸의 얼굴을 마주 보며 힘없이 말했다.

"그럴 수 있다면 그래야겠지. 하지만 이미 때가 늦었다. 엄마 자신이 용서를 필요로 하지 않는다는 그런 뜻이다."

"그건 또 왜 그런 거죠?"

"엄마가 우리 곁을 떠났기 때문이란다. 오래전에 말이다."

해연은 냅킨을 뽑아 눈가를 찍어냈다.

"돌아오지 않을 거란 말인가요?"

"그러기엔 너무 멀리 간 것 같구나. 안타까운 일이지만 이제 와서 어쩌겠느냐."

해연은 흐느끼며 아버지에게 따져물었다.

"왜 그렇게 바보 같은 말만 하고 있는 거죠? 한 번이라도 엄마를 다그쳤어야죠."

밖엔 짙은 어둠이 내려와 있었고 거리엔 네온사인 불빛들이 무수히 명멸하고 있었다. 해연은 종업원을 불러 커피를 달라고 했다. 이상하게도 갑자기 커피가 마시고 싶었다.

"엄마는 그동안 너무 참고 살았던 모양이다. 그래서 어느 날

집을 나간 거란다. 돌아올 수 없는 아주 먼 곳까지. 너한테는 아비로서 미안하게 생각한다. 미안하구나."

"듣기 싫어요."

참혹하게 변한 아버지의 얼굴을 지켜보며 해연은 자신이 선택의 기로에 놓여 있음을 깨달았다. 어느 한쪽을 포기하거나 선택해야 한다는 깨달음이 그 긴박한 순간에 해연의 머리를 스치고 지나갔다. 아버지는 극도로 피곤한 모습으로 딸이 자신의 결정에 동의해주기만을 기다리고 있었다. 커피를 마시는 동안 해연은 자신이 숨 가쁘게 사춘기를 지나 성인기로 접어들고 있음을 느꼈다. 젊음도 늙음도 나이는 그렇게 한순간에 먹는 법이다.

"그렇다면 별 방법이 없는 거네요."

"엄마한테 전화부터 하고 오너라. 그동안 낳아서 키워줬는데 인사는 해야지. 나중에 만나자고 하거라."

"그런 말은 하고 싶지 않아요."

"그래도 그게 아니다. 전화하고 와."

해연은 의자를 밀고 일어나 화장실 옆 공중전화에서 어머니에게 전화를 걸었다. 통화가 되자 그녀는 확인조로 어머니에게 물었다.

"아빠가 방금 엄마하고 헤어지려고 결심한 모양인데, 그럼 저는 어떻게 되는 거죠?"

금방 전후 사정을 눈치챈 어머니는 한동안 입을 다물고 있었다.

"말해주세요."

잠시 후 울음기가 가득 밴 목소리로 어머니가 딸에게 말했다.

"아빠는 뭐라시던?"

"……"

어머니는 입을 다문 채 이쪽 동정을 살피고 있었다.

"저는 엄마가 계속 키워줄 거죠?"

어머니는 대답을 하지 않았다. 끝내 대답이 없자 해연은 아버지가 시킨 대로 말했다. 더이상 눈물은 나오지 않았다.

"그동안 키워주셔서 고마워요. 모쪼록 행복하세요. 이건 아빠가 전해달라고 한 말이에요."

전화를 끊고 나서 그녀는 화장실로 들어가 거울에 비친 자신의 모습을 오랫동안 들여다보았다. 머리칼을 묶고 있던 끈을 풀고 그녀는 입을 크게 벌려 윗어금니 쪽을 살펴보았다. 며칠 동안 치통으로 잠을 제대로 이루지 못했다. 사랑니 때문이었다. 주머니에서 진통제를 꺼내 수돗물에 먹고 나서 그녀는 손과 얼굴을 씻고 아버지에게 돌아갔다. 엄마한테 전화하고 왔어요, 라고 그녀는 아무렇지도 않게 말했다. 뭔가 물어올 듯하다가 아버지는 입을 다물었다. 엘리베이터 안에서 아버지가 말했다.

"차는 그냥 호텔 주차장에 두고 가자. 나중에 엄마가 찾으러 오겠지."

"통영까지 그럼 걸어서 가나요?"

해연은 일부러 씩 웃어 보였다.

"기차를 타자. 오랜만에 기차를 타고 싶구나."

부녀는 택시를 타고 서울역에 도착해 일단 진주로 가는 표를 끊었다. 밤늦게 진주에 도착한 부녀는 직행버스로 갈아타고 자정 무렵에야 통영에 도착했다. 해연은 버스 안에서 내내 잠들어 있었다. 통영은 당시 충무로 불리던 곳이었다. 숙소에 들기 전 부녀는 김치찌개로 저녁을 먹고 마치 여행이라도 온 것처럼 손을 잡고 운하를 따라 걸었다. 운하의 밤 풍경이 아름다워 우선 마음이 놓였다고 해연은 말했다.

서울에서 내려오기 전 아버지는 통영지사로 전근을 신청해놓은 상태였다. 다음날 직원용 사택으로 회사에서 매입해둔 서호시장 뒤편의 아파트에 입주하고 나서 부녀는 살림살이에 필요한 가재도구를 사들였다. 방학이 얼마 남아 있지 않았으나 해연은 일단 통영여중으로 전학을 했고 그날부터 아버지도 출근을 했다.

아버지는 공휴일과 일요일에 통영권으로 낚시를 다녔다. 기왕에 낚시 경험이 있었던데다 마음을 터놓고 어울릴 만한 사람이 주위에 없었던 것이다. 겨울방학 끝 무렵에 해연은 아버지를 따라 거제도로 함께 낚시를 갔다. 나들이를 겸해 구경 삼아 따라나선 출조에서 해연은 손바닥만한 감성돔을 몇 마리 잡았다. 그게 그렇게 신기하고 황홀했다고 한다. 그후 해연은 아버지를 졸라 자주 출조길에 나섰다. 힘들 뿐더러 때로 위험한 일이었으나 해연은 아버지와 함께 고기를 잡으러 다니는 일이 몹시 즐거웠다고 말했다. 그런 날은 아버지가 직접 요리를 해서 함께 저녁을 먹었다. 아버지 역시 딸과 동행하는 것을 위안거리로 삼았다고 한다. 그럼에도 해연의 아버지는 까닭 모를 자책감에 빠져 습관적으로 술을 마셔댔다. 해연은 어쩔 수 없이 조숙한 여자아이로 변해갔다. 이미 여고생이었으므로 어느 정도 분별력이 생긴 나이이기도 했다. 아버지가 직장생활을 계속할 수 없는 지경이 되자 해연은 아버지에게 재혼을 권유했다. 그때마다 아버지는 자조적으로 웃으며 딸에게 말했다.

"아비한테 이제 못 하는 말이 없구나."

"저 때문이라면 상관 마시고요."

술기운에 아버지는 이렇게 말했다.

"그게 아니다, 이놈아. 실은 이 아비도 많이 지쳐 있었단다. 모든 걸 포기하고 싶은 때가 있었단 말이다. 단지 가족을 위해 참았던 것뿐이다."

"그런데 뭘 그렇게 괴로워하세요. 아직도 엄마 생각을 하는 건가요?"

"……"

"잊어버리자고 했잖아요."

"그래, 잊자. 이제 아비한텐 너 하나뿐이다."

"그런 말씀 마세요. 고등학교를 졸업하면 저도 아버지 곁을 떠나게 돼 있어요. 그러니 하루라도 빨리 새엄마 될 사람을 찾아보세요. 제가 떠나면 밥이라도 함께 먹을 사람이 있어야잖아요."

"네가 떠나면 그땐 고향으로 돌아갈 것이다."

해연의 아버지는 통영으로 내려온 지 3년 만에 결국 직장을 그만두었다. 그해 그녀는 대학 입시에 실패했고, 이듬해 봄에야 서울에 있는 모 대학의 연극영화과에 합격해 통영을 떠나왔다. 재수하던 해도 그녀는 일주일에 한 번꼴로 아버지와 함께 낚시를 다녔다. 당시 해연의 아버지는 전문 낚시꾼이 되어 통영 낚시꾼들 사이에서 모르는 사람이 없을 정도였다. 대물을 낚으면 횟집에 팔아넘겼으나 생활비는커녕 고작 출조비나 되돌려받는 수준이었다. 그는 통영, 거제권은 물론이고 여수, 완도권을 섭렵한 뒤 추자도와 제주도를 오가며 원정 낚시를 다녔다. 해연도 모두 한두 번씩은 다녀본 곳들이었다. 1994년 가을 추자도 절명여에서 익사할 때까지(아버지는 이미 간질환에 시달리고 있었다) 그가 남은 생에서 한 일은 오직 물고기를 잡은 것뿐이었다. 어제 잡은 것보다 더 큰 물고기. 그보다 더 커다란 물고기. 그보다 더욱더 큰 물고기. 바다로 나갈 때마다 그가 집요하게 매달리는 환영이었다. 그 불가능한 바람을 통해 그는 자신의 인생을 보상받고 싶어했다. 또 그러면 그럴수록 더욱더 큰 물고기에 필사적으로 매달렸다.

1991년 봄에 해연은 서울로 올라왔다. 햇수로는 5년 만에 돌아왔지만 그녀는 어머니를 찾아가지 않았다. 고등학교 때 연극반 활동을 하면서 연극배우가 되고 싶어 막연히 연극영화과를 선택했으나 한 학기도 채 마치기 전에 그녀는 그 일이 자신의 적성에 맞지 않는다는 사실을 깨달았다. 재능으로 똘똘 뭉친 동기, 선후배들이 주위에 수두룩했다. 전과를 시도했으나 뜻대로 되지 않아 그녀는 어쩔 수 없이 4년을 힘겹게 버텨 졸업장을 받았다. 대학을 다니는 동안에도 아버지는 통영을 떠나지 않았다. 계절에 따라 이곳저곳을 옮겨다녔으므로 거처조차 따로 없었다. 그렇게 물고기를 따라다니면서 해연의 아버지는 점점 자멸의 길로 빠져들었다.

노래엔 남달리 소질이 있던 그녀는 학비를 벌기 위해 기타를 들고 저녁마다 카페를 돌아다녔다. 처음부터 그랬던 건 아니고 학교 앞 카페에서 서빙을 하다 빈자리를 채우기 위해 무대에 오른 것이 계기가 됐다. 그때부터 그녀는 하루에 평균 세 군데의 카페를 옮겨다니며 새벽까지 노래를 불렀고 자취방으로 돌아올 때는 매일 파김치가 됐다. 그것도 고정된 일자리가 아니었다. 업소에서는 3개월 주기로 출연자를 교체하는 게 보통이었다. 등록금을 낼 때마다 그녀는 돈을 빌리러 돌아다녔고 그 돈을 갚기 위해 다시금 피로의 악순환 속으로 빠져들었다.

어느 날 해연은 삼풍백화점 앞을 지나다 우연히 어머니의 여고 동창과 마주쳤다. 어렸을 때 해연도 몇 번 본 적이 있는 여자였다. 대학 2학년 때였다. 그녀는 억지스럽게 해연의 손목을 끌고 백화점 식당으로 들어갔다. 그날 해연은 그 여자로부터 어머니의 소식을 듣게 되었다. 어머니는 전에 살던 집을 처분하고 대치동의 은마아파트에서 재혼한 남편과 살고 있었다. 작년부터 강남역 사거리에서 미국에 본사를 둔 아이스크림 가게를 운영하고 있다고 했다. 그 말을 듣고 해연은 강남역 사거리로 어머니를 찾아갔다. 그러나 막상 가게 안으로 들어가지는 않았다. 오래전 아버지가 그러했듯이, 길 건너편 가로수 밑에 서서 카운터에 앉아 있는 어머니의 모습을 바라보다 돌아왔을 뿐이었다.

3학년 여름방학 때 그녀는 청담동의 '아바나'란 지하 카페에 일자리를 구하게 됐다. 단골 고객만 리스트를 만들어 관리하는 멤버십 클럽이었다. 말할 것도 없이 상류층 고객만 드나들었고 여자 손님은 아예 받지도 않았다. 그 카페에서 그녀는 사십대 중반의 치과의사를 만났다. 치과의사는 그녀에게 친구가 됐으면 한다고 접근해왔다. 그녀가 정중히 거절하자, 그는 말을 바꿔 후원자가 되고 싶다고 집요하게 말했다. 후원자라뇨? 세상에 순수한 호의가 존재한다는 말은 들어보지 못했는데요. 그는 안쓰러운 표정으로 해연을 바라보며 말했다. 어려운 환경에서 커온 아이들은 대개 그렇게 생각하게 마련이지. 말하자면 남을 믿지 못하는 거야. 이해할 수 있어. 그렇지만 만약 순수한 호의가 있다면 받아들일 줄도 알아야 해. 그래야 변화를 시도할 수 있는 거야. 쉽게 장학복권에 당첨됐다고 생각하면 되겠지. 물론 나중에 처지가 비슷한 다른 사람에게 갚을 수 있다면 더욱 좋겠고. 그게 장학금이 회전하는 방식이니까. 약자의 편을 드는 건 언제나 약자들이라는 걸 명심해. 의사인 당신이 사회적 약잔가요? 지금은 아니지만 전엔 그랬지. 나도 어렵게 공부할 때 누군가의 도움을 받은 적이 있단 뜻이야. 그래도 조건이라는 게 있을 텐데요? 조건 따위는 없다고 전제한 뒤 그는 학교를 졸업할 때까지라는 단서를 달았다. 더이상은 안 돼. 하긴 그래봐야 두 번 내지 세 번 정도군. 정 부담스러우면 월말에 만나 저녁이나 한 번씩 하든지. 장학금 수여식이군요. 해연은 치과의사로부터 가을학기에 딱 한 번 등록금을 지원받았다. 물론 어리석은 선택이었다. 해연은 월말에 치과의사와 호텔 식당에서 만나 저녁을 먹었지만 별다른 요구는 없었다. 그러나 만남이 거듭될수록 그녀는 마음이 불안했다. 아니나 다를까. 해가 바뀌고 나서도 그는 월말마다 어김없이 전화를 걸어왔다. 그때마다 그녀는 치명적인 약점을 잡힌 사람처럼 허둥거렸다. 마땅히 거절할 구실을 찾지 못해 어쩔 수 없이 나가는 경우도 있었다. 지정된 장소로 나가지 않으면 클럽으로 찾아오거나 전화를 걸어댔다. 그런 식으로 매번 덜미가 잡히곤 했다. 그는 성격 이상자에 또한 성적 불구자였다.

그녀는 진저리를 치며 제대로 된 직업을 갖기 위해 4학년 여름방학 때부터 동숭동에 있는 디자인학원에 다니며 일러스트와

상업미술을 공부했다. 학교는 건성으로 다닐 수밖에 없었다. 밤에는 여전히 아르바이트를 했던 것이다. 그해는 마치 범죄자로 사는 듯한 느낌이었다고 한다. 졸업과 함께 그녀는 어렵사리 아동물 출판사에 취직해 회사로부터 대출금을 받아 치과의사에게 빌린 돈을 돌려주고 나서야 가까스로 그의 손아귀에서 벗어났다. 단돈 백만 원이라도 남에게 빌린 돈을 갚기란 이처럼 힘든 것이다.

영빈이 그녀를 만난 것은 1994년 10월 21일이었다. 당시 영빈은 역삼동에 위치한 모 의류업체의 기획조정실에 근무하고 있었다. 몇 년 전 소설가로 등단한 뒤 영빈은 비로소 그해 첫책을 냈고 또한 자신의 의사와는 상관없이 회사를 그만두었다.

18

소설가로서 첫책을 내고 나서 일주일쯤 지난 어느 목요일 아침, 영빈은 인사담당 상무로부터 호출을 받았다. 부장을 통해서였다. 영문을 모른 채 영빈은 상무실로 들어갔다. 상무는 소파에 앉아 신문을 뒤적거리고 있었다. 영빈이 들어서자 상무는 안경을 벗고 접대용 소파를 가리키며 앉으라고 말했다. 여비서가 테이블 위에 커피를 한 잔 갖다놓고 돌아갔다.

"들게. 난 요즘 장염이 도져서 아침부터 커피를 마시면 종일 속이 거북해. 직장생활을 오래 하다보면 다들 한 가지씩 병을 얻게 마련이지."

석연찮은 느낌이 들었으나 그때까지만 해도 영빈은 상무가 무슨 일로 자신을 호출했는지 전혀 짐작하지 못하고 있었다. 영빈이 커피를 마시는 동안 상무는 다시 신문을 집어들고 앞뒤로 넘겨 보는 시늉을 했다. 커피를 다 마시기도 전에 상무가 신문 뒤에서 나직이 말했다.

"회사 내에서 인간관계가 매우 소원하다지? 입사 동기들하고도 잘 어울리지 않는다며. 이유가 뭔가?"

"……"

"곧 진급심사에 들어가는데 자네에 대한 해당 부서장의 태도가 적극적이지 않아. 왜 그런지, 내가 납득할 수 있도록 자네가 설명해봐."

"업무 과실은 없었던 걸로 압니다."

"그게 단가?"

"더이상은 잘 모르겠습니다."

"모른다?"

"제가 판단할 수 있는 문제가 아닌 것 같습니다."

신문을 접으며 상무가 마치 경찰 간부처럼 웃었다.

"자네, 아주 멍청이는 아니군."

"……"

"좋아, 입사할 때 성적도 괜찮은 편이었고 업무능력도 그만하면 나쁘지 않다고 할 수 있지. 그런데 왜들 그렇게 자네를 못마땅하게 여기는 걸까. 모른다고 했지. 하루 종일 책상에 고개를 숙이고 앉아 있는 자네는 물론 그 이유를 모르겠지. 그런데 말이야, 가끔 고개를 들고 사람들과 마주 보는 건 어때? 뭐, 가볍게 웃어주거나 떠들어댈 수도 있겠지. 자네 별명이 뭔지 나도 오늘 알았네. 오전엔 6시 5분 전, 오후엔 6시 5분 후라고 하더군."

영빈은 고개를 들고 상무의 넥타이를 바라보았다. 또 그놈의 지긋지긋한 갈색 휴고 보스였다.

"자네가 늘 고개를 숙이고 다녀서 그렇게 부른다더군. 그래, 지금처럼 고개를 들고 상대를 쳐다봐. 그게 전제돼야 비로소 관계가 시작되는 거야. 직장생활이라는 건 학교 다닐 때처럼 숙제만 잘해오면 되는 게 아니야. 혼자만 공을 잘 찬다고 해서 경기를 이길 수 있는 게 아니란 말이지. 조직생활을 하면서 쓸데없이 오만하게 굴지 말란 뜻이야."

"그런 적 없습니다."

차라리 대꾸를 안 하는 편이 나을 뻔했다.

"그렇게 대꾸하는 게 바로 오만한 태도야. 항상 주위를 둘러보며 적이 있는지 없는지 살펴봐야 하는 거야, 이 어리석은 친구야. 가족을 빼면 상대는 모두 다 적이라는 걸 명심해. 그들을 관리할 줄 알아야 결국 살아남는 거야, 이 멍청한 친구야."

한갓 평사원의 진급 문제를 두고 인사담당 상무가 이렇게 간곡한 태도로 부르짖고 있는 것은 아닐 터였다. 공채시험을 통해 입사한 후, 지난 5년간 영빈은 지각이나 조퇴를 한 적이 없었고 물론 결근을 한 적도 없었다. 그럼에도 2년째 진급심사에서 누락될 위기에 처해 있었다. 입사 동기들은 작년에 대부분 대리로 진급했다. 이유를 아주 모르는 것은 아니었다. 상무가 지적한 대로 회사 내에서 인간관계가 소원한 탓이었다. 퇴근 후에는 서둘러 집으로 돌아가 글을 써야 했기 때문에 영빈은 늘 시간에 쫓겨 살았다. 잠도 하루에 5시간 이상은 자지 못했다. 동기 모임에도 얼굴을 제대로 내밀지 못했다. 부서 회식자리엔 어쩔 수 없이 참석했으나 2차나 3차로 옮겨갈 때는 눈치껏 빠져나왔다. 그걸 만회하기 위해서라도 영빈은 업무에서만큼은 빈틈을 보이지 않으려고 노력했다. 회사 내에서는 그가 등단한 소설가라는 사실조차 모르고 있었다. 그런데 첫책을 내고 나서 몇몇 신문에 기사가 실리자 다들 속았다는 표정으로 영빈을 바라보기 시작했다. 상무와 마주 앉아 있는 시간이 길어지면서 영빈은 불려온 이유를 어렴풋이 깨달았다. 그리고 곧 자신의 짐작이 맞다는 것을 확인하기에 이르렀다.

"아무튼 자네 참 대단해. 직장생활을 하면서 책까지 내고. 그것도 소설책이더군. 그런데 왜 나한텐 책도 한 권 안 갖다주는 거지?"

마침내 상무는 비열하게 나오기 시작했다. 어리석게도 영빈은 자존심을 드러내고 말았다.

"회사와는 관계없는 일이라고 생각했습니다. 사실 별 관계가 없고요."

상무는 얼굴을 붉히더니 얼른 표정을 수습했다.

"물론 관계없지. 방금 자네가 말했다시피. 그런데 두 가지 일을 동시에 하는 게 과연 가능할까? 지금까지는 젊으니까 그랬다 치고 문제는 앞으로란 말이야. 낮엔 회사에 다니고 밤엔 업소에 나가는 여자들과 다를 게 없잖은가."

그렇게까지 말씀하실 건 없잖습니까, 라고 하려다 영빈은 마지막 인내심을 발휘했다.

"기회를 주겠네. 이참에 회사를 그만두려는 건 아니겠지?"

"그런 생각은 해보지 않았습니다."

"그러자면 이번에 진급부터 해야 돼."

"……"

"한 가지 일은 포기하는 게 좋겠지. 피로가 누적되면 업무능력이 떨어지는 건 불을 보듯 뻔하니까. 선택은 물론 자네가 하는 거야. 도대체 누가 소설을 쓰라 마라 참견하겠나."

상무는 인터폰을 눌러 비서에게 홍차를 가져오라 말하고 오늘자 신문의 경제면을 펼쳐들었다. 아까는 지난주 토요일자, 그러니까 영빈의 인터뷰 기사가 실린 신문을 보고 있었던 것이다. 상무실을 돌아 나오면서 영빈은 자신이 사실상 권고사직을 받았음을 깨달았다. 회사에서는 기회를 줬는지 모르지만 영빈의 입장에서는 어느 한쪽도 포기할 수 없는 상황이었다. 어째야 할까?

그날 오후에 영빈은 Y라는 소설가한테 전화를 받았다. 같은 나이에다 같은 해에 등단한 인연으로 평소에 가깝게 지내는 친구였다. Y도 한때 직장생활을 한 적이 있는데 무슨 배짱인지 등단과 함께 사표를 집어던지고 걸핏 하면 짐을 싸들고 절간으로 들어가 그때마다 소설을 써 가지고 나왔다. 당연히 첫책도 영빈보다 먼저 냈다. 오랜만에 Y가 전화를 걸어온 이유는 조금 엉뚱했다. 성부에서 상을 주겠다고 하는데 어쩌면 좋겠느냐는 것이었다. Y는 방금 문화체육부에 들어가 담당 사무관을 만나고 나오는 길이었다. 그가 전화를 걸어온 곳은 문체부 옆에 있는 한국통신 공중전화부스였다.

"정부에서 소설가한테 주는 상이라는 것도 있나?"

"그러게 말이야. 문민정부에서 하나 만들었다나봐. 상금도 고작 백만 원밖에 안 돼. 시상식 당일 술값도 안 되는 금액이지."

"그런데 무슨 문제라도 있는 거야? 상금 얘기를 하는 건 아닐테고."

"이걸 받아야 될지 말아야 될지 목하 고민중이야. 오후 6시까지 전화해주기로 했는데 이제 한 시간밖에 안 남았네."

Y는 그렇게 너스레를 떨었다.

"고민의 정체가 뭐야?"

"그걸 몰라서 묻나. 당신이나 나나 386인데, 아무리 문민정부라고 해도 그렇지 국가에서 주는 상을 받으면 모양새가 나빠지지 않을까?"

잠시 생각하는 척하다가 영빈은 이렇게 말했다.

"못 이기는 척하고 받아둬. 만약 당신이 그 상을 거부하면 다른 작가들까지 욕먹이는 거야."

더럭 놀라는 시늉을 하며 Y가 반문했다.

"그게 그런 일인가?"

"나도 지금 정신이 없어서 뭐가 뭔지 모르겠지만 그래, 그게 그런 일인 것 같다."

"당신한텐 무슨 문제가 있는데?"

"오늘 아침 출근하자마자 인사담당 상무한테 불려 가서 권고사직 받았어. 그만 나가달라는 거야."

"어째서?"

"당신도 전에 회사생활 한 걸로 아는데 어째서인지 모르겠어? 지난주 신문기사 때문이야."

Y는 금방 말귀를 알아들었다.

"그럼 이참에 그만두고 한 가지에 매진해봐. 이제 그럴 때가 됐어. 어쩌면 지금이 기회인지도 모르지."

"선택의 여지가 없으니까 그래야만 하겠지. 하지만 앞으로 어떻게 먹고살지?"

"그녀가 먹여 살려주지 않을까?"

그녀란 영빈과 장래를 약속한 여자를 말하는 것이었다. 가끔 함께 만나서 Y도 잘 알고 있는 사이였다. 그녀는 재벌그룹 산하에 있는 광고회사의 디자이너로 일하고 있었고 아버지는 강남에 입시학원을 두 개나 가지고 있는 사람이었다.

"그런 얘긴 나중에 하고 문체부에 전화부터 걸어. 그리고 시상식 날짜 나오면 연락해주고. 그리고 행여 노파심에서 하는 말인데, 방금 나한테 한 얘기는 어디 가서 다신 떠들어대지 마. 건방져 보일 게 뻔하니까."

알았다고, 시무룩하게 말하며 Y는 전화를 끊었다.

Y와의 통화를 끝내고 나서 영빈은 '그녀'에게 전화를 걸어 상의할 일이 있으니 저녁에 만나자고 했다. 그녀는 오늘 야근이라며 10시쯤 명동 롯데호텔 지하에 있는 '보비런던'에서 만나자고 했다. 영빈은 9시 30분에 일찌감치 약속 장소에 가 있었고 그녀는 10시 30분에야 피곤한 모습으로 나타났다. 둥근 스탠드에 나란히 앉아 생맥주를 마시다 영빈은 어렵사리 말을 꺼냈다. 자신의 귀로 듣기에도 참으로 난감한 얘기였다.

"나 회사 그만두고 이제부터 글만 쓰면 안 될까?"

당황한 표정을 감추며 그녀는 맥주잔을 집어들었다. 짐작했던 것보다 그녀는 훨씬 더 당황스러워했다.

"불안해?"

"아니 뭐, 내가 불안할 게 뭐 있어. 좀 갑작스러운 얘기라서 그렇지. 상의할 문제라는 게 그거야?"

"응."

그녀가 부드럽게 말했다.

"왜 갑자기 그런 생각을 하게 됐어? 한 번 관두면 다시 들어가기 어렵다는 거 영빈씨도 잘 알잖아. 더군다나 공채시험을 통해 수석으로 입사했는데 벌써 그만두기엔 아깝지 않아?"

"실은 이번에도 진급심사에서 누락될 거 같아. 동기들 얼굴 보기도 그렇고 또 두 가지 일을 하다보니 사실 힘들어."

결혼을 앞둔 그녀는 예민하게 반응했다.

"왜 또 진급이 안 된다는 거야?"

"소설가라는 걸 결국 회사에서 알아버렸거든."

"……그럼 당분간 한 가지 일만 하면 되잖아. 그러니까 내 말은 좀더 신중할 필요가 있지 않을까, 그런 말이야. 안 그래도 요즘 결혼 문제 때문에 머리가 아프잖아."

영리하고 눈치 빠른 그녀가 영빈의 어깨를 두드리며 조용히 말했다.

"혹시 나한테 바라는 거 있어?"

"그렇지는 않아. 단지 이해를 해줬으면 하는 거지."

그녀가 허망하게 웃고 나서 메마른 소리로 대꾸했다.

"이해야 하지. 하지만 우리한텐 현실이 더 중요하잖아. 영빈 씨도 잘 알잖아."

"그걸 왜 모르겠어."

"그럼 됐어. 자, 우리 심각한 얘기 그만하고 술 마셔. 나 오늘 너무 힘들었거든."

그녀와 새벽 1시에 헤어져 영빈은 집으로 돌아왔고 다음날 회사에 출근해 사표를 제출했다. 그리고 짐을 꾸려 남도로 며칠 여행을 다녀왔다. 돌아온 밤에 그는 Y와 그녀에게서 걸려온 두 통의 전화를 받았다. Y가 전화를 걸어온 까닭은 시상식이 10월 20일 오후 6시 문예회관 대극장에서 열릴 예정이니 참석해달라는 것이었다. 바로 내일 저녁이었다. 그러마고 얘기하고 영빈은 전화를 끊었다. 곧바로 그녀에게서 전화가 걸려왔다. 그녀는 먼저 화부터 냈다.

"그동안 연락도 없이 어딜 다녀온 거야?"

당시엔 휴대폰이 등장하기 전이었다. 그러니 이쪽에서 먼저 연락을 하지 않는 한 어디에 가 있는지 그녀가 알 리 없었다. 여행을 다녀왔다고 영빈은 사실대로 말했다. 껄끄러운 침묵 뒤에 그녀가 냉랭한 목소리로 대꾸해왔다.

"결국 회사를 그만두셨다는 말씀이네요? 지금."

그녀는 갑자기 존댓말로 말투를 바꿨다.

"그렇게 됐어."

차마 권고사직을 당했다는 말은 영빈으로서는 할 수 없었다. 그녀는 판단력이 빠르고 뒤끝이 없는 깔끔한 성격의 소유자였다. 평소에 영빈은 그녀의 그런 점을 마음에 들어했다. 자신에게는 부족한 부분이어서 더욱더 그녀를 믿고 의지했다. 그러나 이번엔 기댈 만한 상황이 아니었다. 부모의 말을 인용해 그녀는 곧바로 절교를 선언해왔다. 직장도 없는 남자하고 결혼은 안 된다. 집도 없지 않은가. 또 글 쓰는 사람들은 생활이 문란해질 우려가 있어서 또한 안 된다. 안 그래도 그녀의 부모가 줄곧 반대해오던 교제였다.

내심 충격을 받았지만 돌이킬 수 없는 상황이라는 것을 알고 영빈은 침착하게 그녀의 결정을 받아들였다. 회사에서도 그랬지만 매달릴 만한 상황이 아니었다. 다감하고 사려 깊은 여자였으나 그것은 어디까지나 서로 관계를 맺고 있을 때의 얘기였다. 영빈은 그녀에게 되레 미안한 마음이 들었다. 지난 3년 동안 영빈의 입장에서 함께 고민해주고 자신이 직접 나서서 부모를 설득해왔던 것이다. 전화로 헤어지는 것이 안타까워 영빈은 마지막으로 만나 저녁이라도 함께 먹자고 했다. 그러자 그녀가 울먹이는 소리로 버럭 소리를 질러댔다. 영빈씨는 감정도 없어요? 왜 그렇게 바보 같은 말만 골라서 해요. 이런 상황에서 서로 마주 앉아 있으면 밥이 어디로 들어가는지 알기나 하겠어요? 하긴, 그렇다.

다음날 영빈은 종로에 나가 혼자 영화를 한 편 보고 분식집에 들어가 늦은 점심으로 우동을 먹고 Y의 시상식에 참석하기 위해 5시 30분쯤 혜화역으로 가는 지하철을 탔다. 그 전에 영빈은 교보문고 지하에 들러 몽블랑 만년필을 하나 샀고 케이스 안에다 짧은 문구를 적어 넣었다. '이 만년필로는 부디 사랑을 적거라. 사랑한 만큼만 쓰거라.' 소설가에게 다소 부담스러운 주문처럼 생각됐으나 영빈은 직원에게 그대로 케이스를 포장해달라고 했다.

날씨는 맑았고 문예회관 대극장 앞 마로니에공원은 여느 날처럼 젊은이들로 북적거리고 있었다. 영빈이 시상식이라는 걸 지켜보니 Y가 전화에다 호들갑을 떨었던 만큼 부담스러운 행사가 아니었다. 우선 수상자가 다섯 명이나 됐다. 말하자면 문학뿐만 아니라 미술, 음악, 영화, 체육 등 각 분야에서 추천을 받은 다섯 명의 젊은 신인들에게 주는 상이었다. 주위에 알리지 않았는지 Y의 시상식을 관전하기 위해 찾아온 지인들은 그리 많지 않았다.

시상식이 끝나고 나서 일행은 문예회관 뒤편에 있는 갈빗집에서 우선 저녁을 먹고 근처 카페로 옮겨갔다. 그때부터 알 만한 얼굴들이 속속 몰려들기 시작했다. 그 자리에 있던 누군가가 술김에 전화로 연통을 돌린 모양이었다. 예상대로 적자가 날 것 같다고 Y는 불쾌한 얼굴로 툴툴거렸다. 그때마다 영빈은 Y의 옆구리를 찌르며 제발 입 좀 다물라고 주의를 주었다. 그날 자정 무렵까지 사람들은 계속 드문드문 모여들었고 결국 스무 명 정도가 됐다. 상을 받은 사실보다 그게 더 감격스러운 듯 Y는 연신 헛소리를 지껄여댔다.

"내가 이렇게 인복이 많은 놈인 줄 미처 몰랐네. 당신도 알다시피 난 인덕이 없는 사람이잖아."

"착각하지 마. 여기 모인 사람들이 모두 당신 때문에 온 줄 알아? 상가라고 해서 조문객들만 찾아오는 건 아니잖아."

"그거 메타포야? 왜 말을 그렇게 험악하게 해. 오늘 밤 내가 술에 취해 숨을 거두기라도 한단 말이야?"

"사람의 만남에는 항상 사소한 계기가 필요한 거야. 다시 한 번 주위를 찬찬히 둘러봐. 당신이 아는 사람이 몇이나 되는지."

그중엔 기자와 화가도 있었고 또 Y나 영빈이 생판 모르는 이들이 여러 명 뒤섞여 있었다. 그렇다고 해서 불청객이란 뜻은 아니었으나 시상식 따위에는 전혀 무관심한 사람들도 많았다. 영빈이 면박을 줘서 그런지 Y는 곧 잠잠해졌고 넥타이를 끌러 주머니에 집어넣은 뒤에는 평소의 모습으로 돌아갔다. 3차로 옮겨가는 골목길에서 Y가 영빈의 팔을 붙잡고 말했다.

"회사 정리했다면서?"

"정리가 아니라 해고된 거지."

"그녀는 뭐래?"

"그쪽에서도 해고됐어. 어젯밤에 전화로 말이야. 내가 남쪽에 가 있는 동안 가족회의라는 걸 한 모양이더군."

결국 그렇게 된 것이냐고 Y가 한탄조로 말했다.

"세상이 변했다는데도 사는 건 여전히 만만치가 않구나. 왜들 그렇게 인정머리가 없지? 미풍양속의 시대는 이제 영원히 간 건가?"

"혹시 그녀를 두고 얘기하는 거라면 입 닥쳐. 내가 부족했던 것뿐이니까. 솔직히 말하면 지금이라도 나는 문학을 포기하고 그녀와 회사를 돌려받고 싶어. 문학은 늘 경이로운 사건이지만 나는 거기에 이바지할 재능과 자신이 부족해."

"그렇게 약한 소리를 지껄이면 코너에서 매니저가 타월 던져. 이왕 링에 올라갔으면 지더라도 뻗을 때까진 버텨야지. 벗들이 전지(田地)를 가지고 통장(通帳)을 가지고 번영할 때 영웅은 사장(沙場)을 피로써 물들이고 거꾸러진다, 시인 김기림이 한 말인데 60년대 김승옥이 자주 인용했다지?"

하지만 그렇게 말하는 Y의 목소리도 맥이 빠져 있기는 마찬가지였다.

"그런 식으로 발악이라도 해봤으면 속이 시원하겠구나."

"어째 심상찮은 분위기가 감도는 밤이로군."

"그건 또 무슨 소리야?"

"시방 밤이 너무 맑다는 뜻이야. 예로부터 난리가 나기 전날 밤은 늘 날씨가 맑았지. 피곤해서 그만 집으로 돌아가고 싶은데, 밤이 너무 맑고 주머니엔 아직 술값이 남았어."

"잔치에 사람들을 불러놓고 주인이 먼저 사라지는 법이 어딨어? 그거야말로 뻗을 때까지 버텨야 하는 거야."

"알아요, 안다고. 근데 왜 이렇게 하루살이 떼가 극성이지? 몇 시간 전부터 10월 하순으로 접어들었는데 말이야. 상기 서울 한복판의 기상이 요상한 징후를 내포하고 있어."

술자리는 4차까지 밤새 이어졌다. 4차로 간 곳은 성균관대 입구에 있는 지하 민속주점이었고 단속 때문에 문을 닫아걸고 밤새 영업을 했다. 열 명쯤 되는 사람들이 끝까지 남아 아침이 밝아와서야 그 칠흑 같은 카페에서 빠져나왔다. 일부는 택시를 타고 집으로 돌아갔고 그중 몇 명은 해장국 집으로 갔고 또 어떤 이는 싸움에 진 권투선수처럼 뒤로 손을 흔들어 보이며 사우나로 입장했다.

영빈은 해장국 집에서 나와 Y와 헤어지고 집으로 돌아가기 위해 성균관대 입구에서 택시에 올라탔다. 그때 손목시계를 확인해보니 오전 7시 5분을 가리키고 있었다. 그리고 택시가 2백 미터쯤 직진했을 때 운전기사가 룸미러를 통해 영빈을 바라보며 말했다. 합승 좀 합시다. 영빈이 대답할 겨를도 없이 택시는 서울대병원 앞에 멈춰 섰다. 포장마차 앞에 서 있던 여자가 손을 들고 택시로 다가섰다. 대치동 은마아파트요. 타십쇼. 그녀는 기타 케이스를 들고 조수석에 간신히 올라탔다. 자리 바꿔드릴까요? 라고 영빈이 말했으나 그녀는 알아듣지 못한 듯했다. 뒤미처 영빈은 오른쪽 사이드 미러에 나타난 그녀의 얼굴을 보았다. 죽어가는 사람처럼 얼굴이 끔찍하게 창백했다.

출근길이었으므로 도로는 동대문부터 막히기 시작했다. 차가 거북이걸음을 하는 동안 운전사가 조수석에 앉아 있는 그녀에게 물었다. 동호대교 방향은 계속 이럴 것 같은데 성수대교를 탈까요? 아저씨 편한 대로 하세요. 동호대교로 건너가는 게 약간 거리를 줄일 수 있으나 시간상으로는 비슷하다고 볼 수 있었다. 대치동과 도곡동은 불과 5분 거리였다. 그러나 성수대교 쪽도 도로가 막히기는 마찬가지였다.

성수대교 북단에 이르렀을 때 영빈은 습관적으로 다시 손목시계를 확인했다. 시곗바늘은 7시 30분을 가리키고 있었다. 택시는 시속 약 10킬로미터에서 20킬로미터로 가다 서다를 반복하며 성수대교로 천천히 진입했다. 영빈은 차창을 내리고 희뭄한 서울의 아침 하늘을 올려다보며 담배를 피워물었다. 뒷자리 손님 담뱃불 좀 꺼주시죠, 라고 운전사가 말했으나 영빈은 반까지 피운 다음 밖으로 불똥을 튀겨 껐다. 꽁초를 주머니에 집어넣으며 영빈은 이참에 담배나 끊어? 라는 생각을 하고 있었다.

그 어떤 예감조차 없었다. 전날 밤 Y가 하루살이 떼 운운하며 불길하게 지껄인 말들도 이미 머리에 남아 있지 않았다. 다만 현기증을 동반한 무거운 피로감 속에서 졸음이 마구 쏟아졌다. 아까 먹은 해장국이 소화가 되지 않아 속이 거북스러웠다. 일단 집에 가서 푹 잠을 잔 뒤 오후에 이발소에 가서 머리부터 깎고 목욕탕에 다녀와야겠다. 어떻게든 다시 살아야 하지 않겠는가.

그때 택시가 좌우로 기우뚱 흔들렸다. 마치 도로를 가로질러 가는 고양이를 밟은 것처럼. 영빈은 눈을 떴다. 흔들림은 그것으로 끝나지 않고 이어 연속적으로 덜컹거리는 느낌으로 변했다. 노면이 울퉁불퉁하고 기복이 심한 것 같았다. 제때제때 보수공사를 해야지 이러다 사고가 나면 어쩌려고 그런단 말인가. 뒤미처 꽝! 하는 굉음과 함께 눈앞이 밤처럼 어두워졌다. 순간적으로 영빈은 추돌사고가 난 모양이라고 짐작했다. 반사적으로 몸을 가누고 나서 영빈은 운전석과 조수석 사이로 앞 도로를 내다보았다. 뒤미처 영빈은 할리우드 영화에서나 봄 직한 광경을 목격했다. 앞서 가던 봉고차와 버스와 승용차가 우지직하는 소리와 함께 강으로 떨어져 내리고 있었다. 앞자리 조수석에서 악! 하는 비명 소리가 튀어나왔다. 그때까지만 해도 영빈은 헛것을 보고 있다고 생각했다. 운전기사가 급브레이크를 밟아 영빈의 머리가 조수석 등받이에 부딪치는 순간 다시금 꽝! 하는 폭발음이 울리더니 다리 전체가 거대한 그네처럼 흔들렸다. 다리 위는 이미 아수라장으로 변해 있었다. 전쟁이 터진 것인가? 그렇게밖에 생각할 수 없는 상황이었다.

차에서 빠져나온 사람들이 무너져 내린 교각 반대편으로 뿔뿔이 달아나는 모습이 눈에 들어왔다. 영빈은 다리를 후들후들 떨며 택시에서 내려 그 소요의 한중간에서 우두망찰 넋을 잃고 서 있었다. 불과 10여 미터 앞에서 다리가 두 동강 난 채 참혹한 공동을 드러내고 있었다. 강으로 무너져 내린 교각 상판 위에 떨어진 버스 안에서 피투성이가 된 사람들이 아우성을 치며 빠져나오고 있었다. 승용차 몇 대는 급류에 휩쓸려 떠내려가거나 강물 속에 잠기고 있는 중이었다. 온몸이 마비라도 된 듯 영빈은 조금도 몸을 움직일 수 없었다. 환청처럼 멀리서 사이렌 소리가 들려왔다. 얼마 지나지 않아 헬리콥터가 하늘에 떴다. 교각이 무너져 내린 주변으로 사람들이 몰려들며 일대가 아수라장을 방불케 했다.

강물에 빠진 사람들이 장마에 떠내려가는 가축처럼 수면으로 모습을 드러내고 있었다. 그것은 한 시대의 꿈이 무너져 내린 순간이었고 압축성장 시대부터 계속돼온 부실한 개발주의가 초래한 참극이었으며 그로 인해 지난한 목숨들의 최후를 불러온 순간이기도 했다. 그중에는 막 사춘기에 접어들거나 스무 살도 채 되지 않은 꽃다운 목숨들이 섞여 있었다. 그것은 속도 지향의 개발을 멈추고 이제 그만 뒤를 돌아볼 때가 되었다는 무시무시한 계시의 순간이기도 했다. 왜 그런가 하면, 그로부터 불과 3일 뒤에 충주호 유람선 화재사고로 스물아홉 명이 불에 타 죽었고, 꼭

한 달 뒤인 11월 20일에는 종암동 육교가 무너져 내려 버스 운전기사와 택시기사가 깔려 죽은 사고가 발생했다. 또 이듬해 6월 29일에는 삼풍백화점이 붕괴돼 무려 7백여 명의 사상자와 실종자를 냈다.

사고 지점에 몰려 있던 사람들이 경찰에 의해 성수대교 북단과 남단으로 흩어질 즈음 그들 무리에 섞여 있던 한 여자가 영빈이 서 있는 곳으로 비틀거리며 걸어왔다. 그녀는 완전히 넋을 잃은 상태였다. 눈의 초점조차 제대로 보이지 않았다. 그녀는 영빈의 앞쪽으로 몇 걸음 다가오다가 다리가 풀린 듯 바닥에 주저앉았다. 그제야 영빈은 그녀가 아까 동숭동에서 택시에 합승했던 여자임을 깨달았다. 아무도 그녀를 거들떠보는 사람은 없었다. 그 누구도 옆을 돌아볼 여유가 없었던 것이다. 그녀는 바닥을 짚고 몸을 비틀며 일어나려 했다. 영빈은 주춤거리며 그녀에게 다가갔다. 택시에 두고 내렸는지 기타 케이스는 보이지 않았다. 힘에 겨운 듯 그녀는 눈을 감았다 한참 만에야 다시 떴다.

"도와드리겠습니다."

그녀는 대답하지 않았다. 아마 듣지 못했는지도 모른다.

"일단 여기서 벗어나야 합니다."

그녀는 힘없이 고개를 가로젓다 맥없이 울먹이기 시작했다. 알아들을 수 없는 소리를 중얼거리며 그녀는 일어나려고 계속 몸을 기우뚱거렸다. 영빈은 그녀의 팔을 잡고 성수대교 북단 쪽을 돌아보았다. 골프 연습장의 푸른 그물만 눈에 가득히 빨려 들어왔다.

“저기까지만이라도 모셔다드리겠습니다. 여기 이대로 있으면 안 됩니다.”

그제야 그녀는 핏발 선 눈으로 영빈을 바라보며 웅얼거렸다.

“생리가 시작된 모양이에요.”

영빈은 난감한 기분에 사로잡혔다. 지금 그게 문제가 아니었다. 속히 여기를 벗어나야 한단 말이다. 다소 억지스럽게 그녀를 부축하고 영빈은 성수동 방향으로 걸어나갔다.

“누군데 저한테 이러는 거죠?”

“그건 지금 별로 중요하지 않습니다. 굳이 말하자면 아까 택시에 합승했던 사람입니다.”

공중에 새까맣게 몰려든 헬리콥터 소리와 구급차 소리와 온갖 아우성이 뒤섞여 말을 주고받기조차 힘든 상황이었다. 강에서는 모터보트가 동원돼 물에 빠진 사체를 인양하고 있었다. 영빈은 좀더 빨리 걸어야 한다고 그녀에게 말했다. 더이상 못 걷겠다며 그녀는 고개를 가로저었다. 영빈은 등을 돌려 앉으며 그녀에게 업히라는 몸짓을 했다. 그녀를 업고 영빈은 피난을 가듯 끊어진 다리를 건너갔다.

마침내 성수대교 북단에 다다랐으나 차들이 뒤엉켜 좀처럼 빠져나갈 수가 없었다. 영빈은 갓길로 벗어나 그녀를 등에서 내려놓았다. 그녀는 바닥에 주저앉아 두 손으로 머리를 싸쥔 채 또 다시 울먹이기 시작했다.

"이제 됐으니 가보세요."

"괜찮겠습니까?"

"아마 그럴 거예요."

영빈이 돌아서려는 참에 그녀가 말했다.

"저 미안하지만, 편의점이나 슈퍼마켓까지만 데려다줄래요?"

영빈은 돌아와 다시 그녀를 부축했다. 평소엔 지나치게 많다고 느낀 편의점과 슈퍼마켓이 좀처럼 눈에 들어오지 않았다. 구토가 나오려는 걸 억지로 참으며 영빈은 그녀의 어깻죽지를 잡고 혼미한 상태로 계속 걸어갔다. 간신히 응봉동에 이르렀을 때 택시가 옆에 와 멈췄다. 영빈은 그녀를 데리고 일단 택시에 올라탔다. 극심한 정체현상이 계속되고 있었다. 그녀와 함께 삼청동까지 택시를 타고 가는 데 무려 1시간 20분이 걸렸다.

"고마워요."

그녀가 택시에서 내리며 말했다.

"인사는 필요 없습니다. 그쪽이나 저나 오늘은 피난민 신세니까요."

그녀가 슈퍼마켓으로 들어가는 것을 확인한 뒤, 영빈은 택시를 돌려 Y가 세들어 살고 있는 구기동 오피스텔로 갔다. 이 북새통에 다시 한강 다리를 건너 집까지 갈 엄두가 나지 않았던 것이다. Y는 전화기를 무릎에 올려놓은 채 텔레비전을 지켜보고 있는 중이었다. 영빈이 들어서자 Y는 귀신이라도 본 듯 한동안 얼이 빠진 표정을 짓고 있었다. Y는 5분 간격으로 영빈의 도곡동 집에 계속 전화를 걸고 있었다. Y가 눈시울을 붉히며 말했다.

"이 땅에 살아 있음이 너무도 참혹하고 부끄럽구나. 이럴 때 우리는 도대체 뭘 할 수 있는 거지?"

각자 딴소리를 하듯 영빈도 중얼거렸다.

"모든 게 한꺼번에 붕괴되고 있어. 나도 너도 그리고 우리 모두가."

영빈은 Y와 소파에 앉아 굳게 입을 다문 채, 텔레비전을 지켜보다 정오쯤에 정신을 잃고 거실 바닥에 쓰러져 잠이 들었다.

그후 영빈은 아무 일도 하지 않은 채 몇 달을 허송세월했다. 글을 써보려 했지만 도저히 마음먹은 대로 되지 않았다. 그때마다 세상을 향해 푸념이나 늘어놓고 있는 기분에 사로잡혀 헛구역질이 나오곤 했다. 실제로 화장실 변기를 붙잡고 몇 번 토하기까지 했다. 현실감을 회복하기 위해 영빈은 다시 직장을 알아보았다. 기업체에 다시 입사하기는 사실상 힘들었고 이제 와서 또 그럴 마음도 없었다. 그후 영빈은 잡지사를 전전하며 웬만큼 돈이 모아지면 사표를 내고 소설을 쓰기 위해 집에 들어앉거나 짐을 챙겨 지방으로 떠났다. 그러다 생활비가 떨어지면 다시 서울로 올라와 잡지사를 기웃거렸다. 동냥을 하더라도 혼자서는 버티게 돼 있는 게 또한 삶이라는 거다.

성수대교가 무너지던 해 그녀는 대학교 4학년이었다. 그녀는 전날 청담동에서 밤일을 마치고 좌석버스를 타고 동숭동으로 넘어왔다. 그날 연극 공연을 한 학교 선후배, 친구들과 어울려 밤을 새우기로 돼 있었던 것이다. 새벽 3시쯤 해연은 몇몇 사람들과 함께 혜화동 주택가에서 자취를 하고 있는 선배의 집으로 몰려갔다. 그리고 술을 조금 더 마신 뒤 해연은 방으로 들어가 잠이 들었다.

눈을 뜨자 창문이 희붐하게 밝아오고 있었다. 나머지 사람들은 거실에 사체처럼 쓰러져 있었다. 다들 오후나 돼야 죽음 같은 잠에서 깨어날 터였다. 해연은 삼청동 집으로 가기 위해 대충 얼굴을 씻고 밖으로 나왔다. 새벽에 집으로 들어갔어야 했는데, 라고 후회하며 해연은 마로니에공원으로 걸어 내려왔다. 왜 그랬는지 자신도 알 수 없었다. 그녀는 벤치에 앉아 자판기 커피를 뽑아 마시며 담배를 피워물었다. 비둘기 몇 마리가 그녀의 발밑으로 다가와 구구거리며 먹이를 찾고 있었다. 한결같이 몰골이 사나운 비둘기들을 내려다보며 그녀는 불현듯 이런 상념에 사로잡혔다. 내가 지금 어디서 뭘 하고 있는 거지? 이토록 불안한 심정으로 말이다. 아버지는 지금 어디에 가 있는 거야? 한 달 전에 추자도로 갔다는 말만 들었지 사실은 어디에 있는지도 모르잖아.

해연은 공중전화부스로 들어가 통영으로 전화를 걸어보았다.

전화를 받는 사람은 아무도 없었다. 공중전화부스에서 나오다 해연은 갑자기 가슴이 무겁게 무너져 내리는 소리를 들었다. 아침이 왔건만 세상은 조금도 밝아 보이지 않았다. 길 건너편으로 서울대병원이 눈에 들어왔고 일찌감치 휠체어를 타고 산책을 나온 환자들이 거리를 유령처럼 떠돌고 있었다. 그녀는 공원을 빠져나와 횡단보도를 건너갔다.

횡단보도를 건너와서야 해연은 자신이 지금 어머니를 만나러 가는 중이라는 걸 깨달았다. 이른 시간이라는 것은 그때 해연에게 아무 문제가 되지 않았다. 그녀는 어머니가 살고 있는 곳을 알고 있었고 단지 그곳으로 가기만 하면 됐다. 지금 당장 가야만 해. 문 앞에서 쫓겨나는 한이 있더라도 가야 해. 지금이 아니면 영영 기회가 안 올지도 몰라. 아마 그럴 거야. 일단 어머니의 얼굴을 봐야겠다는 생각에 그녀는 택시에 올라탔다. 그로부터 약 한 시간 후에 해연은 성수대교가 붕괴되는 현장에 와 있었다. 다리를 건너지 못한 채 그녀는 택시에 함께 탔던 남자의 등에 업혀 온 길을 되돌아가고 있었다.

그로부터 며칠 후에 그녀는 추자도 민박집에서 걸려온 전화를 받았다. 이른 아침 녘이었다. 전화를 걸어온 것은 민박집 주인이었다. 방에 있는 아버지의 짐을 뒤져 전화번호를 알아냈노라고 했다. 아버지가 절명여에서 실종된 것은 그 전날 밤이었다. 아버지의 사체는 아침 7시경에야 해경에 의해 인양됐다.

그녀는 목포에 있는 친척들에게 연락을 취하고 집에서 나와 고속버스터미널로 갔다. 하지만 막상 추자도까지 갈 필요는 없었다. 아버지의 사체는 이미 목포시립병원으로 옮겨져 안치된 후였다. 죽어서야 고향으로 돌아온 셈이었다. 영안실 공중전화에서 그녀는 어머니에게 전화를 걸어 침착하게 아버지의 죽음을 알렸다. 어머니는 말없이 듣고 있다 잠시 흐느껴 울더라고 했다.

친척들의 도움을 받아 장례를 치르고 나서 해연은 추자도에 들러 아버지의 유품을 챙겨왔다. 꼭 그럴 필요가 없었지만 그대로 서울로 올라올 수 없었다고 한다. 유품이라야 낚시 장비와 헌 옷 몇 벌이 전부였다. 민박집 수족관에는 그때껏 아버지가 잡아놓은 물고기들이 살아 숨 쉬고 있었다. 그녀는 민박집에서 하루 묵은 뒤 아침에 배를 타고 다시 목포로 나와 서울로 올라왔다.

그로부터 사흘 뒤 어머니에게서 만나자는 전화가 걸려왔으나 그녀는 응하지 않았다. 때가 너무 늦어 있었던 것이다. 학교를 졸업한 뒤에도 불안은 유령처럼 그녀를 따라다녔다. 만성적인 우울증과 고독감도 그녀의 영혼을 좀먹어 들어갔다. 사람들과 어울려도 좀처럼 교감을 느낄 수 없었다. 그런데도 누군가 자신을 버리고 떠날지 모른다는 강박관념에 늘 시달려야 했다. 그래서 간혹 엉뚱한 상대에게 덫을 놓기도 했다. 그것이 곧 함정이 된다는 것을 알면서도 말이다. 해연에게는 아마 히데코도 그 엉뚱한 사람 중의 하나였을 것이다.

19

제주도 서쪽 끝에 고산이라는 마을이 있다. 그 앞에 차귀도라는 섬이 떠 있는데 죽도, 지실, 와도 등 세 개의 무인도와 열여덟 개의 크고 작은 갯바위로 형성돼 있다. 풍광이 빼어날뿐더러 낚시터로도 잘 알려진 곳이다. 제주도에서 구로시오 난류의 영향을 가장 먼저 받으며 계절에 따라 잡히는 어종도 다양하다. 고산 자구내 포구에서 아침마다 유어선이 낚시꾼들을 갯바위로 실어 나른다. 첫 배는 오전 6시에 뜨고 갯바위에서 마지막 철수 시간은 해 질 무렵인 7시쯤이다. 물론 주의보가 발령되면 배가 뜨지 않지만, 비가 오건 눈이 오건 열두 시간 가까이 낚시를 할 수 있는 곳이다. 이 말은 어떤 낚시꾼이 열두 시간 동안 갯바위에 서 있다는 뜻이기도 하다.

6월 한 달 동안 영빈은 차귀도로 낚시를 다녔다. 낚시꾼이 많이 몰리는 주말과 공휴일을 피해 일주일에 두 번 혹은 세 번까지 출조에 나섰다. 새벽 4시 30분에 일어나 장비를 챙기고 간단히 허기만 때운 다음 자구내 포구에 도착하면 첫 배를 탈 수 있었다. 점심 끼니로는 김밥과 삶은 달걀, 캔커피, 그리고 생수 한 통이 전부였다. 갯바위에서 포구로 철수하면 기진맥진하여 운전이 불안할 정도였다. 저녁 끼니는 그날 잡아온 고기로 회를 떠 먹거나 매운탕을 끓여 먹었다. 고기가 많이 잡힌 날은 이 집 저 집을 돌아다니며 나눠주었다. 냉장고에 넣어두고 얼리느니 그러는 편이 한결 나았다. 하지만 그런 날은 지극히 드물었다. 고사리 장마철이 지나고 물고기가 몰려드는 시기가 찾아왔으나 조과는 그다지 좋지 않았다. 어부들 말로는 역시 윤달이 끼어서 한 달쯤 더 지나야 수온이 회복될 거라고 했다. 영등철 감성돔 포인트로 알려진 장군바위와 똥여에선 간혹 혹돔과 벵에돔이 올라올 뿐 다른 물고기들은 좀처럼 입질을 하지 않았다. 지실과 앞개도 사정은 비슷했고 방어덕에서는 간혹 잔씨알의 돌돔과 참돔이 낚여 올라올 뿐이었다. 날이 점점 더워지면서 갯바위에 오래 서 있으면 마치 사막 한가운데 서 있는 기분이 들었다. 평일엔 낚시꾼이 많지 않아 영빈은 늘 혼자서 낚시를 했다.

그날 영빈은 대형 벵에돔이 자주 출몰하는 곳으로 알려진 목여에 들어가 낚시를 하고 있었다. 대여섯 명이 함께 낚시를 할 수 있는 갯바위인데 그날도 출조객은 혼자뿐이었다. 날이 밝아오자 영빈은 서둘러 낚싯대를 펴고 첫 캐스팅을 했다. 고기들도 잠에서 깨어나 움직이기 시작할 때였다. 초들물 상황이었으므로 때를 놓치면 다시 입질을 받기까지 한참을 기다려야 했다. 조류의 흐름과 풍속, 풍향, 또한 파도의 높이까지 모두가 적당했다. 처음 올라온 놈은 담황색 바탕에 코발트빛이 뒤섞여 있는 물고기였다. 낯선 물고기였으나 영빈은 일단 살림망에 넣어 바다에 담가두었다. 그리고 중들물이 끝나가는 오전 10시까지 영빈은 중간급 씨알의 붙박이 벵에돔 다섯 마리와 40센티미터에 육박하는 대형 독가시치 두 마리를 올렸다. 그런대로 괜찮은 조과였다. 영빈은 잠시 낚싯대를 내려놓고 갯바위에 앉아 담배를 피워 물었다.

와도 뒤편에 신기루처럼 무지개가 떠 있는 게 눈에 들어왔다. 크레용으로 그린 듯 아주 선명하고 커다란 무지개였다. 이토록 맑은 날에 웬 무지갠가 싶었는데 곧 목여 쪽으로 여우비가 몰려왔다 급히 사라졌다. 여우비를 따라 무지개가 꿈결처럼 눈앞을 스쳐 지나갔다. 만조가 되면서 바다는 일시적으로 잠잠해져 있었다. 그사이 사위가 온통 적막한 기운에 휩싸였다. 영빈은 삶은 달걀을 꺼내 먹으며 갯바위 아래서 넘실거리는 바닷물을 무연히 내려다보고 있었다. 그때 무언가 뒤에서 다가오는 기척이 느껴졌다.

처음엔 그저 바람 소리려니 했는데, 그 기척 속에서 미세한 무게감이 감지됐다. 영빈의 목덜미에 잔소름이 돋았다. 영빈은 바닷물에 던져둔 살림망을 내려다보았다. 시커먼 벵에돔의 윤곽이 어른거렸다. 또한 이름을 알 수 없는 어여쁜 물고기 하나. 독가시치 두 마리는 잡자마자 놓아주었다. 무엇일까? 지금 등 뒤에 와 있는 것은…… 숨을 도사리고 있다가 영빈은 슬그머니 뒤를 돌아보았다. 그와 동시에 어떤 물체가 갯바위 사이로 재빠르게 숨어버렸다. 영빈은 무릎을 펴고 일어나 그쪽으로 다가갔다.

고양이였다. 흰 바탕에 검은 털이 드문드문 박혀 있는 야생 고양이. 아마도 달걀 냄새를 맡고 접근한 모양이었다. 영빈은 살림망 안에서 벵에돔을 한 마리 꺼내 고양이에게 던져주었다. 고양이는 퍼덕거리는 물고기를 잽싸게 물고 다시 바위틈으로 사라졌다. 그때 영빈은 이런 의문에 사로잡혀 있었다. 이곳에서 고양이는 무얼 먹고 사는 것일까? 영빈이 서 있는 갯바위는 바다 한가운데 떠 있었다. 그렇다면 고양이는 이곳에 갇혀 사는 셈이었다. 누군가 밖으로 데리고 나가지 않는 한 죽을 때까지 갯바위를 벗어날 수 없는 신세였다. 낚시꾼들이 간혹 던져주는 물고기로는 연명하기 힘들 터였다. 고양이가 물고기를 잡을 수는 없을 테고, 그렇다면 기상 악화 시에는 계속 굶을 수밖에 없다는 뜻이었다. 누가 이 외진 갯바위에 고양이를 갖다버린 것일까. 두고두고 풀리지 않는 의문 속에서 영빈은 고양이가 사라진 곳을 돌아보았다. 조금 전까지만 해도 그토록 맑았던 하늘이 차차 흐려지면서 슬슬 비가 뿌리고 있었다. 바다도 사정은 마찬가지였다. 예보와 달리 바람이 거세지면서 파도가 높아지고 있었다. 영빈은 휴대폰으로 유어선 선장에게 전화를 넣어 철수를 부탁했다. 그는 점심식사중이라며 기다리라고 했다. 영빈이 우비를 꺼내 입고 낚시를 계속하려는 참에 마침 해연에게서 전화가 걸려왔다.

"어디죠?"

그녀는 대뜸 그렇게 물었다. 낚싯대를 들고 있었으므로 영빈은 되도록 짧게 대꾸했다.

"왜, 어딘지 알 텐데."

"바다군요."

2초쯤 침묵한 후에 그녀가 대꾸해왔다. 소금과 고춧가루가 들어가지 않은 콩나물국처럼 그녀의 목소리는 무미건조했다.

"파도 소리가 들리는 모양이지?"

"냄새가 나요. 늦봄의 바다 냄새. 서울에도 지금 비가 내리고 있어요."

영빈은 낚싯대를 내려놓고 도로 바위에 걸터앉았다. 빗방울이 조금씩 굵어지고 있었다.

"추워서 그런지 콩나물국에 소주 한잔이 간절하게 생각나는군."

그 말을 하는 사이 고양이가 등 뒤로 다가와 얼씬거리고 있었다. 영빈은 삶은 달걀을 깨서 고양이에게 던져주었다. 봄날의 바다 냄새가 어떤 거냐고 영빈은 물었다. 대답하지 않고 가만히 도사리고 있다가 해연이 동문서답을 했다.

"옆에 누가 있나요?"

"눈치가 빠른 게 좋은 것만은 아니야. 위치상으로는 옆이 아니라 뒤가 되겠지."

"함께 낚시 다닐 친구가 생겼나보죠?"

그녀가 새침한 목소리로 물어왔다.

"앞으로 이곳에 오면 항상 만날 수 있을 테니, 뭐 그런 셈이지. 사이좋게 고기도 함께 나눠 먹고."

"간혹 술집 여자를 대동하고 다니는 낚시꾼들이 있다더군요."

"그거 아주 새로운 정보군."

말이 자꾸 어긋나는 듯하자 해연이 푸념을 늘어놓았다.

"우물 바닥에 갇혀 있는 것처럼 답답해요. 혈액순환 장앤지도 모르고요. 이러다 또 사고나 치지 않을지 모르겠어요."

"사고라니."

"이 방에 있던 짐을 저 방으로 옮기는 일이죠. 저 방에 있던 짐은 이 방으로 옮기고요."

"가끔 기분전환을 위해 필요한 일이지."

"짐이 얼마나 많은지 모르고 하는 소리예요? 한 번 손을 대면 거의 일주일이 걸린단 말예요. 이사와 다름이 없다고요. 제대로 잠도 못 자고 먹지도 못하고 씻지도 못하고 계속 일주일 동안 짐만 날라야 한다 그 말이에요. 그러고 나면 몸무게가 5킬로그램은 빠지죠."

"일석이조, 자업자득이지."

그녀가 씁쓸하게 입맛을 다셨다.

"이런 잡동사니에 의지해서 살 때가 있었어요. 지금도 특별히 달라진 것은 없지만요."

그녀를 달랠 요량으로 영빈은 괜한 말을 늘어놓았다.

"나 역시 그런 식으로 답답하고 참을 수 없을 때가 있어. 특별한 이유도 없으면서 그저 뭔가 참을 수 없다는 생각이 목구멍까지 치밀어오를 때가 있어. 어느 날 차를 몰고 가다 충동적으로 가드레일이나 담벼락을 들이받고 싶을 때가 있단 말이야. 실제로 담벼락을 들이받는 것과 참는 것 사이에는 큰 차이가 없어. 짐을 옮기는 것과 옮기지 않는 것이 사실상 별 차이가 없듯이 말이야."

"무슨 일이 있었군요."

영빈은 최근에 자신이 저지른 짓을 털어놓았다.

"얼마 전에 고의적으로 사고를 낸 사실이 있어."

"……"

"낚시를 하고 밤늦게 집으로 돌아오는 길이었어. 마침 담배가 떨어져 슈퍼마켓 앞에 차를 세우려고 하는데, 다른 차가 이미 그 앞에 서 있더군. 더이상 주차할 공간이 보이지 않더란 얘기야. 단지 그 때문이었어. 그 때문에 순간적으로 신경이 곤두섰던 거야. 갑자기 뭔가 참을 수 없다는 느낌이 들더군. 아니, 참아야 한다고 생각했지만 이미 때가 늦었지. 곧 무슨 일이 벌어지리라는 것을 알면서도 나는 그대로 슈퍼마켓 앞으로 차를 몰고 갔어. 최후의 순간에 브레이크 페달을 밟았지만, 그래봤자 별 소용이 없었지."

"그래서, 지금 남의 차를 들이받았단 말예요?"

"차 안에 사람이 없다는 것은 알고 있었지."

"그걸 지금 말이라고 해요?"

"뼈저리게 후회하고 있어."

"그거야 당연할 테고 왜 그랬냐고 묻고 있잖아요."

"참을 수 없으면 누구나 잘못을 저지르게 돼 있어. 사람들은 대개 큰일은 잘 참으면서 사소한 일에서는 곧잘 인내심을 잃곤 하지. 대가가 아주 크다는 것을 알면서도 말이야. 요컨대 사고란 그런 식으로 일어난다는 거야."

"그런 말을 할 자격이 있다고 생각해요?"

"그저 참고로 하란 뜻이었어."

거의 10초 동안이나 그녀는 입을 다물고 있었다.

"다친 데는 없어요?"

"목을 마음대로 회전시킬 수 없다는 것만 빼면 괜찮아."

"구속되지 않은 게 다행이군요."

"음주측정을 요구받았지만 술은 안 마신 상태였지."

비 맞은 고양이가 앞으로 다가와 슬그머니 영빈의 품안으로 파고들었다.

"어떤 땐 영빈씨를 보면 꼭 우리 아버지를 보는 것 같아요."

"그건 또 무슨 말인가."

"자신을 탓하는 버릇. 그것도 방치하면 불치병이 되는 거 몰라요?"

"아무도 자신을 탓하지 않으니까 나라도 그렇게 해야겠지."

"세상을 미워하지 말아요. 분노는 더더욱 금물이고요."

그 말을 듣는 순간 영빈은 웬일인지 그녀가 몹시도 그리웠다. 터무니없이 마음이 물렁해져 있었던 것이다.

"지금 어디에 있는 거죠?"

해연이 처음에 했던 질문을 되풀이했다.

"차귀도의 목여라는 갯바위고, 비가 내리고 있고, 고양이와 함께 있어."

"고양이? 낚시터에 고양이를 데려갔어요?"

"내가 왜 그런 정신 나간 짓을 하겠어."

영빈은 고양이의 출현에 관해 사실대로 털어놓았다. 그녀 역시 이해할 수 없다는 반응이었다.

"그런데 왜 갑자기 그대가 보고 싶은 걸까? 비에 젖은 고양이를 품에 안고 있어서 그런가?"

"몸살 기운이 있나보죠."

"6시쯤 공항에서 만날까?"

해연은 잔뜩 숨을 사렸다.

"어느 공항을 말하는 거죠?"

"제주국제공항을 말하는 거겠지."

허망하게 웃고 나서 해연이 대꾸해왔다.

"저녁에 약속이 있어서 안 되겠어요. 서울로 온다면 모를까."

"수행중인 중이 산을 내려갔다 올라오면 처음부터 다시 수행을 시작해야 돼."

"수행중에 아녀자를 산으로 불러들이는 것은 괜찮고요?"

"그것 참 유감이군. 오랜만에 함께 생선회를 먹고 싶었는데. 벵에돔을 다섯 마리나 잡았거든."

"그것 가지곤 어림도 없어요. 더 많이 잡아야 해요. 욕조를 가득 채울 정도로. 그때 연락하면 내려가죠."

머뭇거림 뒤에 해연이 속삭여왔다.

"한 가지 부탁이 생겼어요. 그 고양이를 집으로 데려가줘요."

"나더러 고양이를 키우란 말인가?"

"……"

"아직까지 몰랐군. 집에서 가축을 키우는 건 내가 가장 꺼리는 일 중의 하나야. 곧 여름이 시작될 텐데 비좁은 임대아파트에서 어떻게 짐승을 키우겠어. 더군다나 끼니까지 챙겨주면서."

"낚시꾼이 고양이 먹이를 걱정한다는 소린 못 들어봤어요."

"집에 가축을 키우면 주인이 얼마나 구속을 받는지 몰라? 결국 아이 하나 몫이라고. 나 그 정도로 외로운 사람 아니야."

그녀는 포기하지 않고 집요하게 말했다.

"다른 건 몰라도 책 읽을 때는 도움이 될 거예요. 경험으로 하는 얘기예요."

"어떻게?"

"책장을 넘길 때마다 고양이가 옆에서 발로 밟아줘요. 더이상 페이지가 넘어가지 않도록. 컴퓨터 앞에서 일을 할 때는 모니터 위에 얌전히 앉아 있고요."

"텔레비전을 볼 땐 물론 텔레비전 위에 앉아 있겠지."

"음악을 들을 땐 스피커 위에 앉아 있고요."

"그래도 싫은걸."

"부탁이에요. 살려줘요."

그녀는 거의 애원하다시피 했다. 난감한 기분에 사로잡혀 영빈은 품안에 웅크리고 있는 고양이를 내려다보았다.

"하지만 곧 집을 나갈 거라고."

"나갈 때 나가더라도 일단은 거기서 데리고 나와요. 그렇다고 아무 데나 갖다 버리지는 말고요."

하얗게 바다를 가르며 유어선이 다가오고 있었다. 빗방울이 거세져 있었다.

"배가 들어오고 있어서 그만 끊어야겠어. 아, 그리고 물어볼 게 있어. 이상한 물고기를 한 마리 잡았는데 족보를 알고 싶어."

"어떻게 생겼는데요?"

영빈은 물고기의 생김새를 그녀에게 자세히 설명했다. 잠자코 듣고 있다가 그녀가 거래를 해왔다.

"이름을 알려주면 고양이를 집으로 데려가는 거죠?"

"……말해봐."

"호박돔 같네요. 아니, 호박돔이에요. 난류성 어종으로 제주도에서도 드물게 잡히는 물고기죠. 어떤 식으로 요리를 해먹어도 다 맛있고요. 큰어랭이라고도 하죠."

영빈은 서둘러 장비를 챙기고 고양이를 안은 채 배에 올라탔다. 선장이 기이한 눈빛으로 영빈을 쳐다보았다. 야생 고양이가 아파트 생활에 제대로 적응할 수 있을지 걱정이었다.

20

7월로 접어들며 영빈은 차귀도를 떠나 우도로 옮겨갔다. 차귀도에서는 더이상 고기가 잡히지 않았던 것이다. 날씨는 연일 열대처럼 무더웠다. 고기가 많이 몰려다니는 삼각바위와 주간명월 포인트에 내리려면 역시 새벽에 일어나 집을 나서야만 했다. 조금만 늦게 도착해도 이미 다른 낚시꾼들이 들어와 자리를 차지하고 있었다. 삼각바위는 겨우 두 명만 설 수 있는 위험한 자리인데다 만조 시에는 바다 속으로 잠겨버리는 이른바 간출여였다. 본격적으로 수온이 오르면서 잡어 떼가 극성을 부려 대상어를 잡아내는 일은 쉽지 않았다. 각재기, 고등어, 도화돔 따위의 잡어 떼와 종일 싸우다 허탕을 치고 돌아오는 날이 많았다. 잡어를 피하려면 역시 이른 새벽이나 밤낚시를 해야만 했다. 그러기 위해서는 늦어도 새벽 3시엔 집에서 출발해야 했다.

7월 중순에 영빈은 아예 차에 짐을 싣고 우도로 들어갔다. 하우목동 방파제에 캠프를 치고 사흘간 새벽낚시와 밤낚시를 했다. 어쩔 수 없이 고양이도 데려갔다. 낮에는 텐트를 쳐놓고 잠을 잤다. 버너와 코펠을 챙겨 갔으므로 끼니도 직접 해결했다. 필요한 게 있으면 도선장 옆의 구멍가게를 이용했다. 관광객들이 들어오기 시작하면서 서빈백사 해수욕장엔 연일 사람이 북적거렸다. 육지에서 온 낚시꾼들도 차츰 수가 늘어났다. 바야흐로 갈치 낚시 시즌이 다가와 있었고 고등어와 오징어가 밤바다에 들끓었다.

이틀째 해 질 무렵, 성산항이 마주 보이는 하우목동 방파세 테트라포드에서 영빈은 대형 긴꼬리 벵에돔을 잡아올렸다. 고기가 잡아끄는 힘이 어찌나 대단한지 낚싯줄이 마치 전깃줄처럼 윙윙거렸다. 영빈이 여태껏 잡은 놈 중에서 가장 큰 벵에돔이었다. 줄자로 재보았더니 정확히 42센티미터가 나왔다. 간혹 관광객들이 몰려와 구경을 하고 고기를 얻어 갔다. 벵에돔을 아는 관광객은 거의 없었다. 물고기가 들어 있는 살림망을 열어 보이면 대개 고등어와 오징어를 달라고 했다. 간혹 돈을 내미는 사람이 있었으나 영빈은 받지 않았다. 그거야말로 패가망신하는 지름길이었다. 다만 어제 잡은 고기보다 큰 물고기, 그보다 더욱더 큰 물고기를 잡는 게 영빈의 바람이었다. 그러니 고양이를 데리고 다니는 낚시꾼 정도로 만족하기로 했다.

우도에서의 사흘째 되던 날 새벽, 영빈은 들물이 시작되길 기다리며 테트라포드의 맨 아래쪽 난간에 자리를 잡고 섰다. 밤새 물이 빠져나간 자리여서 이끼가 퍼렇게 끼어 있었다. 갯바위용 펠트 장화를 신고 있었으나 발판은 몹시 미끄러웠다. 날이 밝아오며 조류의 흐름이 급격히 빨라지고 있었다. 약 40미터 전방으로 본류대가 거세게 흐르고 있었다. 그쪽으로 고기 떼가 몰려가고 있는 느낌이 찾아왔다. 영빈은 재빨리 채비를 교환해 반복적으로 찌를 본류대에 던져 긴꼬리 벵에돔의 입질을 받아냈다. 모두 30센티미터급 전후의 중간 씨알이었다. 독가시치가 덩달아 극성을 부렸다.

그러다 중들물이 차오르는 즈음에 영빈은 또 한 번의 강력한 입질을 받았다. 어제 해 질 무렵 잡아올린 벵에돔보다 잡아끄는 힘이 더욱 강력했다. 여지껏 경험해보지 못한 입질이었다. 낚싯대를 세우기도 힘들 정도였다. 줄이 터지지 않도록 영빈은 침착하게 힘을 조절해가며 릴링과 펌핑을 되풀이했다. 50센티미터는 되지 않을까? 물고기는 거의 발밑까지 끌려와 있었다. 이제 수면에 띄워 공기를 먹이면 힘이 빠질 것이다. 포말이 이는 바닷물 속에서 놈의 시커먼 모습이 어른거렸다. 이때가 가장 흥분되는 순간이다. 역시 지나치게 흥분했던가? 한순간 몸이 기우뚱거리는가 싶더니 영빈은 그만 중심을 잃고 파도에 휩쓸리고 말았다. 아주 순식간의 일이었다. 영빈은 낚싯대를 잡은 채 바다 속으로 끌려들어갔다. 이내 모자와 장화가 벗겨져 나갔고 몸을 가눌 사이도 없이 영빈은 본류대 쪽으로 거침없이 떠내려갔다. 구명조끼를 착용한 상태였지만 몸은 바다 속으로 잠겼다 떠오르기를 반복했다. 아마도 물고기가 아래서 잡아끄는 힘 때문이었을 것이다. 그때껏 영빈은 낚싯대를 움켜쥐고 있었다. 구명조끼에 달려 있는 안전벨트가 사타구니 안쪽을 심하게 옥죄고 있었다. 이대로 조류에 휩쓸려 가면 어디까지 표류할지 알 수 없었다. 그 황망한 순간에 영빈은 시야에서 차츰 멀어지고 있는 성산 일출봉을 보았다. 몸이 바다 속으로 잠겨들어갈 때도 영빈은 두 눈을 부릅뜨고 있었다. 수만의 물고기 떼가 조류를 따라 아름답게 떠가고 있었다. 정말이지 무어라 말할 수 없이 아름답고 장엄한 광경이었다.

성산포 남쪽 지류대에서 영빈은 모터보트를 타고 선상 낚시를 하던 낚시꾼들에 의해 간신히 구조되었다. 그들이 급히 따라와 튜브를 던지지 않았더라면 영빈은 며칠 뒤 아마 대마도쯤에서 발견됐을 터였다. 낚싯대를 들고 보트에 오르는 영빈을 보고 그들은 혀를 내둘렀다. 물고기를 끌어올려보니 약 47센티미터쯤 되는 긴꼬리 벵에돔이었다. 그들이 하우목동 방파제까지 영빈을 데려다주었다. 목숨을 구해준 대가로 방금 잡은 물고기를 건네주었으나 그들은 한사코 받으려 하지 않았다.

영빈은 장비를 정리해 차에 싣고 민박촌으로 갔다. 방을 얻어 놓고 몸을 씻은 다음 식당에 내려가 밥부터 먹었다. 아침 녘의 일이 그새 실감이 나지 않았다. 잠시 사나운 꿈을 꾸다 깨어난 느낌 정도였다. 밥을 먹고 나서 영빈은 방으로 올라가 긴긴 잠에 빠졌다. 그동안 쌓여 있던 피로가 불길처럼 온몸을 휘감았다.

깨어나니 그새 저물녘이었다. 배고픈 고양이가 옆에서 계속 울어대고 있었다. 옆방에서는 술에 취한 관광객들이 초저녁부터 노래를 부르고 있었다. 탓할 수도 없는 일이어서 영빈은 고양이를 안고 밖으로 나왔다. 오늘까지는 우도에서 머물고 내일 아침 첫 배를 타고 나가리라. 아침을 먹었던 식당에서 다시 저녁 끼니를 해결하고 영빈은 캔맥주 몇 개를 사서 해수욕장으로 내려갔다. 하늘을 올려다보니 언젠가 두모악에 들렀다 집으로 돌아가던 밤처럼 별들이 무더기로 몰려와 있었다. 밤이 코발트빛으로 퍼렜다. 그날은 사리 물때였고 영빈이 서빈백사 해수욕장에 앉아 있는 시각엔 들물이 거칠게 들어오고 있는 중이었다. 7월 16일 금요일이었다.

그날 밤 영빈은 서울을 떠난 후로 가장 많은 사람들의 모습을 보았다. 어둠이 내렸으나 해수욕장은 여전히 사람들로 북적거리고 있었다. 돌아보니 서울을 떠나온 지 그새 5개월이 지나 있었다. 그동안 무얼 한 걸까? 성산포의 불빛이 비현실적인 광채를 띤 채 밤바다에 어른거리고 있었다.

해연의 얼굴이 떠올랐으나 영빈은 전화를 걸지 않았다. 통화를 하게 되면 오늘 아침에 일어났던 일을 얘기해야만 할 것 같았다. 공연히 그녀를 불안하게 만들고 싶지 않았던 것이다. 영빈은 사흘째 비워놓고 있는 집으로 전화를 걸어보았다. 네 번의 발신음 끝에 자동응답기가 작동되면서 녹음된 메시지들이 흘러나왔다. 제주에 있는 다원(茶園)을 취재해달라는 잡지사의 청탁과, 평소 알고 지내는 화가의 안부 전화, 그리고 참으로 오랜만에 듣게 되는 Y의 음성이 녹음돼 있었다.

"얼마 전에야 자네가 제주로 갔다는 소식을 전해 들었네. 어찌된 건가? 휴대폰으로 걸었더니 꺼져 있어 집에다 메시지 남기네. 내 무심함을 탓하기 전에 연락 좀 하게."

그다음 메시지는 히데코가 남긴 것이었다.

"곧 도쿄로 돌아갈 예정입니다. 휴대폰을 두고 나간 모양이에요. 통화가 됐으면 좋았을 텐데. 다시 연락할게요."

마침내 도쿄로 돌아가는 모양이었다.

마지막 녹음은 상태가 좋지 않아 무슨 내용인지 알아듣기가 힘들었다. 몇 번 되풀이해서 듣는 동안 영빈은 그것이 아버지의 목소리라는 것을 깨달았다. 순간 머리끝이 싸늘하게 곤두섰다. 심하게 말을 더듬으며 아버지가 힘겹게 남긴 메시지의 내용은 대충 이러했다.

"어디 간 거냐. 왜 안 오는 거냐. 연락 좀 다오."

늦은 시각임에도 불구하고 영빈은 수원으로 전화를 걸었다. 마침 담당 간호사가 직접 받았다. 야간 당직 근무중이라고 그녀는 말했다. 아버지가 전화를 건 시각은 아침 9시쯤이었다. 그렇다면 영빈이 하우목동 방파제에서 돌아와 아침을 먹고 있을 때였다. 아버지에게 무슨 일이 있느냐고 영빈은 간호사에게 물었다.

"그건 아니고요, 요즘 자주 불안해하세요. 감정 변화가 심한 편이라고 표현하면 맞을 거예요. 생각다 못해 제가 전화를 걸어드린 건데, 몹시 놀라신 모양이군요."

아버지는 자고 있었다. 딱히 상태가 호전되는 기미는 없다고 간호사는 솔직하게 말했다. 전화를 끊기 전 간호사가 뜻밖의 소식을 전해주었다.

"아참, 어제 그분이 다녀가셨어요."

"그분이라뇨?"

아버지를 찾아갈 만한 사람은 이제 아무도 없었다.

"언젠가 함께 오셨던 그 여자분 말예요."

…… 해연이 다녀간 모양이었다.

"그분이 다녀가고 나서 아드님을 더 찾으세요."

"다녀가며 남긴 말은 없습니까?"

간호사가 머뭇거리며 말했다.

"말씀드려도 되는지 모르겠네요."

"저는 환자의 보호자니까 알아두는 게 좋겠죠."

"화장품 세트를 놓고 가셨는데 이걸 받아야 될지 잘 모르겠어요. 백화점에서만 파는 수입품이거든요."

엉뚱한 사람. 간호사에게 고맙다는 말을 남기고 영빈은 전화를 끊었다. 아직 서울에 있나 싶어 히데코에게 전화를 걸어보았으나 받지 않았다. 이미 돌아간 걸까?

종일 잤건만 다시 잠이 쏟아져 내렸다. 영빈은 방으로 돌아와 자리에 누웠다. 그리고 영빈은 꿈인지 생시인지 분간하기 힘든 상태에서 이런 장면을 눈앞에 보고 있었다.

해연이 휠체어에 앉은 아버지 옆에 서서 노래를 부르고 있다. 여름날의 상수리나무 아래다. 그녀가 불러주는 노래는 변함없이 슈베르트의 〈보리수〉. 그들 주위로 수만의 물고기 떼가 몰려와 밤새 떠다니고 있다.

21

우도에서 돌아오고 나서 얼마 지나지 않아 영빈은 송악산 부근에서 끔찍한 광경을 목격했다. 사계리 바닷가로 저녁참에 농어 낚시를 나갔다 밤늦게 집으로 돌아오던 길이었다.

사계리에서 집으로 돌아오려면 일단 해안도로를 타고 산방산 쪽으로 나가, 12번 일주도로에서 신호를 받은 다음 직진하여

16번 중산간도로를 타야 했다. 그런 다음 동광이라는 곳에서 95번 도로, 즉 서부관광도로를 따라 제주시 방향으로 30분쯤 달리면 중간에 애월로 빠지는 길이 나오는 것이다.

그런데 산방산 입구 일주도로에 이르기만 하면 영빈은 늘 미로 앞에 서 있는 기분에 사로잡히곤 했다. 중산간도로로 접어들면 동광까지 가는 동안 몇 개의 갈림길이 나오는데 거기서 걸핏 하면 엉뚱한 길로 빠지곤 하는 것이었다. 그런 경우엔 다시 일주도로로 내려와 추사적거지까지 서쪽으로 10분 정도 후퇴한 다음, 1111번 도로를 타고 올라가 서부관광도로 중간으로 진입하는 수밖에 없었다. 단, 추사적거지 방향을 택하다보면 먼저 대정읍으로 나가 유턴해서 올라와야 하므로 그만큼 시간이 더 걸렸다.

그날 영빈은 추사적거지 방향을 택했다. 우회를 하더라도 밤이었으므로 길을 잃지 않기 위해서였다. 사계리에서 낚싯대를 접고 출발한 시각은 11시경이었다. 영빈은 우선 대정읍으로 나가기 위해 모슬봉을 옆에 끼고 너른 배추밭 사이에 난 포장도로로 들어섰다. 낮에 보면 배추밭 사이사이에 낡은 격납고들이 흩어져 있는데, 태평양 전쟁 말기 일본군이 대정읍 일대를 항공 기지로 요새화한 흔적이었다. 송악산 해안 절벽에도 천연 해식동굴을 진지로 이용한 흔적이 뚜렷이 남아 있었다.

포장도로가 끝나는 지점에서 길이 두 갈래로 나뉘어져 있었다. 영빈은 느리게 차를 몰며 전방을 살폈다. 가랑비가 흩뿌리고 있어 안개등을 켰다. 배추밭과 감자밭이 영빈의 눈에 가득히 빨려 들어왔다. 거기서부터 다시 길이 흔들렸다. 하이빔까지 켰지만 어느 쪽이 대정읍으로 이어지는지 쉽게 판단할 수 없었다. 영빈은 감자밭 사이에 난 좁은 비포장길로 들어섰다. 어쩐지 또 낯선 기분. 여기서도 길을 잃은 것인가. 그런 불길한 생각이 영빈의 머리를 스치고 지나갔다. 묵직한 피로감이 엄습해왔다. 밤낚시를 하고 나면 무엇보다 졸음운전을 조심해야 했다. 영빈은 곧장 앞으로 천천히 나아갔다. 50미터쯤 직진하자 흙탕물이 고여 있는 길이 나타났다. 낭패로군. 헤드라이트 속에서 격납고가 드문드문 나타났다. 어디쯤일까? 차를 돌려야 할 텐데 그럴 만한 공간이 나타나지 않았다. 좀더 앞으로 가보는 수밖에. 또다시 길을 잃은 게 분명했다. 밭에 숨어 있던 도둑고양이 몇 마리가 불빛을 피해 뿔뿔이 달아나는 게 보였다.

'학살터'. 영빈은 하얀 팻말에 적혀 있는 검은 글씨를 보고 있었다. 영빈은 반사적으로 브레이크 페달을 밟았다. 학살터라니. 핸들을 잡고 있는 손이 굳어지며 목덜미가 뻐근하게 조여왔다. 온몸에 야릇한 통증이 번졌다. 그와 함께 두려움이 엄습해왔다. 영빈은 후진 기어를 넣고 브레이크 페달에서 발을 뗀 다음 핸들을 오른쪽으로 끝까지 돌렸다. 역시 공간이 비좁았다. 왼쪽 뒷바퀴가 쿡 내려앉으며 차체가 비스듬히 옆으로 기울었다. 바퀴가 도랑에 빠진 모양이었다. 제기랄. 이런 때 왜 비까지 쏟아지는 걸까. 눈앞에서 반원으로 회전하는 와이퍼의 흔들림이 불현듯 섬뜩하게 보였다. 액셀러레이터를 있는 힘껏 밟자 흙탕물이 튀기며 바퀴가 겨우 도랑에서 빠져나왔다. 휴우. 이어 영빈은 각도를 조금씩 조절해가며 전진과 후진을 거듭해 차를 반대 방향으로 돌렸다. 이제 돌아나가면 되리라. 그때가 정확히 몇 시쯤이고 어디쯤인지 영빈은 모르고 있었다.

5분 전쯤 지나쳐온 지점에서 다시 격납고가 희미하게 눈에 들어왔다. 고양이들은 그 안에서 사는 모양이었다. 그리고 다시 흙탕물이 고여 있던 곳을 지날 때였다. 바퀴 아래서 물이 조용히 흩어지는 소리가 들려왔다. 뒤미처 차가 기우뚱하더니 멈춰 섰다. 바퀴가 돌에 걸린 모양이었다. 가속 페달에 힘을 주었지만 엔진 소음만 커질 뿐 차는 앞으로 나아가지 않았다. 흙탕물만 사방으로 튈 뿐이었다. 사이드브레이크를 잡아당긴 뒤 영빈은 문을 열고 차에서 내렸다. 신발 속으로 이내 흙탕물이 들어왔다. 오른쪽 앞바퀴를 가로막고 있는 것은 해골만한 크기의 돌이었다. 돌을 들어 밭둑에 올려놓고 나서 영빈은 다시 차에 오르기 위해 몸을 돌렸다. 그때, 정체를 알 수 없는 하얀 무리가 영빈의 눈앞을 가로막았다.

무엇일까? 영빈은 흙탕물에 발을 담근 채 그 자리에 붙박여 있었다. 공포 때문에 숨조차 제대로 쉴 수 없었다. 일군의 흰 무리가 밭고랑 사이에서 뿌옇게 일어나더니 차가 있는 곳으로 꾸역꾸역 몰려들기 시작했다. 무심결에 뒤를 돌아보니 사방에서 흰 무리들이 둘레를 조이며 접근해오고 있었다. 웬 사람들일까? 영빈은 그렇게 생각하고 있었다. 그런데 왜 모두들 하얀 비옷을 입고 있는 걸까.

이윽고 흰 무리가 포위하듯 영빈의 주위를 둘러쌌다. 영빈은 차창 틀을 움켜쥐었다. 와이퍼는 차창에 마찰음을 일으키며 계속 좌우로 회전하고 있었다. 영빈이 가만히 눈여겨보니 그들은 죽은 사람이거나 혹은 귀신들이었다. 수십, 아니 수백은 될 혼령들이 하얀 뼈만 앙상하게 드러낸 채 영빈의 주위에 몰려와 뭐라 수군거리고 있었다. 영빈은 그들의 말을 한마디도 알아들을 수 없었다. 공포에 짓눌린 나머지 영빈은 눈을 감았다. 그러나 다시 눈을 떠야만 했다. 꿈이라고 믿기엔 의식이 너무나 선명했다. 그래, 눈을 뜨고 있자. 간신히 숨을 들이쉬고 나서 영빈은 찬찬히 그들을 살펴보았다. 그중엔 팔이 부러진 사람, 한쪽 다리가 없는 사람, 심지어는 머리가 날아간 사람도 있었다. 그 누구도 몸뚱이가 성한 사람이 없었다. 가해를 해올 거라는 느낌은 들지 않았다. 다만 그들은 영빈을 둘러싼 채 저네들끼리 무슨 말인가를 쉼 없이 주고받고 있었다. 어쩐지 울부짖거나 흐느끼고 있는 것처럼 보이기도 했다.

꽤 오랫동안 의식을 잃었던 것 같다고 영빈은 생각했다. 정신을 차렸을 때 영빈은 운전석에 앉아 있는 자신을 발견했다. 엔진은 여전히 돌아가고 있었다. 와이퍼도 작동중인 상태였다. 축축이 젖은 아랫도리에서 흙냄새가 올라왔다. 영빈은 거의 무의식 상태에서 기어를 넣고 차를 움직였다. 우선 큰길로 나가야 할 텐데. 여전히 길을 잃을지도 모른다는 두려움 속에서 영빈은 줄곧 앞으로만 나아갔다. 길을 잃었을 땐 직진이 우선이야. 계기판의 눈금은 시속 10킬로미터에서 15킬로미터 사이를 불안하게 떠돌고 있었다.

전방에 일주도로가 나타났다. GS칼텍스 주유소 간판이 눈에 들어와 영빈은 서둘러 그쪽으로 차를 몰고 갔다. 화장실에서 오줌을 누고 나와 영빈은 자판기 커피를 마시며 거푸 담배를 피워 물었다. 손목시계를 보니 그새 날이 바뀌어 있었다. 12시 30분. 도대체 무슨 일이 일어났던 것일까? 그들은 도대체 누구였을까?

서부관광도로를 포기하고 영빈은 12번 일주도로를 따라 느릿느릿 차를 몰아 새벽 2시 반에 집에 도착했다. 낚시 장비는 차에 그대로 두었다. 현관문을 열고 집 안으로 들어서자 무슨 냄새를 맡았는지 고양이가 냐옹! 하며 베란다로 급히 달아났다. 영빈은 옷을 벗어 세탁기에 던져 넣고 뜨거운 물로 샤워를 하고 냉장고에서 소주를 꺼내 마신 다음에야 겨우 잠자리에 들었다. 빈속에 들어간 소주 때문일까? 영빈은 밤새 뗏목에 실려 떠내려가는 꿈을 꾸고 있었다. 꿈에서도 그들 무리를 보았던가? 온몸에 식은

땀을 흘리며 영빈은 아니라고, 헛것을 봤을 뿐이라고, 머리를 내두르며 잠꼬대를 하고 있었다.

그로부터 며칠 동안 영빈은 외출을 하지 못했다. 전화가 걸려와도 받지 않고 침대나 소파에 누워 지냈다. 배가 고프면 집 앞에 나가 국수나 사 먹고 돌아오는 정도였다. 밤마다 꿈에 유령들이 나타났고 술이라도 마시지 않으면 도무지 잠을 이룰 수가 없었다.

일주일이 지나고 나서 영빈은 그날 밤 유령의 무리를 만났던 곳을 찾아갔다. GS주유소는 대정읍으로 들어가는 길목에 있었다. 거기서 20여 미터를 더 내려가자 왼쪽에 '송악산'이라는 표지판이 나왔다. 표지판을 따라 구불구불 이어진 골목길을 빠져나가자 격납고들이 흩어져 있는 배추밭과 감자밭이 나왔다. 그날 밤 영빈이 미로에 갇힌 듯 헤매던 곳이었다.

송악산 방향으로 좀더 내려가자 하얀 팻말 두 개가 나란히 서 있는 게 눈에 들어왔다. '백조일손 묘지'—'학살터'. 왼쪽이 묘지로 가는 길이고 오른쪽은 학살터로 가는 길이었다. 영빈은 일단 오른쪽 길로 들어섰다. 배추밭 사이를 지나 갈림길이 나온 지점에서 영빈은 차를 세웠다. 길이 양쪽으로 나뉘는 지점에 녹슨 철제 표지판 하나가 땅바닥에 쓰러져 있었다. 차에서 내려 살펴보았으나 심하게 녹이 슬어 표지판에 씌어진 글자는 읽을 수 없었다. 영빈은 차에 올라타 또 오른쪽 길로 들어섰다. 좁은 비포장도로를 따라 3분쯤 가자 흙탕물이 고여 있는 지점이 나왔다. 유령의 무리와 마주쳤던 바로 그 지점이었다.

주위를 돌아보니 격납고들이 드문드문 흩어져 있었고 밭고랑 사이에서 고양이들이 이쪽을 기웃거리고 있었다. 학살터라는 곳은 어디일까. 200미터쯤 구불한 길을 더 따라가자 포클레인 소리가 들려왔다. 바리케이드가 설치된 곳까지 와서 아래를 내려다보니 조그만 방파제가 보였다. 마을은 거기서 멀리 떨어져 있었고 대낮임에도 사람의 그림자는 보이지 않았다. 포클레인만이 요란한 소리를 내며 근처에서 땅을 파내고 있을 뿐이었다. 이곳이 섯알오름으로 불리는 그 학살터인가? 그런데 안내문은 어디로 간 것일까.

영빈은 차를 돌려 거기서 4킬로미터쯤 떨어져 있는 백조일손 묘지를 찾아갔다. 배추밭 사이에 난 길을 따라 얕은 산비탈을 끼고 올라가자 녹슨 컨테이너가 나타났다. 영빈은 시동을 끄고 차에서 내렸다. 컨테이너 옆에 철제 안내문이 서 있었다. 그 뒤편으로 움푹 팬 커다란 웅덩이가 드러나 보였고 그 한가운데 무덤이 있었다. 그게 백조일손 묘지였다. 안내문에 씌어 있는 글을 요약하면 이러했다.

미군정하였던 1948년 4월 3일 새벽 2시, 한라산 정상을 위시한 주요 오름(기생화산)에 일제히 봉화가 오르는 것을 신호로 무장 봉기한 주민들이 행동을 개시하여 경찰관서와 우익 단체의 사무실에 불을 지르고 경찰관과 유지들을 살해했다. 이른바 '4·3 사태'의 시작이었다. 미군정청은 이 사건을 진압하기 위해서 4월 5일 제주에 비상경비사령부를 설치하고 육지에서 국방 경비대를 데려와 군경 합작으로 토벌작전을 벌였다. 이 토벌은 국군이 창설되고 나서 가장 먼저 시작한 군사작전이었다. 4년에 걸친 이 작전으로 제주도 전체 인구의 10퍼센트에 이르는 사람들이 죽거나 다치거나 행방불명되었다. 그러나 학살은 거기서 멈추지 않았다.

4·3사태가 진정 국면으로 들어갈 무렵, 한국전쟁이 발발하면서 치안국의 '예비검속'이 시작되었다. 일명 '레드 헌트(Red hunt)'라 불리는 '빨갱이 색출 작업'이었다. 이때 제주도에서 1천 명 정도의 무고한 양민이 학살되었는데, 송악산 일대도 그중의 하나였다. 1950년 8월 20일(음력 7월 7일), 당시 계엄군이었던 육군본부정보국 방첩대와 해병대 사령부 정보과에 의해 모슬포 경찰서에 예비 검속된 357명 중 252명을 새벽 2시와 5시 두 차례에 걸쳐 섯알오름에서 총살한 뒤 근처 상모리에 암매장했다. 해병대 모슬포 주둔군 3대대에 의해 자행된 일이었다. 그후 한국전쟁이 끝나고 나서 1956년(5월 18일) 유가족의 끈질긴 탄원으로 당국의 허가를 받아 149위를 수습, 그중 132위를 이곳에 안장했다. 그러나 5·16 당시 23위를 강제 이장시켜 현재는 109위만 함께 묻혀 있었다.

백조일손(百祖一孫), 조상이 다른 백서른두 명이 죽어 뼈가 엉키어 하나가 되었다는 뜻이었다.

위치상으로 보면 백조일손 묘지는 송악산 뒤편이었다. 영빈은 다시 학살터를 찾아갔다. 그러나 섯알오름으로 알려진 학살터는 끝내 찾을 수 없었다. 밭에서 일하는 농부들을 붙잡고 물어보았으나 누구 하나 대꾸하는 사람이 없었다. 흙탕물이 고여 있는 지점으로 돌아와 영빈은 주위를 꼼꼼히 둘러보았다. 그러나 눈에 들어오는 것은 파란 배추밭과 낡은 콘크리트 격납고뿐이었다.

긴 무더위와 가뭄이 계속되고 있었다. 7월 말까지 가뭄이 이어졌고 그동안 영빈은 무얼 할지 모른 채 소금 단지처럼 집에만 틀어박혀 있었다. 현장까지 확인하고 왔건만, 그 원혼들을 본 후로는 좀처럼 사람을 만나거나 밖에 나갈 엄두가 나지 않았다. 8월로 접어들자 멀리서 태풍 소식이 들려왔다. 간혹 비가 뿌렸고 발정 난 고양이는 밤낮없이 울어댔다. 때맞춰 해연이 내려와주지 않았더라면 영빈은 짐을 싸서 서울로 올라갔을지도 모른다.

22

물때 1물. 음력 6월 25일. 양력 8월 10일 화요일. 만조시각 05시 11분, 20시 16분. 간조시각 01시 10분, 12시 26분.

4월에 히데코가 다녀갔을 때처럼 해연도 어느 날 예고 없이 찾아왔다. 그녀는 오전 9시에 제주공항에 내려 영빈에게 전화를 걸어왔다. 무더위가 계속되는 동안 그녀는 영빈의 상태가 좋지 않다는 것을 짐작하고 있었다. 통화를 할 때마다 영빈은 글을 시작했다고 둘러댔으나 그녀는 좀처럼 믿지 않는 눈치였다. 해연은 전화에다 대고 아이스크림이 먹고 싶다고 능청부터 떨었다.

"나가서 사 먹으면 되잖아. 아파트단지 앞에 하겐다즈 체인점이 있었는데 그새 없어졌나? 하긴 당신은 배스킨라빈스를 더 좋아하지."

영빈은 소파에 누운 채 고양이의 털을 긁으며 심드렁한 목소리로 대꾸했다.

"이빨 빠진 호랑이처럼 말하는군요."

"고양이나 안고 누워 있으니 이빨 빠진 호랑이와 다를 것도 없지."

"저런, 그럼 고양이부터 구출해야겠군요. 금방 갈게요."

영빈은 소파에서 끙, 하고 일어나 앉았다. 드디어 왔군. 고양이를 내던지고 영빈은 거실에 있는 거울부터 들여다보았다. 한여름에 히말라야를 등반하고 내려온 알피니스트처럼 수염이 덥수룩하게 길어 있었다.

“차를 가지고 나갈 테니 아이스크림을 먹으며 조금만 기다려. 전체적으로 좀 씻어야 하거든.”

“택시 타고 갈 테니 집이나 알려줘요. 씻든지 말든지 그건 알아서 하고요.”

돌아보니 어언 6개월 만의 재회였다. 꽤 시간이 흐른 셈이었다. 해연은 40분 후에 도착했다. 약간 늦는다 싶었는데 슈퍼마켓에 들렀다 온 모양이었다. 현관으로 들어서자마자 그녀는 코부터 싸쥐었다. 현관 베란다엔 낚시 장비들이 가득 쌓여 있었다. 최근 한 달 동안은 바다에 나가지 않았지만, 현관에 들어서면 늘 생선 비린내와 미끼로 쓰는 크릴 썩는 냄새가 진동했다. 게다가 고양이 냄새까지 더해져 집주인이 아니면 누구라도 적응할 시간이 필요했다.

해연은 샌들을 벗고 거실로 올라와 고양이부터 찾았다. 팔소매가 없는 커다란 붉은 꽃무늬의 면 티셔츠에 단이 짧은 하늘색 면바지 차림이었다. 그동안 눈에 띄게 변한 것은 없었다. 여름이라 머리 스타일만 바뀌어 있었다. 그리고 살이 좀 빠져 있었다. 그녀는 당장 손톱깎이부터 찾더니 고양이 발톱부터 깎아주었다.

이 낯선 여자가 생명의 은인이란 걸 고양이는 모르고 있었다. 개하고 달라서 고양이는 은혜를 모르는 짐승이다. 다 키워놓으면 대개 집을 나가버린다.

수돗물에 손을 씻고 나서 해연은 끼니를 준비했다. 아침 일찍 집에서 나오는 바람에 아무것도 먹지 못했다고 했다.

"이제 곧 태풍이 몰려오겠군요."

오이 냉채를 만들어 식탁에 올려놓으며 그녀가 말했다. 영빈은 잠시 서울에 돌아와 있는 기분이 들었다.

"에어컨도 없는 이 찜통 같은 아파트에서 얼마나 문을 닫고 살았던 거죠?"

"글쎄, 한 달쯤 되겠지. 아침밥만 먹고 돌아갈 게 아니라면 나중에 천천히 얘기하지. 어쨌든 밥부터 먹자구."

식탁에 마주 앉자 그녀가 재잘거렸다.

"요즘 영빈씨가 보내준 생선 요리법을 체계적으로 정리하고 있는 중이에요. 그림을 넣을까 싶은데 어떨까요? 펜화로 세밀하게 그리면 사진보다 오히려 독특한 질감이 느껴지지 않을까요?"

"책 제목은?"

"일식집 주방장도 모르는 물고기 요리법 강좌."

"너무 길어. 줄일 수 있으면 줄여봐."

"나만의 생선 요리법."

"그래선 책이 안 팔려. 음식은 함께 만들고 여럿이 먹어야 맛 있는 거야. 다시 생각해봐."

"연인과 함께 쓴 생선 요리 강좌."

"한결 낫군. 그런데 그걸 정말 책으로 낼 생각인가?"

아주 이상하다는 표정으로 그녀가 영빈을 바라보았다.

"그럼, 할 일이 없어서 몇 년째 이러고 있는 줄 알아요? 두고 봐요, 날개 돋친 듯 팔려나갈 테니까."

"그래서 돈까지 벌게 되면 그걸 다 어디에 쓰게?"

"별 걱정 다 하네요. 일단 집부터 마련해야죠. 이사를 다니는 것도 이젠 지쳤어요."

"그거야 짐 때문이지. 짐을 줄이면 이사가 오히려 즐거운 행사일 수도 있어."

"짐은 집을 사고 나서 정리할 계획이에요."

영빈이 설거지를 하는 동안 그녀는 소파에서 고양이와 놀고 있었다. 그동안 애정에 목말랐던지 고양이는 금세 그녀의 포로가 되어 배를 드러낸 채 바닥에 드러누웠다. 그녀가 부탁해 집으로 데려오긴 했으나 영빈은 아직도 고양이에게 정을 붙이지 못하고 있었다. 차마 눈 뜨고 못 볼 것은 생리까지 한다는 사실이었다. 암놈이었던 것이다. 이참에 해연을 통해 서울로 올려 보내리라고 영빈은 생각했다.

정오쯤 두 사람은 밖으로 나갔다. 지하주차장으로 내려가보니 차에 먼지가 하얗게 덮여 있었다. 주유소에서 기름을 채우고 자동세차 터널을 빠져나올 때 해연이 영빈을 돌아보며 말했다.

"내가 운전할까요? 괜히 또 남의 차나 들이받지 말고."

그녀는 영빈에게 길을 물어 일단 일주도로로 빠져나갔다. 구름 한 점 없이 새파랗고 무더운 날이었다. 해연은 동쪽으로 매끈하게 차를 몰았다. 성산포에 가고 싶다고 그녀는 말했다. 중산간으로 넘어가는 지름길을 알고 있었으나 영빈은 잠자코 있었다. 지름길을 택하면 시간은 단축할 수 있으나 바다를 볼 수 없었다. 이따금씩 시원한 바람이 차 안으로 쏟아져 들어왔다. 라디오에서는 해묵은 김광석의 노래가 단조롭게 흘러나오고 있었다.

제주시를 벗어나 삼양 해수욕장 옆을 지날 때 영빈은 히데코의 모습을 떠올리고 있었다. 7월에 우도에 있을 때 전화에 녹음된 메시지를 들은 뒤로, 영빈은 히데코와 통화를 하지 못한 상태였다. 지금은 아마 도쿄에 있을 터였다. 영빈의 눈에 멸치 떼가 하얗게 나타났다 사라졌다. 4월에 제주에서 올라간 뒤 도쿄로 떠날 때까지 그녀는 서울에서 무엇을 한 것일까.

김녕을 지나 만장굴 입구에 이르렀을 때 해연이 히데코 얘기를 꺼냈다. 6월에 그녀를 만났다고 해연은 말했다. 약속된 만남은 아니었다. 6월 19일 토요일이었다. '히데코'에 갔다가 우연히 마주쳤다. 마지막 만남이었기에 해연은 날짜를 정확히 기억하고 있었다. 담담한 표정으로 두 사람은 한 시간쯤 맥주를 마시며 이런저런 얘기를 나눴다. 그때 히데코가 4월에 제주에 다녀왔다는 사실을 털어놓았다. 이미 알고 있었으므로 해연은 그다지 놀라지 않았다.

곧 일본으로 돌아갈 예정이라고 히데코는 말했다. 제주에서 올라온 뒤 그녀는 대사관 일을 정리했고 지금은 단지 오피스텔 보증금이 빠지기를 기다리는 상태라고 했다. 또한 며칠 전 도쿄에 다녀왔다고 했다. 귀국하게 되면 본격적으로 소설을 써볼 작정이라고 말했다고 한다. 가와사키에 미리 방을 하나 봐뒀다는 말까지 덧붙였다. 고교 시절에 왕복했던 지하철 노선을 타고 아침마다 글을 쓰러 출근하겠다는 말이었다.

딱히 할 말이 없었으므로 영빈은 잠자코 있었다. 시원한 콜라를 마시고 싶었지만 좀처럼 슈퍼마켓이 나타나지 않았다.

"그날 뜻밖의 사실을 알게 됐어요."

영빈은 그제야 옆을 돌아보았다. 차의 속도를 줄이며 해연이 말을 이었다.

"아무래도 얘기하는 편이 나을 것 같아요."

꼭 들을 필요는 없다고 말하려는데, 해연이 말을 가로막았다.

"우리가 알던 히데코는, 히데코가 아니었어요."

"……"

"아사카와 유미코(朝河優美子). 그게 그 사람의 이름이에요. 말하자면 성(姓)만 같고 이름은 다른 거죠."

아사카와 유미코…… 라고, 영빈은 입엣말로 되받아 중얼거렸다. 영빈은 내심 충격을 받고 있었다.

"그럼 히데코는 역시 술집 간판에 불과하단 말인가?"

신음하듯 영빈이 물었다.

"히데코(秀子)는 유미코의 할머니 이름이에요. 한국인 할머니의 일본식 이름."

영빈은 차창을 내리고 마른입에 담배를 피워물었다.

"그렇다면 그동안 우릴 속였단 말이군."

"속였다기보다 애초에 이름을 제대로 밝히지 않았던 거죠."

"그건 내 소관이 아니라서 잘 모르겠군."

"처음 만났을 때 그 사람이 히데코일 거라고 단정한 게 실수였어요. 그 사람은 내 실수를 굳이 시적하지 않았고요."

"그렇게 되면 번복하기가 어렵지."

"비록 의도한 건 아니지만 순간적으로 그게 편할 거라고 생각했겠죠. 자신을 감추기 위해서요."

"이쪽에서 가면을 씌워준 게 됐군."

"가면을 벗으면 상처가 드러날까 두려웠을 테고요."

하지만 영빈으로서는 아무래도 이해하기가 힘들었다. 이름 없는 관계라는 건 존재하지 않는 것이다. 이름을 속이는 건 더욱 심각하다.

"몇 번인가 이름을 밝히려고 했지만, 아까 영빈씨가 말한 대로 번복하기가 쉽지 않았다고 하더군요."

"그런데 왜 새삼스럽게 그 얘기를 한 걸까?"

영빈은 마치 자문자답을 하듯 중얼거렸다.

"그래도 어느 정도 진실이 있었음을 말하려고 한 것일까?"

휴우, 하고 한숨을 내쉬며 해연이 말했다.

"그 사람한테 막상 이름 따위는 중요하지 않은지도 몰라요. 지금은 왠지 그런 생각이 들어요."

갖가지 생각이 머리를 스치고 지나갔으나 영빈은 입을 다물고 있었다.

"영빈씨는 유미코씨에 대해 나보다는 좀더 많이 알고 있겠죠?"

해연이 예기치 못했던 질문을 던져왔다.

"왜 그런 말을 하지?"

"그 사람은 나한테 진심을 말한 적이 없어요. 왠지 그렇다는 생각이 들어요."

영빈은 생각을 거듭하며 신중하게 말했다.

"오래전부터 누군가의 그림자로 살고 있다는 느낌을 받긴 했지. 기억하는지 모르지만 유미코씨한테는 사기사와 메구무라는 고등학교 동창이 있었어. 한국계 작가 말이야. 본인은 그걸 단순히 질투심이라고 표현하더군. 말하자면 사기사와씨처럼 작가가 되고 싶었는데 뜻대로 안 됐단 뜻이지. 하지만 그게 다는 아니라고 생각해. 유미코씨는 자신이 어떤 존재인지를 잘 알고 있는 사람이었어."

"어떤 사람인데요?"

"존재하지 않는 사람."

"……"

"현실에 속해 있긴 하지만 아직까지 머물 곳을 찾지 못하는 사람."

"무슨 뜻인지 난 모르겠어요."

해연이 건조한 목소리로 되받았다.

"스스로 너무나 많은 상처를 받아서 영혼이 닳아 없어진 사람. 그런데도 침묵이 지배하는 세계에서 매 순간 고통을 느끼며 살아야 하는 그런 사람."

"끔찍한 얘기군요."

차창을 올리고 에어컨 버튼을 누른 다음 해연이 말머리를 돌렸다.

"사기사와 메구무라는 사람을 만난 적이 있다고 했나요?"

"93년 초에 신촌에서 우연히 만난 적이 있지. 그렇다고 그 사람을 사적으로 안다고 할 수는 없어. 오히려 유미코라는 사람을 통해 조금 알게 됐지."

"복잡하군요."

얘기를 주고받는 동안 어느덧 성산 가까이에 와 있었다. 세화리 방파제에서 차를 세우고 영빈은 슈퍼마켓에서 콜라와 캔커피를 사왔다. 앞바다에 떠 있는 우도를 바라보며 두 사람은 30분 정도 방파제에 앉아 있었다. 바람은 죽어 있었고 가만히 앉아 있는데도 목덜미로 땀이 흘러내렸다.

"한 가지 공통점이 있다면 두 사람 모두 운이 나빴다는 거야. 사기사와 메구무와 아사카와 유미코 말이야. 사기사와 메구무라는 사람은 지난 4월에 도쿄 자택에서 자살했고 아사카와 유미코라는 사람도 고등학교 때 감당하기 힘든 경험을 했지. 첫사랑의 남자가 자살했다고 하더군. 그때부터 삶이 비틀리기 시작한 거야. 어린 나이에 다른 세계를 봐버린 거지."

숨 막힌 얼굴로 해연이 영빈을 마주 보았다.

"일본인들은 왜 그렇게 속내가 복잡하고 행동이 극단적이죠?"

"그야 나도 모르지만 재일 한국인으로서 겪어야 했던 갈등도 있었겠지. 고립감이라든가 분열감 말이야. 겉으론 드러나지 않지만 그건 피할 수 없는 조건이니까. 아무튼 유미코씨한테는 계속 운이 따라주지 않았어. 함정에서 빠져나오려고 했지만 뭔가 줄곧 그 사람의 발목을 붙잡고 놓아주지 않았지. 그 과정에서 스스로 상처를 입고 지쳐버린 거야. 한국에 온 것도 실은 부상 치료가 목적이었어. 그 방법밖에 없다고 생각했던 거겠지."

"그런데 한국에 와서도 계속 운이 따라주지 않았다는 건가요?"

"여기서야 그럴 게 뭐 있겠어. 사소한 갈등이 없진 않았겠지만 그래도 계속 글을 쓸 생각을 하고 있었고 결과적으로 무사히 도쿄로 돌아갔잖아. 한 가지 마음에 걸리는 건 사기사와 메구무씨가 자살했다는 소식을 듣고 나서 다시 흔들리는 모습을 보였다는 거야. 그 때문에 나를 만나러 제주에 내려왔던 거고. 하지만 올라갈 때는 밝은 모습이었어. 그걸 믿어보는 수밖에."

"사기사와씨가 자살했다고 해서 유미코씨가 굳이 제주도까지 영빈씨를 찾아올 이유가 있었던 건가요?"

따지는 말투는 아니었다.

"내가 사기사와씨와 만난 적이 있다는 사실 때문이었겠지. 절박하면 누구든 주위에 있는 사람을 찾게 되잖아."

"단지 그뿐일까요? 내가 생각하기엔 세 사람만이 공유하고 있는 어떤 막연한 감정이 존재하고 있는 것 같은데요."

영빈은 은근히 당황하고 있었다.

"틀린 말은 아닌 것 같지만, 거기엔 설명하기 힘든 미묘한 차이들이 있어. 왜냐하면 세 사람 모두 막연한 관계이기 때문이지. 단지 글을 쓴다는 공통점만 빼놓고."

말을 마치고 나서 영빈은 눈을 감았다. 그리고 오래전 사기사와씨와 신촌의 한 찻집에 앉아 나눴던 대화를 잠시 떠올리고 있었다. 불안함. 세 사람만이 공유하고 있는 어떤 막연한 감정. 그것이야말로 시점을 갖지 못한 자들의 불안함이 아니었을까? 현실에 속해 있긴 하지만 머물 곳을 찾지 못하는 자들의 불안함. 또한 고립감과 분열감. 그것이었을까?

"영빈씨도 그다지 운이 좋은 편은 못 되죠."

해연이 단정적으로 말했다.

"영빈씨 주위엔 늘 죽음의 그림자가 따라다니고 있어요. 어쩌면 영빈씨가 그들의 뒤를 쫓아다니고 있는지도 모르고요. 이유 없는 자책감에서 오는 막연한 고통 때문에. 나로서는 그게 자기연민에서 비롯된 게 아니기를 바랄 뿐이에요."

돌에 맞은 듯 영빈은 다시 눈을 감았다. 이유 없는 자책감이라는 게 과연 존재하는 것일까?

"실은 나도 유미코씨를 좋아했어요. 그 사람의 어떤 점에 끌렸던 거죠."

알고 있었다는 뜻으로 영빈은 고개를 끄덕였다. 좋아했던 것이다.

"하지만 유미코씨는 여전히 나한테서 상처를 받았다고 생각해요. 떠난 후에도 그 점이 두고두고 마음에 걸려요."

"이제 아무도 그렇게 생각하지 않아."

"그런가요?"

"누구나 그저 조금씩 외로운 것뿐이야. 사랑하는 사람이 옆에 있어도 때로 불안할 때가 있는 것처럼. 이젠 스스로 불안을 잠재우는 수밖에 없어. 안타깝지만 그건 누구도 도와줄 수 없는 일이야."

영빈은 다시금 유미코 생각에 빠져 있었다. 그녀가 전화에 메시지를 남긴 건 7월 초의 일이었다. 날짜상으로는 해연과 마지막 만나고 나서 약 보름 뒤의 일이었다. 그렇다면 도쿄로 돌아가기 직전이었다. 그때 통화가 됐더라면 그녀는 무슨 말을 했을까? 아니, 무슨 말을 하려고 전화를 했던 것일까.

성산항에 도착해 해연은 여객선터미널에서 우도로 들어가는 표를 끊었다. 그리고 곧 차를 몰고 배에 올라탔다. 출항 시간이 임박해 있었던 것이다. 1물에 간조시각이었으므로 바다는 잔잔했다.

뱃전에 기대 서 있는 동안 영빈의 눈에 하우목동 방파제가 들어왔다. 지난 7월에 혼자 새벽낚시를 하다 실족을 한 곳이었다. 그날 조류에 휩쓸려 가면서도 왜 그렇게 담담했던 것인지 영빈은 새삼스레 자신에 대한 의혹에 사로잡혀 있었다.

우도에 입항하고 나서 해연은 해안도로를 따라 등대가 있는 곳으로 차를 몰고 올라갔다. 오름처럼 형성된 목초지에는 말들이 풀을 뜯고 있었고 군데군데 현무암으로 둘러싸인 무덤들이 보였다. 해연은 등대 아래 관리사무소 주차장에 차를 세우고 산책로를 따라 우도봉으로 올라갔다. 수만의 풀꽃들이 남풍에 휩쓸려 모로 쓰러지고 있었다.

우도봉에 오르니 성산 일출봉이 마주 보였다. 그 사이에 연듯

빛의 바다가 아름답게 가로놓여 있었다. 그러나 해연은 정작 일출봉을 보러 올라온 게 아니었다. 깎아지른 절벽 끝에 서서 그녀는 바람에 나부끼며 바다를 내려다보고 있었다. 그날도 갯바위에는 변함없이 낚시꾼들이 서 있었다. 그녀의 시선이 가 있는 곳은 바다에 조그맣게 솟아 있는 삼각바위였다. 대형 벵에돔이 자주 출몰해 우도에서 포인트 다툼이 가장 치열한 간출여였다. 영빈도 가파르게 그 위에 서서 낚시를 한 경험이 있었다. 해연은 삼각바위에 오래오래 눈을 던져두고 있다가 이윽고 몸을 돌려 등대로 천천히 올라갔다. 등대엔 바람이 불고 있었으나 무덥긴 마찬가지였다. 서빈백사 해수욕장은 그날도 사람들로 들끓고 있었다.

등대에서 10분쯤 머문 뒤, 두 사람은 주차장으로 내려와 차를 끌고 사람이 뜸한 해수욕장으로 내려왔다. 그늘을 찾다가 두 사람은 해녀들이 설치해놓은 파라솔 밑으로 들어갔다. 사이다를 달라고 했더니 늙은 해녀가 멍게 해삼도 좀 먹어보라 했다. 영빈이 제주에 살고 있다고 하자, 덤으로 멍게 두 마리를 더 썰어주었다. 소주는 저절로 따라나왔다.

서울로 올라가기 전에 마라도에 가보고 싶다고 해연이 말했다. 마라도는 영빈도 가보려 했던 곳이었다. 모슬포항이나 송악산 선착장에서 배를 타면 불과 3, 40분이면 마라도에 닿는 것이다. 무더위 속에서 마시는 소주는 이내 몸을 뜨겁게 달궜다. 따가운 여름 햇빛에 드러난 그녀의 얼굴에 나이가 드러나 보였다. 지치도록 맑은 바다에서는 젊은이들이 물을 튀기며 아우성을 치고 있었다. 영빈의 눈에는 그런 풍경이 어쩐지 현실 밖에서 일어나는 일처럼 보였다. 피곤했던 것일까. 고작 소주 몇 잔을 마시고 나서 해연은 눈을 붙여야겠다며 방을 잡아달라고 했다. 해수욕장 위에 크고 작은 민박집들이 모여 있었다.

아직 휴가철인데 방이 있을까 싶었으나, 마침 한 시간 전에 빈 방이 나왔다고 했다. 성산 일출봉이 내다보이는 2층 방에 해연을 쉬게 하고 영빈은 밖으로 나가 하우목동 방파제로 차를 몰고 갔다. 오후 3시가 넘었으나 여전히 날은 무더웠다.

방파제 끝에 차를 세우고 영빈은 그날 실족을 했던 테트라포드까지 내려가보았다. 중들물이 진행되면서 본류대의 물 흐름이 거세지고 있었다. 조류를 따라 물고기들이 떼 지어 몰려갈 시각이었다. 영빈은 불현듯 가슴이 뛰었다. 물고기를 손으로 잡아본 것이 아주 오래전의 일인 양 도무지 실감이 나지 않았다. 테트라포드의 가파른 난간에 기우뚱 서서 영빈은 바다를 보며 속으로 중얼거렸다.

'아사카와 유미코라고 했습니까? 이제는 더이상 아무도 죽으면 안 됩니다. 그만 죽음의 그림자에서 벗어나 순수한 타인들 속에서 잃어버린 자신의 모습을 발견하며 살아가야 합니다.'

'피곤할 거야, 해연. 젊다고 하기엔 이제 우린 너무 나이를 먹었어. 허옇게 소금이 묻어 있는 마른 미역처럼 우린 지쳐 있어. 하지만 그대가 잠에서 깨어날 때쯤이면 바다에 다시 물이 차오르고 물고기들이 떼 지어 몰려갈 거야.'

주민들을 실어나르는 조그만 연락선이 아까 해연과 서 있던 세화리 방파제에서 하우목동으로 들어오고 있었다. 테트라포드에서 방파제로 올라와 영빈은 뜨겁게 달궈진 차를 몰고 우도봉으로 올라갔다. 삼각바위에 낚시꾼 두 명이 들어와 있었다. 만조가 되면 바위가 물속으로 사라지므로 한 시간쯤 후면 낚시꾼들이 철수할 터였다. 영빈이 지켜보는 동안 그들은 일곱 마리의 씨알 좋은 벵에돔을 잡아올렸다. 언제 다시 바다에 나가 저들처럼 고기를 낚을지 알 수 없었다. 그날 송악산 뒤편에서 유령의 무리와 대면한 이후 영빈은 바다에 나가는 것조차 두려웠다. 어딜 가나 사방에서 고양이 떼가 죽음처럼 몰려다녔다. 다시금 마음속에서 붕괴가 진행되고 있었던 것이다.

영빈이 민박집으로 돌아왔을 때, 해연은 창가에 앉아 바다에 지는 노을을 내다보고 있었다. 그새 날이 저물고 있어요, 라고 그녀는 늙은 여자처럼 중얼거렸다.

"막배가 몇 시죠?"

성산항으로 나가는 배는 이미 끊긴 뒤였다. 해연은 멍한 표정으로 고개를 끄덕거렸다. 대낮에 술을 마시고 잠이 들었다 깨어나면 밤이 고단한 법이다. 영빈은 집에 두고 온 고양이가 또 걱정이었다. 해연이 샤워를 하고 나오길 기다렸다가 영빈은 아래층에 있는 식당으로 내려갔다. 오랜만에 벵에돔 회가 먹고 싶다고 해연은 말했다. 무슨 이유에서인지 서울에서는 벵에돔을 구경할 수 없는 것이다. 어쨌든 또 술이라는 걸 시켜야만 했다. 밤은 무섭도록 맑았다. 식당 유리창 너머로 성산포의 불빛이 딴 세상인 듯 눈에서 가물거렸다.

"대학교 2학년 여름방학 때 아버지와 함께 우도에 왔었어요. 92년인가, 그땐 민박집도 제대로 없어서 해녀 할머니가 혼자 사는 집에서 묵었어요. 삼각바위에서 낚시를 해본 것도 그때였죠."

"그렇게 위험한 곳으로 딸을 데리고 다니는 낚시꾼도 있었군."

"그 명당이라는 곳에서 나는 한 마리도 못 잡았으니, 그게 어찌된 일일까요?"

"그걸 왜 나한테 묻고 있는 거지? 나보다 더 잘 알면서."

밤이 되고 나서 그녀는 처음으로 환하게 웃어 보였다.

"아버진 엄마를 두고두고 잊지 못했어요. 누굴 한 번 사랑하게 되면 스스로 다 타버릴 때까지 혼신의 힘을 다하는 사람이었죠. 그래서 마침내 지쳐 쓰러졌던 거고요."

"먼저 쓰러진 건 어머니가 아니었나?"

해연은 담담한 표정으로 말했다.

"거의 비슷한 시기라고 봐야겠죠. 어느 한쪽만 일방적으로 지쳐가는 건 아닐 테니까요."

"그걸 두고 공평하다고 해야 할까?"

"신은 공평하지 않아요."

"오랜만에 의견의 일치를 보는군."

"요컨대 누가 먼저 긴장감을 이겨내지 못하고 풍선을 터뜨리느냐가 관건이에요. 간발의 차이라고 봐야겠죠. 사건이 진행되는 과정이나 케이스는 누구나 비슷하고요. 어느 날 엄마는 친구와 함께 강남에 있는 레스토랑으로 점심을 먹으러 갔다가 주인과 합석하게 됐죠. 친구와 레스토랑 주인은 친척 관계. 연하의 독신남. 잘생긴 테니스 선수 출신에다, 돈도 좀 있고, 유머 감각도 있고, 자유분방한 스타일. 게다가 매너까지 좋고 항상 자신감에 차 있으니 어떤 여자라도 한 번쯤 관심을 가질 만한 상대였죠. 그 남자의 눈에 마침 엄마가 손에 들고 있는 풍선이 보였던 거죠. 엄마도 꽤 스타일이 좋은 편이고요."

"개중엔 연상의 여인을 노리는 자들이 있다고 하더군."

"그 남자도 그런 부류 중의 하나고요."

"그게 전부는 아니겠지."

"나머진 전에 얘기한 그대로고요."

"그래서 그 전직 테니스 선수가 현재 어머니의 새 남편이다?"

"가끔 속을 썩이긴 하지만 그런대로 잘 살고 있다고 들었어요. 일에 욕심이 많아 보습학원에 사우나에 면세점에 손을 안 대는 게 없는 그런 사람. 1년에 한 번꼴로 부도를 내면서도 전혀 지치는 기색 없이 오뚝이처럼 다시 일어나는 사람."

"난 절망을 모르는 사람은 싫더라. 적당할 때 쓰러져 있을 줄도 알아야지."

해연은 허망한 표정으로 웃었다.

"얘기 안 했을 거예요. 대학에 입학한 직후에 엄마가 학교로 찾아온 적이 있어요. 아버지가 알려줬다더군요. 과 사무실에서 불러 가봤더니 엄마가 의자에 놓인 화병처럼 앉아 있더군요. 잠시 문간에 서서 엄마를 바라보다 그대로 뒤를 돌아 나와버렸죠. 학교 정문을 빠져나오는데 무척이나 마음이 고달프고 쓸쓸하더군요. 화가 나기도 하고요. 이듬해 삼풍백화점 앞에서 어머니의 친구라는 사람을 우연히 만나게 됐죠. 그후 한 번 더 엄마가 찾아왔지만 역시 외면할 수밖에 없었어요. 아버지 때문에라도 쉽사리 받아들여지지 않더군요."

"그게 마지막은 아니었을 텐데."

"어떻게 알았는지 며칠 전에 집으로 과일 바구니를 들고 찾아왔더군요."

"과일 가지고는 안 될 텐데."

"안 그래도 술을 마셨어요. 아까 한 얘기도 그날 엄마한테 들은 거고요. 전엔 술을 한 모금도 못 마시더니 거의 알코홀릭 수준이더군요. 담배는 하루에 보통 한 갑. 내 참, 뭐라고 해야 할지. 마치 은퇴한 여배우를 보는 것 같더군요."

"그래도 싫지는 않았던 모양이군."

"그렇다고 좋을 리 있겠어요? 반성하는 기색이 조금도 없는데."

"그 편이 오히려 나을 수도 있어. 그래야 이쪽에서도 상대를 이해할 빌미가 생기는 거야. 만약 엄마가 용서해달라고 빌었으면 용서했겠어?"

"안 하죠."

"그럼 이해하려고 노력해봐."

"잘 알지도 못하면서 괜히 그런 말 하지 말아요."

"혼자 있을 땐 자주 괴로워하실 거야. 술 담배가 그냥 느는 게 아니야. 왜, 알잖아."

"그래도 아직은 용서가 안 돼요. 그 남편이란 사람도 별로 마음에 들지 않고요. 콜라병처럼 세상에 쌔고 쌘 게 그런 남자들이에요. 항상 자신감에 차 있지만 빈 콜라병처럼 공허한 남자들 말예요. 데리고 살기엔 뭐, 편할 수도 있겠죠."

"확실히 어떤 여자들은 그런 부류의 남자를 좋아하더군."

쓸쓸한 미소를 짓고 나서 해연이 슬쩍 물어왔다.

"영빈씬 나 좋아해요?"

그렇게 묻고 나서 해연은 외면하듯 창밖으로 시선을 돌렸다.

"그거야 뭐, 알고 있잖아."

영빈은 목에 걸린 소리로 대꾸했다.

"썰렁하긴."

"쉬운 질문일수록 대답이 어려운 법이잖아."

"영빈씨나 나나 섣부른 짓을 하기엔 이제 나이를 너무 많이 먹었어요."

"효행병원에 가보면 거기서도 노인네들이 속닥거리며 은근히 연애들을 하시더군. 다 짝이 있더란 말이야. 충분히 이해가 가는 대목이야. 그러니 나이 탓할 것 없어."

"신선도가 떨어지는 건 사실이잖아요."

"채소나 과일은 잘못 보관하면 그렇지. 하지만 우리는 여전히 섭씨 36.5도의 뜨기운 체온을 유지하고 있는 비교적 건강한 성인 남녀야. 화씨가 몇 돈지는 아직 정확히 모르겠지만."

눈을 흘기며 그녀는 소주잔을 비우고 담배를 피워물었다.

"밤이 왔음에도 왜 이리 더운 거지? 아닌 게 아니라 냉장고 문을 열어놓고 함께 수박을 쪼개 먹고 싶은 밤이로군."

해연이 정색을 하고 입을 열었다.

"결혼을 하고 싶을 때가 없진 않아요. 놀이터에서 놀고 있는 아이들을 보면 주책맞게 아이를 낳고 싶기도 하고요. 하지만 도무지 자신이 없어요. 가족의 일상이 부럽고 그리울 때도 있어요. 일요일 저녁에 텔레비전 앞에 모여 앉아 연속극을 보거나 함께 카트를 밀고 다니며 시장을 보는 그런 사소한 일상들 말예요. 그런데 그럴 엄두가 나지 않아요. 뭔가 곧 무너져 내릴 것처럼 항상 아슬아슬하게 느껴지니까요."

"밤에 우주선을 타고 혼자 하늘에 떠 있다고 가정해봐. 아무래도 혼자보다는 둘이 낫겠지. 그런 거야. 지나친 기대를 할 것도 없고 또 지나치게 불안에 떨 필요도 없어. 그저 함께 밥해 먹고 카트 밀고 다니며 시장 보고 또 열심히 일하고 밤에는 함께 꿈꾸고 뭐 그런 거잖아. 그러다 애가 생기면 잘 보살펴 키우는 거고."

"거기에 따르는 조건과 노력이 얼마나 많이 필요한지 모르고 하는 소리예요?"

"하지만 그것 말고는 달리 할 일도 없잖아."

"물론 그게 다죠. 눈에 보이지 않는 그 모든 엄청난 것."

"누구나 우리처럼 불안에 시달리며 살고 있어. 하지만 겉으로는 좀처럼 불안을 드러내지 않지."

"왜죠?"

"불안정한 모습을 보이면 누군가 나서서 그 사람을 소외시키거든. 그건 대통령도 마찬가지고 친구라는 사람들도 마찬가지야. 태연한 척하는 것은 자신에 대한 일종의 방어책이자 사회규범이야. 불안한 모습을 보이면 금방 얕보거든. 삭막하고 비열한 세상이지. 가령 식당에서 음식을 먹고 나서 누군가 카운터로 달려가 계산을 하면, 뒤에서 지켜보는 사람들이 어떻게 생각할 것 같아? 고마워하기 전에, 저 사람 꽤나 가난하군. 대개는 이렇게 생각한다고. 부자들은 지갑을 여는 데 시간이 좀 걸리거든. 그러니 커피 값도 각자 나눠 내는 여자들이 훨씬 현명한 거지."

"그만해요. 그런 말 하는 거 별로 어울리지 않아요. 듣기에도 좋지 않고요."

식당에서 나와 두 사람은 해수욕장에서 한 시간쯤 앉아 있다가 자정쯤 민박집으로 돌아왔다. 방으로 들어오자마자 해연은 이내 또 잠에 곯아떨어졌다. 서울에서 그동안 남모르는 피로가 쌓였던 모양이었다. 심지어는 코까지 골았다.

23

물때 2물. 음력 6월 26일. 양력 8월 11일. 오후 간조시각 1시 37분, 만조시각 9시 3분.

아침 일찍 성산으로 배를 타고 나와 두 사람은 일단 집으로 돌아왔다. 고양이 때문이었다. 영빈은 가끔 고양이를 다시 차귀도의 갯바위로 돌려보내야 하는 게 아닌가라는 생각을 할 때가 있었다. 아파트에 갇혀 사는 걸 점점 못 견뎌하는 눈치였다. 반나절만 집을 비웠다 돌아와도 부쩍 예민하고 사나워졌다. 얼마 전부터는 우울증 증세까지 보였다. 먹이도 잘 먹지 않고 종일 소파에 웅크리고 앉아 감시관처럼 영빈의 움직임만 주시하기 일쑤였다. 그렇다고 수태를 한 것 같지도 않았다.

"이참에 서울로 데려가면 안 될까?"

곰곰이 생각하다 해연은 고개를 가로저었다.

"거기서도 적응하지 못하면 그땐 어쩌게요."

"어쩌다 내가 팔자에 없는 고양이 아빠가 됐나 몰라."

"투덜거리지 말고 조금만 더 지켜봐요."

10시경에 집에 도착해 두 사람은 고양이를 데리고 곧장 송악산 선착장으로 향했다. 거기서 마라도행 유람선을 탈 예정이었다. 영빈은 서부관광도로를 타고 내려가 중산간도로를 관통해 지름길로 접어들었다. 그리고 동광검문소를 막 지나칠 때 영빈은 도로에 쓰러져 있는 노루 새끼를 발견했다. 영빈은 무의식적으로 브레이크 페달을 밟았다. 해연의 품에 안겨 있던 고양이가 날카로운 소리를 내며 의자 밑으로 뛰어내렸다. 관광안내 지도를 보고 있던 해연의 상체가 앞으로 확 쏠렸다. 안전벨트가 아니었더라면 차창에 머리를 부딪칠 뻔했다. 영빈은 비상등을 켜고 갓길에 차를 세운 다음 문을 열고 밖으로 나갔다. 노루는 이미 죽어 있었다. 도로에 나와 있다 미처 차를 피하지 못하고 변을 당한 게 분명했다. 해연이 뒤에서 다가와 영빈의 손을 잡았다. 죽은 지 얼마 되지 않았는지 머리에서 아직도 피가 흘러내리고 있었다.

"끔찍해요. 이런 일이 자주 있나요?"

긴장한 목소리로 해연이 물었다.

"밤에 중간산도로에서 특히 이런 사고가 자주 일어나. 전조등에 놀라 우두커니 그 자리에 서 있는 걸 몇 번 봤어. 그러다 미처 피할 사이도 없이 사고를 당하는 거지. 자동차가 얼마나 위험한 괴물인지 모르는 거야."

노루를 숲속으로 옮겨놓고 차에 오르자 영빈의 눈에 송악산이 들어왔다. 유령의 무리와 마주친 밤이 떠올라 영빈은 또 운전이 불안했다. 슬그머니 영빈의 얼굴을 돌아보며 해연이 넌지시 말했다.

"자리 바꿀까요?"

"이제 거의 다 왔어."

"노루 때문인가요? 하지만 신호등은 보고 달려야죠."

GS주유소가 영빈의 눈에 들어왔다. 20미터쯤 직진하자 변함없이 송악산 입구임을 알리는 표지판이 나왔다. 비보호 좌회전을 한 다음 영빈은 좁은 골목을 벗어나 배추밭과 감자밭 사이로 들어섰다. 거기서 왼쪽으로 가면 송악산 선착장이고 오른쪽으로 가면 백조일손 묘지였다. 영빈은 배 시간이 남았음을 확인하고 오른쪽 길로 들어섰다. 곧 '백조일손—학살터'라는 하얀 표지판이 나왔다. 해연은 굳게 입을 다물고 있었다.

영빈은 백조일손 묘지로 느리게 차를 몰며 그날 밤에 일어났던 일을 해연에게 털어놓았다. 7월 초, 비가 내리던 밤에 길을 잘못 들었다 마주친 하얀 유령의 무리에 대해서. 해연은 배추밭 여기저기에 흩어져 있는 격납고들을 유심히 바라보고 있었다. 영빈은 흙탕물이 고여 있는 지점을 지나서 차를 세웠다.

"바로 여기였어. 아직도 이해할 수 없어. 그들이 왜 그날 밤 내 앞에 나타났었는지."

해연이 신음하듯 중얼거렸다.

"영빈씨는 꿈을 꾸고 있었을 거예요. 실제로 그런 일이 일어날 수는 없잖아요."

영빈은 고개를 가로저으며 말했다.

"내가 그들의 잠을 깨웠던 걸까. 그렇게밖에는 도저히 설명할 방법이 없어."

길게 숨을 몰아쉬고 나서 해연이 메마른 소리로 입을 열었다.

"영빈씨 눈에는 왜 그런 것만 보이는 거죠? 오래전에 죽은 사람들이거나 심지어는 죽은 노루까지 말예요. 함께 차를 타고 오면서도 나는 보지 못했어요."

영빈은 대꾸를 할 수 없었다.

"그 일 때문에 한 달이 넘게 집 안에 틀어박혀 있었던 거예요?"

"이 아름다운 섬이 알고 보니 온통 죽음으로 뒤덮여 있더군. 그걸 알고 난 뒤부터는 어딜 가나 온통 흑백으로 보여."

해연은 손수건을 꺼내 이마의 땀을 닦아냈다.

"단지 꿈을 꾼 것뿐예요. 이제 그만 돌아가요."

영빈은 차를 돌려 송악산 선착장으로 내려갔다. 해안도로를 따라가는 길에 '사람 발자국 관리사무소'가 나왔다. 영빈은 지난 2월에 저곳 응회암 지대에서 중기 구석기시대의 사람 발자국이 발견됐다고 해연에게 말해주었다. 날물이 진행중이어서 마침 응회암 지대가 밖으로 드러나 보였다. 해연은 무슨 말인지 얼른 알아듣지 못했다. 관리사무소 앞에 직원이 나와 있었다.

"사람 발자국 화석에 내 발을 맞춰본 적이 있어. 구두를 신은 것처럼 내 발에 꼭 들어맞더군."

모래사장 가까이 차를 대고 영빈이 응회암 지대를 손으로 가리키며 말했다.

"실은 그때 제주로 내려올 생각을 했던 거야."

해연은 접근금지 표지판 너머를 바라보고 있었다.

"마치 영원에 발을 딛고 서 있는 기분이더군."

영원, 이라고 그녀가 되받아 중얼거렸다.

"우리들 존재가 시작된 최초의 지점. 언제든 다시 시작할 수 있는 지점 말이야."

"엉뚱한 사람."

선착장 주차장에 차를 세워두고 두 사람은 슈퍼마켓에서 캔커피를 사들고 유람선에 올라탔다. 매표구에서 물으니 마라도엔 차를 가지고 들어갈 수 없다고 했다. 50여 명쯤 되는 관광객을 태운 유람선은 곧 포구를 벗어나 마라도로 향했다. 고물 쪽에 난간을 잡고 서서 해연은 눈앞에 떠 있는 형제섬과 그 뒤편의 가파도를 바라보았다.

"마라도에 와본 게 언제지?"

여로에 지친 얼굴로 해연이 말했다.

"여고 때니까 그새 10여 년 전이네요. 그땐 모슬포항에서 연락선을 타고 들어갔죠."

"낚시 장비를 가지고 올 걸 그랬나?"

해연이 피식 웃어넘겼다.

"새삼스럽게 무슨 낚시를 하겠어요. 그냥 한번 둘러보고 싶어서 온 거죠. 기대는 하지 않지만 그래도 뭔가 남아 있지 않을까 싶기도 하고요. 그때 묵었던 민박집이라도 그대로 있었으면 좋겠네요."

"아버지와 함께 낚시를 했던 갯바위는 남아 있겠지. 그건 그렇게 쉽게 없어지는 게 아닐 테니까."

"그야 그렇겠죠."

"요즘 들어 아버지란 낡은 일기장 같은 존재라는 생각이 들어. 가끔 일기장을 들춰보면 완전히 잊고 있었던 옛날 일들이 생각나듯이, 늙은 아버지의 얼굴을 들여다보고 있으면 내가 살아온 과정이 거울처럼 보여. 떠올리고 싶지 않은 기억들이 대부분이지만 그래도 그게 소중하다는 생각이 들 때가 있단 말이지."

"내겐 아버지가 없어요."

한숨을 몰아쉬고 나서 그녀가 말했다.

"아버지에겐 몇 번의 재기할 기회가 있었어요. 당신도 물론 그런 사실을 알고 있었고요. 하지만 막상 그런 순간이 오면 뒤로 멈칫거리며 물러서더군요. 그때마다 자신을 이겨내지 못한 거죠. 그렇게 몇 번 물러서게 되자 더이상 기회가 오지 않았죠."

"그게 뜻대로 안 되는 경우가 있어."

"그래도 한 번은 용기를 내서 일어서야 했어요. 아버지를 따라다니며 딱 한 가지 배운 게 있어요. 물고기들은 자살하지 않는다는 거예요. 사람들에게 잡아먹히는 것은 어쩔 수 없더라도, 복에 바늘을 삼키고 살더라도 절대 자살은 하지 않아요. 아버지도 그걸 알면서 자신한테 적용시키지 않았던 거예요."

해연이 강경한 어조로 영빈에게 말했다.

"언젠가 영빈씨는 호랑이를 잡게 될 거예요. 틀림없이 그렇게 될 거라고 믿어요. 하지만 죽이면 안 돼요. 그렇게 되면 죽인 사람의 영혼도 함께 사라지는 거예요."

유람선은 가파도 옆을 지나가고 있었다. 영빈은 가파도에서 잡은 복어를 먹고 독에 중독됐다 깨어난 아침을 떠올리고 있었다. 불가해한 일이지만 왜 그다지도 사물이 맑아 보이던지.

"아직 호랑이는 잡지 못했지만 나는 조금씩 회복되고 있어.

바다가 그 일을 해주고 있더군."

"……"

"알다시피 바다는 계속 순환하며 변하고 있어. 해와 달의 기울기를 따라 보름씩 주기적으로 변하지. 거기다 미묘한 다른 변화까지 합쳐져서 말이야. 놀라운 사실이지만 바다는 계속 성장하고 있는 거야. 어느 때부턴가 나는 물때의 변화에 따라 내 몸이 리듬을 타고 움직인다는 걸 깨달았어. 나 역시 태양과 달의 리듬에 흡수돼버린 거지. 물이 살아나기 시작하면 내 몸도 달처럼 부풀어오르는 걸 느껴. 그러다 보름 사리 때가 되면 마치 터져버릴 듯 호흡이 가빠지곤 하지. 그때가 되면 산에선 발정 난 여우가 울고 바다 속에서는 물고기가 들끓는다고 하더군. 요즘도 나는 느끼고 있어. 바다에 물이 들어오는 새벽이면 저절로 눈이 떠지고 귓전에 물고기들이 몰려가는 소리가 들려. 그러다 간조 때가 되면 밖으로 드러난 심연을 목도하곤 하지. 간조의 바다는 외롭더군. 하지만 그조차도 리듬의 일부라고 생각하면 오히려 장엄해 보이지."

"그러다 물고기로 변하는 건 아녜요?"

해연이 짐짓 웃으며 말했다.

"밤마다 물고기로 변하는 꿈을 꾸지. 꽤 오래된 일인걸."

"듣고 보니 상태가 꽤나 심각하군요."

"아무튼 이런 상태를 유지하다보면 조만간 호랑이도 잡을 수 있겠다 싶었어. 언젠가 당신도 말했지만 호랑이는 상처 입고 몸부림치는 자기 환영에 불과하니까."

"그러다 또 죽음의 무리와 마주친 거로군요."

"환청처럼 다시 붕괴가 시작되는 소리가 들려오더군. 그러다 또 리듬을 잃은 거지."

고양이를 품에 안은 채 해연이 영빈을 쳐다보았다. 그리고 분명한 어조로 말했다.

"곧 회복하게 될 거예요. 지금은 단지 심연을 바라보는 시간일 뿐예요. 방금 간조의 바다가 장엄하다고 말한 건 바로 영빈씨예요."

유람선이 마라도 선착장으로 들어서고 있었다. 섬에서 빠져나오려는 사람들과 입도하려는 사람들이 뒤섞이며 방파제가 일대 혼잡을 이루었다.

마라도엔 차가 딱 한 대밖에 없었다. 마을 공동소유로 배가 싣고 온 짐을 실어나르는 1톤 트럭이었다. 그러니 주민이든 관광객이든 모두 걸어다녀야 했다. 하지만 크게 불편하지는 않았다. 섬을 한 바퀴 도는 데 불과 한 시간도 걸리지 않는 것이다. 점심때였으므로 두 사람은 식당에 들어가 '마라도 자장면'으로 배를 채웠다. 고양이도 자장면을 먹었다.

자장면 집에서 나와 해연은 민박집부터 알아보았다. 마라도에서 하루 묵을 작정이었던 것이다. 자장면 집에서 50미터쯤 올라가자 민박집들이 한군데 모여 있었다. 해연은 가장 시설이 낡은 '부산민박'에 방을 예약했다. 젊은 낚시 가이드 두 명과 함께 사십대의 남자가 운영하는 민박집이었다. 낚시꾼들의 끼니도 가이드와 주인이 직접 해결했다. 방은 하나밖에 남아 있지 않았고 여자 손님은 없다고 했다. 영빈이 다른 집으로 옮기랴 묻자 해연은 그냥 묵겠다고 했다.

"주인은 바뀐 것 같지만 집은 그대로 있네요."

민박집을 나오며 해연이 말했다. 두 사람은 섬 둘레를 돌며 바다를 내려다보았다. 바람은 드셌으나 날씨는 맑았다. 바다 속이 다 들여다보일 정도였다. 평일이었고 물때가 2물에 불과했으나 갯바위엔 낚시꾼들이 빈틈없이 들어차 있었다. 곳곳에서 둥그렇게 휘어진 낚싯대를 들고 있는 꾼들의 모습이 보였다. 집에서 나올 때 장비를 챙겼으면 좋았을 텐데, 라고 영빈은 다시 생각했다. 제주에 머물고 있다 해도 마라도는 쉽사리 오갈 수 있는 섬이 아니었다. 해연은 그날도 벼랑 끝에 서서 하염없이 바다를 내려다보고 있었다.

3시에 민박집으로 돌아와 영빈은 주인에게 낚싯대를 빌릴 수 있느냐고 물었다. 주인은 의외로 선선히 고개를 끄덕였다. 가이드들이 쓰는 여분의 장비가 있다고 했다. 두 사람 몫이 필요하다고 하자 그는 너털웃음을 웃으며 고양이를 안고 있는 해연을 돌아보았다. 가끔 연인이나 부부가 함께 낚시를 오는 경우는 있지만, 고양이를 안고 물고기를 잡으러 온 사람들은 처음이라고 했다. 해연은 낚시는 하지 않겠다고 말했으나 함께 따라나서기는 했다. 두 사람은 구명조끼를 빌려 입고 선착장으로 내려가 가이드와 함께 고무보트에 올라탔다. 막 중들물이 시작되고 있었다. 쌍퉁찬여에 내려달라고 가이드에게 말했으나 그곳엔 이미 여러 명의 낚시꾼들이 비좁게 자리를 차지하고 있었다. 두 사람은 쌍퉁찬여에서 가까운 살레덕이라는 갯바위에 내렸다.

영빈이 첫 캐스팅을 해보니 조류가 오른쪽에서 왼쪽으로 급하게 흐르며 쌍퉁찬여 쪽으로 빠져나가고 있었다. 수심은 약 8미터. 물때가 좋은 편은 아니었으나 중들물 상황이었으므로 조류를 타고 고기들이 몰려살 때였다. 30분 동안 입질이 없다가 멀리 본류대 쪽으로 찌를 던지자 30센티미터의 긴꼬리 벵에돔이 먼저 올라왔다. 해연은 고양이를 안고 바위에 걸터앉아 말없이 영빈의 뒷모습을 지켜보고 있었다. 쌍퉁찬여에서는 연달아 씨알 굵은 벵에돔들이 올라오고 있었다. 이어 영빈이 묵직한 입질을 받아 뜰채로 담아 올려보니 아까보다 씨알이 조금 컸다. 역시 긴꼬리 벵에돔이었다. 고양이가 해연의 품에서 빠져나와 살림망이 담겨 있는 바다 속을 기웃거렸다. 세번째 입질은 보다 묵직하고 요란했다. 약 3분여의 씨름 끝에 영빈이 낚아올린 것은 은회색 몸통에 등지느러미 두 개가 꼬리 쪽으로 길게 뻗어 있는 기이한 물고기였다. 크기는 약 40센티미터였다. 영빈이 뒤를 돌아보자 해연이 바위를 타고 내려왔다. 그녀는 그 정체 모를 물고기를 곰곰이 들여다보더니 약간의 놀라움과 반가움이 뒤섞인 표정으로 말했다.

"올여름은 수온이 많이 올라간 모양이네요. 아열대성 어종으로 제주도에서도 아주 가끔씩 잡히는 물고기예요."

"이름은?"

"제비활치. 직접 잡아본 적은 없지만 언젠가 아버지가 잡아온 걸 봤죠."

"이것도 식량으로 쓸 수 있나?"

해연이 고개를 끄덕이고 나서 말했다.

"하지만 놓아주는 게 어때요? 일종의 미신 같은 거지만 손님고기는 살려주는 게 좋아요."

영빈은 제비활치를 바다로 돌려보낸 다음 갯바위에 걸터앉아 담배를 피워물었다. 고양이는 계속 살림망이 떠 있는 바다를 기웃거리고 있었다. 해가 서서히 가파도 방향으로 기울고 있었다.

"그 정도면 꽤 괜찮은 솜씨예요. 속성반 출신인가봐요. 조류만 읽을 줄 알아도 낚시꾼으로서 반은 완성된 거니까요."

"나머지 반은?"

"아직 리듬이 떨어져요. 고기만 생각하지 말고 좀더 여유를 갖고 즐길 줄 알아야 해요. 부드럽게 춤을 추듯 말예요."

만조로 접어드는 시각에 해연은 갯바위 끝에 올라서서 쌍둥

찬여 방향으로 길게 캐스팅을 했다. 마지막으로 낚시를 해본 게 아주 오래전의 일일 텐데 동작이 유연했다. 캐스팅하는 폼이 아주 근사했다. 다른 갯바위에 서 있던 낚시꾼들이 잠시 손을 놓고 해연을 바라보았다. 그중에는 손을 흔들어 보이는 사람도 있었다. 20분 만에 해연은 각각 37센티미터와 40센티미터급의 긴꼬리 벵에돔을 연속적으로 낚아올렸다. 영빈이 옆에서 뜰채로 담아냈다. 7시에 갯바위에서 철수할 무렵까지 해연은 비슷한 씨알의 붙박이 벵에돔을 두 마리 더 올렸다. 보트를 타고 선착장으로 나와 민박집까지 걸어가는데 해연의 몸이 자꾸 기우뚱거렸다.

"오랜만에 갯바위에 서 있었더니 굉장히 힘드네요."

"솜씨가 대단했어."

"고기를 잡겠다는 생각보다 쌍퉁찬여에 내려보고 싶었어요."

그 갯바위는 해연이 오래전 아버지와 함께 낚싯대를 들고 서 있던 곳이었다. 해연은 그게 두고두고 섭섭한 모양이었다. 민박집으로 돌아와 해연은 방에 들어가 저녁이 준비될 때까지 한 시간 동안 잠을 잤다. 그날 잡아온 물고기 중에 세 마리는 주인에게 회를 떠달라 부탁하고 나머지는 출입문 옆 수족관에 산 채로 넣어두었다. 저녁식사는 다른 네 명의 낚시꾼들과 함께했다. 가이드가 반찬거리로 잡아온 자리돔 구이와 해연이 잡은 벵에돔 회로 식탁이 채워졌다.

저녁식사를 하는 동안 민박집 주인이 해연의 얼굴을 자주 살펴보고 있었다. 이따금씩 고개를 갸우뚱거리며. 해연도 그렇다는 것을 눈치채고 있었으나 그저 모른 척하고 있었다. 식사 겸 술자리가 끝나고 나서 11시쯤 다른 낚시꾼들은 다음날 새벽 출조를 위해 각자 방으로 들어갔다. 가이드와 함께 해연이 주방에서 설거지를 마치고 나오자 주인이 말했다.

"잠시 시간을 내주면 안 될까요? 드릴 말씀이 있어서요."

영빈이 해연을 돌아보자 그녀는 무표정하게 고개를 주억거렸다. 주인 남자는 주방으로 들어가더니 빠른 솜씨로 소라를 삶고 한치 회를 썰어 내왔다.

식탁 앞에 앉자 주인이 벽을 가리키며 말했다.

"그동안 저희 민박집에 오신 분들이 대물을 낚으면 기념으로 사진을 찍어 붙여놓은 것입니다. 요즘은 디지털 카메라가 생겨 인터넷 홈페이지에 직접 조황사진을 올립니다만, 몇 년 전까지만 해도 사진을 두 장씩 인화해서 한 장은 우편으로 부쳐드리곤 했죠. 저기 벽에 붙어 있는 것들이 그 나머지 한 장입니다."

주인이 가리키는 벽엔 낚시꾼들이 저마다 커다란 물고기를 들고 찍은 수백 장의 색 바랜 사진들이 붙어 있었다. 주인이 해연을 바라보며 넌지시 물었다.

"저희 집에 오신 적이 있죠? 물론 오래전의 일일 겁니다."

해연의 얼굴에 찰나 놀람의 빛이 스치고 지나갔다. 해연이 줄곧 입을 다물고 있자 영빈이 물었다.

"그때 일을 아직도 기억하십니까?"

"기억하긴 힘들죠. 해마다 수많은 낚시꾼들이 저희 집에 와서 묵고 가니까요. 하지만 어쩐지 낯이 익은 분이라는 느낌을 받았습니다. 아까 낮에 봤을 때부터 말이죠."

그제야 해연이 조심스럽게 물었다.

"어째서요?"

주인이 해연에게 잔을 내밀고 소주를 따르며 말했다.

"저 사진들 중에 아가씨의 사진이 있을 겁니다. 직접 찾아보시죠. 미리 말씀드리면 아가씨가 이 집에 묵었을 당시 저는 가이드를 하고 있었을 겁니다."

어리둥절한 표정으로 영빈을 돌아보고 나서 해연은 빛바랜 사진들이 붙어 있는 벽으로 다가갔다. 그리고 그 오래된 사진들을 한 장씩 확인해보았다. 영빈이 소주잔을 내려놓고 담배를 피워무는 사이 그녀의 시선이 한곳에 가 멎었다. 그녀는 미동 없이 한참을 그렇게 서 있었다.

그 사진은 1989년 12월, 그러니까 해연이 여고 3학년 겨울방학 때 아버지와 함께 마라도에 와서 찍은 것이었다. 사진 밑에 정확한 날짜가 적혀 있었다. 대학입시에 실패한 직후였고 크리스마스가 지나고 나서 이틀 뒤인 27일의 일이었다. 그녀는 아버지와 민박집 앞에 나란히 서서 각자 대물 벵에돔을 한 마리씩 들고 있었다. 그 뒤로 흐릿하게 민박집 간판이 보였다. 10여 년 전의 사진이라 상태가 좋지 않았으나 그녀임을 알아보는 건 어렵지 않았다. 해연의 눈이 다시금 불쾌하게 달아올랐다. 해연은 그날 아버지와 사진을 찍은 사실을 어렴풋이 기억하고 있었다. 하지만 그 사진을 직접 본 것은 오늘이 처음이었다. 주인이 미처 사진을 챙겨 보내지 못했거나 아버지가 분실했을 가능성도 있었다.

영빈은 그날 해연의 아버지라는 사람을 사진으로나마 볼 수 있었다. 깡마른 몸에 수염이 덥수룩하고 눈매가 유난히 깊은 사람이었다. 딸과 함께 나란히 서 있는데도 눈은 마치 다른 곳에 가 있는 사람처럼 보였다.

"설마 사진을 찾으러 오신 건 아니겠죠?"

농담조로 주인이 그렇게 말했으나 해연은 웃지 않았다. 사진을 가져가도 되냐고 해연은 주인에게 물었다.

"당연히 돌려드려야죠."

그가 넌지시 해연의 아버지 소식을 물어왔다. 94년에 추자도에서 낚시를 하다 익사했다고 해연은 담담하게 털어놓았다. 주인은 놀란 얼굴로 영빈을 바라보았다.

"유감이군요. 그런 소식을 접할 때마다 난감한 게 사실입니다. 거기엔 어느 정도 선장이나 가이드의 책임도 있으니까요."

주인이 따라놓은 소주를 마신 다음 해연은 방으로 들어갔다. 남은 술은 주인과 영빈이 마저 비웠다. 새벽에 깨워달라 부탁하고 영빈은 자정 무렵에 자리에서 일어났다.

창밖으로 남동풍이 몰려가는 소리가 밤새 들려왔다.

24

오전 만조시각 8시 6분. 물때 3물. 새벽 5시. 가이드가 다가와 조용히 문을 두드렸다. 그가 문을 두드리기 전에 영빈은 발소리를 듣고 눈을 떴다. 해연은 고양이를 끌어안은 채 깊이 잠들어 있었다. 그녀가 깨지 않도록 영빈은 소리를 죽여 방을 빠져나왔다. 다른 낚시꾼들은 이미 출조 준비를 마친 뒤 문간에서 커피를 마시며 기다리고 있었다. 가이드가 건네준 낚시복으로 갈아입고 영빈은 밖으로 나갔다. 전날 마신 술기운 탓인지 머리가 묵직했다. 영빈은 다른 낚시꾼들과 함께 어두운 길을 더듬어 선착장으로 내려갔다.

고무보트에 오르기 전 영빈은 가이드에게 쌍퉁찬여에 내려달라고 부탁했다. 날이 밝아오려면 아직 한 시간을 기다려야 할 터였다. 보트 앞에 설치된 서치라이트 불빛에 드러난 갯바위에 그새 물이 차오르고 있었다. 남서풍이 초속 10미터쯤으로 불어가고 있었다. 영빈은 쌍퉁찬여에 혼자 내렸다. 보트에 남아 있는 낚시꾼들은 다른 갯바위로 이동하기 위해 어둠 속으로 사라졌다.

날이 밝을 때까지 기다릴 여유가 없었다. 영빈은 찌에 케미컬

라이트를 달아 본류대 방향으로 캐스팅했다. 조류가 너무 빠르다고 생각했지만 첫 캐스팅을 하기가 무섭게 고기가 물고 늘어졌다. 긴꼬리 벵에돔이었다. 리듬을 타며 부드럽게 춤을 추듯. 수면에 붉은빛이 번져오며 후끈하게 몸이 달아올랐다. 그로부터 초썰물이 진행되는 9시까지 영빈은 연속적으로 긴꼬리 벵에돔의 입질을 받았다. 바다에 고기가 들끓고 있었다. 나중에 살림망을 꺼내보니 족히 스무 마리는 돼 보였다. 중치급에서부터 간혹 40센티미터가 넘는 굵은 씨알까지 포함돼 있었다. 영빈은 밑밥통을 비우고 바닷물을 채워 잡은 고기를 집어넣었다. 아침식사 시간에 맞춰 하얗게 물살을 가르며 고무보트가 다가왔다.

민박집으로 돌아오니 해연의 모습이 보이지 않았다. 먼저 아침을 먹고 고양이를 데리고 산책을 나갔다고 했다. 영빈은 수족관에 있는 바닷물을 길어와 욕조에 채운 다음 잡아온 물고기들을 안에 풀어놓았다.

영빈이 아침밥을 다 먹을 때쯤 해연이 돌아왔다. 욕조에 가득 차 있는 물고기들을 보고 해연은 넋이 나간 사람처럼 입을 다물지 못했다. 고양이가 해연의 품에서 발작적으로 몸을 비틀며 빠져나와 욕조 가장자리로 뛰어내렸다.

해연이 잠꼬대처럼 희미하게 중얼거렸다.

"잊지 않고 있었군요."

해연이 꿈꾸는 듯한 얼굴로 영빈을 돌아보았다. 그녀의 눈빛은 초점을 잃고 공허하게 빛나고 있었다. 마치 꿈을 꾸고 있는 듯한 표정이었다.

"그럼 이제 수족관으로 들어가야겠군요."

차마 대꾸할 엄두를 내지 못한 채, 영빈은 그녀의 얼굴만 멍하니 지켜보고 있었다. 그녀에게 돌연 변화의 순간이 찾아와 있었던 것이다. 자신을 정화시키고자 하는 오랜 열망 끝에 찾아온 고통스런 변화의 순간이. 해연은 돌아서서 천천히 옷을 벗기 시작했다. 머리끈을 푼 다음 티셔츠와 청바지를 벗고 브래지어와 팬티까지 차례로 벗은 다음 욕실 선반에 올려놓았다. 고양이는 몸살이 나서 온몸의 털을 부풀린 채 곧장 욕조 안으로 뛰어들 자세를 취하고 있었다. 영빈은 고양이의 목덜미를 잡고 밖으로 빠져나온 다음 문을 닫았다.

영빈은 민박집 앞 벼랑 끝에서 남쪽 바다를 바라보며 앉아 있었다. 자신도 뜬눈으로 꿈을 꾸고 있는 기분이었다. 밤마다 자신도 그러한 꿈에 시달리곤 했던 것이다. 꿈에 물고기들은 밤새 가슴과 겨드랑이와 사타구니 사이를 헤집고 돌아다녔다. 바닷물이 차츰 더워졌다. 그녀를 정화시키고 있는 물고기들은 지금쯤 지쳐가고 있을 터였다.

정오에 그녀는 욕조에서 나왔다. 영빈이 문을 열고 들어갔을 때 그녀는 알몸으로 이불 속에 누워 있었다. 영혼을 도둑맞은 사람처럼 얼굴에 아무 표정이 없었다. 그러나 그녀의 얼굴은 맑았다. 지나치게 맑아 방금 숨이 끊어진 듯이 보였다. 해연의 그런 얼굴을 본 건 그날이 처음이었다.

잠시 후 그녀는 눈을 떴다. 그리고 영빈을 쳐다보며 의미를 알 수 없는 미소를 지어 보였다. 괜찮은 거냐고, 영빈은 가까이 다가가 물었다. 해연은 방금 분만실에서 나온 산모처럼 지친 표정으로 고개를 끄덕여 보였다.

"그런데 아이는 어디에 있는 거지?"

그녀가 꿈에서 깨어났는지 확인하고 싶어 영빈은 그렇게 물었다.

해연은 얼굴을 붉히고 조그맣게 소리 내 웃었다.

"부탁이 있어요. 욕조의 물고기들을 다시 바다로 돌려보내 줘요."

물고기들은 아직 살아 있었다. 그러나 곧 바다로 돌려보내지 않으면 안 될 만큼 움직임이 둔해져 있었다. 영빈은 물통에 물고기를 담아 밖으로 가지고 나갔다. 그리고 민박집 앞에 있는 절벽을 타고 내려가 물고기들을 바다로 돌려보냈다. 더없이 맑은 정오였다.

국수로 가볍게 점심을 먹고 나서 오후 2시에 두 사람은 부산 민박을 떠났다. 주인과 악수를 나누며 해연은 거듭 고맙다는 말을 되풀이했다. 선착장으로 내려오자 송악산으로 떠날 배가 이미 들어와 있었다.

어제 타고 들어온 유람선에 올라 가파도 방향으로 가는 도중 두 사람은 뜻밖의 광경을 목격했다. 가파도와 마라도 사이의 해협에서 수십 마리의 돌고래 떼가 검은 등을 꿈틀대며 서쪽으로 헤엄쳐 가고 있었다. 먼저 고래 떼를 본 건 해연이었다. 이어 승객들이 아우성을 치며 갑판으로 몰려들었다. 장관이었다. 고래 떼는 본류대를 따라 형제섬 옆을 끼고 서서히 사라져갔다. 유람선이 송악산 선착장에 도착할 때까지 두 사람은 굳게 입을 다물고 있었다.

집으로 돌아오는 차 안에서 해연이 입을 열었다.

"오늘 서울로 돌아가야겠어요."

수정처럼 맑게 울리는 목소리였다. 영빈은 고개를 끄덕여 보였다. 서운한 생각이 들었지만 어차피 돌아가야 했다.

"사진을 맡기고 갈 테니까 잘 간수하고 있다가 나중에 서울로 돌아오면 돌려줘요."

어젯밤 민박집 주인에게서 건네받은 사진이었다. 해연은 사진을 콘솔박스 안에 넣어두었다. 무슨 뜻이 있겠지 싶어 영빈은 아무 말도 하지 않았다.

"고양이는 어쩌면 좋을까?"

잠시 다른 생각을 하고 있었던 듯, 슬쩍 놀라는 시늉을 하며 해연이 고양이를 내려다보았다.

"고양이는 갯바위로 돌아가고 싶은 게 아니에요. 거긴 친구고 뭐고 아무것도 없으니까요. 심지어는 먹을 것조차 없잖아요."

"그런데 왜 만날 불만투성이지? 심지어는 대들기까지 한다니까."

"그동안 키워준 건 사실이지만, 영빈씨는 막상 고양이에 대한 애정이 없었던 거예요. 알다시피 먹이만 던져주는 것만으로는 부족하잖아요. 사흘 동안 함께 있으면서 느낀 건데 이 고양이는 주인을 무서워하고 있더군요."

"주인이라면, 나 말인가?"

"호랑이가 고양이를 키우고 있는 격이죠."

"그렇다면 더더욱 주인을 바꿔줘야겠군."

"아뇨, 둘 사이가 얼마나 발전하는지 계속 지켜볼 셈이에요."

"내겐 고양이와 다툴 만한 여유가 없어."

"사람뿐만 아니라 짐승과도 가까워지는 법을 배워야 해요."

"마치 고양이가 주인공이라도 되는 것처럼 말하는군."

"서울로 데려오면 그땐 제가 맡아서 키우죠."

"서울? 결국 서울까지 데려가야 한단 말이야?"

"이름이나 한번 붙여줘봐요."

영빈은 즉시 대답했다.

"나비."

"너무 무성의해요."

"그럼 유채라고 해. 딸을 낳으면 붙여주려고 했는데 고양이가 먼저 가로채 가는군."

유채, 라고 해연이 혼잣말로 우물거렸다.

"괜찮은데요."

"고양이한테는 분에 넘치는 이름이지."

날이 무척이나 더웠으므로 영빈은 서부관광도로 중간에 위치한 금악 휴게소로 차를 몰고 들어갔다. 파라솔 의자에 앉아 아이스커피를 마시며 두 사람은 방금 지나온 길을 돌아보았다. 바다는 더이상 보이지 않았고 산방산만 도로 위에 아이스크림처럼 불룩 솟아 있었다. 마치 하늘 한쪽에 구름으로 지어놓은 의자에 단둘이 앉아 있는 기분이었다.

저어, 하고 해연이 바닥에 떨어져 있는 영빈의 그림자를 발로 비비며 말했다.

"공항으로 가기 전에 집에 잠깐 들렀으면 해요."

집에 손목시계를 두고 왔다고 해연은 말했다. 영빈이 시계를 보니 오후 3시를 막 지나고 있었다. 평일이긴 했으나 아직까지는 관광철이라 항공편을 예약해둬야 했다. 영빈은 공항으로 전화를 걸어 일단 7시 비행기로 예약해두었다. 그게 가장 빠른 비행기였다. 3시 40분에 두 사람은 집에 도착했다.

해연의 손목시계는 식탁에 놓여 있었다. 서울에서 내려온 날 아침식사를 준비하다 벗어놓은 모양이었다. 콘택트렌즈로 갈아끼우기 위해 벗어놓은 안경도 욕실 세면대 위에 놓여 있었다. 베란다 문을 열자 시원한 바람이 거실로 쏟아져 들어왔다. 영빈은 냉장고를 열고 오렌지 주스를 꺼내왔다. 해연은 소파에 앉아 벽시계를 올려다보고 있었다. 영빈은 주스 잔을 들고 그녀의 옆에 가 앉았다. 그녀는 소파에서 일어나 선풍기를 틀고 다시 영빈의 옆에 다가와 앉았다. 그녀는 손목시계를 손에 들고 괜히 만지작거리고 있었다. 영빈은 리모컨을 찾아 텔레비전을 켰다. 그리고 무의미하게 채널을 돌리다 FTV, 즉 낚시채널에 화면을 고정시켰다. 옆에서 해연이 마른 소리로 웃었다. 우연찮게도 그때 FTV에서는 하절기 마라도 특집을 내보내고 있었다. 한국프로낚시연맹에 소속된 전문 낚시꾼들이 마라도 남대문 포인트에서 벵에돔 낚시를 하고 있었다. 촬영은 열흘 전에 한 것이었다.

한 시간쯤 두 사람은 말없이 혹은 무의미한 대화를 주고받으며 소파에 앉아 있었다. 5시 무렵이 되자 베란다에 슬그머니 붉은빛이 어른거렸다. 고양이가 베란다에서 거실 쪽을 기웃거리다 영빈과 눈이 마주치자 도로 모습을 감췄다. 그때 해연이 목에 걸린 소리로 중얼거렸다.

"벌써 해가 서쪽으로 기우나봐요."

"그러게. 오늘은 왠지 이른 편이군. 대개 6시가 돼야 베란다가 붉어지거든. 날이 흐려지고 있나봐."

"나가서 보고 올까요?"

얇은 종이를 찢는 듯한 메마른 소리로 해연이 중얼거렸다.

"꼭 그럴 필요는 없겠지. 벽시계는 정확한 편이니까. 혹시 비행기 시간이 걱정돼서 그런다면 내가 대신 나가서 보고 오지."

"비행기 시간이야 뭐 늦춰도 상관없겠죠."

서울로 가는 마지막 비행기는 9시에 있었다.

"여기서 공항까지는 불과 30분 거리니까 아직 시간이 많이 남은 셈이로군."

"그 전에 밥이라도 해먹을까요?"

"나는 별로 생각이 없는데."

"그렇죠?"

더이상 긴장감을 이겨내지 못하고 영빈은 그녀의 어깨에 팔을 올려놓았나. 그러자 그녀가 영빈의 어깨로 머리를 기대왔다.

"하지만 시간이 그렇게 많이 남아 있는 것도 아니에요. 그렇죠?"

"오늘 서울로 돌아갈 거라면 그렇지."

"그런데 우린 계속 이렇게 더운 소파에서 한 쌍의 고양이처럼 앉아 있어야 하는 건가요?"

베란다가 점점 붉게 달아오르며 그녀의 얼굴에 여울처럼 어른거렸다. 영빈이 더듬거리며 말했다.

"고양이들은 한여름에도 털옷을 입고 있어서 무척 더울 거야. 안 그래?"

해연이 크게 숨을 몰아쉬고 나서 떨리는 음성으로 말했다.

"우리 이제 그만 말하면 안 될까요?"

영빈은 그녀의 어깨를 가슴으로 끌어당겼다. 그로부터 마치 시곗바늘이 미친 것처럼 걷잡을 수 없는 속도로 돌아가기 시작했다. 붉은빛은 어느덧 거실까지 쳐들어와 있었다. 그녀의 입술에서 짜디짠 땀내가 묻어났다. 이윽고 두 사람은 침대가 있는 방으로 서로의 손을 끌고 들어갔다. 영빈은 그녀가 옷을 벗는 것을 도와주었다. 그녀의 몸에는 아직도 바다 냄새가 남아 있었다. 해연은 침대에 누워 졸린 듯 눈을 뜨고 영빈의 이마를 올려다보았다. 영빈은 해연의 머리를 두 손으로 부드럽게 감싸쥐고 다시 입술을 맞췄다.

넘치듯 거실에 차오르고 있던 붉은빛이 기어이 방 안으로 흘러들어오고 있었다. 바다에 다시 물이 차오르고 있을 시각이었다. 영빈은 그걸 몸으로 느낄 수 있었다. 이어 수만의 물고기 떼가 침대 주위로 몰려들기 시작했다. 그녀의 속은 여름 바다처럼 뜨거웠다. 두 사람은 온몸의 수분이 다 증발될 것처럼 무섭게 땀을 흘리고 있었다. 멀리서 고래들이 떠가고 있다며 해연이 흐느끼듯 말했다.

영빈은 그녀의 등을 안은 채 오랫동안 눈을 감고 있었다. 커튼을 젖히자 베란다가 온통 검붉은빛에 휩싸여 있었다. 고양이는 어디로 갔는지 보이지 않았다. 저녁 바람이 몰려가는 소리가 희미하게 밖에서 들려왔다. 바람 소리에 섞여 어디선가 고양이 우는 소리가 들려왔다. 배가 고픈 모양이었다. 그와 함께 어둠이 내리고 있었다. 다시 한번 꿈결처럼 사랑을 하고 나서 두 사람은 함께 욕실에 들어가 몸을 씻고 다시 침대로 돌아와 한참을 어둠 속에 웅크리고 누워 있었다. 이제 가야 할 시간이라고 서로 생각하며.

공항에 도착해 데스크에서 좌석을 배정받고 나서 영빈은 해연을 데리고 4층 식당으로 올라갔다. 오후 8시 40분 비행기였다. 샌드위치와 커피로 저녁을 대신하며 해연은 오래전의 일을 얘기하고 있었다. 1994년 10월 21일 아침의 일을. 해연은 당시에 일어났던 일들을 뚜렷이 기억하고 있었다. 작년에 이사를 오고 나서 동사무소에서 마주쳤을 때도 쉽게 영빈의 얼굴을 알아보았다. 그래, 어찌 그날 일을 잊을 수 있겠는가 말이다. 그런데 왜 해연은 그동안 그 얘기를 하지 않았던 것일까? 영빈이 그토록 숱한 암시를 주었음에도 불구하고, 왜 그때마다 모른 척했던 것일까.

"우린 성수대교가 무너져 내리는 현장에서 우연히 만났어요."

"그 전에 택시에 함께 타고 있었지."

"좋은 인연이랄 수 없어요. 돌발적이고 위험한 상황이 만들어 놓은 인연은 대개 그 순간이 지나면 의미가 없어지는 거예요. 또 거기에 무슨 의미가 있더라도 나는 그 의미조차 부인하고 싶었어요. 또 비슷한 사람끼리는 만나지 않은 게 좋다고 생각했어요.

무슨 뜻인지 아마 알 거예요."

영빈 자신도 거기에 대해 오랫동안 의미를 규정하지 못하고 있었던 게 사실이었다. 그런데다 두 사람은 그로부터 9년 가까이 전혀 모르는 사람들로 살아온 터였다. 작년에 우연히 해후했지만 그렇다고 해서 사정이 달라진 것도 아니었다. 그럼에도 불구하고 영빈은 그 머나먼 해후에서 의미를 발견하고 싶다는 충동에 사로잡힐 때가 있었다. 아마도 동시대를 살면서 어쩔 수 없이 함께 겪어야 했던 모종의 동질감 때문이었을 것이다. 만약 성수대교 붕괴현장에서 두 사람이 만나지 않았더라면 지금껏 관계가 지속되지도 않았을 터였다. 부인한다 해도 그것은 엄연한 사실이었다. 말하자면 각자 모든 것이 붕괴된 시점에서 서로를 만났던 것이다. 그에 대해서는 해연의 생각도 크게 다르지 않았다.

"만약 그날 붕괴사고가 일어나지 않고 무사히 다리를 건너갔더라면 지금과는 전혀 다른 삶을 살았겠죠. 다시 만났더라도 서로를 알아볼 수 없었을 테고요. 그런데 지난 1년 반 동안 우린 많은 시간을 공유했어요. 피하려고도 했지만 잘되지 않았죠. 왜일까요? 한때 운명을 같이했던 사람에 대한 유대감 때문이었을까요? 아마 그런지도 모르죠. 영빈씨를 보면 늘 밥이라도 한 끼 해주고 싶었으니까요. 그러다보니 어느덧 헤어지기 힘들게 된 거죠."

"돌발적인 위험한 순간이 지났다고 해서 그때 만났다는 사실 자체가 사라지는 건 아니야. 그게 또 다 나쁜 인연일 거라고는 생각하지 않아. 의미가 없다고도 물론 생각하지 않고. 적어도 다시 만났을 때는 의미가 생길 수밖에 없단 말이지. 사람 사이에 동질감이나 유대감은 중요한 거야. 그걸 느끼는 순간부터 서로 타인이 아니거든."

"그렇다고 뭐가 달라지죠?"

"이미 달라져 있잖아. 그걸 알면서 자꾸 부인할 필요는 없어."

영빈은 담배를 피우고 싶었지만 여기저기 금연 스티커가 붙어 있었다.

"어떤 의미에서 우린 손을 잡고 이미 국경을 넘어왔어. 돌아가더라도 거기엔 이제 아무것도 없어."

"협박이군요?"

"내 생각엔 이제 간신히 제자리로 돌아온 거야. 그동안 쌓인 것을 다 털어내면 결국 또 타인이라는 사실만 남는 거야. 당신도 말했다시피 지난 1년 반 동안 우린 많은 일들을 겪었어. 그 시간의 축적이 중요한 거야. 서로 시간을 공유했다는 사실이 무엇보다 중요하단 말이지."

그제야 납득한 듯 해연이 불안스러운 눈빛으로 영빈에게 물어왔다.

"과연 잘될까요?"

"아마 그렇지 않을까? 어찌 보면 우린 지나칠 정도로 서로 공통점이 많아. 남매처럼 말이야."

"남매는 싫은걸요."

얼굴을 붉히며 해연은 냉큼 창밖으로 시선을 돌렸다. 그녀는 여전히 삶에 대한 두려움에 사로잡혀 있었다. 단 한 번이라도 돌부리에 걸려 넘어져본 사람들은 알고 있다. 다시 일어나기가 얼마나 힘든가를. 그러고 나서 누군가를 만나 밤길을 걸어갈 때는 끊임없이 상대에게 확인을 요구하게 된다는 것을. 그러나 아무리 가까운 상대라도 자신이 요구하는 만큼의 확신을 심어줄 수는 없다. 어느 시점에서 각자 용기를 내는 수밖에는 달리 도리가 없는 것이다.

식당에서 일어설 때까지 해연은 입을 다물고 있었다. 3층 출발 게이트 앞에 이르러서야 그녀는 가까스로 입을 열었다.

"2박 3일 동안 제주에서 아주 행복했다고 말하고 싶어요."

"그런데 이거 알아? 우리가 오늘 비로소 처음 신호를 교환했다는 거."

"그만두시죠."

쓸쓸하고 피곤한 모습으로 그녀는 미소를 지어 보였다.

"고래 떼를 본 게 문제였어요."

"무슨 소리지?"

"고래 떼를 본 순간 굉장히 자극됐거든요."

"동감이야."

"네?"

"실은 나도 그랬다고. 어쨌거나 만나서 반가웠어. 이제 그만 들어가봐. 나도 집에 돌아가서 고양이에게 밥부터 줘야겠어."

게이트를 통과하기 전에 해연이 몸을 돌려 물어왔다.

"나 지금 보기 좋아요?"

영빈은 고개를 끄덕여 보였다.

"나 잘 왔다 가는 거죠?"

그렇다고 말하며 영빈은 해연의 등을 두드렸다. 이어 그녀는 등을 돌려 게이트를 빠져나가 뒤를 돌아보지 않은 채 검색대가 있는 곳으로 사라졌다.

25

이튿날부터 영빈은 책상에 붙어 앉아 글을 쓰기 시작했다. 사라져간 모든 날들의 꿈에 대해서. 치유되지 않는 고통에 대해서. 온갖 삶의 기대와 시대의 절망에 대해서. 그때 만났다 헤어진 사람들에 대해서. 무고하게 죽어간 이들에 대해서. 영빈은 1994년 10월 21일 아침 성수대교가 붕괴된 시점부터, 그후 10년 동안 주위에서 일어났던 일들을 꼼꼼히 기록해나갔다. 돌이켜보면 그 시점부터 새로운 삶의 변화가 찾아와 있었다. 해연을 만난 것도 물론 거기에 포함돼 있었다. 단 1분만 어긋났더라도 그날 두 사람은 만나지 못했을 터였다. 또한 9년 뒤에 다시 만날 일도 없었으리라. 그런데 그 두 번의 만남을 두고 어떻게 아무 의미가 없다고 말할 수 있는가. 사람들이 흔히 우연이라고 말하는 우발적 만남에도 어느 정도의 필연은 내재돼 있게 마련이다. 그렇지 않고서는 그 불가해한 일들을 설명할 도리가 없다. 어쩌면 두 사람만이 공유할 수 있는 삶의 이면들이 만나기 이전부터 이미 내재돼 있었는지도 모른다.

고양이가 뜻밖에도 위안이 되었다. 누군가 집 안에서 함께 숨쉬고 있다는 사실만으로 영빈은 안심을 할 수 있었고 잠자리에 드는 순간에도 어렴풋한 위안을 느낄 수 있었다. 새벽과 아침 사이의 그 미묘하고도 푸르른 미명이 창가에 어른거릴 때까지 고양이는 밤새 책상 옆을 떠나지 않았다. 영빈은 하루 세 끼 밥도 고양이와 함께 먹었고 저녁 무렵 산책을 나갈 때도 고양이를 데리고 나갔다. 고양이는 마치 해연이 남기고 간 그림자처럼 한시도 영빈의 옆을 떠나지 않았다.

글을 쓰는 동안 영빈은 조만간 시간을 내서 추자도에 다녀와야겠다는 생각을 하고 있었다. 그곳은 해연이 인생에서 가장 절망적이고 고독했던 순간을 보낸 장소였다. 서울에서 추자도는 얼마나 먼 곳인가. 목포에 아버지를 묻은 뒤 혼자 배를 타고 추자도까지 가는 동안 그녀는 무슨 생각에 빠져 있었던 걸까. 단지 아버지가 남긴 물건을 정리하기 위해 그 먼 곳까지 혼자 가려고 하지는 않았을 것이다. 당시 그녀가 추자도에서 머문 시간은 하루에 불과했다. 혹시 죽음을 염두에 두고 있었던 걸까? 죽음은 의외로 아주 단순하게 찾아온다. 뒷전에서 누가 내 이름을 불러 돌아보는 순간 그게 곧 죽음인 경우가 있는 것이다. 다음날 탈출하듯 추자도를 빠져나오며 그녀는 또 어떤 심정에 사로잡혀 있었을까. 이대로 삶을 계속할 수 있을까? 아마도 그런 생각에 사로잡혀 있었을 것이다. 그녀가 갈림길에 서 있던 바로 그 장소에서 영빈은 단 1분만이라도 머물러 있고 싶었다. 누군가를 진심으로 이해하기 위해서는 그 사람의 삶에서 가장 절망스러웠던 순간을 이해할 수 있어야 한다. 더불어 영빈은 그녀의 아버지가 파도에 휩쓸려 익사한 절명여에서 마지막으로 낚시를 하리라는 생각을 하고 있었다.

영빈은 일요일엔 고양이를 데리고 가까운 방파제로 낚시를 다녀왔고 밤에는 아버지에게 편지를 써서 월요일 아침 우체국에 가서 등기우편으로 부쳤다. 비록 간단한 안부 편지에 불과했으나 그 일을 통해 좀더 아버지에게 가까이 다가가려는 시도를 했다.

마침내 태풍이 몰려왔다. 8월 16일 오키나와 해상에서 발생한 제15호 태풍 메기가 19일 서귀포 동쪽 해상을 휩쓸며 지나갔다. 29일에는 제16호 태풍 차바가 몰려와 온 섬을 들쑤셔놓고 31일에야 일본 쪽으로 빠져나갔다. 그러고 나서 며칠 잠잠하다 싶더니 9월 6일 제18호 태풍 송다가 제주도 동해상을 통과하면서 엄청난 비를 뿌려댔다. 북제주군 함덕과 김녕 해안가 마을이 물에 잠겼다. 포구에 묶여 있던 배가 떠내려가고 남쪽 가파도 근해에서는 낚시꾼 두 명이 행방불명됐다는 소식이 들려왔다. 영빈이 '부산민박'에 전화를 걸어보니 마라도 주민들은 아예 집 밖으로 나갈 엄두를 내지 못한다고 했다.

제16호 태풍 차바가 제주도를 통과하는 8월 30일과 31일은 1년 중 조수간만의 차가 가장 큰 백중사리 기간이었다. 음력으로는 7월 보름으로, 불가(佛家)에서는 여름 수행 기간인 하안거를 마친 뒤 대중들 앞에서 참회를 구하는 연례행사가 열리는 날이기도 했다. 30일 새벽에, 영빈은 문득 베란다 밖에서 들려오는 호랑이 울음소리를 들었다. 일을 끝내고 잠자리에 누운 건 새벽 2시였다. 그러나 태풍이 몰려가는 소리에 도무지 잠을 이룰 수가 없었다. 베란다 문이 덜커덩거리며 바람이 몰려가는 소리가 문틈으로 비집고 들어오고 있었다.

영빈은 침대에서 일어나 불을 켜고 거실로 나갔다. 소파에서 잠들어 있던 고양이가 담요 밖으로 머리를 내밀고 영빈을 쳐다보았다. 새벽 3시가 가까워져 있었다. 영빈은 현관문이 잘 닫혀 있는지를 확인하고 주방에서 온더록스 잔을 가져와 지난번 해연이 다녀갈 때 가져온 밸런타인의 뚜껑을 땄다. 냉장고를 열어보았으나 얼음 큐빅이 남아 있지 않았다. 밸런타인을 냉수에 타서 두 잔 마신 뒤 영빈은 텔레비전을 켰다. 태풍이 불어가는 새벽에도 거의 모든 채널에서는 홈쇼핑 광고를 하고 있었고 영화 채널에서는 한 달 동안 이미 다섯 번은 방영했을 〈엽기적인 그녀〉를 또다시 내보내고 있었다. 낚시 채널도 사정은 마찬가지였다. 어제 낮에 방영한 동해권 대구 낚시 특집을 재방송하고 있었다. 때마침 천둥번개가 치는 바람에 영빈은 텔레비전을 껐다. 책상 앞에 앉아 지난밤에 쓰다 만 부분을 이어 쓰려 했으나 아무래도 정신이 집중되지 않았다. 술을 두어 잔 마신 탓이려니 했으나, 꼭 그런 것만도 아니었다. 역시 태풍이 몰려가는 소리 때문일까?

몇 번 망설이다 영빈은 해연에게 전화를 걸어보았다. 웬일인지 그녀는 전화를 받지 않았다. 잠이 들었다 해도 벨소리를 듣고 깨어날 텐데. 그녀와 새벽 통화를 하는 것은 그다지 드문 일도 아니었다. 글쎄, 외출했다 아직 돌아오지 않은 걸까. 휴대폰으로 걸어볼까 하다가 영빈은 수화기를 내려놓았다. 영빈은 냉동실에서 고등어를 꺼내 전자레인지에 해동시켜 접시에 담아 고양이에게 갖다주었다. 고양이는 냄새조차 맡으려 하지 않았다. 담요 속에 깊숙이 웅크린 채 좀처럼 움직이려 하지 않았다. 영빈이 머리를 슬쩍 쥐어박았으나 그래도 여전히 아무 반응이 없었다. 그제야 영빈은 고양이의 태도가 심상찮다는 것을 눈치챘다. 고양이의 망막 조리개가 터질 듯 부풀어 있었다. 무슨 기척을 느낀 것일까. 영빈은 주의 깊게 거실 안을 둘러보았다. 하지만 그 어떤 사소한 기미도 감지되지 않았다. 여전히 밖을 휩쓸고 지나가는 태풍 소리와 간헐적으로 천둥번개 치는 소리가 들려올 뿐이었다. 영빈이 고양이를 끌어안고 술을 한 잔 더 마시려는 찰나에 갑자기 거실의 불이 나갔다. 정전인 모양이었다. 고양이가 냐옹, 하며 영빈의 품속으로 달겨 들었다. 태풍 시즌에 가끔 일어나는 일이었으므로 영빈은 고양이를 안고 소파에서 일어나 신발장 서랍에 넣어둔 양초를 찾아 불을 붙였다. 맞은편 아파트에서도 군데군데 촛불이 켜지는 게 보였다.

그때 고양이가 다시 날카롭게 냐옹! 소리를 내지르며 영빈의 품안에서 튀어나갔다. 영빈의 손등에 발톱 자국을 남긴 채. 영빈은 야릇하게 신경이 곤두섰다. 고양이가 왜 이러는 걸까. 영빈이 몸을 돌려 소파로 다가가려 할 때 다시금 고양이가 날카롭게 우는 소리가 들려왔다. 잔뜩 겁에 질린 소리였다. 뒤미처 영빈의 머리털이 날카롭게 곤두섰다.

베란다에 누군가 들어와 있었다. 문이 열려 있었던 걸까. 낮에 담배연기가 빠져나가도록 한 뼘쯤 열어두곤 하는데. 아까 잠자리에 들면서 미처 단속하지 못한 모양이었다. 베란다로 통하는 거실 문을 열자 순식간에 바람이 몰려들어와 테이블 위에 있던 촛불이 꺼졌다. 도둑고양이인 줄 알았는데 그게 아니었다. 노루도 아니었다. 노루가 베란다까지 들어올 리가 없었다. 보다 육중하고 커다란 물체가 베란다 통로를 왔다 갔다 하며 으르릉거리고 있었다. 베란다 턱에 붙박여 선 채 영빈은 그놈을 노려보았다. 푸른 인광을 발하는 두 개의 눈동자가 불안스럽게 영빈을 노려보고 있었다. 으르릉, 하는 거친 숨소리가 단속적으로 영빈의 귀에 들려왔다. 영빈이 베란다로 발을 들여놓으려 하자 놈은 어흥, 하는 소리를 내며 창고 쪽으로 뒷걸음질을 쳤다.

호랑이로군. 영빈은 저도 모르게 그렇게 중얼거리며 베란다 물통 옆에 있던 우산을 집어들었다. 호랑이는 구석으로 잔뜩 몸을 사리며 으르렁댔다. 정신을 가다듬고 살펴보니 방충망과 이중으로 설치돼 있는 유리문이 반쯤 열려 있었다. 영빈은 유리문을 완전히 열어놓은 뒤 호랑이가 있는 곳으로 한 걸음씩 다가갔다. 그와 동시에 거센 바람이 안으로 몰려들어왔다. 위협을 느꼈음인지 호랑이는 다시금 어흥! 하고 울부짖으며 커다란 앞발을 들어 보였다. 영빈은 호랑이의 눈을 마주 보며 한참을 그 자리에 서 있었다. 이쪽을 해칠 기미는 보이지 않았다. 영빈은 무릎을 굽히고 앉으며 우산을 바닥에 내려놓았다.

호랑이가 꼬리를 늘어뜨린 채 영빈에게 느릿느릿 다가왔다. 거실 담요 속에 숨어 있던 고양이가 다시금 앓는 소리를 냈다. 호랑이는 영빈의 얼굴 가까이까지 와 있었다. 영빈은 손을 내밀어 호랑이의 목덜미를 쓰다듬었다. 호랑이는 여전히 불안한 동작을 취하고 있었다. 그러나 물러나려는 기색은 보이지 않았다. 왜, 여기까지 왔느냐고 영빈은 눈으로 물었다. 호랑이는 대꾸가 없었다. 찾아온 이유가 있을 텐데, 말해봐. 나한테 잡혀 죽을까봐 겁이 나서 미리 찾아온 건가? 어쨌든 찾아온 이유가 있을 거라고 영빈은 생각했다. 어서 말해, 알다시피 나는 참을성이 없는 사람이야. 그리고 할 말이 없으면 그만 돌아가. 내가 잡으러 갈 때까지 거기서 기다리란 말이야. 어흥, 하고 낮게 호랑이가 우는 소리를 냈다. 무어라 간곡하게 전하려는 듯했으나, 영빈은 그 뜻을 알아차리지 못한 채 자꾸 호랑이를 다그쳤다. 호랑이는 두 발을 들어 영빈의 어깨에 슬그머니 올려놓았다. 그리고 거친 혀를 내밀어 영빈의 귀를 두어 번 핥아댔다. 이윽고 호랑이는 발을 내리고 방충망이 열려 있는 곳으로 다가갔다. 영빈은 몸을 일으켜 호랑이가 빠져나가도록 옆으로 비켜섰다.

이어 호랑이는 베란다 쇠창살을 훌쩍 타넘어 태풍 속으로 사라졌다.

거실의 불이 들어왔다. 호랑이가 다녀간 흔적은 어디에도 보이지 않았다. 그럼에도 영빈의 눈에는 호랑이의 모습이 아직도 뚜렷한 형상으로 남아 있었다. 뭔가 또 불길한 일이 일어나려 하고 있군. 영빈은 막연히 그런 생각에 사로잡혀 있었다.

해연에게 다시 전화를 걸어보았으나 역시 받지 않았다. 휴대폰은 꺼져 있는 상태였다. 밸런타인을 3분의 1쯤 비우고 거실의 불을 끈 다음 영빈은 고양이를 끌어안고 방으로 들어가 침대에 누웠다. 그러나 달아난 잠은 좀처럼 다시 오지 않았다.

태풍이 몰려가는 소리에 섞여 먼 데서 호랑이 울음소리가 들려왔다. 아직도 떠나지 못하고 근처를 배회하고 있는 모양이었다. 호랑이 울음소리는 밤새 영빈의 귓전을 떠나지 않았다.

26

백중사리의 물이 차오르는 아침에 영빈은 낚싯대를 챙겨들고 바다로 나갔다. 무모하기 짝이 없는 짓이었으나 영빈은 집에 그대로 머물러 있을 수가 없었다. 지난밤에 호랑이를 본 탓이었다. 영빈은 남쪽 모슬포로 차를 몰았다. 아침에 눈을 뜨기가 무섭게 영락리 앞바다가 눈앞에 떠올랐던 것이다. 언젠가 물때를 잊고 들어갔다가 갯바위에서 실족을 한 곳이기도 했다.

집에서 나오기 전 기상청 홈페이지에 들어가 물때표를 보니, 만조시각은 아침 10시 29분이었고 오후 5시 1분이 간조였다. 폭우가 쏟아져 내려 와이퍼로도 시정거리를 제대로 확보할 수 없었다. 시속 20킬로미터 정도로 앞을 더듬어가며 영빈은 간밤에 찾아왔던 호랑이를 생각하고 있었다. 도대체 무슨 일이 일어난 걸까. 불안이 고조되는 가운데 영빈은 해연의 모습을 떠올리고 있었다. 아침까지 그녀는 전화를 받지 않았다.

아침을 굶은 터여서 영빈은 모슬포 읍내에 차를 세우고 식당에 들어가 국밥부터 주문했다. 밥이 나오기를 기다리며 신문을 뒤적이고 있는데 마침 해연에게서 전화가 걸려왔다. 그녀의 목소리는 기묘하게 가라앉아 있었다. 영빈은 간밤에 어디 가 있었느냐고, 왜 전화를 받지 않는 거냐고, 해연에게 물었다.

"집에 있었어요."

역시 이상할 정도로 차분한 목소리. 마치 잘 닦아놓은 거울에서 울려나오는 소리 같았다.

"전화는 받고 싶지 않았고요."

영빈은 문득 심상찮은 기미를 감지했다.

"무슨 일이 있는지 얘기해봐."

대답 대신 그녀는 지금 어디에 있느냐고 영빈에게 물어왔다. 모슬포에 있는 식당에 들어와 있다고 영빈은 사실대로 말했다. 주방 가스레인지 위에서 뚝배기에 담긴 국밥이 부글부글 끓고 있었다. 여주인이 그 안에 달걀을 깨 넣고 있었다.

"이 태풍 속에 아침부터 거긴 뭐하러 간 거죠?"

화를 내고 있는 건가? 호랑이를 찾으러 왔다고 하려다, 그녀가 짜증을 낼 것 같아 영빈은 에둘러서 말했다.

"태풍 구경 좀 하려고. 오늘이 백중사리거든."

"설마 낚싯대를 가져간 건 아니겠죠?"

"그건 항상 차에 실려 있잖아."

식탁에 국밥 내려놓는 소리를 들었는지, 그녀는 집에 들어가는 대로 전화를 달라며 냉큼 수화기를 내려놓았다. 영빈은 서둘러 국밥 그릇을 비우고 영락리로 차를 몰았다.

너울파도가 갯바위에 부딪치며 10여 미터씩 하늘로 치솟고 있었다. 차에서 내리긴 했으나 영빈은 바람 때문에 몸조차 가누기 힘들었다. 미친 낚시꾼은 눈을 씻고도 찾아볼 수 없었다. 하얗게 부서지는 해안도로를 따라 해안경비초소가 있는 신도리를 거쳐 영빈은 고산 자구내 포구까지 차를 몰고 갔다. 고산이라고 해서 다를 바 없었다. 비바람에 방파제가 부서질 듯 흔들리고 있었다. 포구 앞 구멍가게에 들러 커피를 마시고 나와 영빈은 일주도로를 따라 쫓기듯 집으로 돌아왔다. 그때가 오전 11시였다.

영빈은 아버지의 상태를 확인하기 위해 먼저 효행병원으로 전화를 걸어보았다. 잠시 후 담당 간호사가 선화를 바꿨다. 특별히 더 나빠진 것은 없다고, 제주에서 보낸 편지는 아버님께 잘 전해드리고 있다고 그녀는 말했다.

"뉴스를 보니 제주도는 태풍 피해가 심한가봐요."

"네, 이러다 바다가 넘치지나 않을까 모르겠습니다."

"그럼, 어떻게 되는 거죠? 네덜란드처럼 되는 건가요?"

놀란 음성으로 그녀가 물어왔다.

"그야 두고 봐야죠. 아무튼 물을 퍼내느라 지금 다들 정신이 없습니다. 그럼 이만 끊겠습니다."

영빈은 담배를 피우고 양치질을 한 다음 해연에게 전화를 걸었다. 기다리고 있었던 듯 해연은 곧장 수화기를 집어들었다. 신호가 딱 한 번 갔을 뿐이었다. 아침과는 달리 그녀의 목소리는 사포처럼 꺼끌하게 변해 있었다.

"몸이 좋지 않은가?"

"네, 별로 좋지 않아요."

갈급한 소리로 해연이 되받았다.

"탈이 났는지 속이 거북해 며칠째 소화제로 버티고 있어요."

"그럼 병원에 가봐야지. 왜 그러고 있어."

"그럴 만한 여유가 없어요."

"약국 옆이 바로 병원이잖아."

"누가 그걸 몰라요? 그럴 만한 여유가 없다는 얘기잖아요."

"화내기 전에 무슨 일이 있는지 그것부터 말해봐."

"누가 화를 내고 있다고 그래요? 아무것도 모르면서."

도무지 통화를 계속할 분위기가 아니었다. 집에 있을 테니 나중에 전화를 달라고 말한 뒤 영빈은 수화기를 내려놓았다. 영빈은 따뜻한 물을 받아 고양이를 목욕시키고 헤어 드라이기로 말린 다음 생선을 갖다주었다. 고양이는 여전히 접시에 입을 대지 않았다. 어젯밤에 꽤나 놀란 모양이었다. 하지만 먹어야 할 게 아니냐 말이다. 고양이의 뒤통수를 쥐어박고 나서 영빈은 혼잣말로 중얼거렸다.

"너희 둘은 왜 그렇게 닮은 거지? 신기하기도 해라. 예민하고 사나운데다 외로움은 한시도 못 참지. 그렇다고 아무 때나 성질을 내는 게 아니란 말이다."

의자를 끌어당기고 앉아 영빈은 컴퓨터를 열고 세 시간쯤 글을 써나갔다. 감정의 균형이 흐트러진 탓에 글의 리듬이 살아나지 않았다. 주어+동사, 주어+목적어+서술어 형식의 단순한 문장 외에는 기본적인 수사조차 이뤄지지 않았다. 가령 '나는 고양이를 때렸다'라는 문장을 가지고 영빈은 한 시간째 고쳐 쓰고 있었다.

내가 고양이를 때린 건 그녀가 미워서였다.
나는 고양이를 때렸고, 단지 그뿐이었다.
고양이를 때렸다고 해서 화가 풀린 것도 아니었다.
비록 고양이가 맞을 짓을 한 건 아니지만, 나는 때렸다.
고양이를 때린다고 해서 그녀의 성격이 달라지는 것도 아니지 않는가.

계속 고쳐 쓰다보니 본문과는 아무 상관도 없는 문장이었다. 어쩔 수 없이 또 담배라는 걸 피워물며 영빈은 노트북 뚜껑을 닫았다. 저녁을 먹고 나서 다시 시도해볼 생각이었다. 냉장고 문을 열어보았으나 마땅히 먹을 게 없었다. 아니, 음식을 만들 재료는 있었으나 만들고 싶은 마음이 생기기 않았다. 그렇다고 라면으로 저녁을 때우기도 싫었다. 새벽까지 앉아서 일하려면 설렁탕 정도는 먹어둬야 했다.

영빈은 우산을 들고 아파트 앞에 있는 식당에 들어가 설렁탕을 주문했다. 벽에 걸려 있는 텔레비전에서는 저녁 7시 뉴스가 방영되고 있었다. 먼저 태풍 소식으로, 오늘도 전국적으로 많은 피해가 발생해 있었다. 내일쯤에나 태풍은 진로를 바꿔 일본 규슈 방향으로 빠져나갈 거라는 예보였다. 제주도 동북부 지방도 해일 피해가 막심했다. 다시금 알 수 없는 불안의 그림자가 영빈의 마음을 욱죄고 있었다. 먹는 둥 마는 둥 수저를 내려놓고 나서 영빈은 집으로 돌아왔다.

현관문을 열자마자 요란하게 전화기의 벨이 울렸다. 영빈은 신발을 벗어 던지고 거실로 올라가 재빨리 수화기를 집어들었다.

"어디 갔었어요?"

해연이 날카롭게 물었다. 그녀는 30분째 전화를 걸고 있었다. 영빈은 식당에 갈 때 휴대폰을 두고 간 사실을 깨달았다.

"소리 질러서 미안해요."

"태풍이 몰려가는 중이라 그렇게라도 하지 않으면 여기 제주도에선 잘 안 들려."

먼지를 가득 들이마신 듯 그녀는 숨을 죽이고 있었다.

"제주도에 내려가려고 공항에 전화를 걸어봤더니 항공기가 결항이더군요."

그녀는 너무도 당연한 얘기를 하고 있었다. 여객선도 며칠째

항구에 묶여 있기는 마찬가지였다. 그런데 해연은 이런 날씨에 왜 제주도에 내려올 생각을 한 것일까?

"이런 말을 해도 되는지 모르겠어요."

역시 불길한 느낌이 영빈의 턱 밑을 차갑게 핥고 지나갔다.

"좋지 않은 소식이에요. 아니, 나쁜 소식이에요."

얘기하라고, 영빈은 조용히 말했다. 어차피 알게 될 일이었다.

"내가 왜 이런 소식을 전해야만 하는 거죠?"

"말해봐. 그렇다고 잘못을 저지르는 것도 아니잖아."

이렇게 말하는 순간 영빈은 해연의 입에서 무슨 말이 나오리라는 것을 막연히 짐작하고 있었다. 다만 그 짐작이 틀리기만을 바라고 있었다. 한데 왜 그런 생각이 들었던 걸까. 해연은 입을 다문 채 버티고 있었다. 영빈이 물었다.

"그 소식을 언제 들은 거지?"

"어젯밤. 하지만 사고가 난 건 며칠 전이에요."

사고라고 그녀는 말했다. 그녀의 음성은 잠자리 날개처럼 떨고 있었다.

"사고가 일어난 정확한 날짜를 말해봐."

"8월 18일이라고 들었어요."

영빈은 벽에 걸려 있는 달력을 바라보았다. 제15호 태풍 메기가 몰려가던 날이었다. 제주도에서는 그날 251밀리미터의 기록적인 폭우가 쏟아졌다. 같은 날 일본도 태풍 메기의 영향권에 들어 있었다.

"그 얘길 어디서 들었지?"

"……"

"확인하려는 것뿐이야."

마침내 체념한 듯 해연이 맥없이 대꾸했다.

"어젯밤 '히데코'에 들렀다가 킴 베이싱어한테 들었어요. 있잖아요, 주인의 여동생이라는 여자."

"누군지 알 것 같아."

영빈은 소파에 웅크리고 있는 고양이를 돌아보았다. 어젯밤 베란다에서 보았던 호랑이의 모습이 영빈의 눈앞에 반사광처럼 떠올랐다.

"결국 그렇게 됐군."

"도대체 왜들 그러는 거죠?"

"……"

18일 새벽 유미코는 가족이 눈치채지 못하게 혼자 집을 나갔다. 아침 8시쯤 그녀의 방에서 어머니가 유서를 발견했다. 경찰서에서 집으로 전화가 걸려온 것은 그로부터 두 시간 뒤였다. 그녀는 집 근처에 있는 공원 벤치에 청바지와 티셔츠 차림으로 반듯하게 누워 있었다. 벤치 밑에는 신발이 가지런히 놓여 있었다. 새벽 산책을 나온 노인에 의해 발견됐을 때 그녀의 몸은 이미 차갑게 식어버린 상태였다. 경찰은 일단 병원으로 사체를 옮긴 뒤 소지품을 뒤져 그녀의 신원을 확인했다. 사체부검을 한 결과 음독으로 판명되었다. 유서의 내용은 아직 확인되지 않았다.

어젯밤 '히데코'에서 그 소식을 전해 듣고 해연은 자정 무렵 집으로 돌아왔다. 잠을 이루지 못하는 가운데 새벽 4시쯤 전화벨이 울렸다. 제주도에서 걸려온 전화라는 걸 알고 있었으나 해연은 수화기를 들지 않았다. 5시에 다시 전화벨이 울렸으나 역시 그녀는 받지 않았다. 돌처럼 무거운 침묵이 이어진 뒤 해연이 가까스로 입을 열었다.

"꼭 그래야만 하는 건가요?"

영빈은 입을 다문 채 고양이의 목을 만지고 있었다. 생각을 정리하기에는 얼마쯤 시간이 필요할 터였다. 유미코는 왜 그런 선택을 한 것일까. 제주도에서 올라갈 때만 해도 그런 기미는 보이지 않았다. 유미코가 일본으로 돌아가기 전에 통화를 하지 못했던 사실이 영빈은 두고두고 마음에 걸렸다. 본명이나 밝히자고 전화를 걸었던 건 아닐 터였다. 서울을 떠나기 전에 이미 자살을 결심하고 있었던 것일까. 해연을 통해 확인할 수 있는 것은 더이상 없었다.

해연이 과민하게 반응하고 있는 듯해 영빈은 이렇게 말했다.

"유미코의 죽음이 우리와 관계있을 거라고 함부로 짐작하지 마."

"……그게, 그런 건가요?"

영빈은 냉정하게 얘기했다.

"우리가 그동안 알고 지냈던 사람은 히데코라는 여자야. 애초에 존재하지도 않았던 사람이지. 존재했더라도 유령에 불과했던 사람이야. 알아듣겠어?"

"모르겠어요."

"히데코는 이미 죽은 사람이었어."

"……"

"듣고 있어?"

"하지만 그렇다고 얘기할 수만은 없잖아요."

"유미코는 서울에 오지도 않았고 우리를 만난 적도 없어."

영빈은 보다 강경하게 말했다.

"그런가요?"

해연이 냉소적으로 되받았다.

"우리 현실적으로 얘기해요. 영빈씨 속마음은 그게 아니죠?"

"현실적으로 얘기하고 있는 거야."

해연은 차분해지려고 애를 쓰는 기색이 역력했다.

"……서울을 떠나기 전에 자살을 결심했던 걸까요?"

"아닐 거라고 생각해. 적어도 내가 보기엔 그렇지 않았어. 그런 상태에 있는 사람은 1분 후에 무슨 일을 저지를지 예측하기도 힘들어. 자신조차도 그걸 모르고 있단 말이지."

"히데코가 됐든 유미코가 됐든 둘 중 하나는 우리와 알고 지내던 사람이 분명해요. 그건 인정할 수밖에 없어요."

"그런다고 달라질 것도 없어."

"아마 영빈씨도 혼란스러울 거예요. 그게 나는 걱정이에요."

"아무렇지도 않다고 말할 수는 없지. 오히려 나는 당신이 걱정이야."

"곧 괜찮아질 거예요. 다른 사람들도 다 그러니까요."

그제야 영빈은 조금 안심이 됐다. 다른 사람들도 다 그렇다는 것을 안다는 것조차 쉬운 일이 아니다.

"내가 도와줄 만한 일은 없을까요?"

해연이 조심스럽게 물어왔다.

"내일 아침에 병원부터 다녀와. 몸이 아프면 의사한테 가봐야 하는 거야. 병을 고치는 건 환자의 몫이 아니라고."

알았다고, 말하며 그녀는 전화를 끊었다.

밤새 사방에서 재티가 날렸다. 망연히 소파에 앉아 있다, 영빈은 밖으로 나가 하늘을 꼭대기까지 올려다본 다음 이윽고 걷기 시작했다. 태풍을 맞으며 서쪽으로 걸어갔다. 애월을 벗어나 귀덕과 한림과 협재를 지나 신창에서 해안도로로 접어들어 또 무작정 계속 걸어갔다. 아무 생각도 없이 그저 그렇게. 해안가에 설치된 하얀 풍력발전기가 무서운 굉음을 내며 돌아가고 있었다.

고산 자구내 포구까지 왔을 때 먼 하늘에서 희붐한 빛이 번져왔다. 바다는 미친 듯 몸부림치고 있었다. 포구에 있는 구멍가게에 새벽부터 불이 들어와 있었다. 안을 들여다보니 주인 노인네가 딱딱한 나무의자에 앉아 담배를 피우고 있었다. 비에 흠뻑 젖은 몰골로 안으로 들어서자 노인은 두 눈을 부릅뜨고 영빈을 쳐다보았다.

"어제 낮에도 왔던 사람 아니우까? 새벽부터 왜 이러고 다니는 거우까."

노인은 가스레인지에 주전자를 올려놓고 불을 켰다. 노인이 끓여준 커피를 마시며 영빈은 마침내 눈시울을 붉혔다. 새벽 5시였다. 영문도 모른 채 노인은 연신 혀를 차며 고개를 가로저었다. 마음이 상했다고 젊은 사람이 이러고 다니면 안 된다고, 노인이 영빈의 등을 두드리며 말했다. 거기서 아침이 되길 기다렸다가 영빈은 고산 읍내로 걸어나가 일주버스를 타고 집으로 돌아왔다. 그리고 곧장 침대에 쓰러졌다.

저녁참에 깨어나니 사방이 물속처럼 적막하고 고요했다.

태풍이 빠져나간 모양이었다.

그로부터 무더위가 며칠 더 계속되는가 싶더니 9월 초에 다시 태풍이 몰려왔다. 영빈은 진저리를 치고 있었다. 태풍이 몰려가는 동안 영빈은 고양이와 함께 집에 틀어박혀 있었다. 그러다 9월 중순에야 교도소에서 출감하는 기분으로 문을 열고 밖으로 나왔다. 온 세상이 투명한 햇살로 뒤덮여 있었다. 감당하기 힘겨운 맑은 날씨였다.

27

그날부터 영빈은 다시 글쓰기에 매달렸다. 어떠한 다른 선택도 할 수 없는 상황이라는 걸 깨닫고 있었던 것이다. 아침부터 창문의 커튼을 닫고 스탠드 불만 켜놓은 채 영빈은 종일 책상 앞을 떠나지 않았다. 밥도 책상에 놓고 먹었다. 여기서 또 주저앉거나 뒤를 돌아보게 되면 다시는 일어설 기회가 오지 않으리라는 절박감 때문이었다. 수염은 하루에 1밀리미터씩 자라났고 밤은 점점 짧아지고 있었고 배고픔은 어느덧 사라졌다. 안과 밖, 공간과 장소, 꿈과 현실의 경계가 없는 지점을 찾아 영빈은 쉼 없이 내면으로 줄을 타고 내려갔다. 그러다 어느 순간 의자에 앉은 채로 의식을 잃고 바닥으로 쓰러졌다. 깨어나니 새벽이었고 미친 듯이 배가 고팠고 턱수염은 3센티미터가 길어 있었다. 거울을 보니 바다에서 한 달쯤 표류하다 구출된 사람 같았다. 그리고 제주도였다.

숨이 막히는 느낌이 찾아와 영빈은 낚싯대를 챙겨들고 차귀도로 향했다. 그로부터 영빈은 리듬을 조절하기 위해 일주일에 한 번꼴로 무인도로 낚시를 다녔다. 서귀포 위미항과 법환포구에서 유어선을 빌려타고 지귀도와 범섬, 숲섬, 섶섬, 문섬에 있는 갯바위들을 차례로 돌아다녔다.

그즈음 해연은 어머니와 다시 만나고 있다는 연락을 전해왔다. 10월 말에는 목포에 있는 아버지의 산소에 어머니와 함께 다녀왔다는 소식을 전해오기도 했다.

11월로 접어들자 수온이 내려가며 북쪽 일부 지방을 제외한 제주도 전역에서 방어와 부시리가 바다에 몰려들었다. 영빈은 장비를 새로 마련해 서귀포와 차귀도로 방어와 부시리를 잡으러 다녔다. 간혹 다른 사람들과 함께 선상 낚시를 하기도 했다. 부시리 낚시는 체력을 지탱하기 힘들 정도의 격한 노동이었다. 그 힘겨운 노동을 통해 영빈은 몸과 마음의 중심을 회복하려 했다. 그러나 가슴 밑바닥에 고인 두터운 앙금은 좀처럼 씻겨나가지 않았다. 영빈은 아직도 자신의 영혼이 아귀에 시달리고 있음을 깨닫고 진저리를 쳤다. 얼마나 더 많은 죽음의 잔치를 벌여야 자신 앞에 무릎을 꿇게 될지 끝이 보이지 않았다. 잡아온 물고기는 간과 쓸개만 내먹고 소금을 뿌려 베란다 건조대에 빨래처럼 널어 말렸다. 세탁기가 놓여 있는 주방 베란다와 현관 베란다까지 건조장으로 사용했다. 고양이는 살이 오를 대로 올라 호랑이 새끼처럼 변해갔다. 발정기가 다가와 밤마다 외출을 시키지 않으면 시끄러워 견딜 수가 없었다. 생각다 못해 영빈은 고양이가 마음대로 드나들 수 있도록 현관문에 달린 우유 투입구를 뜯어냈다. 고양이는 저녁을 먹고 나가 새벽이나 돼야 어슬렁거리며 돌아왔다.

더이상 냉장고에 물고기를 넣어둘 공간이 보이지 않자 영빈은 소금에 절인 물고기를 스티로폼 상자에 넣어 우체국에 가서 평소에 알고 지내던 사람들한테 무작위로 부치기 시작했다. 발신인의 주소와 이름을 표시하지 않았으나 누가 그런 짓을 했는지 대충 짐작할 터였다. 집 안이 온통 생선 비린내투성이였다. 일요일 아침마다 대청소를 하고 방향제와 심지어는 향수를 뿌려대도 비린내는 없어지지 않았다.

어느 때부턴가 동네 고양이들이 집으로 침입해 들어왔다. 알고 보니 외출했던 고양이가 다른 고양이들을 새벽에 끌고 들어왔다. 아무리 쫓아내도 소용이 없었다. 영빈은 도로 현관 구멍을 막고 현관문 밖에 생선을 쌓아놓았다. 며칠 그런 일이 계속되자 관리소에서 나와 집을 비우라고 경고했다. 주민들의 성화가 이만저만이 아니라는 얘기였다. 계단마다 고양이의 배설물이 쌓여 있어 청소하는 아주머니들도 초인종을 눌러대며 노골적으로 불만을 드러냈다.

그러던 어느 날 영빈은 가파도 남쪽 해상에서 돗돔이 잡혔다는 소식을 들었다. 추자도 절명여에서 해연의 아버지를 바다 속으로 끌고 들어간 그 전설 속의 물고기였다. 11월 21일 서귀포에서 낚시점을 운영하고 있는 정동근이라는 사람에 의해서였다. 영빈은 곧장 차를 몰고 한라산을 넘어갔다.

낚시점 앞에 내다놓은 돗돔을 보며 영빈은 숨을 쉴 수 없었다. 140센티미터, 60킬로그램에 이르는 거대한 돗돔이었다. 낚시점 안팎이 온통 구경꾼들로 북적거렸다. 트롤링 전용대에 45킬로

그램의 릴을 장착한 다음, 낙하산줄과 와이어줄 80호를 각각 원줄과 목줄로 사용했으며 미끼는 50센티미터급의 방어를 통째로 바늘에 달았다고 했다. 최초의 입질을 받았을 때는 대형 부시리로 알았다고 그 행운의 사나이는 말했다. 미끼를 삼킨 놈은 두 시간 동안이나 배를 이리저리 끌고 다녔다. 사력을 다해 끌어올리고 나서야 정동근씨는 비로소 돗돔의 존재라는 걸 확인할 수 있었다. 갈색의 얼룩무늬 흔적이 남아 있는 실로 엄청난 크기의 물고기였다. 영물을 잡았다고 다들 겁먹은 표정으로 고개를 가로저었다.

28

물때 2물. 음력 10월 12일. 양력 11월 23일. 만조시각 09시 09분, 저녁 21시 02분. 간조시각 새벽 02시 43분, 오후 15시 05분. 북동 내지 북서풍. 초속 8~12미터. 파고 1~3미터.

며칠 후 영빈은 장비를 챙겨들고 제주항에서 추자도로 가는 배에 올랐다. 고양이는 데려가지 않는 대신 현관문 아래 신문 투입구를 다시 개방해놓았다. 예보와 달리 바다는 산속의 호수처럼 고요했다. 너무나 고요해서 수면에 퍼붓는 햇살이 불길하게 느껴

질 정도였다. 바다의 움직임이 가장 적은 무시나 조금 때도 이처럼 잔잔한 경우는 드물었다. 바위로 이루어진 소관탈, 대관탈섬을 지나 배는 두 시간 후 추자도 신양리 선착장으로 입항했다.

북제주군에 속한 추자도는 상추자와 하추자, 횡간도와 추포도 등 네 개의 유인도와 서른여덟 개의 무인도로 이루어져 있는 군도(群島)였다. 일제 강점기까지 전라남도에 속해 있다가 미군정하였던 1946년 8월 제주가 도로 승격되면서 북제주군으로 편입된 지역이었다. 배에서 내려 영빈은 전화로 예약해둔 '다도민박'에 짐을 풀었다. 94년 10월 말에 해연이 와서 묵었던 집이었다.

물때가 좋지 않은데다 평일이었으므로 낚시꾼은 많지 않았다. 그럼에도 여수와 거제권에서 남쪽으로 회유하고 있는 초등감성돔을 노리는 낚시꾼들이 미리 들어와 바다를 살피고 있었다. 그중에는 앞으로 몇 달씩 민박집에 머물며 추자도에서 겨울을 날 낚시꾼들도 포함돼 있었다. 세상엔 그런 사람들도 있는 것이다.

조기 백반으로 서둘러 점심을 먹은 뒤 영빈은 오후 들물시각에 맞춰 인천에서 온 낚시꾼과 함께 유어선을 타고 푸랭이 삼봉바위 포인트에 내렸다. 절명여에 내리려 했으나 선장이 말렸다. 저녁에 풍랑주의보가 떨어질지 모른다는 얘기였다. 남쪽으로 사자섬과 절명여가 보였고 멀리 관탈섬이 흐릿하게 떠 있었다.

배에서 내리자마자 바다가 꿈틀대기 시작했다. 뒤미처 때아닌 북서풍이 몰려오면서 파도가 일고 있었다. 선장의 말이 옳았던 것이다. 영빈이 낚싯대를 꺼내 채비를 하는 동안 바람은 초속 8~10미터 정도로 빠르게 불어갔다. 초속 13미터가 넘으면 주의보가 떨어져 철수를 해야 했다. 영빈은 다소 무거운 채비로 찌를 바다에 던졌다. 수심은 15미터 정도가 나왔고 조류는 우에서 좌로 완만하게 흐르고 있었다. 그것이 약 100미터 전방에서 본류대와 합쳐져 추자도 본섬을 비껴 북쪽 횡간도 방향으로 빠져나가고 있었다.

영빈이 세번째 캐스팅을 하려는 터에, 옆에 있던 인천 사람의 낚싯대에 혹돔이 낚여올라왔다. 아까 점심을 함께 먹으며 들으니 그는 열흘째 민박집에 묵고 있었다. 어제 아침 절명여에서 50센티미터급의 감성돔을 올렸다고 했다. 혹돔을 바다로 돌려보내고 나서 그는 영빈에게 다가와 캔커피를 내밀었다. 그는 인천에서 피시방을 운영하고 있었다. 하지만 아내에게 맡겨두고 허구한 날 물고기나 쫓아다닌다며 자조적으로 웃었다. 조력 10년이 넘는 전문 낚시꾼이었다.

오후 4시 무렵 찌가 물속으로 스멀스멀 사라지면서 곧 입질이 찾아왔다. 영빈은 부드럽게 챔질을 한 다음 놈을 발밑으로 끌어당겼다. 잠시 후 수면으로 은빛 몸체가 옆으로 비스듬히 떠올랐다. 오랜만에 보는 감성돔이었다. 35센티미터 정도의 중간급이었다. 놈을 살림망에 넣어두고 영빈은 수심을 좀더 깊게 조절해 찌를 던졌다. 갯바위로 물이 차오르고 있었던 것이다. 바람은 초속 10미터 정도의 상태를 유지하고 있었다.

30분 후 다시 어신이 찾아와 끌어내보니 비슷한 크기의 감성돔이었다. 그후 다른 입질은 전혀 찾아오지 않았다. 인천 사람도 사정은 마찬가지였다. 6시가 되자 해가 기울기 시작하면서 바다에 슬슬 어둠이 내렸다. 추자도 본섬으로 낚시꾼을 실어나르는 유어선이 남쪽 사자섬을 돌아 삼봉바위 앞으로 노을을 끌고 다가왔다. 인천 사람은 바다에 담가두었던 살림망을 걷고 배에 올라탔다. 영빈은 선장에게 밤낚시를 하고 내일 아침에 철수할 거라고 말했다. 선장이 배를 돌리지 못하고 머뭇거리자 인천 사람이 고물에 서서 소리쳤다.

"내가 함께 남아 있을까요?"

괜찮다는 뜻으로 영빈은 손을 흔들었다. 풍랑주의보가 떨어졌더라면 고집을 부려도 안 되는 일이었다. 배가 돌아간 뒤 영빈은 민박집에서 챙겨준 김밥과 삶은 계란으로 허기를 메웠다. 단단히 준비를 하고 나왔으나 초저녁부터 몸이 으슬으슬 떨려왔다. 체온을 유지하기 위해 영빈은 소주를 두어 모금 마셨다. 그리고 야간 대물 낚시 채비로 교환했다. 탄력이 강한 낚싯대에 야간용 전자찌를 달고 바늘도 큰 것으로 갈았다. 그리고 붉은 갯지렁이를 미끼로 달아 어둠 속으로 흘려보냈다. 만조가 되면서 조류가 잠시 주춤했다. 찌는 40미터 전방 본류대 쪽으로 흐르다 와류를 타고 수중여가 있는 곳에서 가만히 멈췄다. 바늘이 수중여에 걸린 듯했으나 찌는 느린 속도로 왼쪽으로 이동하고 있었다. 영빈은 기다렸다. 기다리고 또 기다리는 일밖에 없었다. 그로부터 두 시간이 지난밤 10시쯤, 물이 흔들리기 시작하면서 찌가 바다 속으로 거칠게 빨려 들어갔다. 그와 함께 물속에서 붉은 빛이 번졌다. 영빈은 어깨 뒤로 낚싯대를 잡아챘다.

바닥에 바늘이 걸린 듯 한동안 움직임이 없었다. 낚싯대는 허공에 포물선을 그은 채 활시위처럼 팽팽하게 떨고 있었다. 1분쯤 지나서 우두둑, 하는 무거운 움직임이 영빈의 몸으로 전해져 왔다. 대물이 걸려든 게 틀림없었다. 서두르지 마, 라고 중얼거리며 영빈은 그대로 낚싯대를 잡고 있었다. 서둘다보면 줄이 끊어질 염려가 있었다. 이어 우둑, 우둑 하며 다시금 온몸으로 바다 속의 움직임이 전해져왔다. 대형 참돔이나 돌돔이리라. 이만한 크기의 감성돔은 아직 출현할 계절이 아니었다. 낚싯대를 바싹 움켜쥔 채 영빈은 침착하게 릴링을 시도했다. 낚싯줄이 윙윙거리면서 줄이 제대로 감기지 않았다. 손목의 힘을 유지하지 못하면 초릿대가 바다 속으로 빨려 들어갈 터였다. 그럼 십중팔구 줄이 터지게 돼 있다. 낚싯대를 세운 채 버틸 만큼 버텨야 했다. 드랙이 거꾸로 돌면서 줄이 뜨겁게 지직거렸다. 얼마를 더 버티고 있자 놈은 힘이 빠지는지 앞으로 서서히 끌려오기 시작했다.

어떤 물고기인지 여전히 알 수 없었다. 무게로 보아 70센티미터에서 80센티미터급은 될 듯했다. 마침내 수심 10미터 아래까지 놈이 끌려와 있었다. 무거운 돌덩이를 들어올리는 느낌이었다. 몸부림을 포기한 채 놈은 순순히 끌려왔다. 이윽고 수심 5미터. 곧 놈의 얼굴을 볼 수 있을 터였다. 영빈이 그런 생각을 하며 잠시 방심한 사이, 갑자기 놈이 거칠게 몸부림을 치며 초릿대를 끌고 물속으로 곤두박질쳤다. 힘을 써보았지만 낚싯대를 다시 세우는 일은 불가능했다. 2분쯤 버티기를 하다 놈은 기어이 줄을 끊고 밤의 심연 속으로 사라져버렸다. 흠. 영빈은 손목시계를 확인했다. 정각 11시. 당분간 입질이 찾아올 가능성은 희박했다. 대물과 겨루다 놓치게 되면 다른 물고기들도 놀라서 함께 빠져나가는 것이다. 손목과 어깨에 통증을 느끼며 영빈은 바위에 주저앉아 생수를 들이켰다.

목판화처럼 어둠이 깊이 가라앉은 추자도 본섬이 눈에 들어왔다. 방파제 주변에 둥그렇게 떠 있는 불빛들을 바라보며 영빈은 깊게 숨을 들이켰다. 드넓은 밤바다에서 오직 혼자라는 생각이 몰려왔다. 사자섬과 절명여 쪽을 바라보았으나 불빛은 보이지 않았다. 주머니에서 휴대폰이 울려 받아보니 민박집 가이드였다. 안전을 확인하기 위해 걸어온 것이었다. 지금이라도 철수할 생각이면 보트를 이용해 데리러 오겠다고 했다. 예보상황을 물으니 풍랑주의보는 해제된 상태였다. 영빈은 아침까지 푸랭이에 남아 있겠다고 전했다. 추위 때문인지 그새 뱃속이 허전했다. 영빈은 살림망에서 감성돔을 꺼내 회를 뜨고 소주를 몇 모금 들이켰다. 속이 홧홧하게 달아오르며 아랫배로 힘이 다시 몰렸다. 영빈은 절명여 쪽을 바라보았다. 그쪽에서 깜박이는 불빛을 잠깐 본 것 같았다. 그러나 불빛은 더이상 보이지 않았다. 밤바다에 나와 있다보면 온갖 헛것이 눈에 들어오게 마련이다.

절명여는 해연의 아버지가 돗돔과 함께 바다 속으로 사라진 곳이었다. 10년 전 이맘때였다. 온몸에 낚싯줄이 친친 감겨 있었고 낚싯바늘에는 물고기의 주둥이 일부(입술)가 남아 있었다고 한다. 야간 돌돔 낚시를 하던 중이었다. 그것이 돗돔이었다고 증언한 사람은 그날 해연의 아버지와 함께 밤낚시를 나갔던 통영 사람이었다. 수면에 잠시 얼굴을 드러낸 돗돔의 모습을 옆에서 직접 봤다는 얘기였다.

주위가 밝아와 고개를 들어보니 구름이 지나간 자리에 별들이 총총 박혀 있었다. 달은 횡간도 위에 순금으로 만든 거대한 손톱처럼 떠 있었다. 물이 빠져나가면서 조류가 북서쪽에서 남동쪽으로 흐르고 있었다.

들물이 시작되는 새벽 4시쯤에 영빈은 지난밤과 똑같은 힘이 느껴지는 대물의 입질을 받았다. 이번에는 실수하지 않았다. 십여 분의 힘겨루기 끝에 뜰채에 담겨져 올라온 것은 분홍빛의 찬란한 몸체를 가진 80센티미터급 참돔이었다. 온몸에 사파이어빛 점들이 별처럼 선명하게 박혀 있었다. 영빈은 두 손에 참돔을 안고 눈동자를 들여다보았다. 살아 있으므로 그것은 더욱더 아름다워 보였다. 마치 물고기로 환생한 어떤 여인을 품에 안고 있는 기분이었다.

'그대, 바깥세상을 본 건 오늘이 처음이겠지. 그게 곧 죽음이라는 것도 알고 있겠지. 떨고 있구나. 어쩌다 너는 물고기로 태어나 이 새벽에 난데없이 죽음의 순간을 맞이했는가. 돌아가거라. 돌아가 삶을 거듭하거라. 이제 나는 더이상 산 것을 죽이지 못한다.'

영빈은 가슴에 품고 있던 참돔을 바다로 돌려보냈다. 그때 히데코의 얼굴이 영빈의 눈앞에 떠올랐다. 아니, 유미코의 얼굴이 붉은 안개처럼 떠올라 허공에 머물러 있었다.

영빈은 낚싯대를 접고 남은 소주를 마시며 동이 터오기를 기다렸다. 그와 더불어 지나온 시간들을 무연히 돌아보았다. 그리고 이제 자신에게 남은 것이 무엇인가를 생각해보고 있었다. 도대체 무엇이 남아 있는 것일까.

동이 틀 무렵, 새벽 출조를 나가는 낚시꾼을 태운 유어선이 푸랭이로 다가왔다. 선장이 밤사이의 조황을 영빈에게 물어왔다. 한 마리도 잡지 못했노라고 영빈은 말했다. 어서 민박집으로 돌아가 뜨겁게 배를 채운 다음 잠부터 자두고 싶었다.

29

물때 3물. 음력 10월 13일. 양력 11월 24일. 만조시각 아침 09시 51분, 밤 21시 33분. 간조시각 새벽 03시 20분, 오후 15시 53분. 북동 내지 북서풍. 초속 10~12미터. 파고 2~3미터.

영빈은 추자도에 하루 더 머물며 저녁 만조시각에 맞춰 혼자 절명여로 들어갔다. 그리고 다음날 새벽 5시경에 70센티미터쯤 되는 귀한 돌돔을 잡아올렸다. 밤새 단 한 번의 입질을 받았을 뿐이었으나, 그것이 바로 바다의 폭군이라 불리는 돌돔이었다.

새벽비가 흩뿌리고 있었고 파도가 점점 거칠어지고 있는 초들물 상황이었다. 돌돔을 잡아내는 순간, 영빈은 바다 저 깊은 곳에서 울려나오는 호랑이 울음소리를 들었다. 그 순간만큼은 추자군도에 속해 있는 모든 섬과 바다가 힘주어 울고 있는 듯했다.

그것은 오랫동안 영빈의 내면에 갇혀 몸부림치던 바로 그 호랑이의 울음소리였다. 바닷물이 거칠게 갯바위로 밀려올라오며 영빈의 몸을 몇 차례 휩쓸고 지나갔다. 영빈은 낚싯대를 두 손으로 움켜잡은 채 오래오래 자신의 울음소리를 듣고 있었다. 놈과의 힘겨루기는 길게 길게 계속됐다. 막상 눈물은 나오지 않았다. 아마도 호랑이가 대신 울어주고 있기 때문이었을 것이다. 그렇다고 영빈은 생각했다. 서로 지칠 대로 지쳐가는 동안에 호랑이의 울음소리는 차츰 잦아들었다.

영빈은 돌돔을 갯바위로 끌어올린 다음 곧장 칼을 꺼내들고 아가미에 들이댔다. 그때 영빈의 손이 저절로 멈췄다. 누구일까? 지금 등 뒤에서 이쪽을 지켜보는 자. 두려움에 떨며 영빈은 뒤를 돌아보았다. 갯바위 위에 커다란 호랑이 한 마리가 서 있었다. 아무 움직임도 없이 그저 그렇게.

영빈은 칼을 내려놓고 돌돔의 입 안에서 바늘을 빼냈다. 그리고 바위틈을 타고 내려가 조심스럽게 바다에 풀어주었다. 호랑이는 영빈을 물끄러미 지켜보다 몸을 돌려 바위 너머로 소리 없이 사라졌다.

바다에 먼동이 텄다. 차고 맑은 아침이었다. 영빈은 민박집으로 돌아와 아침을 먹은 뒤 짐을 챙겨 제주로 가는 배에 올라탔다. 뱃전에 서서 영빈은 돌연 이런 생각에 사로잡혀 있었다.

'내가 왜 지금 남쪽으로 가고 있는가. 그리운 자들은 모두 북쪽에 있지 않은가.'

제주항이 눈에 들어올 때 영빈은 서울로 전화를 걸었다. 지난 2월 목포항을 떠나 제주항으로 입항할 때의 생각이 머리에 떠올랐던 것이다. 그동안 또 얼마나 많은 일들이 일어났던가.

추자도에서 돌아오는 길이라고 영빈은 해연에게 말했다. 그녀는 얼핏 놀란 듯했지만 별다른 얘기는 하지 않았다. 어젯밤에 절명여에 있었다고 영빈은 말했다.

"절명여…… 결국 거기까지 갔군요."

그렇게 되뇌며 해연은 말끝을 흐렸다. 그녀가 입을 다물고 있는 동안 영빈은 마침내 호랑이를 잡았다고 털어놓았다. 일순 수화기 저편에서 긴장감이 감돌았다.

"아버지가 놓친 것을 내가 대신 잡은 셈이지. 이를테면 그게 그렇단 말이지."

굳게 침묵을 지키고 있던 그녀가 떨리는 목소리로 물어왔다.

"그래서 어떻게 했나요? 설마."

"설마 죽이지 않았느냐고 묻고 있는 거겠지."

바다로 돌려보냈다고 영빈은 담담하게 말했다. 잘한 것 같다고 해연이 대꾸해왔다.

"아주 잘한 일이에요. 그래야 하고말고요."

조금 뜸을 들인 뒤 그녀가 물어왔다.

"그럼 이제 어떡할 셈이죠? 제주에 계속 머무를 생각인가요?"

"조만간 일을 마치고 서울로 올라갈 생각이야. 이제 거의 끝났거든."

"그거 잘됐군요. 곧 새 책이 나오겠군요."

"그거야 나중의 일이지."

뒤미처 해연이 목이 막힌 소리로 입을 열었다.

"실은 할 말이 있어요. 아무래도 말은 해야겠기에."

"설마 또 나쁜 소식을 전하려는 건 아니겠지."

그녀는 잠시 숨을 사리고 있었다. 영빈은 고개를 꺾고 하늘을 올려다보았다. 짙푸른 바다 공활한 하늘. 하늘과 바다에도 어느덧 가을이 와 있었다.

"4개월쯤 된 모양이에요."

영빈은 돌연 숨이 멎었다. 숨을 들이마시기 위해 영빈은 다시 하늘을 올려다보았다. 신이여, 또 무슨 장난을 치신 겁니까.

"그 말은 혹시 어떤 산부인과 의사가 해준 말인가?"

"아마 그럴 거예요."

영빈은 대뜸 소리를 질렀다.

"당신이 지금 몇 살인데 그런 얘기를 하는 거지?"

"……"

"내 말은 그게 사실이냐고 묻고 있는 거야."

"두 달 전에 알았지만 얘기하기가 쉽지 않았어요. 바쁜 사람이잖아요."

"바쁘다고? 물론 고기 잡으러 다니느라 눈코 뜰 새 없이 바쁘지. 하지만 아무리 바빠도 그렇지."

"앞서 가지 말아요. 아직 아무것도 결정된 건 없으니까요."

"그걸 지금 나한테 협박이라고 하고 있는 모양이군."

"영빈씨가 잘 써먹는 수법이죠."

영빈은 더이상 말을 이을 수 없었다. 코가 매워지며 목울대가 빠근하게 조여왔다. 그리고 현기증이 일며 가슴이 마구 뛰었다. 마치 전 세계가 변하고 있는 느낌이 들었다. 아니, 지금부터 변하기 시작한 것이다. 감정을 조절하지 못한 채 영빈이 다급히 물었다.

"그래서, 배가 부르단 말이지?"

피식 웃으며 해연이 되받았다.

"아직은 아니죠. 손을 대보면 느껴지는 정도."

"마라도에서 나온 그날이군."

쑥스러운 듯 그녀는 말꼬리를 흐렸다.

"뭐, 그게 최초의 신호 교환이었으니까요."

그 무덥던 저녁에, 노을이 방 안에 부풀어오르던 그때, 기적처럼 아이가 생긴 것이다.

다른 말을 하기에 앞서 영빈은 축하한다고 그녀에게 말했다.

"그렇다면 나도 영빈씨에게 똑같은 말을 해도 되겠어요?"

"그래, 그런데 어머니는 알고 있나?"

"지금 옆에서 커피 마시고 있어요. 내가 커피를 얼마나 좋아하는지 알면서 말예요."

30

12월 중순에 영빈은 수태한 고양이를 안고 제주를 떠났다. 그 전에 해연을 보러 잠깐 서울에 다녀왔다. 그참에 수원에 들러 아버지도 만났다.

제주에서 떠나오기 전날 영빈은 아침부터 차를 몰고 일주도로를 따라 섬을 한 바퀴 돌아보았다. 성산에 갔을 땐 우도에도 잠시 들렀다 나왔다. 돌아오는 길에 두모악에 들렀으나 김영갑 씨의 얼굴을 볼 수 없었다. 직원의 말에 따르면 상태가 악화돼 집에 누워 있다고 했다. 해 질 무렵 영빈이 마지막으로 찾아간 곳은 송악산 아래의 사계리 비디였다. 마침 관리인이 자리를 비운 상태여서 영빈은 신발을 벗고 응회암 지대로 걸어 들어갔다. 그리고 전에 그랬던 것처럼 화석에 발을 디딘 채 한참 눈을 감고 서 있었다.

목요일 아침 7시 40분에 영빈은 제주항에서 목포로 가는 '레인보우 호'에 올라탔다. 12시 40분에 목포항에 내려 영빈은 서해안고속도로를 따라 곧장 서울로 올라가려다, 마음을 바꿔 통영으로 향했다.

통영에 도착해 영빈은 여객선터미널 앞에 있는 서호시장을 돌아보고, 미륵도로 건너가 산양일주도로를 따라 돌며 해가 질 때까지 시간을 보냈다. 중간에 달아공원에 올라 영빈은 다도해를 내려다보며 해연에게 전화를 걸었다.

통영에 와 있다고 하자, 그녀는 몹시 놀라는 눈치였다.

해연(海燕)이란 이름은 그녀의 아버지가 지어주었는데, 바다 제비란 뜻이다.

작가의 말

어릴 적 내 꿈은 물 위를 뛰는 것이었다. 어느 날 도마뱀이 연못을 미끄러지듯 가로질러가는 광경을 목격한 뒤부터다. 그때 수면에서 가볍게 흩어지던 도마뱀의 발자국 소리! 연못은 이내 고요해졌다. 마루에 앉아 있던 어머니에게 찾아가 그 얘기를 했더니, 그녀는 그저 조용히 웃었다. 하지만 나는 그 꿈을 버리지 않았다. 그게 왜 불가능하다고 믿는 걸까. 도마뱀처럼 상체를 곧추세우고 그저 두 다리로 빨리 뛰기만 하면 되는 것을. 한쪽 발이 빠지기 전에 다른 발을 재빨리 앞으로 옮겨놓기만 하면 되는 것을.

그래서 나는 물 위를 뛰었다. 아홉 살 때였다. 한참을 신나게 달리다보니 나는 어느덧 물속을 뛰고 있었다. 사실대로 얘기하자면, 첫발을 내딛자마자 연못 속에 빠져 허우적거리고 있었다.

흙탕물 속에서 놀라 흩어지는 금붕어들을 보았다. 밖에서 누군가 연꽃을 헤집고 산부인과 의사처럼 내 머리를 잡아당겼다.

열한 살 때 나는 다시 물 위를 뛰었다. 이번엔 강에서. 세 발자국쯤 뛰었던 것 같다. 한결 나아진 것이다. 나는 눈을 부릅뜬 채 뿌연 물속을 걸어서 밖으로 나왔다. 집으로 돌아와 나는 어머니에게 사실대로 고백했다. 어머니가 놀란 눈으로 나를 바라보더니 말했다. 넌 나중에 커서 뭐가 되려고 그러니.

그후 나이가 들어가면서 나는 평균 한 달에 한 건씩 꿈을 포기하며 살았다. 말하자면 그게 사는 일이었다. 십대도 그러했으나 이십대, 삼십대의 삶은 더욱 힘겹고 고단했다. 단 하나 남은 꿈이 있다면 그때처럼 물 위를 뛰어보는 것이었다. 여기서 바로 저기까지만이라도. 건너뛸 수 없는 거리 앞에서 나는 늘 외롭게 절망하곤 했다.

잃어버리거나 포기해야만 했던 그 숱한 꿈들로 인해 나는 소설가가 되었다. 그렇게밖에는 달리 생각할 수 없다. 소설을 쓰는 일이 내게는 사라진 꿈들을 복원하는 일이었다. 뜬눈으로 꿈을 꾸는 일은 매번 고달팠으나 그래도 행복했다고 말할 수 있겠다. 그렇게 15년을 작가로 살아오면서 나는 무려 열 권이 넘는 책을 냈다. 이제 지칠 때가 되지 않았어요? 누군가 옆에서 그렇게 말했다. 그 말을 듣는 순간 나는 총을 맞은 것처럼 바닥으로 쓰러졌다.

글을 쓰지 못하는 동안 잊고 있던 유년의 꿈이 되살아났다. 왜 있잖은가. 물 위를 뛰는 꿈. 나는 늙은 어머니를 찾아가 하소연하듯 그 얘기를 했다. 그러자 어머니가 놀라운 말씀을 들려주었다. 그렇다면 한번 더 시도해보는 게 어떠니? 다시 물 위를 뛰어보라고 어머니는 말했다. 그 말이 내게 일종의 뜨거운 암시가 되었다.

그리하여 나는 미처 건너뛰지 못하고 지나왔던 과거의 지점으로 돌아갔다. 지난 시절은 한사코 돌아보지 않으려는 내게 그것은 고역스러운 일이었다. 작가로서도 그것은 마찬가지였다. 나는 내가 청년으로 살았던 80년대와 90년대로 돌아가 거기서부터 다시 건너뛰기로 마음먹었다. 앞으로 영영 그럴 기회가 오지 않으리라는 믿음과 두려움 때문에.

어쩌면 돌아보고 싶지 않은 것을 돌아보는 일이야말로 소설의 몫인지도 모르겠다. 기억과 상실, 열망과 좌절, 기적과 사랑, 고독과 죽음…… 이 모든 것이 지금껏 내가 애써 외면해왔던 과거의 뼈아픈 기억들이었다.

정말이지 뜨거운 물 위를 맨발로 걸어온 느낌이다. 자주 헛발을 디디면서, 아슬아슬하게, 필사적으로. 그동안 몇 번인가 바다 속에 처박혀 호랑이에게 잡아먹힐 뻔했다. 새삼스러운 일이지만 지난 연대와 결별하기 위해 나는 밤마다 몸부림을 쳤다. 분노와 자책감, 증오와 슬픔이 몸과 마음을 갉아댔다. 내게 있어서 지난 연대는 그러한 것이었다. 미궁에서 빠져나오는 심정으로 소설을 끝내고 나서, 나는 비로소 그러한 감정들과 간신히 화해할 수 있었다. 그리고 무더위 속에서 열흘을 누워 있었다.

술을 마시고 북한산에 다녀오고 가족과 지내는 동안, 어느 날 나는 꿈에서 깨어난 듯 정신을 되찾았다. 모든 게 낯설기 짝이 없었다. 그렇다면 또 마른 꿈을 꾸다 깨어난 것일까? 허망하게도 그런 느낌이 몰려왔다.

이 소설을 쓰는 동안 나는 제주에 있었다. 저 거친 바다와 비바람이 오히려 나를 버틸 수 있게 해주었다. 그곳에 머물지 않았더라면 나는 지난 세월을 돌아볼 기회를 갖지 못했을 테고, 또한 이 소설을 쓸 생각도 하지 않았을 것이다. 혼신의 힘을 다했으므로 더이상 돌아보지 않고 앞으로 나아가겠다.

어쨌든 지금은 저쪽에서 이쪽으로 건너온 셈이다. 그렇게 믿고 싶다. 이제 남은 일은 독자들이 이 책을 읽고 공감해주기를 바라는 것이리라.

2005년 늦여름

윤대녕

개정판 작가의 말

초판본 '작가의 말'에 못다 한 말을 덧붙이고 싶다. 내가 '자발적 유배'라고 표현한 제주에서의 체류 기간은 2003년 봄부터 2005년 봄까지였는데, 서울로 올라온 직후 사진작가 김영갑 선생이 차디찬 골방에서 혼자 세상을 떠났다. 이 소설에도 등장하지만 그분과의 인연은 나에게 더없이 소중한 것이었다. 그래서 그분의 사진 작품으로 책 표지를 만들게 되었음을 밝혀두는 바이다. 비록 세상에 없다 할지라도 김영갑 선생께 깊이 감사드리고 싶다.

뿐만 아니라 사고무친의 섬에서 당시 나와 함께해주었던 현지 어부들과 낚시터에서 만난 사람들과 늘 술을 함께 마셔주었던 신경정신과 전문의 천자성 선생께도 새삼 감사드리고 싶다. 그들은 나의 쓸쓸한 유배생활을 도와주었으며 '지금, 이곳'으로 다시 돌아올 수 있게 해주었다.

얼마 전에 다녀왔음에도 제주가 다시금 눈앞에 그립다. 여름, 겨울의 폭풍우가 특히나 그립다. 제주에서 올라온 후 내 가슴에서 '거칠음'이 사라진 것이 어느 정도 사실이다. 그 거친 힘을 회복하고 싶다. 언제든 내 안의 호랑이와 대적할 수 있는 그 힘 말이다.

2010년 봄

윤대녕

문학동네 장편소설

호랑이는 왜 바다로 갔나

초판 인쇄 | 2010년 3월 12일
초판 발행 | 2010년 3월 19일

지은이 윤대녕
펴낸이 강병선
책임편집 백다흠 정세랑 | 디자인 이경란 유현아
마케팅 장으뜸 이귀애 서유경 정소영 | 온라인 마케팅 이상혁 한민아
제작 안정숙 서동관 김애진 | 제작처 (주)상지사P&B

펴낸곳 (주)문학동네
출판등록 1993년 10월 22일 제406-2003-000045호
주소 413-756 경기도 파주시 교하읍 문발리 파주출판도시 513-8
전자우편 editor@munhak.com | 대표전화 031)955-8888 | 팩스 031)955-8855
문의전화 031) 955-8890(마케팅) 031) 955-8862(편집)
문학동네카페 http://cafe.naver.com/mhdn

ISBN 978-89-546-1062-9 03810

* 이 도서의 국립중앙도서관 출판시도서목록(CIP)은 e-CIP 홈페이지(http://www.nl.go.kr/ecip)에서
이용하실 수 있습니다.(CIP제어번호: CIP2010000771)

www.munhak.com